O AMOR NÃO MORREU

O AMOR NÃO MORREU

Ashley Poston

Tradução de
Ana Rodrigues e Laura Pohl

Copyright © 2022 by Ashley Poston
Publicado mediante acordo com Baror International, Inc., Armonk, Nova York, Estados Unidos.

TÍTULO ORIGINAL
The Dead Romantics

COPIDESQUE
Stella Carneiro

REVISÃO
Rayana Faria
Thais Entriel

DIAGRAMAÇÃO
Juliana Brandt

DESIGN E ILUSTRAÇÃO DE CAPA
Vi-An Nguyen

ADAPTAÇÃO DE CAPA
Julio Moreira | Equatorium Design

CIP-BRASIL. CATALOGAÇÃO NA PUBLICAÇÃO
SINDICATO NACIONAL DOS EDITORES DE LIVROS, RJ

P89a
    Poston, Ashley
        O amor não morreu / Ashley Poston ; tradução Ana Rodrigues, Laura Pohl. - 1. ed. - Rio de Janeiro : Intrínseca, 2022.

        Tradução de: The dead romantics
        ISBN 978-65-5560-587-7

        1. Romance americano. I. Rodrigues, Ana. II. Pohl, Laura. III. Título.

22-79382   CDD: 813
                                                                CDU: 82-31(73)

Meri Gleice Rodrigues de Souza - Bibliotecária - CRB-7/6439

[2022]
Todos os direitos desta edição reservados à
EDITORA INTRÍNSECA LTDA.
Rua Marquês de São Vicente, 99, 6º andar
22451-041 — Gávea
Rio de Janeiro — RJ
Tel./Fax: (21) 3206-7400
www.intrinseca.com.br

*Para todas as autoras e todos os autores
que pediram que acreditássemos no
"E foram felizes para sempre"*

Uma história enterrada

NO CANTO ESQUERDO dos fundos da Funerária Dias Passados, embaixo de uma tábua solta do piso, havia uma caixa de metal com vários diários antigos. Para qualquer um que os encontrasse, aqueles escritos juvenis teriam parecido o desabafo das frustrações sexuais de alguma adolescente com o vampiro Lestat ou com aquele cara do *Arquivo X*.

E, se você não se importasse em ler sobre fantasmas e vampiros, ou sobre pactos de sangue, calças de couro e amor verdadeiro, as histórias eram bastante boas.

Você poderia se perguntar por que alguém esconderia diários cheios de fanfics eróticas embaixo de uma tábua no piso de uma funerária antiquíssima, mas nunca questione a mente de uma adolescente. Você não conseguiria chegar muito longe.

Eu os escondi lá porque... ah, só escondi, tá bem? Porque, quando fui embora para a universidade, quis enterrar uma parte de mim — aquele lado sombrio e esquisito, meio Família Addams —, e que lugar seria mais adequado para isso do que uma funerária?

E na verdade quase consegui.

1

A ghostwriter

TODA BOA HISTÓRIA tem alguns segredos.

Pelo menos foi o que me disseram. Às vezes, são segredos sobre amor, família, assassinatos — e alguns são tão insignificantes que mal parecem segredos, embora sejam imensos para a pessoa que os guarda. Todo mundo tem um segredo. Todo segredo tem uma história.

E, na minha cabeça, toda história tem um final feliz.

Se eu fosse a heroína de uma história, diria a você que tinha três segredos.

O primeiro: não lavava o meu cabelo havia quatro dias.

Segundo: a minha família era dona de uma funerária.

E terceiro: eu era a ghostwriter, a "escritora fantasma", por trás de Ann Nichols, a autora best-seller aclamada pela crítica.

E estava *tremendamente* atrasada para uma reunião.

— Segura a porta! — gritei, enquanto driblava o pessoal da segurança no balcão da recepção e disparava em direção aos elevadores.

— Senhorita! — gritou o segurança, perplexo, ao me ver passar direto. — Precisa registrar sua entrada! Não pode simplesmente...

— Florence Day! Estou indo para a editora Falcon House Publishers! Pode ligar para a Erin que ela vai me autorizar! — gritei por cima do ombro e entrei em um dos elevadores, segurando um cacto.

Enquanto as portas se fechavam, um homem grisalho, usando um terno elegante, ficou olhando para a planta em questão.

— Um presente para alegrar o meu novo editor — disse a ele, porque eu não era o tipo de pessoa que fica carregando pequenas suculentas por aí. — Deus sabe que isso não é para mim. Eu mato tudo o que toco, incluindo três cactos que já se foram.

O homem levou a mão à boca para abafar uma tosse constrangida e se virou em outra direção. A mulher do outro lado disse, como se para me consolar:

— Esse é lindo, meu bem.

O que significava que era um péssimo presente. Bem, eu sabia disso, mas tinha passado tempo demais presa na plataforma, esperando pelo trem B, e estava tendo um leve ataque de pânico enquanto falava com o meu irmão ao telefone, quando uma senhorinha com bobes no cabelo passou por mim vendendo cactos por um dólar cada, e eu sou o tipo de pessoa que compra coisas quando está nervosa. Principalmente livros, mas... acho que agora também compro plantas.

O cara de terno saiu do elevador no vigésimo andar, e a mulher que tinha segurado a porta para mim desceu no vigésimo sétimo. Aproveitei para dar uma espiada no mundo deles antes de as portas voltarem a se fechar — carpetes brancos imaculados, ou pisos de madeira encerados e redomas de vidro onde descansavam livros antigos. Havia algumas editoras naquele prédio, tanto de e-books quanto de livros físicos, e até mesmo uma redação de jornal em um dos andares. Eu poderia ter estado no elevador com a editora da *Nora Roberts* sem nem saber.

Sempre que ia ao escritório, percebia nitidamente a maneira como as pessoas me enxergavam — usando sapatilhas que rangem, meia-calça rasgada e um casaco xadrez grande demais para mim —, e chegava à conclusão de que *definitivamente* não estava à altura daquele lugar.

O que era... justo. Tenho cerca de um metro e cinquenta e oito de altura, e tudo o que eu usava era comprado pensando no conforto e não no estilo. Rose, com quem eu dividia apartamento, gostava de brincar dizendo que eu era uma mulher de oitenta anos presa no corpo de uma de vinte e oito.

Às vezes era assim que eu me sentia.

Afinal, por que eu sairia para me divertir se podia ficar em casa com meu travesseiro ortopédico e meu copo de suplemento alimentar?

Quando as portas do elevador se abriram no trigésimo sétimo andar, eu estava sozinha, agarrando o meu cacto como se fosse um colete salva-vidas. Os escritórios da Falcon House Publishers eram brancos e impecáveis, com duas estantes fluorescentes de cada lado da entrada, expondo todos os best-sellers e obras-primas literárias já publicados em seus setenta e cinco anos de história.

Pelo menos metade da parede esquerda estava coberta por livros de Ann Nichols — *A filha do morador do mar*, *A floresta dos sonhos*, *A casa eterna*. Obras pelas quais minha mãe suspirava quando eu era uma adolescente escrevendo fanfics eróticas do Lestat. Perto desses estavam os livros mais recentes de Ann — *A probabilidade do amor*, *Guia de um canalha para conquistar a garota* (tenho o maior orgulho desse título) e *O beijo na matinê da meia-noite*. O vidro refletia o meu rosto na capa dos livros, uma jovem pálida que precisava muito dormir, com o cabelo loiro preso em um coque bagunçado e olheiras embaixo dos olhos castanhos, usando um cachecol colorido e um suéter bege grande demais que me fazia parecer a convidada do mês do Clube de Tricô e não de uma das mais respeitadas editoras do mundo.

Tecnicamente, não era *eu* a convidada ali, e sim Ann Nichols, e eu era o que todo mundo achava ser a assistente dela.

E tinha uma reunião para participar.

Fiquei parada no saguão, constrangida, com o cacto pressionado contra o peito, enquanto a recepcionista de cabelo escuro, Erin, erguia um dedo, pedindo que eu esperasse, enquanto terminava uma ligação. Algo sobre salada para o almoço. Quando finalmente desligou, levantou os olhos da tela e me reconheceu.

— Florence! — cumprimentou ela, com um sorriso radiante. — Que bom ver você inteira! Como está a Rose? Aquela festa ontem à noite foi *intensa*.

Tentei não parecer sem jeito ao pensar em Rose entrando em casa cambaleando às três da manhã.

— Realmente, foi impressionante.

— Ela ainda está viva?

— Rose já sobreviveu a coisas piores.

Erin riu. Então olhou ao redor do saguão, como se estivesse procurando por mais alguém.

— A sra. Nichols não vem hoje?

— Ah, não, ela ainda está no Maine, fazendo... as coisas que ela faz no Maine.

Erin balançou a cabeça.

— Eu fico me perguntando como deve ser, sabe? Ser as Ann Nichols e os Stephen Kings do mundo.

— Deve ser ótimo — concordei.

Ann Nichols não deixava a sua pequena ilha no Maine havia... cinco anos? Desde que eu era a ghostwriter dela, pelo menos.

Puxei para baixo o cachecol colorido que estava enrolado ao redor da minha boca e do meu pescoço. Apesar de não ser mais inverno, Nova York sempre tinha uma última onda de frio antes da primavera — e a deste ano devia ser justo naquele dia —, mas eu estava começando a suar de nervoso embaixo do casaco.

— Algum dia — acrescentou Erin —, você vai me contar como se tornou assistente *da* Ann Nichols.

Eu ri.

— Eu já te contei... foi por um anúncio nos classificados.

— Não acredito.

Dei de ombros.

— *C'est la vie.*

Erin era um pouco mais nova do que eu, e tinha seu diploma em produção editorial pela Universidade Columbia orgulhosamente exposto em cima da mesa. Rose a conhecera um tempo antes em um aplicativo de encontros, e as duas saíram algumas vezes, embora, naquele momento, até onde eu sabia, fossem apenas amigas.

O telefone começou a tocar na mesa e Erin disse rapidamente:

— Enfim, pode entrar... ainda se lembra do caminho, não é?

— Com certeza.

— Perfeito. Boa sorte! — acrescentou ela, e atendeu ao telefone em sua melhor voz de recepcionista. — Bom dia! Você ligou para a Falcon House Publishers, aqui é a Erin...

E fui deixada por minha conta.

Eu sabia aonde ir, porque havia visitado a antiga editora de Ann o suficiente para conseguir andar de olhos fechados pelos corredores. Tabitha Margraves tinha se aposentado recentemente, no *pior* momento possível, e quanto mais eu me aproximava do escritório, com mais força segurava o pobre cacto.

Tabitha sabia que eu era a ghostwriter de Ann. Ela e a agente de Ann eram as únicas que sabiam — bem, além de Rose, mas ela não contava. Será que Tabitha tinha contado aquele segredinho para o meu novo editor? Nossa, eu esperava muito que sim... Caso contrário, aquele seria um primeiro encontro bastante constrangedor.

O corredor tinha paredes de vidro fosco, que supostamente deveriam garantir privacidade, mas que não cumpriam de forma alguma essa função. Ouvi editores, profissionais do marketing e da assessoria de imprensa conversando aos sussurros sobre aquisições, ações publicitárias, obrigações contratuais, turnês... sobre realocar verba do orçamento de um livro para outro.

Detalhes do mercado editorial sobre os quais ninguém gostava de falar.

A ideia de fazer parte do mundo editorial era muito romântica até que você se descobrisse *no* mundo editorial. Então, se tornava apenas outro tipo de inferno corporativo.

Passei por alguns assistentes editoriais sentados nos seus cubículos, com originais empilhados quase até o topo das suas meias-paredes, parecendo esgotados enquanto almoçavam cenouras e homus. As encomendas de saladas que Erin fazia provavelmente não os incluíam — não que assistentes editoriais ganhassem o suficiente para se permitirem comer fora todo dia. Os escritórios estavam distribuídos seguindo uma espécie de hierarquia e, quanto mais adiante, mais alto era o salário. No fim do corredor, quase não reconheci o escritório. Já não se via mais a guirlanda de flores pendurada na porta para garantir boa sorte, nem os adesivos colados na parede de vidro fosco onde se lia NÃO TENTE, FAÇA! e O AMOR NÃO MORREU!.

Por um instante, achei que tinha errado o caminho, até reconhecer a estagiária em seu cubículo, enfiando provas antecipadas para leitura crítica — que são basicamente versões preliminares de um livro — em envelopes, com uma pressa frenética que beirava as lágrimas.

Meu novo editor nem hesitou em se livrar de todos aqueles adesivos e da guirlanda da sorte. Eu não sabia se aquilo era bom ou mau sinal.

Durante seus últimos dias na Falcon House, Tabitha Margraves e eu discordávamos com frequência.

— Histórias de amor *acreditam* em finais felizes. Diga isso pra Ann — falava Tabitha, irônica, porque, na prática, eu era Ann.

— Ora, a *Ann* não acredita mais — retrucava.

Quando Tabitha se aposentou e se mudou para a Flórida, tenho certeza de que ambas estávamos planejando a morte uma da outra. Ela ainda acreditava em amor... de algum modo, por mais incrível que pudesse parecer.

E eu já sabia muito bem que o amor era uma mentira.

Amor é aguentar uma pessoa por cinquenta anos para que ela o enterre quando você morrer. Eu entendia bem disso, afinal, a minha família fazia parte do ramo da morte.

Tabitha me chamava de insensível quando eu dizia essas coisas.

Eu respondia que na verdade era realista.

Existia uma diferença.

Eu me sentei para esperar em uma das duas cadeiras do lado de fora do escritório, com o cacto no colo, e fiquei vendo o Instagram. Minha irmã mais nova tinha postado uma foto dela com o cachorro-prefeito da minha cidade natal — um golden retriever — e senti uma pontada de saudade de casa. Do clima, da funerária, do frango frito maravilhoso da minha mãe.

E me perguntei o que ela iria fazer para o jantar daquela noite.

Como estava perdida em pensamentos, não ouvi a porta do escritório ser aberta até que uma voz distintamente masculina falou:

— Desculpe por fazer você esperar. Por favor, entre.

Eu me levantei com um pulo, surpresa. Será que tinha ido para o escritório errado? Chequei os cubículos ao redor — a estagiária workaholic de cabelo castanho enfiando provas antecipadas em envelopes à esquerda, o diretor de RH chorando diante da salada à direita —, não, com certeza aquele era o escritório certo.

O homem pigarreou, esperando impaciente.

Abracei o cacto com tanta força junto ao peito que consegui sentir o vaso começando a rachar com a pressão, e entrei no escritório.

Fiquei paralisada.

O homem em questão se sentou na cadeira de couro que por trinta e cinco anos (mais tempo do que ele tinha de vida, pensei) havia sido ocupada por Tabitha Margraves. A mesa, antes cheia de bibelôs de porcelana e de fotos do cachorro dela, estava agora quase vazia, e toda organizadinha. A mesa refletia quase perfeitamente o homem atrás dela: arrumado demais, usando uma camisa branca social impecável que se esticava nos seus ombros largos, as mangas enroladas até os cotovelos revelando antebraços tão sexy que chegavam a ser intimidantes. Seu rosto era longo e o cabelo preto estava penteado para trás, o que, de algum modo, acentuava o nariz igualmente longo que sustentava os óculos de armação preta e quadrada, e havia uma levíssima camada de sardas espalhadas pelo rosto dele: uma perto da narina direita, duas nas bochechas, uma logo acima da espessa sobrancelha direita. Uma constelação. Por um momento, quis pegar uma caneta e conectá-las para ver que mito o desenho formaria. No instante seguinte, cheguei rapidamente à conclusão de que...

Nossa.

Ele era gato. E eu já o vira antes. Em eventos do mercado editorial, com a Rose ou com o meu ex-namorado. Não conseguia ligar nenhum nome à pessoa, mas com certeza já esbarrara nele mais de uma vez. Prendi a respiração, me perguntando se ele teria me reconhecido... *Será?*

Por um segundo, achei que sim, porque os olhos do homem se arregalaram ligeiramente — foi um movimento mínimo, mas o bastante para que eu desconfiasse que ele sabia *de alguma coisa* —, antes de sua expressão voltar rapidamente ao normal.

Ele pigarreou.

— Você deve ser a assistente de Ann Nichols — disse sem pestanejar.

Então, se levantou e deu a volta na mesa para me cumprimentar. Era um homem... *enorme*. Tão alto que subitamente me senti transportada para uma versão inédita de *João e o pé de feijão*, onde ele era um pé de feijão muito interessante que eu queria muito, muito, escalar...

Não. Não, Florence. Menina má, me repreendi. *Você não quer escalar esse homem de jeito nenhum, ele é o seu novo editor e, por isso, é muito, incrivelmente, estupendamente, inescalável.*

— Florence Day — falei, apertando a mão estendida. A mão dele envolveu quase completamente a minha em um aperto forte.

— Benji Andor, mas pode me chamar de Ben — apresentou-se ele.

— Florence — repeti, chocada por ainda conseguir fazer alguma coisa que não fosse guinchar.

Os cantos dos lábios dele se curvaram.

— Como você disse.

Recolhi rapidamente a mão, constrangida.

— Ah, *Deus*. Pois é... desculpe.

Eu me sentei com um pouco de força demais em uma cadeira desconfortável da IKEA, com o cacto plantado com firmeza sobre meus joelhos. O meu rosto estava *em chamas*, e se eu conseguia sentir isso, sabia sem sombra de dúvidas que Ben podia ver que eu estava corada.

Ele se sentou de novo e ajeitou uma caneta em cima da mesa.

— É um prazer conhecê-la. Peço desculpas pela demora, o metrô estava um inferno de manhã. Erin vive me dizendo para não pegar o trem B e ainda assim sou um idiota que continua fazendo isso.

— Ou um masoquista — acrescentei antes de conseguir me conter.

Ele riu.

— Quem sabe as duas coisas.

Mordi a parte interna da boca para conter um sorriso. Ele tinha uma bela risada — profunda e rouca, como um trovão.

Ah, *não*, aquilo definitivamente não estava saindo como eu tinha planejado.

Ele gostou de mim, e em cerca de cinco minutos já deixaria de gostar. Nem eu gostava de mim mesma quando pensava no que estava fazendo ali — por que achei que um *cacto* de presente tornaria aquilo mais fácil?

Ben puxou a cadeira para a frente e endireitou uma caneta para que ficasse paralelamente horizontal ao teclado. Tudo era organizado no escritório, e tive a distinta sensação de que ele era o tipo de pessoa que, se encontrasse um livro fora do lugar em uma livraria, o devolveria à prateleira correta.

Tudo tinha o seu devido lugar.

Ele era um cara do tipo "bullet journal", e eu era uma garota do tipo "post-it".

Na verdade, aquilo talvez fosse bom. Ben parecia ser muito prático, e pessoas práticas raramente eram românticas, assim, eu não receberia um olhar de pena como resposta quando, em algum momento, dissesse a ele que não acreditava mais em livros românticos com finais felizes — Ben provavelmente assentiria muito sério, compreendendo *exatamente* o que eu queria dizer. E eu preferia *aquilo* a ver Tabitha Margraves me olhando com aqueles olhos escuros e tristes e perguntando "Por que você não acredita mais no amor, Florence?".

Porque quando colocamos a mão no fogo muitas vezes, aprendemos que assim a gente só se queima.

Meu novo editor se ajeitou na cadeira.

— Lamento saber que a sra. Nichols não conseguiu comparecer hoje. Eu teria adorado conhecê-la — começou ele, me puxando dos meus pensamentos.

Eu me remexi na cadeira.

— Ah, Tabitha não te contou? A Ann nunca sai do Maine. Acho que ela mora em uma ilha ou alguma coisa assim. Parece ser legal... no lugar dela, eu também não iria querer sair de lá. Ouvi dizer que o Maine é bonito.

— É, sim! Eu cresci lá — disse ele. — Vi muitos alces. São enormes.

Você tem certeza de que não é metade alce?, perguntou o meu cérebro traiçoeiro, e repreendi a mim mesma porque aquilo era *muito* errado e *muito* ruim.

— Imagino que eles tenham preparado você para os ratos de Nova York.

Ele riu de novo, dessa vez surpreendendo a si mesmo, abrindo um sorriso glorioso e branquíssimo. Um sorriso que chegava aos olhos, transformando o castanho em um chocolate derretido.

— Nada teria sido capaz de me preparar para isso. Você já viu os da Union Square? Eu poderia jurar que vi um *jóquei* em cima de um deles.

— Ah, então você não sabia? Temos ótimas corridas de ratos na Eighteenth Street Station.

— Você assiste com frequência?

— Com certeza, é um ba-rato.

— Nossa, você é uma verdadeira lite-rata dos trocadilhos.

Dei uma risada e desviei o olhar — para qualquer coisa que não fosse ele. Porque eu gostava do charme dele, e definitivamente não queria gostar, e detestava decepcionar as pessoas, e...

Ele pigarreou.

— Bem, srta. Day, acho que precisamos conversar sobre o próximo romance da Ann...

Segurei o cacto com mais força no colo. Meus olhos foram de uma parede árida para a outra. Não havia nada naquele escritório para *olhar*. Antes era um lugar cheio de objetos — flores artificiais, fotos e capas de livros cobrindo as paredes —, mas agora a única coisa nas paredes era um diploma emoldurado de mestrado em ficção.

— Tem que ser uma história de amor? — perguntei.

Ele inclinou a cabeça, surpreso.

— Bem, aqui nós publicamos... romances.

— E-eu sei, mas... Nicholas Sparks, por exemplo, escreve livros melancólicos, e John Green escreve livros melodramáticos com pessoas enfrentando problemas de saúde. Você acha que eu... quer dizer, que a *sra. Nichols*... poderia fazer alguma coisa nesse viés, em vez de um romance com final feliz?

Ele ficou em silêncio por um momento.

— Está querendo dizer uma tragédia.

— Ah, não. Ainda seria uma história de amor! Obviamente. Mas uma história de amor em que as coisas não terminariam em um "e foram felizes para sempre" perfeito.

— O nosso negócio é "e foram felizes para sempre" — disse Ben lentamente, escolhendo bem as palavras.

— O que é uma mentira, não é?

Ele franziu os lábios.

— O amor morreu, e isso... tudo isso... parece uma farsa. — Eu me peguei dizendo aquilo antes que meu cérebro aprovasse as palavras, e assim que percebi que havia falado em voz alta, me arrependi. — Quer dizer... essa não é a opinião da Ann, é só o que eu penso.

— E você é a assistente ou a editora dela?

As palavras me atingiram como um tapa. Voltei o olhar para ele e fiquei completamente imóvel. Os olhos de Ben haviam perdido aquele tom morno de ocre e as linhas de riso haviam se apagado, seu rosto agora inexpressivo e sem emoção.

Segurei o cacto com mais força. A planta havia subitamente se tornado minha companheira na guerra. Então Ben não sabia que eu era a ghostwriter de Ann. Tabitha não havia contado, ou se esquecera de fazer isso... tinha lhe escapado, ops! E eu precisaria contar a ele.

Afinal de contas, Ben era o meu editor agora.

Mas uma parte amarga e constrangida de mim não queria fazer aquilo. Eu não queria que ele visse como a minha vida era uma confusão, porque... afinal, como ghostwriter de Ann, ela não deveria ser, não é mesmo? Uma confusão.

Eu não deveria ser melhor do que *aquilo*?

Quando eu era pequena, a minha mãe lia os livros de Ann Nichols e, por causa disso, eu também lia. Quando eu tinha doze anos, escapava para a seção de romances da biblioteca e lia *A floresta dos sonhos* quietinha entre as estantes. Eu conhecia a obra completa de Ann de trás para a frente, como se fosse a discografia da minha banda favorita.

E então, me tornei a caneta dela.

Por mais que o nome de Ann estivesse na capa, fui eu que escrevi *A probabilidade do amor*, *O guia de um canalha* e *O beijo na matinê da meia-noite*. Ao longo dos últimos cinco anos, Ann Nichols tinha me mandado um cheque como pagamento para que eu escrevesse os livros em questão, e foi o que fiz, e as palavras naqueles livros — as minhas palavras — tinham sido elogiadas tanto pelo caderno de literatura do *The New York Times* quanto pela *Vogue*. Aqueles livros estavam nas estantes ao lado de obras de Nora Roberts, Nicholas Sparks e Julia Quinn, e *eram meus*.

Eu escrevia para uma romancista das grandes — um trabalho que qualquer pessoa *mataria* para ter — e estava... fracassando.

Talvez eu *já tivesse* fracassado. Só estava sacando a última carta que tinha na manga — escrever um livro que fosse tudo, qualquer coisa, menos uma história que terminasse com "e foram felizes para sempre" —, e o editor estava impedindo isso.

— Sr. Andor — comecei, a voz falhando —, a verdade é que...

— Ann precisa entregar o original no prazo combinado — interrompeu ele em um tom frio e prático.

A simpatia de minutos antes se fora. Eu me senti ficando menor a cada instante, me encolhendo naquela cadeira desconfortável da IKEA.

— Isso é amanhã — falei baixinho.

— Sim, amanhã.

— E se... e se ela não conseguir fazer isso?

Ele cerrou os lábios com força. Benji tinha aquele tipo de boca larga que formava uma covinha no meio, demonstrando coisas que a expressão cautelosa do restante do rosto não permitia.

— De quanto tempo ela precisa?

Um ano. Dez anos.

Uma eternidade.

— Hum... bem... um mês? — perguntei esperançosa.

Ele ergueu rapidamente as sobrancelhas escuras.

— De jeito nenhum.

— Essas coisas levam tempo!

— Eu sei disso — retrucou ele, e estremeci. Benji tirou os óculos para olhar para mim. — Posso ser franco com você?

Não, não mesmo.

— Pode...? — arrisquei.

— Como a Ann já pediu três extensões de prazo, mesmo se recebermos o original amanhã, vamos ter que passá-lo rapidamente por preparadores e diagramadores para ficarmos dentro do cronograma. E isso *se* recebermos amanhã. Esse é o grande livro de outono da Ann. Um romance, veja só, com um final feliz. Essa é a marca registrada dela. Foi isso que contratamos. Já temos a divulgação planejada. Talvez a gente até consiga uma página inteira no *The New York Times*. Estamos fazendo muito por esse livro, e quando insisti com a agente da Ann para falar com ela, a agente acabou me passando para você, a assistente.

Eu conhecia aquela parte da história. Molly Stein, agente de Ann, não tinha ficado muito feliz em receber uma ligação sobre o livro em questão. Ela achava que tudo estava correndo às mil maravilhas. Não tive coragem de refutar aquilo. Molly tinha sido bastante tranquila em relação ao meu trabalho como ghostwriter, principalmente porque eu tinha fechado um acordo para quatro livros, sendo este o último, e ela confiava que eu não faria nenhuma besteira.

Mas ali estava eu.

Não queria nem *imaginar* como Molly daria a notícia à Ann. E não queria pensar em como Ann ficaria desapontada. Só tínhamos nos encontrado uma vez, e eu morria de medo de decepcioná-la. Não queria fazer aquilo.

Eu admirava Ann. E a sensação de falhar com alguém que admiramos... é péssima quando somos criança, e continua sendo péssima depois de adultos.

Benji continuou.

— Seja lá o que estiver impedindo a sra. Nichols de terminar o original do livro, isso se tornou um problema não apenas para mim, mas para os setores de marketing *e* de produção, e se quisermos manter o cronograma precisamos desse original.

— E-eu sei, mas...

— E se ela não conseguir nos entregar — acrescentou ele —, então lamento, mas teremos que envolver o departamento jurídico na questão.

O departamento jurídico. Aquilo significaria uma quebra de contrato. Significaria que eu tinha estragado as coisas num nível que não haveria mais volta. Eu teria falhado não apenas com Ann, mas também com a editora e com as leitoras e os leitores dela... com todo mundo.

Eu já havia falhado daquele jeito antes.

O escritório começou a ficar menor — ou eu estava tendo um ataque de pânico, e realmente torcia para que fosse a primeira opção. Minha respiração saía em arquejos curtos. Era difícil respirar.

— Srta. Florence? Está se sentindo bem? Parece um pouco pálida — observou ele, mas sua voz parecia vir de um campo de futebol de distância. — Precisa de um copo de água?

Guardei o meu pânico em uma caixinha no fundo da mente, que era onde eu guardava todo o resto. Todas as coisas ruins. Coisas com que eu não queria lidar. Coisas com que eu *não conseguia* lidar. A caixa era útil. Eu deixava tudo fechado ali dentro. E trancava bem. Forcei um sorriso.

— Ah, não. Tudo ok. É só muita coisa para assimilar. E... você está certo. É óbvio que está certo.

Ele pareceu desconfiado.

— Amanhã, então?

— Sim — respondi em uma voz que mais pareceu um grasnado.

— Ótimo. Por favor, diga à sra. Nichols que mando as minhas lembranças e que estou muito feliz por trabalhar com ela. E que, a propósito... isso é um *cacto*? Acabei de reparar.

Baixei os olhos para a suculenta, que esqueci que estava no meu colo enquanto o pânico esmurrava a caixa dentro da minha cabeça, chacoalhando a tranca, tentando se libertar. Pensei que odiava aquele homem e que, se continuasse naquele escritório, acabaria jogando o cacto em cima dele, ou começaria a chorar.

Talvez as duas coisas.

Fiquei de pé rapidamente e coloquei a suculenta na beirada da mesa.

— É um presente.

Então, peguei a minha bolsa, me virei e saí da Falcon House Publishers sem dizer mais uma palavra. Mantive a compostura até sair cambaleando pelas portas giratórias do prédio, para o dia gelado de abril, e só então me permiti desmoronar.

Respirei fundo — e gritei um palavrão diante do céu perfeitamente azul da tarde, assustando um bando de pombos na lateral do prédio.

Precisava de uma bebida.

Não, eu precisava de um *livro*. De um *thriller* de assassinato. Hannibal. Lizzie Borden — qualquer coisa serviria.

Quem sabe precisasse de ambos.

Não, *definitivamente* eu precisava de ambos.

2

O término

NÃO ERA QUE eu não *pudesse* terminar o livro.

Só não sabia como.

Já fazia um ano desde "O término" — todo mundo passa por pelo menos um na vida. Você sabe como é, não sabe? O término de um amor que você achou que duraria para o resto da vida, mas então acabou tendo o seu coração arrancado do peito com violência e deixado em uma bandeja de prata com FODA-SE escrito com ketchup pela pessoa que você amava. Já fazia um ano desde que eu tinha puxado as minhas malas pela chuva, naquela noite de merda em abril, e nunca mais olhara para trás. Aquela não era a parte de que eu me arrependia. *Jamais* me arrependeria de ter acabado tudo com ele.

Eu só me arrependia de ser o tipo de mulher que se apaixonou por alguém como ele.

O tempo se arrastara depois do que acontecera. A princípio, eu havia tentado levantar da cama todo dia, me sentar no sofá com o meu notebook no colo e escrever, mas não conseguia. Quer dizer, eu *conseguia* — mas cada palavra que escrevia doía como se estivessem me arrancando um dente, e eu apagava todas elas na manhã seguinte.

Era como se em um dia eu soubesse escrever — sabia como seriam as cenas, os primeiros encontros fulminantes e os momentos de arrebatamento, sabia exatamente qual era o sabor do herói quando a heroína o beijava... Então, no dia seguinte, tudo aquilo havia desaparecido. Era como se as palavras tivessem congelado em uma tempestade de neve e eu não soubesse como derretê-las.

Eu não me lembrava do momento em que havia parado de abrir o documento do Word, quando tinha parado de tentar procurar um romance nas entrelinhas. Mas foi o que fiz, e agora estava ali, entre a cruz chamada desespero e a espada chamada Benji Andor.

Passei as mãos distraidamente pelas lombadas dos livros na McNally Jackson, uma livraria no coração do bairro de Nolita. Segui as fileiras de títulos e sobrenomes de autores até o corredor seguinte — romances — e passei rapidamente para o corredor de fantasia e ficção científica. Se eu não olhasse para os romances, então eles não existiriam.

Nunca me imaginei como uma ghostwriter. Na verdade, quando arrumei um agente e vendi o meu primeiro livro, achei que seria convidada para painéis literários e que participaria de eventos... achei que finalmente havia encontrado a porta para o sucesso que alavancaria minha carreira. Mas a porta se fechara com a mesma rapidez com que fora aberta, e recebi um e-mail dizendo "Lamentamos informar..." como se o fracasso do meu livro fosse culpa *minha*. Como se eu, uma mulher com uma quantidade irrisória de seguidores nas redes sociais, sem dinheiro e quase sem contatos, fosse responsável pelo destino de um livro publicado por uma empresa multimilionária, com todos os recursos e contatos a seu dispor.

Talvez *fosse* culpa minha.

Talvez eu não tivesse feito o bastante.

Fosse como fosse, ali estava eu agora, escrevendo para uma romancista que só encontrara uma vez, e prestes a ferrar com aquilo também, se eu não conseguisse terminar o maldito livro. Eu conhecia os personagens — Amelia, uma barista sabe-tudo que sonha em ser jornalista musical, e Jackson, um guitarrista em decadência que foge de qualquer tipo de estabilidade —, dois jovens que decidem tirar férias em uma pequena ilha escocesa e acabam presos um ao outro quando o dono do Airbnb acidentalmente aluga a propriedade para os dois ao mesmo tempo. A ilha é mágica, e o romance entre os protagonistas é tão eletrizante quanto as tempestades que chegam do Atlântico. Até Amelia descobrir que Jackson mentiu sobre seu passado. Porém, ela também esconde algo dele. Apesar de ter sido mesmo uma coincidência os dois reservarem a casa ao mesmo tempo, Amelia aproveita a oportunidade para tentar chegar até o editor da *Rolling Stone*.

E acho que a história bateu demais com a minha própria vida. Como duas pessoas poderiam se reconciliar e confiar uma na outra quando haviam se apaixonado pelas mentiras que contaram?

Que futuro seria esse?

Na última vez em que tentei escrever aquela cena — a da reconciliação, a cena em que os dois se encaram sob uma fria tempestade escocesa, abrem o coração e tentam consertar os estragos —, um raio atingiu Jackson, matando-o na mesma hora.

O que teria sido ótimo se eu fosse uma ghostwriter de histórias de vingança. Mas não era o caso.

Estava começando a dar uma olhada na seção de livros usados de J. D. Robb quando o meu celular vibrou dentro da bolsa. Peguei o aparelho, rezando para não ser Molly, a agente de Ann Nichols.

Não era.

— Ótimo *timing* — falei, quando atendi. — Estou com um problema.

O meu irmão riu.

— Imagino que a sua reunião não tenha corrido bem, certo?

— Definitivamente, não.

— Eu disse que você deveria levar uma orquídea de presente, e não um cacto.

— Não acho que o problema foi a planta, Carver.

Ele soltou uma risadinha debochada.

— Tá certo, tá certo... então qual foi o problema? Ele era gato?

Peguei um livro que *não* pertencia à seção de *thrillers* políticos — *Vermelho, branco e sangue azul*, de Casey McQuiston — e resolvi levá-lo de volta para a seção de romances, à que realmente pertencia.

— Tá bem, temos *dois* problemas.

— Nossa, ele é *tão* gato assim?

— Sabe aquele livro que eu deixei você pegar emprestado? Aquele da Sally Thorne? *O jogo do amor "Ódio"*?

— Alto, moreno, os olhos de um azul que combinava com o papel de parede do quarto dele?

— Exato! Só que os olhos são castanhos. Um castanho tipo *chocolate*.

— Godiva?

— Não, mais como os Kisses da Hershey's derretidos, no seu pior dia de menstruação.

— Ferrou.

— *Sim*, e quando eu me apresentei, falei o meu nome... *duas vezes*.

— Você não fez isso.

Soltei um gemido.

— Fiz! E *aí* ele se recusou a me dar uma nova extensão de prazo para o livro. Tenho que terminar a história. E precisa ter um final feliz.

Carver deu uma gargalhada.

— Ele disse isso?

— Disse.

— Eu não sei se isso me deixa com mais ou menos tesão.

— *Carver!*

— O que foi? Curto um homem que sabe o que quer!

Tive vontade de estrangulá-lo pelo telefone. Carver era o irmão do meio dos filhos da família Day, e o único que sabia que eu trabalhava como ghostwriter — e o fiz *jurar* guardar segredo ou eu publicaria no jornal da cidade a fanfic constrangedora que ele tinha escrito na época da escola, com Hugh Jackman como protagonista. Uma chantagem amigável entre irmãos, muito saudável. Carver só não sabia *para quem* eu escrevia como ghostwriter, mas ele tentava adivinhar o tempo todo.

Fui até a seção de romances, onde homens seminus me encaravam de suas prateleiras, e coloquei o livro de acordo com a ordem alfabética.

— Escuta, eu detesto ser *essa* pessoa — retomou Carter —, mas o que você vai fazer em relação ao manuscrito?

— Não sei — respondi com sinceridade. Os títulos nas prateleiras pareciam ser todos iguais.

— Talvez seja hora de mudar de ramo de novo? — sugeriu ele. — Está na cara que esse bico de ghostwriter não está mais funcionando, e você é boa demais para se esconder atrás da Nora Roberts.

— Não trabalho como ghostwriter da Nora Roberts.

— Você não me contaria mesmo se fosse para ela — argumentou Carver.

— Mas não é ela.

— *Aham.*

— Não é mesmo.

— Nicholas Sparks? Jude Deveraux? Christina Lauren? Ann Nichols?

— O papai está por aí? — interrompi, e o meu olhar encontrou os "Ns" de *Nichols*. Corri os dedos pela lombada de *A floresta dos sonhos*.

Eu podia ouvir Carver franzindo a testa.

— Como você sabia que eu estou na funerária?

— Você só me liga quando tá entediado aí. Não tinha trabalho pra fazer na empresa de tecnologia hoje?

— Eu quis sair mais cedo. Papai está terminando uma reunião com um cliente — acrescentou ele, o que significava que o meu pai estava conversando sobre organização do funeral, caixões e preços com uma pessoa que acabara de perder um ente querido.

— Você já conversou com ele?

— Sobre as dores no peito? Não.

Soltei um murmúrio de desaprovação.

— A mamãe falou que ele continua se recusando a marcar uma consulta com o dr. Martin.

— Você conhece o papai. Ele vai acabar arrumando tempo.

— Acha que a Alice conseguiria fazer uma pressão?

Alice era *muito* boa em conseguir que o nosso pai fizesse coisas que ele não queria fazer. Era nossa irmã caçula, e o tinha na palma da mão de um jeito que a simples *ideia* de aborrecê-la de alguma forma já o faria capturar a lua se fosse preciso. Alice também tinha sido a única que decidira trabalhar no negócio da família. A única que quis fazer isso.

— Já pedi a ela — respondeu Carver. — Eles têm uns três funerais para dar conta nesse fim de semana. Tenho certeza de que papai vai procurar o médico na semana que vem, quando estiver um pouco menos ocupado. E ele está bem. Se qualquer coisa acontecer, a mamãe vai estar por perto.

— Por que ele tem que ser tão *teimoso*?

— Olha quem está falando.

— Ha *ha*. — Peguei dois livros de ficção científica e uma brochura bonita. *O castelo animado*, de Diana Wynne Jones. Comprar livros sempre fazia com que eu me sentisse melhor, mesmo que eu nunca os lesse. — Você pode pelo menos tentar convencer o papai a ir logo ao médico, a não esperar tanto?

— Claro, se você conseguir convencer o homem a tirar um dia de folga do trabalho...

Ao fundo, ouvi meu pai gritar:

— Convencer quem? De quê?

E Carver respondeu, cobrindo o fone para gritar de volta (não que aquilo poupasse os meus tímpanos):

— Nada, velhinho! Vai tomar o seu suplemento! Ei... eu estava brincando... ah, o que foi, mãe? Quer que eu ajude você com alguma coisa? Claro! Estou falando com a sua segunda favorita...

— *Não sou* a segunda favorita — reclamei.

— Tá certo, tchau!

Ouvi uma agitação do outro lado da linha enquanto Carver passava rapidamente o telefone para o meu pai. Eu podia visualizar a cena — meu irmão jogando o celular e meu pai dando um jeito de pegá-lo enquanto tenta bater no braço de Carver. Então, Carver entra em uma das outras salas junto com mamãe, rindo.

Meu pai levou o celular ao ouvido.

— Minha flor! — bradou sua voz poderosa. — Como está a Big Apple?

Meu coração se encheu de alegria ao ouvir o som da voz dele, com o coro da risada de Carver ao fundo. Eu sentia mais saudade da minha família do que gostaria de admitir.

— Está bem.

— Anda comendo bem? Se hidratando?

— Eu é que deveria fazer essas perguntas a *você*. — Saí do corredor onde estava e sentei em um banquinho da livraria, com a bolsa e os livros no colo. — *Velhinho*.

Quase consegui *ouvir* meu pai revirando os olhos.

— Estou *bem*. Esses velhos ossos ainda estão dando conta do recado. E como vai a minha filha mais velha? Já agarrou um bom partido na cidade?

Dei uma risadinha cínica.

— Você sabe que a minha vida é mais do que namorar, pai. Amor não é tudo.

— Como a minha linda filha mais velha se tornou tão amarga? Que tragédia — lamentou ele com um suspiro sentido. — Ela foi feita a partir de ventres carregados de amor.

— Eca, pai.

— Ora, quando eu conheci a sua mãe, fiquei tão louco por ela que...

— Pai.

— ...não saímos do quarto do hotel por três dias. *Três dias!*

— *Pai*.

— Os lábios dela eram como pétalas de rosa frescas...

— Já entendi, já entendi! Só... acho que não estou pronta para um novo relacionamento. Acho que nunca mais.

— O universo pode acabar te surpreendendo.

Por algum motivo, o rosto anguloso do meu novo editor me veio à mente. Claro, até parece. Passei o polegar pelas páginas de um dos livros no meu colo, sentindo-as zumbindo baixinho.

— E como vai o negócio da família?

— Melhor impossível — respondeu o meu pai. — Você se lembra do dr. Cho? O seu dentista?

— Alice me contou que ele faleceu.

— Mas foi um bom funeral. Um dia *lindo* para abril. É sério, o vento dançava por entre as árvores. Foi uma bela despedida — disse ele, então acrescentou em um tom um pouco mais baixo: — Ele me agradeceu depois.

Engoli o nó que apertou a minha garganta, porque qualquer outra pessoa que ouvisse aquilo acharia que meu pai tinha enlouquecido. Talvez ele fosse um pouco maluco, mas se fosse esse o caso, então eu também era.

— É mesmo?

— Foi bonito. Fiquei com algumas ideias para o meu próprio funeral.

— Ainda vai demorar algum tempo — brinquei.

— Assim espero! Quem sabe então você venha para casa.

— Eu seria o assunto da cidade.

Ele riu, mas com certa amargura. Um sentimento que nós dois compartilhávamos. Afinal, fora aquele o motivo de eu ter ido embora da cidade. O motivo para eu não ter permanecido em Mairmont. O motivo para eu ter me mudado para o mais longe possível, onde ninguém sabia da minha história.

Porque, quando se resolve um assassinato aos treze anos de idade com a ajuda de fantasmas, os jornais publicam exatamente isto:

GAROTA LOCAL SOLUCIONA ASSASSINATO COM A AJUDA DE FANTASMAS

Dá para imaginar como esse tipo de coisa pode assombrar a vida de alguém. Eu não era exatamente uma garota popular no ensino médio e, depois do que aconteceu, não tive a menor chance de ser convidada para o baile de formatura. Carver e Alice não viam fantasmas, nem minha mãe e a irmã mais nova do meu pai, Liza. Só eu e o meu pai víamos.

Éramos os únicos que entendíamos.
Outra razão para eu estar melhor sozinha.
— Por favor, vai ver o dr. Martin na semana que vem... — comecei a dizer, mas ele me interrompeu.
— Ah, está chegando outra ligação. Falo com você logo, tá certo, minha flor? Não se esqueça de ligar para a sua mãe.
Suspirei, mais de resignação do que de tristeza.
— Amo você, pai.
— Eu te amo mais!
Ele desligou e eu finalmente percebi o funcionário da livraria me olhando irritado por eu estar sentada no banquinho. Eu me levantei, me desculpei por ter ocupado aquele espaço e segui rapidamente na direção do caixa.
Uma das poucas coisas boas do trabalho de ghostwriter era que eu podia pedir reembolso dos livros que comprava. Mesmo que nunca os lesse. Mesmo que os usasse para construir tronos de livros onde podia me sentar e chorar enquanto me servia de outra taça de Merlot.
Ainda assim valia a pena.
E aquela pequena injeção de serotonina *realmente* fez com que eu me sentisse com menos vontade de matar alguém. Enfiei os livros na bolsa e parti para a estação mais próxima, de volta para Jersey. Eram cerca de vinte minutos de caminhada até a estação da Ninth Street, mas a tarde estava ensolarada e o meu casaco era grosso o bastante para me proteger da despedida do frio da estação. Eu gostava de fazer longas caminhadas em Nova York. Normalmente me ajudavam a solucionar alguma questão no enredo de um livro, ou a resolver uma cena que não estava funcionando direito, mas nem todas as minhas caminhadas do último ano tinham conseguido forçar o meu cérebro a criar de novo, por mais que eu andasse. Nem mesmo naquele dia, às vésperas de tudo ir por água abaixo de vez.

Na Ninth Street, desci até o metrô. Como estava muito mais quente na estação do que do lado de fora, desabotoei o casaco e afrouxei o cachecol, para me refrescar enquanto descia os degraus de dois em dois.

O trem parou na plataforma e as portas se abriram. Entrei às cotoveladas no vagão lotado, me encostei na porta mais distante e ajeitei o corpo para encarar a longa viagem. O trem voltou a se mover, sacudindo lentamente para a frente e para trás, e fiquei olhando pelo vidro da porta, conforme as luzes passavam.

Não prestei atenção à mulher tremulando, transparente, a algumas pessoas de distância, ocupando de maneira improvável um espaço livre. Ela continuou a olhar intensamente para mim até o trem parar na estação seguinte, eu me sentar em um lugar recém-desocupado e sacar da bolsa um dos livros que acabara de comprar.

O meu pai teria odiado o que eu acabara de fazer. Ele teria me dito para dar uma chance à mulher. Para parar e ouvir a sua história.

Normalmente, tudo o que eles queriam era que alguém os escutasse.

Mas ignorei a fantasma, como havia feito durante os quase dez anos em Nova York. Era mais fácil quando estava cercada de gente. Eu conseguia simplesmente fingir que os fantasmas eram outras pessoas anônimas na multidão. Foi o que fiz, e quando o trem que saía de Manhattan passou por baixo do rio Hudson em direção a Nova Jersey, a fantasma tremulou uma última vez... e se foi.

3

Romance por um fio

VIREI A TAÇA de vinho e me servi de outra.

Eu costumava ser boa com histórias de amor.

Todos os romances mais recentes de Ann Nichols tinham sido elogiados tanto pelos fãs quanto pela crítica. "Uma demonstração impressionante de paixão e coração", publicou o caderno literário do *The New York Times* sobre *Matinê*. A revista de crítica literária *Kirkus Reviews* disse que *Guia de um canalha* era "uma incursão surpreendentemente deliciosa", o que, bem, entendi como algo positivo. "Um romance sensacional de uma romancista muito amada", escreveu o *Booklist*. Isso sem mencionar todos os elogios na *Vogue* e na *Entertainment Weekly*, e um milhão de outros veículos de mídia. Eu tinha todos eles no quadro dos sonhos que ficava no meu quarto. Imprimi e-mails e recortei revistas ao longo do último ano na esperança de que ver todos aqueles recortes juntos pudesse me inspirar a escrever um último livro.

Só mais um.

Eu era *boa* em livros românticos. Excelente, até. Mas não estava conseguindo de jeito nenhum escrever aquele. Toda vez que eu tentava, parecia errado.

Como se eu estivesse deixando alguma coisa escapar.

Deveria ser fácil — um gesto romântico grandioso, um lindo pedido de casamento, um final feliz. Do tipo que os meus pais tinham, do tipo que eu passara a vida procurando. Descrevia aqueles casamentos nos romances enquanto procurava pelo mesmo na vida real em homens que conhecia em bares, usando gravatas frouxas ou camisetas amassadas, e em estranhos que me lançavam olhares no trem — uma péssima ideia atrás da outra.

Eu só queria o que os meus pais tinham. Queria entrar no salão de baile de um clube e encontrar o amor da minha vida. Os dois nem tinham sido *designados* como parceiros de dança um do outro até seus respectivos pares ficarem de cama, gripados, e o resto, como se dizia, era história. Os dois estavam casados havia trinta e cinco anos, e tinham o tipo de amor que eu só encontrava na ficção. Eles brigavam e discordavam, lógico, mas sempre se reconciliavam, como uma estrela binária, dançando juntos pela vida. Eram os pequenos momentos que tornavam o relacionamento deles mais sólido — a maneira como meu pai tocava as costas da minha mãe sempre que passava por ela, ou o jeito como ela beijava a parte calva no alto da cabeça dele, ou como andavam de mãos dadas como adolescentes sempre que a gente saía para comer fora, ou como defendiam um ao outro quando sabiam que um deles estava certo, e conversavam pacientemente quando estavam errados.

Mesmo depois que todos os filhos saíram de casa, eu sabia que eles ainda ligavam o som na sala de estar e dançavam pelo piso antigo de cerejeira ao som de Bruce Springsteen e Van Morrison.

Eu queria aquilo. *Procurava* aquilo.

Então, tinha me dado conta, parada debaixo da chuva naquela noite de abril, quase exatamente um ano antes... que nunca teria aquilo.

Tomei outro gole de vinho enquanto olhava irritada para a tela do computador. Precisava escrever. Não tinha escolha. Não importava se estaria bom ou não... eu precisava entregar *alguma coisa*.

— Talvez...

A noite estava úmida e a chuva fria a encharcava como um arrepio mortal. Amelia ficou parada ali, molhada e tremendo. Deveria ter levado o guarda-chuva, mas não estava pensando direito.

— Por que você está aqui?

Jackson, por sua vez, estava igualmente molhado e com frio.

— Eu não sei.

— Então vá embora.

— Isso não é muito romântico — murmurei, e deletei a cena, enquanto virava o resto do vinho na taça. De novo.

O pôr do sol na ilha deveria ser mágico, mas a chuva daquela noite estava especialmente fria e intensa, e as roupas de Amelia colavam ao corpo como uma segunda pele. Ela apertou o casaco ao redor do corpo com mais força, tentando se proteger do frio cortante.

— Nunca pensei que a rainha de gelo pudesse sentir frio — disse Jackson, a respiração saindo em nuvens de vapor.

Ela deu um soco na cara dele.

— Nossa, ótimo trabalho.

Suspirei e deletei aquela tentativa também. Amelia e Jackson deveriam estar no processo de reconciliação, retornando da noite escura e entrando *juntos* na luz. Aquele era o encerramento da *grande história de amor*, o *gran finale* que todo livro de Ann Nichols tinha e todo leitor esperava.

E eu não conseguia escrever a porra da cena.

Eu era um fracasso, e a carreira de Ann estava acabada.

Não tinha nada mais deprimente do que aquilo, a não ser pelo estado da minha geladeira e da minha despensa. Tudo o que restava era um pacote de macarrão com queijo no formato de dinossauro. Pelo menos era a comida ideal para um momento depressivo. Quando peguei a embalagem no armário, minha colega de apartamento entrou apressada pela porta e jogou a bolsa no sofá.

— Que se foda o homem! — gritou ela.

— Que se foda o homem — entoei em um tom religioso.

— Todos eles!

Rose entrou intempestivamente na cozinha, abriu a geladeira e começou a comer cenouras direto da embalagem. Rose Wu tinha sido minha colega de quarto na faculdade, mas se formara um ano antes e se mudara para Nova York a fim de tentar uma carreira na publicidade. Um ano atrás, ela estava com um quarto vago em casa. Assim, me mudei para lá, e pronto. Rose era a minha melhor amiga e a melhor coisa em toda aquela maldita cidade.

Ela era o tipo de pessoa que chamava a atenção — que entrava em um lugar e dominava o ambiente. Sabia o que queria, e sempre corria atrás dos seus objetivos. O seu mantra era: "Se vir, pegue pra você."

Talvez por isso Rose fosse tão bem-sucedida na agência em que trabalhava. Em apenas dois anos lá, ela já era a gerente de marketing em mídias sociais.

— O *Michael* — disse ela, enfiando outra cenoura na boca — veio hoje *me* dizer que eu agi errado com a nossa cliente... você sabe, aquela atriz, a Jessica Stone? A empresa está trabalhando na divulgação da linha de roupas dela... e como pode ser *tudo* culpa minha? Porra, ela nem é minha cliente! Eu nem trabalho com propaganda! Ela é cliente da *Stacee*! Nossa, odeio homens brancos que não conseguem distinguir uma pessoa asiática da outra!

— Posso matar o cara, se você quiser — comentei com absoluta sinceridade, enquanto abria a embalagem de macarrão, pegava o pacote de queijo e derramava a massa na panela com água. Nem esperei que começasse a ferver. Em algum momento aquilo iria acontecer.

Rose enfiou mais uma cenoura na boca.

— Só se não formos pegas.

Dei de ombros.

— Esquarteje o corpo. Faça um churrasco com ele. Sirva os restos aos seus colegas de trabalho. Pronto, está feito.

— Isso parece o enredo de algum filme.

— *Tomates Verdes Fritos* — admiti.

Rose inclinou a cabeça.

— Funcionou?

— Ah, nossa, e como! E eu tenho uma *ótima* receita de churrasco que podemos tentar.

Ela suspirou e balançou a cabeça, enquanto fechava o saco de cenouras e o devolvia para a geladeira.

— Não, não. Não quero correr o risco de envenenar gente inocente com uma pessoa dessas. Tenho uma ideia melhor.

— Triturador de madeira?

— Bebida.

A água começou a ferver. Mexi a panela com uma espátula, já que todas as outras coisas estavam sujas.

— Está falando de arsênico, ou...

— Não, estou falando de *nós* sairmos. Para beber.

Fiquei olhando para ela sem entender. Eu, parada na nossa cozinha, fazendo um macarrão com queijo quase fora da validade, usando minha calça de pijama de flanela superconfortável, um pulôver do Tigrão vários tamanhos maiores que o meu, sem sutiã e com o cabelo despenteado.

— *Sair...?*

— Sair. — Rose foi até a porta da cozinha e ficou parada ali, como Gandalf diante do Balrog. Ninguém passará. — *Nós* vamos *sair*. Eu obviamente tive um dia ruim e pelos livros novos em cima da bancada posso dizer que você também.

Gemi.

— Não, Rose, por favor, me deixa ficar aqui, só quero comer o meu macarrão com queijo em paz e morrer. Sozinha.

— Você *não* vai morrer sozinha — retrucou a minha colega de apartamento, determinada. — No mínimo vai ter um gato.

— Detesto gatos.

— Você ama gatos.

— Eles são uns babacas.

— Tanto quanto todos os ex-namorados que você já teve, e você amou todos *eles*.

Eu não tinha argumentos contra aquilo. Mas *não* tinha gatos, e também não queria sair para beber. Abri o pacote de queijo em pó.

— A minha conta bancária está tão negativa quanto a minha vida amorosa. Não consigo bancar nem uma cerveja barata que seja, Rose.

Ela deu um suspiro alto, tirou o pacote de queijo da minha mão e afastou a panela com o macarrão na água para cima de uma boca apagada do fogão.

— Vamos *sair*. Preciso me divertir e sei que você também. Deduzo, a julgar pelo macarrão com queijo, que a reunião com o seu editor não correu muito bem, não é mesmo?

É óbvio que não. Por que mais eu estaria fazendo um macarrão com queijo deprimente? Dei de ombros.

— Foi tudo bem.

— Florence.

Dei um suspiro.

— Ann tem um novo editor. Acho que você talvez até conheça... ele me pareceu familiar. Se chama Benji alguma coisa. Ainer? Ander?

Rose olhou para mim boquiaberta.

— Benji *Andor*?

Apontei para ela com a colher de pau.

— O próprio.

— Você está brincando.

— Não estou.

— Sortuda! — Rose deu uma gargalhada. — Ele é *gato*.

— Sim, eu sei... mas como *você* sabe?

— Ele saiu naquela lista de "Trinta e cinco com menos de trinta e cinco" da *Time Out* no ano passado. Foi editor-executivo da Elderwood Books antes de eles falirem. Onde você estava?

Olhei para ela com uma expressão exausta. Ela sabia exatamente onde eu estava um ano antes: fazendo um macarrão com queijo deprimente por um motivo *diferente*.

Ela mudou de assunto e fez um gesto com a mão.

— Seja como for, é bom que ele ainda esteja no mercado editorial, mas publicando livros românticos na Falcon House? Uau.

Dei de ombros.

— Vai ver ele gosta de romances. Eu conheço algum livro em que ele tenha trabalhado na Elderwood?

Rose guardou o pacote de queijo em pó de volta na caixa.

— *Os pássaros assassinados*? *A mulher de Cabin Creek*?

Fiquei encarando minha amiga.

— Então eram... livros góticos?

— Livros góticos pavorosos, *mórbidos*. Benji Andor é um Rochester moderno, mas sem a esposa no sótão. Ouvi dizer até que já foi noivo, mas *ele* deixou a *noiva* no altar.

Voltei a encarar Rose.

— Você por acaso sabe o que acontece em *Jane Eyre*?

— Eu meio que vi os filmes. Mas, de qualquer maneira, não é essa a questão. Então, você agora tem o solteiro mais gato do mercado editorial cuidando dos livros da Ann. Mal consigo *esperar* até ele chegar às suas cenas de sexo. Sério, são algumas das melhores que eu já li, e leio *muitos* livros eróticos. E fanfics — acrescentou Rose.

— Ele não vai fazer isso — anunciei, seca. — Tenho até amanhã à noite para entregar o livro.

— Nossa, você não conseguiu mesmo outra extensão de prazo, né?

Resmunguei e escondi o rosto nas mãos.

— *Não*, e se eu não entregar no prazo ele vai envolver o departamento jurídico e vão descobrir tudo. Oi, eu sou a ghostwriter! Mas como nem isso consigo fazer direito, eles vão começar a se perguntar onde está a Ann, e aí algum detetive grisalho vai aparecer para me interrogar, e todo mundo vai achar que eu *matei* Ann Nichols...

— Meu bem, eu te amo, mas acho que você está colocando a carroça na frente dos bois aqui.

— Você não tem como saber!

— Ela *está* morta?

— Eu não sei! Não! — Então, um pouco mais calma, acrescentei: — Acho que não.

— Por que você simplesmente não conta ao *seu editor* que é a ghostwriter dela?

Eu suspirei.

— Não posso fazer isso. Você devia ter visto o jeito que ele me *olhou* quando pedi para escrever um romance sem final feliz. Foi como se eu tivesse matado o cachorrinho favorito do cara.

— Você diz isso como se ele tivesse mais de um cachorrinho.

— É claro. Ele parece o tipo de pessoa que tem vários cachorros. Mas não é essa a *questão*. A questão é que não contei. Não consegui.

— Então, prefere arruinar a sua carreira e decepcionar a sua *única* heroína literária.

Curvei os ombros.

— Sim. Agora posso, *por favor*, comer o meu macarrão com queijo e abraçar o meu desespero?

A expressão de Rose se tornou implacável.

— *Não* — disse ela, tão incisiva quanto o delineado de gatinho em seus olhos. Então, me segurou pelo pulso e me arrastou para fora da cozinha, pelo corredor, até os nossos quartos. — Vem. Vamos sair. Esquecer as nossas preocupações. Essa noite vamos ser as rainhas dessa cidade idiota, barulhenta e exaustiva! Ou vamos morrer tentando!

Naquele momento, eu preferia ter morrido.

O guarda-roupa de Rose estava cheio de roupas da última moda. Era como uma passarela no nosso apartamento. Lindos vestidos brilhosos, blusas macias e saias-lápis com uma fenda *no limite* da decência. Rose pegou um vestido preto curto que ela vinha tentando me fazer usar havia pelo menos um mês, e seu plano maligno finalmente estava dando frutos.

Balancei a cabeça.

— Não.

— *Usaaaa!* — pediu Rose, com o vestido em mãos. — Ele vai realçar demais a sua bunda.

— Acho que você está querendo dizer que a minha bunda vai *escapar* dele.

— *Floreeeeeeence* — insistiu ela com um gemido.

— *Roooose* — gemi de volta.

Ela franziu a testa. Semicerrou os olhos. E disse...

— Destrambelhada.

Arregalei os olhos ao ouvir a palavra.

— Não *ouse* — sussurrei, em alerta.

— Des-tram-be-lha-*da* — repetiu ela, pausadamente, e ali estava. A nossa palavra de emergência. A palavra que não admitia discussão. Não era mais um pedido... era uma ordem. Podíamos usá-la uma vez por ano. — Você não é uma solteirona velha isolada em uma torre, então chega de agir assim! Quer saber? Eu já deveria ter feito isso antes. Se não está fazendo progresso na sua história idiota...

— Não é idiota!

— ... não adianta ficar sentada aqui sozinha e deprimida, comendo macarrão com queijo e se embebedando com vinho barato. Des-tram-be-lha-da.

Olhei irritada para ela. Rose deu um sorrisinho presunçoso e cruzou os braços, triunfante.

Joguei os braços para cima.

— *Tá bem!* Tá bem. Só vou fazer isso se você prometer lavar os pratos por um mês.

— Uma semana.

— Feito.

Trocamos um aperto de mão.

Por algum motivo, eu tinha a sensação de que Rose levara a melhor naquele acordo, e as minhas suspeitas foram confirmadas quando ela disse:

— Agora tira essa roupa e veste isso. Vamos te levar pro mau caminho hoje à noite, encontrar alguma inspiração pra você beijar.

— Não preciso de caminho nenhum para...

— Tira essa roupa! Agora! — ordenou Rose, enquanto me puxava para fora do quarto dela, me levava para o meu e me fechava lá dentro.

Fiquei olhando para o vestido nas minhas mãos. Não era *tão* ruim assim. De fato, era curto demais para o meu gosto, tinha pelo menos uma centena de paetês a mais do que o necessário e provavelmente custava mais do que um mês inteiro de *aluguel*, mas não era a coisa mais espalhafatosa no guarda-roupa de Rose. (Esse título ia para o vestido arco-íris que ela usava todo ano, em junho, para a Parada do Orgulho LGBTQIAP+. Estranhos com quem não mantínhamos contato pelo resto do ano a reconheciam naquele vestido em toda santa Parada.) O vestido não era bem o meu tipo, mas talvez fosse exatamente do que eu precisava.

Para esquecer que eu havia fracassado na única coisa em que já tinha sido boa. Para fingir que o dia seguinte não seria o último do melhor emprego da minha vida. Para ser outra pessoa por algum tempo.

Só por uma noite.

Alguém que não fracassava.

4

Parceiros predestinados

ROSE ERA COMO uma enciclopédia da noite. Sabia exatamente que restaurante tinha o melhor hambúrguer desconstruído e que armazéns abrigavam a rave silenciosa mais recente (e como entrar lá). Ela sabia que bares de jazz nos porões preparavam os melhores coquetéis e serviam a melhor comida para curar ressacas às três da manhã e quais eram os drinques mais baratos no bar artesanal onde o próximo Jonathan Franzen lamentava não ter tempo para escrever o seu Grande Romance Americano. Ela vinha de uma cidadezinha de Indiana, tinha chegado a Nova York com apenas uma mala e dinheiro enfiado nos sapatos, e, de algum modo, conseguira tornar a cidade seu lar de um jeito que eu nunca consegui.

Acho que eram as estrelas. Eu sentia saudade demais das estrelas. Principalmente da vista delas dos degraus da varanda dos meus pais.

Realmente não havia uma vista como aquela.

Lá também não havia nada como aquele beco que mais parecia uma cena de crime onde Rose me levou naquela noite. Havia três postes de luz, e cada um deles piscava como se estivessem todos se candidatando ao papel de maior clichê de filme de terror do mundo. Segui Rose pelo beco estreito, com uma das mãos enfiadas na bolsa, segurando o frasco de spray de pimenta.

— Você vai me matar — falei. — É isso, não é? Quer a minha bolsa transversal da Gucci.

Rose deu uma risadinha debochada.

— Não sei quantas vezes vou precisar te dizer que essa bolsa é falsa.

— Nem dá pra perceber.

— Aham, se a pessoa fechar os olhos.

Então ela parou diante do que, um instante depois, percebi ser uma porta, e bateu.

— Quem são seus cúmplices no meu assassinato? — perguntei. — A Sherrie, do RH? Ou o meu novo editor gato...

A porta quase escondida rangeu e se abriu, revelando um universitário em uma roupa de tweed, óculos de armação redonda e pequena e cabelo penteado para trás com gel. Rose fez um gesto com a cabeça para que entrássemos e eu a segui.

Eu não sabia o que esperar, mas com certeza não era um bar estreito e mal-iluminado, com mesas redondas de madeira. Estava cheio, mas como todos falavam aos sussurros, como se não quisessem quebrar o clima, era surpreendentemente silencioso. Rose conseguiu uma mesa para nós perto dos fundos, com uma única vela tremulando no meio. Na frente do bar, por onde tínhamos entrado, havia um palco, com um microfone e um amplificador. O público era uma mistura estranha de pessoas que pareciam professores vestidos de tweed e artistas boêmias que pintavam quadros de si mesmas nuas e pressionavam os seios na tela para fazer arte. Inclusive, algumas dessas peças de arte decoravam as paredes ao nosso redor.

— O que *é* este lugar? — perguntei, confusa.
— Coloquialismo — respondeu ela.
— Saúde.

Rose revirou os olhos.

— É um bar, Florence. Um bar.

Procurei por um cardápio em cima da mesa, ou quem sabe caído no chão... mas não encontrei nenhum.

— Definitivamente não sou descolada o suficiente para esse lugar.

— Você é *mais* do que descolada o suficiente — respondeu ela.

E, quando o barman saiu de trás da tábua de cerejeira que servia como bar para nos cumprimentar, Rose pediu alguma coisa que soava muito elegante.

— Ah, pra mim um Everclear... — comecei.

Rose pousou a mão no meu braço, com um olhar de alerta, porque a última vez em que ficamos bêbadas com Everclear tinha sido na faculdade — a bebida fora misturada em uma banheira de Jungle Juice, um drinque de frutas. Nenhuma de nós se lembrava de como tinha ido de Bushwick para o Lower East Side naquela noite, mas era melhor deixar alguns mistérios sem solução.

Eu me ajeitei na cadeira, me sentindo terrivelmente fora da minha zona de conforto em um vestido preto apertado demais, pedindo drinques nada baratos em um bar minúsculo e silencioso, cheio de pessoas que provavelmente eram todas muito mais descoladas do que eu. Estava quase receosa de alguém aparecer e pedir as minhas credenciais artísticas, e quando eu pegasse o meu cartão do supermercado e uma carteirinha de membro de um clube de leitura de livros eróticos...

Nossa.

Assim como acontecia quando ia à editora, também senti que *definitivamente* não estava à altura daquele lugar.

Rose pegou um cartão de crédito de dentro da clutch prateada cintilante que segurava e entregou ao barman.

— Coloque tudo aí, por favor.

O homem pegou o cartão, assentiu e se afastou. *Tudo?* Quanto tempo a gente ia ficar ali? Se bem que não fazia diferença, não é mesmo? Eu poderia ficar ali a noite inteira, ou só alguns minutos, e ainda acordaria de manhã sem saber como escrever aquela cena final. O barman voltou com dois drinques muito elegantes chamados Dickinson, e Rose ergueu o dela em um brinde a mim. Fiquei olhando para ela como se não fosse mais a minha colega de apartamento, mas uma entidade alienígena que tinha assumido o corpo sexy da minha amada Rose. Ela deu de ombros.

— O que foi? É um Mastercard.

— Achei que você estava tentando *sanar* as dívidas.

— Florence Minerva Day, você merece alguém que a leve para sair e a trate bem de vez em quando.

— Depois disso você vai me levar para a sua casa e transar comigo?

— Só se eu puder ficar na parte de dentro da conchinha e preparar panquecas para o seu café da manhã antes de eu ir embora e nunca mais falar com você.

— Perfeito.

— Um brinde — disse Rose, levantando o copo. — A uma boa noite.

— E a um bom amanhã — completei.

Encostamos os copos. O drinque tinha sabor de morango e de um gim estupidamente caro. Com certeza não era o barato que eu costumava comprar no mercadinho da faculdade. Aquele ali era perigoso. Dei um gole grande na bebida, enquanto uma mulher de xale marrom se levantava de uma das mesas na frente e seguia até o microfone no palco.

— Isso é um evento "open mic" ou algo do tipo, daqueles em que qualquer um pode subir lá e fazer o que quiser?

Rose deu outro gole no seu Dickinson.

— Mais ou menos.

— Mais ou menos...?

Antes que Rose pudesse responder, a mulher de xale marrom se inclinou na direção do microfone.

— Obrigada por esperarem o intervalo. — disse. — Agora, para a nossa próxima leitura, eu gostaria de chamar Sophia Jenkins — anunciou ela em uma voz suave que me fez lembrar a de uma professora paciente de jardim de infância.

Ela se afastou e as pessoas estalaram os dedos enquanto uma mulher de pele marrom, com cabelo grisalho curto, subia ao palco e pegava um diário.

— É um *sarau de poesia*? — sussurrei para Rose.

— É um espaço de leitura, na verdade — respondeu a minha melhor amiga, dando brevemente de ombros. — Achei que você precisava de uma inspiração. Escrever é uma atividade solitária, até onde eu sei. É bom ouvir as palavras de outras pessoas.

O conto da mulher era sobre um peixe no oceano que sonhava ser uma sereia, ou talvez sobre uma sereia que achava que era um peixe. Era bonito, simples, e o bar inteiro ficou em silêncio para escutar.

Quando ela terminou, todos estalaram os dedos mais uma vez, educadamente.

Até aquele momento, eu não tinha percebido que precisava daquilo. Só um pouco de arte, tranquila, exposta para que pessoas tranquilas apreciassem. Sem segredos. Sem comentários. Sem expectativas.

— Você é mesmo uma boa amiga, Rose Wu.

Ela sorriu.

— Você está certa, e qualquer boa amiga lhe diria para ser a próxima a subir lá.

— O quê?

— Isso mesmo que eu falei.

Hesitei, mas aquilo não pareceu uma má ideia, já que tinha passado o dia inteiro tentando escrever e fora horrível. O Dickinson artesanal ajudava. Eu *poderia* subir naquele palco. Poderia ler alguma coisa que tivesse escrito no meu celular algum tempo antes. Poderia acrescentar um pouco de criatividade a um mundo que parecia querer sugá-la.

Poderia subir ali e, naquela noite, ser alguém — qualquer pessoa — que não Florence Day.

Porque Florence Day estaria encolhida no sofá com um prato de macarrão com queijo e o notebook equilibrado precariamente em cima de uma almofada no colo, desesperada tentando escrever uma história em que não acreditava. Porque as histórias de amor que vemos na literatura são privilégio de alguns poucos sortudos — como os meus pais. São a exceção à regra, não a regra em si. São raras e passageiras. O amor é uma euforia momentânea, que nos deixa ocos por dentro quando vai embora, e nos faz passar o resto da vida buscando essa sensação novamente. Uma falsa lembrança, boa demais para ser verdade, e eu passara tempo demais me enganando, acreditando nos "Grandes gestos românticos" e no "Felizes para sempre".

Aquilo não estava escrito para mim. Eu não era a exceção.

Era a regra.

E acho que finalmente compreendi o tipo de mentira que contava às pessoas com a minha prosa inteligente e a promessa de um final feliz. Eu prometia a elas que seriam a exceção. E toda vez que olhava para aquele cursor piscando no Word, tentando unir Amelia e Jackson, só conseguia ver o meu reflexo na tela.

O reflexo de uma mentirosa.

Mas por uma noite — por um instante —, eu não queria ser aquela mulher que enxergava refletida na tela do computador. Queria voltar. Fingir que ainda havia o amor verdadeiro esperando por mim em algum lugar do mundo. Que almas separadas pelo tempo e pelo espaço poderiam se unir com a força de um único beijo. Que o impossível não estava tão fora de alcance assim. Não para mim.

Que o amor existia, verdadeiro, forte e leal, em um mundo onde almas afins se uniam... e eu não era mais a regra.

Onde eu era a exceção.

Como se o universo respondesse, eu me levantei quando a mestre de cerimônias chamou por outro voluntário, por mais alguém disposto a abrir o coração. E outra pessoa fez o mesmo. Alguém que estava mais na frente do bar, onde as mesas eram tão próximas que os paletós de tweed se misturavam uns aos outros.

Fiquei paralisada.

— Nossa! — murmurou a mestre de cerimônias. — Que maravilha. Qual de vocês dois gostaria de ir primeiro?

O homem em questão se virou para ver quem era o outro voluntário. Nossos olhos se encontraram. E eu soube que era *ele*.

Eu o reconheceria em qualquer lugar.

Mesmo depois de uma centena de anos, depois de forçar o meu cérebro a esquecer tudo o que lembrava ele, eu o reconheceria.

Cabelo loiro platinado, uma camiseta larga com gola em V, jeans apertado e uma marca de nascença logo abaixo da orelha esquerda em formato de lua crescente — que eu já beijara tantas vezes que meus lábios doíam só de pensar em todas as noites que os esfreguei com força, tentando esquecer. Tentando esquecer *ele*.

Aquilo era o universo me dizendo que eu não tinha como esquecer. Que se amar era verdade, então o amor era uma mentira.

Que eu tinha sido feliz uma vez, mas não feliz para sempre. Porque aquela não era a minha história. Nem mesmo as minhas histórias eram minhas.

Talvez nunca tivessem sido.

5

Um minuto de silêncio

A PRIMEIRA VEZ que vi Lee Marlow foi em uma festa em que eu estava com Rose e Natalie, a nossa outra colega de apartamento que se mudou para a Coreia do Sul. Embora não fosse uma festa para conhecer profissionais do ramo, um monte de gente do mercado editorial estava lá. Autores, editores, um ou outro assistente ou agente. Era para comemorar algum marco importante, mas eu não conseguia lembrar de jeito nenhum qual. Todas aquelas pessoas pareciam as mesmas depois de algum tempo, festa após festa, lançamento de livro após lançamento de livro, fosse em bares sofisticados, restaurantes com terraço ou apartamentos extravagantes em Midtown.

Eu havia segurado Rose pelo braço e a puxara mais para perto.

— Ai, meu Deus, à direita, no fundo. Tênis Vans vermelhos. Eu *disse* a você que dava para usar os meus All Stars.

— Mas esses Louboutins fazem a sua bunda fica incrível — retrucou ela.

— Não consigo sentir os meus pés, Rose — reclamei, invejando o cara de Vans vermelhos. Então, ele se virou e perdi o fôlego. — Nossa.

— Ele ficaria melhor em um belo par de mocassins Gucci de couro.

— Que comentário mais pretensioso.

— Diz a garota usando os Louboutins da melhor amiga.

— Você me *obrigou*!

Rose inclinou a cabeça.

— E não me arrependo disso nem um pouquinho.

Mas eu me arrependi, algumas horas mais tarde, quando meus pés, que antes estavam dormentes, passaram a doer para valer. A festa era no apartamento luxuoso de alguém em Midtown, e, apesar de a maior parte das pessoas estar na sala ou na varanda, eu tinha mancado até a biblioteca e afundado em uma poltrona de couro de encosto alto que provavelmente valia mais do que o custo inteiro da minha formação na Universidade de Nova York. Tirei os Louboutins de valor inestimável e nunca senti tanto alívio na vida. Então, me recostei na poltrona macia, fechei os olhos e me deixei banhar pelo silêncio.

Rose amava festas, a energia, o barulho, as pessoas. Eu gostava de vez em quando, em ocasiões especiais, como shows ou Comic--Cons, mas nada superava o silêncio de uma boa biblioteca.

— Parece que eu não sou o único querendo um pouco de silêncio — disse uma voz bem-humorada do outro lado da biblioteca.

Abri rapidamente os olhos, endireitei o corpo na poltrona e dei de cara com o sujeito dos Vans vermelhos sentado em uma daquelas escadas absurdas que serviam para alcançar as prateleiras mais altas da biblioteca, segurando a autobiografia de algum poeta morto. Era como uma cena daquelas comédias românticas bregas dos anos 1990 — a luz entrando pela fresta das cortinas de veludo escuro, tingindo o rosto dele com os tons pálidos de luar.

Eu me senti enrubescer antes mesmo de registrar como ele era bonito. Eram os olhos, eu acho. Quando ele olhou para mim, foi como se o mundo ao nosso redor perdesse a cor. Só conseguia vê-lo, e ele só conseguia me ver. E ele me *viu*. Parecia um dos momentos sobre os quais escrevo nos romances, uma daquelas sensações de "chamado do destino", em que almas afins se reconhecem. E eu soube — *soube* — que era a exceção à regra.

O cara reparou nos meus sapatos abandonados perto da poltrona.

— Ousado da sua parte tirar os sapatos na casa de um estranho.

— Isso não são sapatos, são instrumentos de tortura — argumentei, sentindo o corpo enrijecer, na defensiva. — E não vejo por que isso te incomodaria.

Ele examinou os meus sapatos.

— Eles realmente parecem bem pontudos.

— Ótimos para apunhalar homens sozinhos em uma biblioteca.

— A bela garota loira de Louboutins na biblioteca particular? — Ele sorriu. — Ninguém vai desconfiar.

Estreitei os olhos.

— Estamos flertando ou isso é uma partida de Detetive?

Ele fez aquilo — o que as pessoas às vezes fazem, de passar a língua pelos dentes, por baixo dos lábios, para esconder um sorriso.

— Qual você quer que seja...

— Marlow! — Uma mulher alta de cabelo loiro-avermelhado adentrou a biblioteca, com dois drinques nas mãos, e quebrou o encanto na mesma hora, com a voz baixa e melódica. — Aqui está você. Achei que tinha te deixado perto do editor-chefe da Elderwood.

— Tente *você* manter uma conversa com aquele cara — retrucou o homem de Vans vermelhos, e aceitou um dos copos que a mulher lhe entregou.

— Já tive que conversar com gente pior. — Ela segurou a manga do casaco dele e puxou. — Vem, ainda tem muitas pessoas para conhecer.

Eu me perguntei quem seria ela. A namorada dele, talvez? Noiva? Ela era linda, com a franja cortada muito reta e a jaqueta de um amarelo forte, combinando com a calça xadrez de cintura alta. Mais tarde descobri que a mulher tinha sido assistente dele, antes que Lee deixasse o cargo de editor da Faux, onde havia crescido consistentemente por anos.

Se o homem de Vans vermelhos tivesse ido com a mulher, as coisas teriam sido muito, muito diferentes. Mas ele voltou o olhar para mim, com um sorriso curvando o canto dos lábios, e disse:

— Já vou.

— Ai, *tá bom* — replicou a mulher, enquanto a sua atenção era tomada por alguém na sala de estar. — Ai, meu Deus, é ele. Aquele é o autor. Sr. Brown! — chamou ela e voltou correndo para a aglomeração de convidados.

Então, ficamos sozinhos de novo.

Ele a observou se afastar, pousou o drinque na estante de mogno — aquele deveria ter sido o meu primeiro sinal de alerta, um desprezo enorme pelos livros de outra pessoa — e se aproximou de mim. Senti o peito apertado... não tinha certeza se preferia ser deixada sozinha com os meus pés doloridos, ou se queria que ele ficasse.

— Então — perguntou ele —, você tem que estar em algum lugar esta noite?

— Aqui.

Ele deu uma risadinha.

— Algum outro lugar?

Inclinei a cabeça.

— Isso é um convite?

— Você está aceitando? — Ele arqueou uma das sobrancelhas bem delineadas. As sobrancelhas de Lee se arqueavam de uma forma que um jornalista descreveria como *beletrística* quando se sentasse para escrever o perfil dele para a revista *GQ*.

Eu deveria ter dito a ele para ir embora. Deveria ter falado que precisava ficar ali, para manter um olho em Rose. Mas eu não sabia disso, e ele me olhou com aquela expressão de curiosidade sincera — quem seria essa garota, usando Louboutins e um vestido preto barato? E ele também era um mistério, de Vans vermelhos, paletó marrom folgado e cabelo loiro bagunçado.

Ele estendeu a mão para mim, como se quisesse que eu a pegasse.

— Prazer, Marlow... Lee Marlow. Vem, vamos pra algum lugar onde não seja obrigatório usar sapatos.

Sorri para ele, então eu soube — simplesmente *soube* — que estava diante de uma coisa especial. Senti como se uma estrela tivesse se desprendido do céu e começado a cair, e não consegui me conter. Não quis me conter.

Aquele foi o momento. O que contamos em jantares com os amigos. De como nos conhecemos e nos apaixonamos, de como soubemos que envelheceríamos juntos, e que mesmo quando morrêssemos não seria o fim. Porque se havia uma coisa mais poderosa do que a própria morte era o amor verdadeiro e inegável.

Eu conseguia sentir aquilo nos meus ossos.

Só queria conversar com ele, respirar suas palavras, compreender o que fazia sua mente brilhante funcionar.

Eu era, como dizem os franceses, *une putain d'idiote*.

— Florence Day. — Aceitei a mão.

E foi assim que eu, a garota que era sempre a segunda opção, que preferia ficar enrolada como um burrito nas cobertas, assistindo a reality shows ruins na TV em uma sexta à noite, começou a namorar um dos homens mais sexy que já conheci em toda a minha vida.

Mas conforme eu o conhecia melhor, conforme os encontros se estendiam por meses, transformando-se em aniversários de namoro e beijos doces, achei que tínhamos o tipo de história de amor que fazia jus ao meu legado familiar. Uma história romântica digna dos livros acontecendo na vida real. Com o primeiro encontro perfeito, o herói mais encantador e o cenário mais lindo — uma casa em estilo brownstone em Park Slope, com um jardim no terraço onde eu me refugiava para escrever capítulo após capítulo de palavras rebuscadas.

Às vezes, ele me encontrava ali e perguntava naquela sua voz suave de tenor:

— O que você tá fazendo aqui em cima, coelhinha?

Então, eu fechava o notebook, ou o caderno, ou qualquer coisa que estivesse usando para registrar as minhas palavras naquela noite, sorria para ele e dizia:

— Ah, só inventando umas histórias.

— Que tipo de histórias? — Ele se sentava no banco ao meu lado, entre uma azaleia florida e um vaso com uma hera-do-diabo sinuosa. — Espero que sejam safadas — comentava, enfiando o rosto no meu cabelo e beijando aquele ponto mais sensível na lateral do pescoço.

Aquilo sempre me deixava arrepiada.

— Muito — respondia eu, rindo.

— Eu poderia dar uma olhada. Melhorar.

— Que ousadia da sua parte presumir que a minha história já não é perfeita.

Ele ria com o rosto ainda enfiado no meu cabelo e murmurava:

— Nada é perfeito, coelhinha.

E me beijava com tanta delicadeza, que eu o teria chamado de mentiroso se meus lábios não estivessem ocupados, porque aquilo era quase perfeito, sim. O modo como a noite se insinuava no terraço, laranja, dourada e sonhadora, e a gentileza dos dedos dele quando seguravam o meu rosto.

Aquilo era perfeito. *Ele* era perfeito.

Mesmo assim, eu mantive em segredo o meu trabalho como ghostwriter.

Nunca surgia o momento certo para contar a Lee, porque sempre que um livro que ele editava entrava na lista dos mais vendidos, eu já estava lá havia algumas semanas a mais. Eu sentia como se estivesse mentindo, embora tivesse assinado um acordo de confidencialidade e estivesse impedida de contar qualquer coisa.

Então, como não podia contar aquilo, contei todo o resto a ele. Abri meu coração para compensar o único segredo da minha vida que eu não sabia como verbalizar. Contei tudo sobre meus outros segredos, meus pesadelos, e finalmente — depois de um ano de beijos, encontros, e promessas que sempre tivemos a intenção de manter —, quando estávamos sentados no sofá assistindo a *Portal para o Além*, confessei:

— Eles não gostam que as pessoas fiquem gritando para eles aparecerem.

— Hein? — Lee levantou os olhos do livro que estava lendo, os óculos apoiados na parte de baixo do nariz. Anos mais tarde, eu me dei conta de que na verdade ele não *precisava* daqueles óculos... eles eram uma pequena mentira, para construir o personagem. — O que você falou, coelhinha?

— Os fantasmas. Eles não gostam quando as pessoas gritam.

Eu já tinha tomado meia garrafa de Pinot Grigio, por isso me sentia um pouco mais corajosa do que o normal. Nunca falara sobre fantasmas com ninguém além do meu pai e de Rose, e achei — tolamente — que se contasse aquilo a Lee, em vez do meu segredo sobre ser ghostwriter, uma coisa compensaria a outra.

Ele me olhou de um jeito estranho por cima dos óculos de armação preta.

— *Fantasmas?* Do tipo que assombra?

Assenti, e girei o vinho na taça.

— O meu pai e eu dançamos com eles no salão da funerária.

— Florence — repreendeu Lee.

— A maioria deles só quer conversar, sabe, alguém que os escute. Não é tão assustador quanto parece nos filmes. Eu nem sempre consegui vê-los... começou quando eu tinha oito anos, acho. Nove, talvez. Mais ou menos por aí.

Ele tirou os óculos e se virou para mim no sofá.

— Você... está dizendo que viu fantasmas? Tipo, espíritos de verdade. Do tipo... — ele balançou os dedos no ar — *buuu?*

— Eu vejo fantasmas. Tempo presente.

— Tipo... neste exato momento?

— Não. Não agora. Às vezes. Não falo mais com eles... desde que saí da casa dos meus pais.

Lee estava mordendo a parte interna da boca, como se para controlar o riso, e foi quando senti o coração afundar no peito. Algumas coisas simplesmente não podemos contar, nem para as pessoas que mais amamos. Algumas coisas, ninguém jamais vai entender. Ninguém *conseguiria* entender. E Lee estava me olhando com a mesma expressão com que as pessoas me encaravam todo dia no ensino médio, um olhar que misturava pena e curiosidade, como se estivessem se perguntando se eu era louca.

Sorri e o beijei.

— *Rá!* O que acha da minha história? — perguntei, afastando a parte de mim que começava a se fragmentar. A parte que eu nunca, jamais, poderia voltar a compartilhar com alguém. — É de um livro em que estou trabalhando.

Mais mentiras. Mas perto da verdade. Estava sendo mais sincera do que jamais tinha sido com qualquer pessoa fora de Mairmont. Porém, por algum motivo, ainda assim me senti envergonhada. E solitária. Tomei o resto do vinho e comecei a me levantar do sofá, mas Lee me segurou pelo pulso e me puxou de volta.

— Espera, coelhinha. Essa história é interessante mesmo. — Então, me pediu bem baixinho: — Me conta mais?

Fiz uma pausa.

— Sério?

— Claro. Se essa história é importante de alguma forma para você, quero escutar.

Sempre as palavras perfeitas no momento perfeito. Ele era bom naquilo. Sabia como fazer a pessoa se sentir importante e querida.

— Mas — acrescentou —, na terceira pessoa, por favor. Achei meio estranho na primeira pessoa — admitiu ele, com uma risada.

Assim, respirei fundo e comecei.

— Ela sabia que veria um fantasma quando os corvos apareciam.

E foi assim que compartilhei com ele a parte da minha vida que eu não dividia com ninguém.

Contei sobre os fantasmas da minha infância, e como na verdade eram raros — passavam-se anos sem que aparecesse nenhum. Eu vira alguns em Nova York, mas nunca tinha parado para perguntar se queriam alguma coisa. Não tinha mais condições de fazer aquilo, não depois do que acontecera em Mairmont. Eu queria fugir daquela vida — daquela parte de mim. E a melhor maneira de fazer aquilo era ignorá-los.

Não deveria ter falado nada. Não deveria nem ter fingido que era uma história inventada.

A minha irmã mais nova, Alice, sempre dizia que eu era ingênua demais. Generosa demais. Eu me doava o tempo todo, até não restar mais nada. Ela disse que um dia aquele meu jeito se voltaria contra mim, como um cachorro mordendo a bunda do próprio dono.

Lee Marlow realmente gostava de morder, mas nunca a minha bunda. E, de qualquer modo, eu o amava, ele me amava, tínhamos a casa estilo brownstone em Park Slope, e ele me beijava com tanta intensidade que qualquer resquício de dúvida era silenciado entre os nossos lábios. Eu podia ter sido a garota esquisita que via fantasmas, mas, aos olhos dele, era perfeita.

Uma vez, quando saímos para jantar, contei a Lee sobre a noite em que fui acordada pelo fantasma de um prefeito que tinha morrido fazia pouco tempo, e ele disse:

— Você deveria tentar publicar essa história. Pode ganhar rios de dinheiro com ela.

— Já tentei uma vez. Não funcionou. E com certeza *não* ganhei rios de dinheiro.

Ele deu uma gargalhada.

— Ah, mas isso foi porque você escreveu uma história romântica.

— E qual é o problema?

— Ah, coelhinha, você sabe que pode fazer melhor do que isso.

Hesitei.

— Melhor...?

— Ninguém é lembrado por uma *história romântica*, coelhinha. Se você quer ser uma boa escritora, precisa fazer alguma coisa que se perpetue.

Eu não sabia o que dizer. Para ser honesta, deveria ter dito alguma coisa — qualquer coisa — para colocá-lo no lugar dele, mas se fizesse isso, Lee perguntaria como eu sabia, e eu teria que contar a ele que era a ghostwriter de Ann Nichols. Naquela altura, nós estávamos juntos havia dois anos, e ele sabia que eu estava sempre escrevendo *alguma coisa*, mas eu tinha sido esperta o bastante para que ele nem desconfiasse o que era. Por isso forcei um sorriso e falei:

— Eu não sei. Meio que gosto da ideia de guardar essa história para mim.

— Alguém vai acabar publicando a história antes de você, se não escrever logo.

Talvez se eu o tivesse pressionado, ele também acabasse desistindo dos fantasmas.

Só para registrar, Lee nunca me contou sobre o livro que estava escrevendo, não me contou até os direitos de publicação da obra serem arrematados em leilão por um milhão de dólares — exatamente o que ele disse que o meu renderia. Ele acabou vendendo para a própria editora onde trabalhava. Onde era editor sênior. E quando eu li a matéria sobre o contrato, percebi que não era a história completa.

> Gilligan Straus, da editora Faux Publishing, adquiriu em um leilão com outras doze editoras os direitos mundiais de publicação do livro de estreia, ainda sem título, do editor sênior da Faux, Lee Marlow, assim como o de um segundo romance. William Brooks, da AngelFire Lit, intermediou o contrato.

E Lee também não me contou tudo.

— É um livro, coelhinha — disse, rindo. — Fica feliz por mim!

— É claro que estou feliz por você — retruquei, porque eu era tola... tão tola.

Eu deveria ter ficado feliz por ele. Nas nuvens. Era um contrato que mudaria a vida de Lee. Ele poderia deixar o emprego, escrever em tempo integral, fazer todas as coisas que me dizia que queria fazer, mas não podia porque o trabalho o ocupava demais.

E agora ele era um sucesso.

Eu deveria ter ficado feliz — não, eu *estava* feliz.

Sinceramente.

Então, uma noite, alguns meses depois da assinatura do contrato, Lee deixou o computador aberto enquanto foi buscar a roupa na lavanderia. Eu nunca tinha bisbilhotado antes — nunca quis fazer isso. Confiava nele.

Era uma tonta.

Porque ele havia levado a sério o que tinha me dito. Que se eu não escrevesse a história que contara, então outra pessoa o faria.

Eu só não achava... não achava que essa pessoa seria *ele*.

Três anos e um dia depois de conhecer Lee Marlow, me dei conta de que tinha entendido a nossa história de um jeito completamente errado. Eu era a protagonista, mas não da minha própria história.

Era a protagonista da história *dele*.

Eu estava costurada nas páginas, em cada palavra, entremeada em todas as frases. O livro que Lee vendera era um livro sobre a funerária da minha família. Sobre as histórias que eu contara para ele. Os fantasmas. Os funerais. Os túmulos. Sobre as pessoas que faziam bullying comigo na escola, me chamando de Wandinha Addams. Que derramavam tinta no meu cabelo. As lembranças dos meus pais dançando na sala de estar, tarde da noite, quando achavam que os filhos já tinham ido dormir. De mim e da minha irmã brigando pela urna da nossa avó, e das cinzas se espalhando pelo chão. De um gato de rua chamado Salem que devia ser atropelado pelo menos uma vez por ano e *nunca* morria — até o câncer levá-lo catorze anos mais tarde.

Estava tudo ali. Todos os meus segredos. Todas as minhas histórias.

Toda a *minha* vida.

Lee se inspirou em mim, simplesmente me usou.

Usou o contrato do livro para sair do emprego e se tornar escritor em tempo integral e, quando o confrontei sobre a história, ele me disse — e vou me lembrar disso até o dia em que eu morrer:

— Coelhinha, você ainda pode escrever o seu romance.

— É por isso que você acha que eu estou com raiva?

— *Você* não ia escrever esse livro.

— Você não sabe disso!

— Coelhinha, por favor, não acha que está sendo um pouco injusta? — Lee tentou me acalmar enquanto eu o empurrava para passar e descia os degraus da nossa casa em estilo brownstone. Da casa em estilo brownstone *dele*.

E, talvez, sim.

Talvez eu estivesse sendo injusta, mas...

— O que acontece no fim? Com a Florence do seu livro? Algum cara aparece para salvá-la, apenas para roubar a única história que é dela?

Foi então que a atitude de Lee mudou. Continuou com o mesmo jeito charmoso, ainda me olhando como se eu fosse o centro do universo, mas de repente eu já não era mais preciosa.

— Não posso roubar uma história que você nunca escreveu, Florence.

E foi isso. Eu tinha sido uma tola completa. O que eu sentia não era nada, era imaginado.

Então, Lee fechou a porta para mim.

Literalmente.

Ele nem sequer tentou se explicar, ou implorar para que eu voltasse. Simplesmente me deixou na calçada, em uma noite fria de abril, com a minha única mala gigante e dois vasos de hera-do-diabo que eu tinha roubado do jardim no terraço.

E todas as histórias dele passaram a fazer sentido quando comecei a pensar nelas da mesma forma que ele pensava nas minhas.
Como ficção.
Achei que conhecia Lee. Ele tinha estudado em Yale e saído porque queria ensinar francês a órfãos em Benin. Voltou apenas porque a mãe morreu de câncer e ele queria ajudar o pai a passar pelo período de luto. Tinha uma irmã vivendo em uma casa de repouso no Texas, depois de ela ter sofrido um aneurisma cerebral no dia do casamento. E sempre fazia doações para a Sociedade Protetora dos Animais, porque era voluntário lá quando estava no ensino médio. E eu engolia tudo isso. Nunca questionava.
Por que faria isso? Eu confiava em Lee.
Mas depois da noite em que ele me deixou na chuva, comecei a compreender tudo. Juntei as mentiras dele, peça por peça, até elas finalmente começarem a fazer sentido. Pelo amor de Deus, Lee nem sabia qual era a *capital* de Benin. (É Porto Novo, a propósito.)
E a verdade era: Lee Marlow foi reprovado em Yale. Os pais dele moravam na Flórida, e a irmã era casada com um bibliotecário e vivia em Seattle. Ele nunca tinha tentado um mestrado em Oxford. Nunca fizera estágio no *The Wall Street Journal*.
E eu estava de coração partido.
Parada naquela calçada, sob a chuva de abril, fiz a única coisa em que consegui pensar: liguei para Rose, e ela me disse que a garota com quem dividia o apartamento estava se mudando. Passou, sim, pela minha cabeça voltar para a casa dos meus pais, óbvio, porque bastaria um abraço apertado deles para eu ficar bem de novo. Mas voltar para casa seria como dar razão a todos que tinham dito que eu não conseguiria me dar bem em Nova York, que esperavam que eu voltasse para poderem fofocar sobre a garota que falava com fan-

tasmas. E aquela era uma história que eu não conseguiria encarar. Ainda não.

Então, apareci na porta de Rose, naquela noite chuvosa de quarta-feira, e foi isso.

Eu não conseguia escrever um romance desde então.

6

Taxa de mortalidade

EU NÃO O VIRA desde aquela noite de abril. Tentava não pensar naqueles olhos azuis, ou no cabelo loiro cuidadosamente desgrenhado, ou a sensação que os dedos calejados provocavam quando me tocavam...

De repente, o bar parecia pequeno demais. As paredes estavam se fechando ao meu redor. Eu não podia ficar ali. O que eu estava *fazendo*? Eu era Florence Day, e Florence Day não vivia a vida dessa forma. Ela não compartilhava as próprias histórias — fossem reais ou não — não usava vestidos pretos minúsculos e não bebia drinques artesanais com nomes de poetas mortos.

O universo fez questão de me lembrar daquilo.

Rose viu Lee Marlow apenas um segundo depois que eu, e a ouvi sussurrar:

— *Merda.* Podemos ir embora se você quiser. Florence?

— Eu... preciso tomar um ar.

— Posso ir com você...

— Não — respondi, com rispidez demais, mas não me importava. As pessoas das mesas mais próximas agora nos encaravam, bebericando seus poetas mortos como se eu fizesse parte do showzinho noturno. — Eu estou bem. Ele pode... ele pode ir primeiro. Preciso ir ao banheiro.

Era uma péssima mentira, e nós duas sabíamos disso, mas mesmo assim ela me deixou ir.

Desviei o olhar de Lee Marlow e segui até os fundos do bar, onde os banheiros normalmente ficam. A mestre de cerimônias deu as boas-vindas a Lee no microfone, e ele se apresentou, dizendo que leria um trecho de... de...

— *Quando os mortos cantam*. É um livrinho de que talvez vocês já tenham ouvido falar. Vai sair daqui a alguns meses, então, por favor, sejam gentis comigo — disse ele, modesto.

Só alguns meses? Assim tão rápido? Nesse último ano, o tempo pareceu escorregar entre meus dedos como se fosse areia. Como é que já fazia *um ano* e meu coração continuava doendo tanto? Eu mal conseguia respirar. Não prestei atenção para onde estava indo. Eu só sabia que precisava ir embora, e precisava ir embora *naquele momento...*

Só que havia dez pessoas na minha frente na fila do banheiro feminino. Levaria no mínimo meia hora. Senti as lágrimas se acumulando, ardendo. Eu não tinha como esperar.

E eu me recusava a chorar onde Lee pudesse me ver.

Eu *não* faria isso.

Logo depois do banheiro feminino estava a placa de saída de emergência, brilhando, e eu aproveitei para sair por lá quando uma garota em um vestido roxo de lantejoulas perguntou se estava tudo bem comigo.

— Não — murmurei, sincera, passando pela fila, me dirigindo para a saída e, por fim, encontrando o ar frio de abril do lado de fora.

Precisava respirar. Precisava me acalmar. Então fiz isso. Enchi os pulmões com o ar gelado, tanto que senti como se fossem explodir, e então soltei tudo mais uma vez. Repeti o processo. Inclinei a cabeça para trás e pisquei até as lágrimas sumirem dos olhos, me abraçando com força para não me desfazer. Não ali. Nem em lugar nenhum.

Nunca mais.

Eu odiava que minha tendência fosse chorar quando sentia raiva, mágoa ou irritação. Odiava como as lágrimas surgiam com o mais leve indício de uma emoção complicada. Odiava me sentir desamparada. Odiava o quanto eu queria marchar até ele e dizer tudo o que eu pensava, e em seguida correr para o mais longe possível dele.

Odiava não conseguir fazer ambas as coisas.

— Eu te *disse* — sussurrou uma voz masculina suave —, eu não preciso que você leia um trecho da porcaria do seu livro de... ah. Oi.

Eu me virei na direção do homem, e congelei. Havia uma sombra alta encostada na parede de tijolos. Rapidamente, ele guardou o celular no bolso e endireitou a postura, ficando ainda mais alto. Com os olhos ainda desfocados pelas lágrimas, ele parecia um pesadelo sinistro.

Ah, não. Uma viela mal iluminada e estreita. Sem ninguém por perto. Minha vida saindo de controle.

Era ali que eu morreria.

— Se você vai me matar, anda logo com isso — falei, em meio a um soluço.

Ele hesitou.

— O quê?

— Não tem ninguém por perto. Vai logo.

Ele pareceu aturdido.

— Por que eu faria isso?

Ele saiu das sombras, e, por fim, consegui ver seu rosto. E isso só fez a situação piorar. Era *mesmo* um estranho que me assassinaria, mas não do tipo que acabaria com a minha vida. Ele era um assassino de carreiras. Da *minha* carreira.

Benji Andor.

E, pior ainda, ele conseguia agora ver o *meu* rosto. As sobrancelhas espessas se franziram.

— Srta. Day?

— *Merda* — xinguei, desviando o olhar.

Ah, não. Será que ele conseguia ver que eu estava *chorando*? Mas que tortura. Esfreguei os olhos.

— O que está fazendo aqui, sr. Andor?

— Ben — corrigiu ele. — E o mesmo que você, imagino.

— Chorando em um beco?

— Hã, isso não...

Ele pareceu considerar as palavras com mais cuidado, franzindo a testa.

Por que, por que ele precisava estar *ali*, entre todos os lugares? Eu quase dei meia-volta para retornar ao bar, mas... Lee ainda estaria lá, lendo o livro idiota dele. Eu não queria ouvir. Eu não queria lembrar que o livro existia. Eu só queria sumir.

Pressionei a palma das mãos nos olhos e respirei fundo. *Está tudo bem, Florence. Se acalme. Não importa. Não importa...*

Então, um pouco hesitante e em voz baixa, ele perguntou:

— Tem algo que eu possa fazer por você?

Não.

Sim.

Eu não sabia.

Eu queria fugir de Lee Marlow e de suas palavras. Queria fugir da lembrança dele. Queria fugir de tudo nele — porque ele me lembrava que a única culpada era eu. E eu não queria me lembrar disso. Eu não queria lembrar nada daquilo. Meu coração ainda parecia estar recém-partido, despedaçando-se novamente, os pedaços caindo como cacos afiados no estômago, causando uma dor renovada.

E eu não queria me sentir dessa forma outra vez. Já fazia um ano. Por que eu não tinha *superado* aquele homem? Por que eu ainda queria que ele olhasse para mim como se eu fosse a única história que ele queria escutar (ah, a ironia), que colocasse uma mecha do meu cabelo atrás da orelha, me beijasse como a heroína de um romance e dissesse que eu era amada? Que ele me amava.

Era do que eu mais sentia falta. Sentia tanta saudade daquilo, daquela proximidade, da certeza de que eu era importante.

E eu queria ser importante de novo.

Para alguém, para qualquer um.

Por apenas um instante.

— *Sim.* — Eu decidi.

Estiquei as mãos — porque ele era muito alto, e eu era o oposto —, colocando-as ao redor do rosto dele, e então o puxei para baixo para que os lábios dele encontrassem os meus. Eram quentes, macios e secos, e meus dedos roçaram contra os pelos da barba por fazer nas bochechas. Meu estômago ardia, mas aquilo preencheu a dor.

Ele emitiu um ruído de surpresa, e aquilo me trouxe de volta à realidade. Rapidamente, eu me afastei.

— Meu Deus do céu. Me desculpa. Eu… eu não… Eu não queria… Normalmente eu não faço isso.

— Ficar com estranhos em becos escuros?

— Beijar estranhos altos.

Ele bufou, e mais parecia uma risada.

— E ajudou?

Meus lábios estavam úmidos e formigando, e o gosto dele era de rum e Coca-Cola, como um poeta morto (Lorde Byron?), e eu não desgostei. Assenti.

— Mas isso não significa nada — acrescentei apressada. — Não significa... Isso que aconteceu... Eu não vou me apaixonar por você.

— Porque o amor está morto? — perguntou ele, irônico.

— Enterrado, e descansa em paz.

— Se você diz...

E então, a boca dele encontrou a minha outra vez. Ele me pressionou contra a parede e me beijou como eu nunca tinha sido beijada em... bom, *no mínimo*, um ano. A noite estava fria, mas o toque dele era como uma fornalha. Agarrei a gola do seu casaco escuro e o puxei mais para perto. O mais perto que eu conseguia. As mãos dele estavam quentes quando os dedos subiram para acariciar meu rosto, e então nós dançamos na rua escura, ao mesmo tempo completamente parados.

Não conversamos. Não pensamos em nada — ou ao menos eu não pensei. Não pensei em Lee Marlow, ou no livro que precisava entregar, e em mais nada, mesmo que Ben nem soubesse que era *eu* que deveria estar escrevendo. Eu não era a autora dele. Não era eu que entregaria o livro com atraso; era Ann. Ele pensava que eu era a assistente dela. A intermediária. Uma ninguém.

Eu queria ser ninguém por um instante.

Ele rompeu o beijo, sem fôlego.

— Srta. Day?

— É Florence — falei, arfando. Meus lábios latejavam.

— Não, hum... não é... seu celular — disse ele, sério. — Está tocando.

Ah. Estava? Não tinha notado. Era o toque de celular da minha mãe. Foi aquilo que me pareceu estranho em meio à névoa de beijar Benji Andor. Por que ela estava ligando tão tarde assim? E *era* tarde, não era? Desvencilhei os dedos do casaco dele e vasculhei a bolsa à procura do celular. Ele ainda pairava acima de mim, próximo, servindo como escudo contra o mundo, e era...

Bom.

Era bom de uma forma que poucas coisas tinham sido naquela noite.

Quando encontrei o celular, percebi que havia mais de vinte ligações perdidas da minha mãe...

E Carver.

E Alice.

Por favor, ligue para a mamãe, dizia a mensagem de Carver.

Espera... quê? Por quê?

Fiquei mais confusa do que qualquer outra coisa. O celular marcava 23h37. Tinha algum problema com a mamãe? Ou com a funerária?

— Tem alguma coisa errada? — perguntou Ben.

— Eu... com licença — murmurei, me abaixando para me desvencilhar dele e me afastando um pouco.

Não era nada, eu disse a mim mesma. Só... não era nada. Rapidamente, pressionei o botão para iniciar a ligação. O telefone mal tocou uma vez antes de mamãe responder.

— Meu amor — começou ela.

Alguma coisa estava errada.

Já estava errada antes de ela falar qualquer coisa.

— É seu pai.

E então...

— Você precisa vir para casa.

O pavor no meu estômago desabrochou como uma flor gelada e doentia.

— Ele está bem? Em que hospital ele está? Eu posso... Eu posso pegar o primeiro voo amanhã e...

— Não, meu amor.

E, com aquelas palavras, eu soube. A forma como a voz dela falhou. A forma como cessou subitamente no fim. Era como parar na beira de um precipício — uma queda abrupta, e então mais nada. Meus lábios estavam entorpecidos, e ainda tinha a memória dos dedos de Ben no meu cabelo, e meu pai estava...

— E-ele teve um ataque cardíaco. Nós tentamos... a ambulância... foi durante o jogo de pôquer, e ele estava ganhando e... Alice e eu seguimos a ambulância, mas... — As palavras eram entrecortadas, tentando encaixar as peças de uma noite horrível enquanto eu estava levemente bêbada. — Eles não conseguiram... ele já tinha ido. Já tinha partido quando chegamos... na hora... ele... ele se foi, querida.

Ele se foi.

As palavras foram ditas baixinho, mal consegui ouvir. Ou talvez meu coração, trovejando nos ouvidos, é que estivesse alto demais. De qualquer forma, não assimilei aquela frase, não de verdade, não por um momento muito longo. E então, como o vento frio, aquilo se alojou profundamente dentro dos meus ossos, e eu consegui sentir meu coração começando a rachar ao meio, quebrando todos os pedaços de mim que eram do meu pai, todas as memórias — as noites que passávamos até tarde na funerária, ou quando eu não conseguia dormir por causa de uma tempestade, quando o vento uivava entre as frestas da casa de maneira que ela parecia gemer, então eu descia para pegar um pouco de leite e às vezes via meu pai na mesa da cozinha. Ele costumava ficar sentado ali, observando as árvores pela janela, vendo-as se curvarem sob a tempestade.

— Ah, minha flor, não conseguiu dormir? — perguntava ele, e quando eu balançava a cabeça, ele dava um tapinha no seu colo, e eu me erguia para sentar ali.

Os relâmpagos iluminavam o céu, fazendo as árvores esguias de verão parecerem mãos esqueléticas, esticando-se na direção das nuvens. Eu me aninhava junto à figura robusta, redonda e segura do meu pai. Eu sempre me sentia segura envolta nos braços dele, onde nada de ruim poderia me tocar. Ele era o tipo de homem que dava os melhores abraços de urso. Era como se ele abraçasse com o coração inteiro.

— O que você está fazendo acordado? — perguntava eu, e ele só ria.

— Escutando os mortos cantarem. Você está ouvindo?

Eu balançava a cabeça, porque só ouvia o vento uivando, e os arbustos do lado de fora arranhando as laterais da casa, e era terrível.

Ele me abraçava mais apertado.

— A sua avó, a minha mãe, me disse uma vez que o vento é só a respiração de todas as pessoas que vieram antes de nós. Todas as pessoas que já morreram, todas aquelas que já respiraram... — Então ele respirava, de uma forma alta e dramática, e depois expirava. — Ainda estão todos no vento. E sempre vão estar no vento, cantando. Até que o vento desapareça. Consegue ouvir?

E ele colocava a cabeça perto do meu ouvido e me embalava gentilmente, de um lado a outro, cantarolando uma música estranha e suave, e quando eu me esforçava para ouvir, também conseguia distinguir: os mortos cantando.

Conforme me afastava do beco para sentar no meio-fio, entorpecida, uma brisa levou um saco de batatinhas vazio no chão. Fiquei observando, mas não escutei nenhum tipo de música. Escutei meu nome.

— Florence?

Ergui o olhar, mas meus olhos estavam desfocados, e tudo que conseguia ver era uma enorme forma ali perto. Ele se aproximou, ajoelhou-se ao meu lado, colocou uma das mãos no meu ombro antes que eu entendesse quem era.

Ben Andor.

Verdade. Ele estava ali. Eu o beijara. Eu queria esquecer, e agora...

— Ei, está tudo bem...

Eu me desvencilhei da mão dele e cambaleei, ficando de pé.

— Estou bem — disse, forçando as palavras.

— Mas...

— Eu disse que estou *bem* — falei, resoluta.

Tudo que eu queria era me despedaçar e ser carregada por aquele vento morto e silencioso. Porque não havia um mundo sem as playlists idiotas do meu pai, as piadas sem graça e seus abraços de urso.

Aquele mundo não existia. Não tinha como existir.

E eu não sabia como existir em um mundo sem ele.

No instante seguinte, Rose estava lá, empurrando Ben Andor para longe de mim.

— O que foi que você fez?!

Ele estava perplexo.

— Nada!

— Teu cu!

Ela vasculhou a bolsa à procura de spray de pimenta. Ele rapidamente ergueu as mãos e voltou apressado para dentro do bar. Então ela se virou para mim e me abraçou com força, me perguntando o que ele tinha feito, o que tinha acontecido.

— Ele morreu — eu disse.

— Ben?

— Meu pai.

Senti um soluço irromper da garganta, como um pássaro querendo ser libertado, e então soltei um gemido e enterrei o rosto no ombro da minha melhor amiga, no meio-fio de um beco vazio, enquanto o mundo continuava a girar, e girar e girar, sem a presença do meu pai.

E o vento não cantou.

7

Dias Passados

A FUNERÁRIA DIAS Passados encontrava-se no ângulo de conjunção perfeito entre as avenidas Corley e Cobblemire. Ficava lá, pacientemente, como um guardião antigo na esquina, pairando acima do resto da pequena cidade de Mairmont, na Carolina do Sul, como uma Dona Morte benévola. Situava-se precisamente no centro do terreno, tinha a altura correta e mantinha a aparência que sempre teve: velha, estoica e estável.

A funerária era um marco em Mairmont durante o último século, passada de um Day a outro Day a outro Day, com todo o amor e carinho. Todos em Mairmont conheciam os Day. Conheciam Xavier e Isabella Day, meus pais, e sabiam que eles amavam seu trabalho, e também os filhos — Florence, Carver e Alice Day —, que não amavam a funerária com tanto *afinco* quanto os pais, mas a amávamos o suficiente. Nós, os Day, trabalhávamos com a morte como contadores trabalhavam com dinheiro e advogados trabalhavam com processos. E por causa disso, nós, os Day, não éramos como as outras pessoas de Mairmont. Dizia-se que desde o dia em que nascia, um Day já vestia roupas de velório. Lidávamos com a morte com o tipo de celebração que a maioria das pessoas resguardava apenas para a vida.

Ninguém entendia minha família. Não de verdade.

Para ser sincera, nem eu mesma entendia.

Só que, quando era a hora, todo mundo em Mairmont concordava que preferia ser enterrado por um Day do que por qualquer outra pessoa no planeta.

Nunca pensei que fosse voltar a Mairmont. Não dessa maneira, com uma mala de mão pequena e uma mochila com o meu laptop e uma escova de dentes extra. Minha cidade natal ficava no limiar entre Greenville e Asheville, tão próxima da divisa estadual que se poderia andar até a Colina, cuspir para a frente e acertar a Carolina do Norte. Era o auge do fim de mundo, e eu costumava amá-la.

Só que isso fazia muito, muito tempo.

De alguma forma, consegui pegar um Uber que me levaria de Charlotte até Mairmont, e quando o Prius desceu a rua principal, vi que a cidade estava exatamente como eu lembrava. A Carolina do Sul era mais quente do que Nova York, as pereiras floridas que ladeavam o pavimento abrindo suas folhas verdes, pontilhadas por flores brancas. O sol já tinha se posto, mas ainda derramava tons de vermelho e laranja no horizonte como uma aquarela, e meu pai estava morto.

Era estranho como aquele pensamento aparecia assim, do nada.

Meu voo estava quase vazio, e nos deram pretzels, e meu pai estava morto.

O carro do Uber cheirava a incenso de lavanda para disfarçar o odor de maconha, e meu pai estava morto.

Eu estava parada na frente dos degraus da Funerária Dias Passados havia dez minutos, observando pelas janelas as silhuetas do lado de dentro entrarem e saírem dos salões, cada vez menos, porque já tinham começado a fazer a leitura do testamento, e meu pai estava morto.

A funerária era uma mansão vitoriana reformada, pintada de branco a cada verão para parecer revigorada e fantasmagórica para qualquer assombração feliz que decidisse passar por ali. As telhas eram de um obsidiana profundo, e quando o sol batia no telhado no ângulo certo, elas reluziam como areia preta. Os padrões nos tijolos dos alicerces eram uma mistura de vermelhos e laranjas desbotados, e as grades de ferro fundido curvavam-se para formar lindas figuras fantasmagóricas sobre as janelas superiores e as mansardas. No Dia dos Namorados, era decorada com coraçõezinhos de papel cor-de-rosa e balões vermelhos; no dia da Independência, soltávamos fogos de artifício roxos; no Natal, era cercada de pisca-piscas vermelhos e verdes, como um vovô rabugento que não queria admitir que estava curtindo as festas, quando na verdade estava.

Continuava exatamente igual ao dia em que saí de casa e fui para a faculdade, uma década antes. Ainda me lembrava da maneira como mamãe beijara minha testa, deixando uma marca vermelho-sangue no formato dos lábios dela, e como papai me abraçara muito apertado, como se não quisesse dizer adeus.

Eu mal podia esperar para abraçá-lo de novo — e então eu me lembrei, como uma pedra que caía pesada em meu estômago, de que ele não faria isso. Nunca mais.

Aquilo me deixou sem ar.

Eu deveria ter voltado antes. Deveria ter ido em alguns fins de semana, como Carver sugeria. Eu deveria ter ido pescar com Alice no verão, deveria ter ajudado papai a pintar a varanda, e deveria ter acompanhado mamãe em todas aquelas aulas de dança de salão.

Eu deveria, deveria, *deveria...*

Só que nunca fiz nada daquilo.

A funerária estava exatamente como da última vez, as janelas de vitral, as mansardas e as torres, mas, parada lá na varanda, criando coragem para entrar, eu sabia que havia também algo intrinsecamente errado.

Meu pai se fora, e havia corvos pousados nos galhos da árvore morta ao lado da casa, crocitando, me incentivando a entrar. Eu não prestei muita atenção nos corvos.

Talvez devesse ter prestado.

É só que... o mundo todo parecia errado. Papai deveria abrir a porta. Ele deveria esticar os braços e me trazer para um abraço de esmagar as costelas, me dizer como era *maravilhoso* eu estar em casa.

Em vez disso, quando apertei a campainha, um *blém* longo que reverberava pelas antigas raízes da casa, minha irmã mais nova abriu a porta. Ela cortara o cabelo preto curto desde a última vez que eu a vira, e os alargadores eram um pouco maiores, apesar de não estar usando o delineador preto gótico. Mas poderia ser pelo fato de ela ter chorado até toda a maquiagem sumir.

— Ah, é você — cumprimentou Alice, abrindo a porta para me deixar entrar com a mala, e voltou para o saguão.

— Oi para você também.

Entrei. Tirei o casaco — não precisava dele em Mairmont, no fim das contas — e o pendurei no cabideiro. Havia outros dez casacos pendurados ali, então eu tinha apenas uma vaga ideia de quem estava esperando na sala. Pessoas que eu não queria ver.

Que era, basicamente, *todo mundo*.

Alice esperou no saguão enquanto eu pendurava o casaco e fez um gesto com a mão para me apressar. Ela estava vestida toda de preto, desde o suéter grande demais cujas mangas ela puxava para cobrir as mãos, até o jeans e os Doc Martens pretos, e por um instante eu poderia fingir para mim mesma que aquela era só mais uma reunião familiar, porque Alice sempre usava preto. Ela era quem mais puxara papai. Alice vestir preto era como o céu ser azul — uma certeza.

Eu odiava preto. Por vários motivos. Quando você fica conhecida por ser igual àquele menino de *O Sexto Sentido*, todo mundo espera que você se vista toda de preto e recite poemas de Edgar Allan Poe.

Papai amava Edgar Allan Poe.

Não. Não pense. Respirei fundo, alisando a frente da minha camisa azul-clara amassada, e segui minha irmã mais nova na direção da maior sala da funerária.

A parte de dentro tinha um piso de carvalho imponente e um papel de parede floral vermelho antiquado. Havia uma escada além do saguão que levava para os andares superiores — o segundo e o terceiro —, mas na maior parte eram reservados para a minha família. Nós moramos nessa casa até meus doze anos, por mais estranho que pareça. As escadas que levavam aos andares de cima da casa pareciam tentadoras, daquela forma sobrenatural com aura de mistério e assassinato. Meu quarto era a segunda porta à esquerda, o terceiro era do meu irmão, as duas portas opostas eram o quarto dos meus pais, um banheiro que tinha uma banheira alta com pedestal, e um pequeno escritório, e então o terceiro andar era o sótão, que Alice tinha só para si. Os quartos estavam todos vazios agora, cheios de decoração e móveis aleatórios, cobertos de pó e esquecidos. Eu conhecia cada tábua do assoalho que rangia, cada dobradiça enferrujada. Lâmpadas elétricas acopladas às paredes emitiam um brilho amarelo sutil. No térreo — a parte que era a funerária — ficavam três salas, a maior à esquerda, onde eu imaginei que todos esperavam por mim, e uma menor à direita, ao lado da escada que levava ao segundo andar, e então uma terceira sala um pouco além. Depois da terceira sala ficava uma cozinha com um fogão a gás e piso de azulejo antigo, e do outro lado da cozinha, a porta para o porão. Papai costumava fazer piadas sobre ter esqueletos escondidos nos armários, porque era literalmente verdade. O porão era onde papai, o agente funerário e diretor, preparava os corpos, e eu já descera ali algumas vezes, mas não o suficiente para pensar muito no assunto. Eu não era do tipo que gostava de cadáveres, diferente de Alice, que sempre amou ficar vendo papai trabalhar.

Eu me perguntei, sem querer pensar muito no assunto, se seria Alice a preparar o corpo de papai.

— Fiquei surpresa de você ter voltado — disse Alice, a voz cautelosa, e gesticulou na direção da sala, a com o papel de parede vermelho. — Já estamos acabando.

— Desculpa, meu voo atrasou.

— Claro.

Então, ela deu as costas para mim e voltou para ficar ao lado de mamãe, e eu soltei a respiração. O meu relacionamento com Alice nem sempre foi tenso assim. Ela costumava me seguir por todos os lugares quando éramos crianças, mas agora éramos adultas.

E papai estava morto.

A sra. Williams, uma mulher negra com o cabelo natural curto, a armação amarelo-néon dos óculos na parte baixa do nariz, já estava lendo o testamento quando entrei na sala e parei no batente. Karen Williams era a única advogada de Mairmont desde que eu conseguia me lembrar. No ensino médio, estudei com a filha dela, que acabou se casando com um amigo meu, Seaburn Garrett, o zelador do cemitério de Mairmont. Ao lado de Seaburn, sentado em uma poltrona alta, estavam Carver e o namorado, Nicki. Os pais de minha mãe estavam em um lar para idosos na Flórida, então eu duvidava que eles viajassem até ali, e os pais de papai haviam morrido quando eu era bem pequena. Então era só isso.

Minha família.

Meu coração se debateu. Inflou, desinflou, e tive uma sensação estranha. Eu me sentia tão errada em estar ali, naquela sala que cheirava a rosas e uma levíssima sugestão de formol, sem meu pai.

Quando entrei na sala, minha mãe ergueu o olhar e rapidamente se levantou.

— Filha! — chamou ela, abrindo os braços, indo apressada até onde eu estava.

Ela me puxou para um abraço, tão forte que minhas costelas doeram, e enterrei meu rosto em seu suéter alaranjado e quente. Ela cheirava a maçã e água de rosas, o aroma da minha infância — de joelhos ralados e panquecas na mesa de café da manhã, e domingos passados na biblioteca, sentada entre pilhas de livros lendo romances. Ela me abraçou tão apertado que era como se cada memória fosse um osso em meu corpo que ela precisava segurar, certificar-se de que ainda estava lá. Que ainda era real.

— Estou tão feliz por você estar aqui — disse ela baixinho, e finalmente me soltou. Ela colocou meu cabelo atrás da orelha, e seus olhos estavam um pouco úmidos. — Você ainda está muito magra. O que vocês comem em Nova York? Alface e depressão?

— Tipo isso — respondi, sem conseguir conter uma risada.

Ela apertou minhas mãos com força, e eu apertei de volta.

— Desculpe o atraso — falei.

— Que nada! Estávamos chegando agora na parte boa, não é?

Finalmente mamãe soltou minhas mãos e se virou na direção de Karen para pedir que recomeçasse de onde tinha parado. Só mamãe para achar uma *parte boa* na leitura do testamento do papai.

Seaburn me empurrou com o ombro e assentiu.

— Que bom te ver em casa.

— Obrigada.

Karen me lançou um sorriso triste.

— *Parece* que Xavier deixou algumas instruções para o funeral dele — disse.

Ela puxou uma lista de um envelope pardo que estava em seu colo e nos mostrou.

Carver soltou um gemido na poltrona de veludo onde estava sentado.

— *Trabalho de casa?*

Alice massageou a base do nariz.

— Mesmo do além-túmulo ele está tentando fazer a gente trabalhar de graça.

— *Alice* — ralhou mamãe. — Ele ainda nem foi enterrado.

— Que descanse em paz — lamentou Karen, e abaixou mais os óculos para ler a lista. Fiquei surpresa por ela conseguir ler a caligrafia dele, que era um horror de feia. — Um. Para o meu velório, gostaria de mil flores silvestres. Os buquês devem ser organizados por cor.

Um murmúrio de confusão percorreu a sala.

Mil? Por que ele... *ah*. Flores silvestres, como as que ele colhia todos os sábados para a mamãe. Olhei para ela, que escondeu um sorriso enquanto baixava o olhar para o colo. Alice e Carver estavam perplexos com esse pedido — não tinham entendido o significado daquilo.

Por que *mil*? Eu não sabia.

— Dois. Quero que Elvis se apresente no meu velório.

Seaburn inclinou-se na direção da esposa.

— Ele não está morto...?

— Bem morto — respondeu ela.

Papai teria feito um *tsc*, *tsc*, e dito "Só meio morto", da forma enigmática que sempre fazia. Porque a música também era uma coisa viva, da sua própria maneira, e a morte não era uma boa despedida sem algumas boas músicas para acompanhar.

Eu estava começando a ter um pressentimento ruim.

— Três. Quero uma decoração da Festa Infinita. Fiz um pedido no dia 23 de janeiro de 2001. Vocês vão encontrar a nota fiscal no envelope, junto com o testamento.

Então, Karen Williams tirou o comprovante amarelado de dentro do envelope.

Eu me lembro de papai uma vez dizer: "Quando eu for embora, vai ter confete e balões, minha flor. Sem choro."

Senti um nó na garganta. Fechei as mãos em punhos.

Karen recolocou o comprovante no envelope e continuou lendo.

— Quatro. Quero um bando de doze para que voem durante a cerimônia.

— Bando? — perguntou Alice.

— De corvos. Doze corvos — traduzi.

O mesmo bando que ficava roubando nossos enfeites de Halloween, trazia coisas brilhantes a papai quando ele os alimentava com grãos de milho, e ficava pousado no velho carvalho morto do lado de fora da funerária toda vez que um fantasma aparecia. Como é que conseguiríamos pegar esses pássaros?

Eles me *odiavam*.

Karen continuou.

— Cinco. Meu último pedido. Minha flor...

Senti meu coração dar um pulo ao ouvir o apelido, e apesar de Karen estar lendo, ainda conseguia ouvir papai naquelas palavras, o amor gentil que ele tinha, o sorriso torto.

— Deixei uma carta para ser lida em voz alta no funeral. Nem um momento antes...

A campainha tocou.

Seaburn se voltou para o grupo.

— Não estamos esperando mais ninguém, estamos?

Olhei o relógio. Eram nove da noite. Um pouco tarde para visitas.

— Podem ser as flores — disse Carver.
— Ou alguém pedindo votos para prefeito — acrescentou Karen.
— Nosso prefeito é um cachorro. Quem é que vai querer competir contra um *cachorro*?
— Florence, você está mais perto — disse mamãe.
— Certo — respondi, e fui até a porta da frente para abrir.

Uma *carta*? Que tipo de carta papai iria querer que eu lesse no funeral dele? Não estava gostando daquilo. Até onde eu sabia, poderiam ser histórias constrangedoras sobre a minha infância que ele estava guardando como forma de chantagem — como a vez em que eu prendi uma bolinha de gude na narina e depois enfiei uma outra para combinar porque fiquei com medo de que meu nariz ficasse torto. Ou a vez em que Carver estava brincando em um caixão que se fechou com ele dentro. Ou a vez em que Alice pensou que era uma bruxa e recolheu todos os gatos de rua da vizinhança afirmando que eram seus parentes, e então os gatos comeram o canário do vizinho. Ele era esse tipo de pessoa. E ele *definitivamente* era o tipo de pessoa que incluiria uma apresentação de PowerPoint na carta também.

E isso tudo só me fez sentir ainda mais saudades. Ele não poderia ter partido para sempre, certo? Ele… ele ainda poderia estar por ali. Como um fantasma. Por perto. Ele ainda tinha assuntos inacabados, não? Ele não tinha se despedido. Ele não poderia ter *partido*. Eu não falei com ele o suficiente, não ri com ele o suficiente, não aproveitei as histórias que ele tinha e a sabedoria enigmática que ele declamava e… e…

Quando abri a porta, não vi ninguém. Só a varanda e as mariposas que flutuavam ao redor das luzes, e as pedras arredondadas que levavam até a calçada, e a luz suave dos postes, e o vento que passava pelos carvalhos.

Então, um corvo grasnou no carvalho em frente à casa, meus olhos focaram e eu consegui, por pouco — *muito pouco* — distinguir uma silhueta. Uma sombra. Um corpo...
Um homem.
Um fantasma.
Meu coração deu um salto. *Papai?*
Não. Não era ele. O homem era... alto demais, grande demais. Lentamente, como se ajustasse o foco em um par de binóculos, a silhueta tomou forma, até que eu conseguisse ver boa parte dele, e meus olhos subiram para o rosto daquele estranho muito alto, de cabelo preto e queixo esculpido. Só precisei de um instante para reconhecer quem ele era.
Bem, quem ele *foi*.
Hesitei.
— Benji... Andor?
E ele estava definitivamente morto.

8

A morte de um solteiro

O OLHAR DE BEN recaiu sobre o meu assim que falei seu nome. Os olhos dele estavam escuros, arregalados e... confusos. Havia uma ruguinha entre as sobrancelhas, que se aprofundou quando ele me reconheceu.

— S-srta. Day?

Fechei a porta com força.

Ah, não. Ah, *não, não, não*.

Isso não estava acontecendo. Eu não vi nada. Foi uma ilusão de ótica. Era meu cérebro sobrecarregado. Era...

— Florence? — mamãe chamou da sala. — Quem é?

— Hum. Ninguém — respondi, minhas mãos se fechando com mais força na maçaneta.

Uma silhueta tênue ainda estava parada do outro lado, obscurecida no vitral. Ele não sumira. Fechei os olhos e soltei a respiração. Não tinha nada lá, Florence.

Ninguém estava lá.

Nem o seu pai, nem o editor gato que *com certeza* não estava morto.

Abri a porta mais uma vez.

E lá estava Benji Andor, como segundos antes.

Os fantasmas não têm a aparência dos filmes — ao menos, não na minha experiência. Não parecem mutilados, a carne apodrecendo nos ossos. Não são pálidos, como se algum ator infeliz tivesse um acidente com talco, e não brilham como o Gasparzinho. Eles cintilam quando se mexem, na verdade. Só o suficiente para passar uma sensação de estranheza. Às vezes parecem tão sólidos quanto qualquer ser vivo, mas outras são desbotados e piscam — como uma lâmpada com mau contato.

Benji Andor tinha essa aparência, parado no capacho de boas-vindas da Funerária Dias Passados. Ele tinha a aparência de suas memórias de si mesmo, a noite no Coloquialismo, o cabelo preto penteado com gel para trás, o paletó certinho nos ombros, a calça preta passada. A gravata estava um pouco torta, porém, só o suficiente para que eu tivesse o ímpeto de arrumá-la. Meu olhar se demorou nos lábios dele. Eu ainda me lembrava deles, do gosto que tinham.

Mas agora ele estava… Aquele homem estava…

O vento primaveril que chacoalhou o carvalho morto não bagunçou o cabelo dele, e a luz da varanda não caiu direto sobre o seu rosto, e ele não tinha sombra. Ele cintilava, muito de leve, como um holograma com glitter. Estiquei a mão em sua direção, lentamente, para tocar seu peito…

E ela o atravessou. Estava frio. Uma explosão de gelo.

Ele encarou a minha mão em seu esterno, e eu sussurrei no mesmo momento que ele xingou…

— *Merda.*

9
De matar

— FLORENCE? — mamãe chamou da sala. — Está tudo bem por aí?

Pisquei, e Benji Andor desapareceu. Rapidamente, recolhi a mão e esfreguei os dedos. Estavam formigando onde eu o tocara e atravessara. Ele não estivera ali de verdade. Ele não estava realmente morto.

Eu estava enlouquecendo.

— Florence? — Mamãe colocou a mão em meu ombro, e tive um sobressalto, apreensiva. Ela me lançou um olhar preocupado. — Você está bem? Quem era?

Balancei a cabeça, cruzando os braços para aquecer minha mão fria.

— Ninguém. Está tudo bem. Era, hum... alguém tocou a campainha e saiu correndo.

Ela apertou meu ombro.

— Está tudo bem — repeti, e tentei afastar a sensação causada por aquele encontro.

Benji Andor não estava *morto*. Eu tinha me humilhado no escritório dele um dia antes. Eu tinha beijado o sujeito na noite anterior. Ele não tinha como estar morto.

Ele não estava.

Só que se tinha uma coisa na qual minha mãe era boa, era identificar minhas mentiras.

— Você viu um, não é? Um fantasma.

— Quê? Não... quer dizer. Não — decidi, porque era mais fácil do que explicar o que tinha acabado de acontecer.

Minha mãe já tinha mais do que o suficiente para lidar — ela não precisava da filha mais velha surtando. Eu tinha que estar ali para apoiá-la, e não o contrário. Agarrei a mão dela e apertei com força.

— Está tudo bem — repeti, e, dessa vez, falei com uma sinceridade vinda do coração. — Tudo certo, mesmo. Estou feliz de estar em casa.

— Eu sei que é muita coisa de uma vez — respondeu ela, e fomos em direção à sala novamente. — Mas as coisas mudaram. As pessoas mudaram.

Mas o quanto ficara exatamente do mesmo jeito?

Eu não poderia falar para ela que, enquanto estava no aeroporto, eu tinha pensado se deveria ou não dar meia-volta e correr para o meu apartamento. Não ir ao funeral. Me distrair com algum podcast sobre crimes. Tentar esquecer que meu pai estava morto. Que ele nunca mais voltaria. Que eu nunca mais, nunca mesmo, não enquanto ele estivesse vivo, falaria com ele sobre a minha carreira, sobre eu ser uma ghostwriter, compartilharia com ele todas as críticas positivas e...

Pare. Pare de pensar.

— Além do mais — retomei, tentando soterrar meus pensamentos —, eu não poderia deixar a família entrar em crise sem a filha problemática favorita.

— Você não é problemática — disse minha mãe.

— Não, ela definitivamente é, sim — argumentou Carver, e mamãe bateu no ombro dele.

Karen a chamou, e ela nos deixou. Carver colocou as mãos nos bolsos do jeans velho.

— Quem era na porta? — perguntou ele.

— Um fantasma.

Ele piscou, aturdido. Meio sem entender se eu estava mentindo ou contando uma piada de mau gosto, mas então abri um sorriso e ele deu uma risada.

— *Rá!* Se era o papai, espero que você tenha dado a maior bronca nele.

— Passei um baita sermão.

— Sério?

— Não. Não tinha ninguém na porta — menti, e ele pareceu desanimar um pouco.

Meu irmão era muitas coisas — um sabe-tudo, um guru em tecnologia e completamente ingênuo. Ele era a cola que mantinha os irmãos Day unidos. Eu não conseguia me lembrar da última vez que Alice falara comigo por vontade própria.

— Nunca se sabe. Sei lá, quando a gente era criança...

— Como você e Nicki estão? — interrompi.

— Bem — respondeu ele, irritado por eu mudar de assunto, mas entendendo o recado enquanto me levava de volta para a sala. — Então, você descobriu o que vai fazer com o editor da Christina Lauren?

— Christina e Lauren escrevem os próprios livros — respondi, automaticamente. — E não, não descobri.

— Então o que aconteceu?

— Papai morreu. Voltei para casa.

— Você não entregou o livro?

— Não posso entregar um livro pela metade.

— Você acha que poderia... hum, sei lá, copiar e colar o mesmo capítulo cinquenta vezes, entregar isso, e quando o seu editor perceber que você entregou o arquivo errado, você já vai estar com o livro de verdade terminado?

Encarei meu irmão, surpresa.

— Isso é...

— Uma ótima ideia, né?

— Uma ideia *horrível* — respondi.

Então, franzi a testa e pensei no assunto por um instante.

— Pode ser que funcione.

— Rá! Está vendo? De nada. Eu sou um gênio.

Talvez aquele estratagema de Carver pudesse me fazer ganhar tempo. Não muito, mas tempo o *bastante*. O fantasma que vi na porta não era um fantasma. Era uma alucinação. Benji Andor não poderia estar *morto*. Eu o tinha beijado na noite anterior! Ele parecia saudável, e não era *tão* velho assim, e acho que daria muito trabalho assassinar alguém que mais parecia com um tronco de árvore.

Ele estava bem.

Fora um truque do meu cérebro — o fantasma imaginário do meu novo editor, que eu acidentalmente beijara num beco no Brooklyn, voltando para me assombrar porque eu já estava estressada e vivendo à base de três horas de sono e quatro copos de café do avião.

Era só isso.

— Ih, o que foi agora? — murmurou Carver baixinho quando voltamos para a sala.

Todos tinham saído de seus lugares e estavam aglomerados ao redor de Karen e do testamento. Mamãe estava andando de um lado para o outro da sala, os saltos batendo no assoalho como um metrônomo, sem perder o ritmo. Aquilo era ruim. Ela raramente andava em círculos. Na maior parte do tempo, apenas flutuava entre os cômodos, como uma Mortícia Addams etérea.

— O que aconteceu? — perguntou Carver, olhando ao redor.

Nicki desviou o olhar do testamento, entregando-o a Seaburn.

— Bem, meio que temos um problema.

— Que tipo de problema?

Alice suspirou, massageando o nariz.

— Papai não deixou nenhuma instrução sobre as coisas — disse ela, com sua voz seca. — Acho que ele só pensou que a gente seria capaz de ler a droga da mente dele.

— Temos a nota fiscal das coisas da festa, mas só. Eu não tenho certeza sobre as flores, ou o bando de corvos ou... Elvis? Não faço ideia do que fazer sobre isso.

Seaburn deu de ombros e entregou o testamento para mim.

A caligrafia de papai era esticada e cheia de curvas, e tudo que eu queria fazer era passar meus dedos pelas palavras, memorizar a forma que ele colocava o pingo nos Is e cruzava os Ts. Era um papel amarelado que eu dera para ele alguns anos antes, no Natal.

— Ele sempre gostou de música ao vivo. Talvez um cover do Elvis — falei, pensando em voz alta. — E as flores...

Carver estalou os dedos.

— Ele sempre colhia flores na velha trilha.

Na Colina. Eu não queria pensar na Colina.

— E o bando de corvos? — perguntou Alice, cruzando os braços sobre o peito.

Todos deram de ombros.

— Talvez pudéssemos usar os corvos que ele alimentava à noite — brincou mamãe. — Eles nunca ficam muito longe.

— Alguém vai precisar ir atrás deles — declarei. — Eles não gostam de mim.

— Eles não te *conhecem* — rebateu Alice. — Você não vem pra casa há dez anos.

— Corvos têm uma expectativa de vida de vinte anos.

— Claro, então é tudo sobre *você* — disse Alice, revirando os olhos.

— Não foi isso que eu quis dizer — retruquei, passando o testamento de volta para Karen.

Ela o colocou mais uma vez no envelope pardo, onde estavam a nota fiscal e alguns outros pedaços de papel.

— Vamos organizar as coisas do velório de Xavier amanhã — mamãe nos garantiu, juntando as mãos para dispensar o resto das pessoas, antes que Alice e eu começássemos a brigar. — Acho que já deu por hoje.

Depois que todos foram embora, Carver, Alice (se esforçando ao máximo para me ignorar) e eu andamos pela casa e desligamos as luzes em todos os cômodos. Era um instinto àquela altura, mesmo que eu não estivesse presente fazia mais de dez anos. Carver escolheu os quartos dos fundos, eu peguei os da esquerda, e Alice os da direita. Verificamos as janelas para nos certificar de que estavam fechadas e trancamos as portas.

Eu estaria mentindo se dissesse que não procurei meu pai enquanto fazia tudo isso.

Aparentemente, fui tão sutil quanto um elefante.

— Se quiser ver o papai, ele está no fim do corredor, sabe — disse Alice, interrompendo a nossa briga silenciosa. Ela se abraçou com mais força, puxando as mangas do suéter por cima da mão.

— Terceiro freezer à esquerda. O que está com a maçaneta ruim.

Fechei a porta da segunda sala, e minhas bochechas arderam de vergonha. Fiquei feliz pelas luzes estarem apagadas, porque assim ela não me enxergaria.

— Não estava procurando.

— Estava, sim. O fantasma dele.

— Talvez — admiti.

Ela fechou a cara e desviou o olhar.

— Bom, não acho que ele está aqui.

— Também acho que não — confessei.

— Quem não está aqui? — perguntou Carver, saindo da Sala C a passos pesados.

Ele dava passos pesados por onde quer que andasse. Era uma coisa dele. Nicki o seguiu para o corredor, silencioso como de costume. Eu sempre me surpreendia ao ver como os dois eram diferentes — feito água e óleo —, mas acho que eram como peças de um quebra-cabeça. Encontravam os sulcos onde a outra pessoa cabia, e era assim que funcionavam juntos.

— Ninguém. Está tudo trancado da minha parte — disse Alice, e saiu rumo ao saguão, onde mamãe estava colocando as botas e o casaco.

Meu irmão me olhou de lado, colocando as mãos nos bolsos.

— Não esquenta — falei, suspirando, e terminei a minha parte.

Eu de fato passei pela porta que levava ao porão — o mortuário — onde mantínhamos os corpos em freezers até que fosse a hora de prepará-los para o enterro. Aqueles que seriam cremados eram mandados para um crematório na cidade vizinha. A porta do porão era como qualquer outra, apesar da maçaneta ser diferente — um trinco de puxar, com uma fechadura velha em cima.

Pelos velhos tempos, verifiquei a fechadura. Estava trancada. Alice provavelmente fizera isso.

Eu não entrava na sala de preparação havia séculos. Odiava o cheiro — uma mistura de desinfetante e formol, e um aroma sutil de outra coisa que não identificamos naturalmente. Era um cheiro encontrado em hospitais e asilos.

A morte tem um cheiro específico.

Não era fácil de reconhecer a princípio, mas quanto mais ficávamos naqueles espaços, mais se tornava algo familiar. Eu não percebi que a morte tinha cheiro até nos mudarmos daquela casa. Sempre pensei que aquele era o cheiro do mundo — um pouco triste, amargo e pesado. Nas manhãs de primavera, papai abria todas as janelas, ligava o rádio para ouvir Bruce Springsteen e tentava fazer a casa respirar um ar vivo, acordar as velhas tábuas de madeira e as vigas do sótão que rangiam.

Já era aquela época de novo, de manhãs geladas, mas em que o sol esquentava os botões nas árvores. O ar na casa parecia carregado de incenso, desinfetante e daquele cheiro triste e tênue da morte, que esperava para ser libertado com a brisa.

Minha mão se fechou ao redor da maçaneta que levava ao porão. Talvez papai estivesse lá embaixo, sentado em uma das mesas de aço geladas, fumando um charuto e se perguntando quando um de seus filhos perceberia que ele estava pregando uma peça esse tempo todo. Ele daria uma risada, e diria: "Não tinha como eu morrer, minha flor, não até estar pronto."

Só que ele estava morto, e ele não estava pronto.

E o fantasma dele não estava lá.

— Estamos indo embora — chamou Carver, bem alto, da porta de casa. — Florence? Você ainda está aí nos fundos?

Soltei a maçaneta. Eu voltaria depois, durante o dia, quando estivesse em um estado de espírito mais equilibrado.

— Estou indo — falei, e me apressei até o saguão, onde todo mundo já tinha colocado os casacos e sapatos.

Carver me entregou meu casaco pesado de inverno, completamente deslocado ali em Mairmont, onde todos já estavam usando cardigãs fofos de primavera e jaquetas jeans.

Ele deu um beijo na minha testa.

— É bom te ver em casa — disse ele.

— Que *nojoooooooooooo* — reclamei. — *Carinho* de irmão.

Mamãe trancou a funerária assim que saímos. Perambulamos pelo caminho de pedra até a calçada. Os corvos não estavam mais no carvalho. Será que havia mesmo os visto? Ou eram só frutos da minha imaginação perturbada, assim como meu editor?

Mamãe me alcançou envolveu meus ombros com um dos braços.

— Ah, vai ser tão bom ter você em casa! — comentou ela. — Não é, Alice?

Eu me sobressaltei.

— Ela também vai ficar em casa?

— Alguns de nós são fracassados em silêncio — disse minha irmã, de forma ácida.

— Não foi isso que eu quis dizer...

— Ah, nossa! — interrompeu Carver, de braço dado com o namorado. — Já passou da hora de Nicki e eu irmos pra cama. A gente se vê de manhã? Na Waffle Atroz? — Aquele era o código para a Waffle House. — Às dez?

— Parece ótimo — respondeu minha mãe.

Carver deu um beijo na bochecha dela e desejou boa noite. Nicki comentou que era muito bom me ver, e juntos eles seguiram pela calçada na direção oposta.

Mairmont não era muito movimentada durante a noite. A maior parte dos restaurantes da rua principal fechava às oito, e os que ficavam abertos estavam lotados de torcedores assistindo a jogos de basquete até tarde e famílias em busca de um sorvete. Nicki e Carver haviam comprado uma casa do outro lado da praça da cidade, em uma rua bonitinha com casas pintadas nas cores do arco-íris e caixas de correio brancas. Eu podia imaginar os dois criando filhos dali a cinco anos e tumultuando aquela ruazinha pacata.

Sinceramente, eu mal podia esperar por esse dia.

Quando eles desapareceram pela calçada, mamãe puxou Alice e eu para mais perto dela, um braço ao redor de cada filha, e nos levou para casa. A caminhada foi silenciosa. O ar noturno estava fresco, embora não frio como seria em Nova York, porém as pereiras floridas soltavam aquele fedor característico da espécie. Um fedor e tanto. Como o quarto de um garoto adolescente. Mas as árvores estavam mesmo bonitas, com as pequenas flores brancas reluzindo sob as luzes dos postes que ladeavam a rua principal. O brilho dourado suave refletia nas janelas, o vento estava parado e o céu era vasto.

Meus pais se mudaram para um sobrado discreto a uma quadra da funerária quando eu tinha doze anos. Nem Carver, nem Alice se lembram de morar na funerária — eles não lembravam que o terceiro degrau rangia, que à noite o vento chacoalhava as vigas e elas gemiam, ou que às vezes era possível ouvir passos no sótão. (No entanto, mais tarde, eu consegui me livrar deles.) Eu era a única entre os filhos que se lembrava de morar — *morar mesmo* — na funerária. Papai me perseguindo pelo assoalho enquanto mamãe cantarolava e restaurava os vitrais acima da porta. Alice perambulando pelo jardim da frente só de roupa de baixo e um buquê fúnebre preso à cabeça como se fosse uma coroa de flores. Carver desenhando nas paredes historinhas épicas com homens de palitinho, incrementando o papel de parede de cinquenta anos preenchido de flores e orquídeas. E eu, com a porta do quarto trancada, sussurrando para os fantasmas que vinham ao meu encontro.

Alice e Carver não se lembravam do motivo de termos nos mudado, mas foi por minha causa. Porque uma noite, quando fui tirada da cama por um jovem espírito travesso, eu me vira andando na direção do porão.

— Tem certeza de que é esse o seu assunto inacabado? — eu perguntara ao fantasma. — Ver... ver você mesmo?

Ele sorrira para mim.

— Isso. Eu quero ver. Eu preciso ver — dissera ele, e me levara ao mortuário.

Eu já havia descido até ali algumas vezes com meu pai, mas nunca sozinha. Era onde guardavam os mortos, em caixas frigoríficas estreitas, até que chegasse o dia do funeral. Eu ainda não conhecia tudo. Sabia apenas que meu pai os preparava para o resto da jornada, como Caronte fazendo a travessia no rio Estige.

Havia apenas dois hóspedes no mortuário naquela noite — papai é quem os chamava de "hóspedes". Eram cadáveres. Óbvio. Eu adivinhara a caixa correta de primeira, e puxei a gaveta. Na mesa estreita havia um garoto que se parecia muito com o que estava ao meu lado. Jovem, talvez com uns doze anos. Papai já o arrumara, pintara os lábios azulados e cobrira os hematomas no pescoço.

— Isso ajuda? — perguntei ao fantasma, e ele pareceu... — Você está bem?

— Eu queria usar a minha camiseta do *Transformers* — respondeu ele, e desviou o olhar. — Eu morri mesmo, né?

— Desculpe.

Ele respirou fundo (ou o mais próximo de uma respiração), e então assentiu, apenas uma vez.

— Obrigado. Mesmo.

E, assim como as dezenas de fantasmas antes dele, os pedaços cintilantes que o compunham começaram a se desfazer, como sementes de dente-de-leão, e se dispersaram pela sala — e então ele seguiu em frente. Um faiscar como o de fogos de artifício, e desapareceu. Fiquei sozinha no mortuário gelado.

Subi os degraus de novo até a porta, mas ela havia se trancado atrás de mim depois de ter fechado. Eu a empurrei. Uma, duas vezes.

Bati na porta e gritei pedindo ajuda.

Nada funcionou.

Meu pai me encontrou na manhã seguinte. Aparentemente, procuraram em todos os cantos depois que perceberam que eu tinha desaparecido, até que finalmente desceram ao mortuário e me encontraram aconchegada na mesa de aço no meio do porão, com um cobertor em cima de mim, dormindo.

Mamãe e papai decidiram, então, que talvez — só *talvez* — criar os filhos em uma funerária não fosse uma coisa tão diferente e divertida quanto tinham imaginado.

Por sorte, havia um sobrado antigo ali perto, construído em 1941, com muitas coisas para minha mãe reformar e consertar conforme crescíamos. Ela se formou em arquitetura e era muito boa naquilo. Eu me perguntava se mamãe se arrependia de ter se casado com papai e se mudado para uma cidade no meio do nada, com pessoas que não iam a lugar nenhum, mas ela nunca deu o menor sinal disso. Pegava coisas desprezadas, como o vitral da janela acima da porta na funerária e a lareira de pedra e bronze na casa nova, e as transformava em maravilhas.

A nova casa era menos extravagante do que a funerária. Ficava em uma rua secundária saindo da principal, ao lado da família Gulliver e dos Manson, construída com tijolos que se desfaziam, vermelhos como argila, e persianas brancas impecáveis. Porém, durante à noite, quando as luzes do quarto de Carver e Alice eram acesas, era como se a casa tivesse olhos, e a porta fosse uma boca vermelha, aberta em um sorriso.

À medida que avançávamos pela calçada até a porta de entrada, notei que a casa estava exatamente como eu me lembrava. Fios de trepadeiras sem folhas subiam pelas paredes de tijolos, e uma aranha solitária pendia na arandela ao lado da porta. O conversível vermelho de Alice estava na garagem, apesar de parecer muito mais acabado ao lado da SUV discreta de mamãe. Papai tinha uma moto, mas não a vi na garagem. Eu me perguntei onde estaria.

— Ah! Aquela coisa — disse minha mãe enquanto vasculhava a bolsa pesada à procura das chaves. — Ele levou à oficina essa semana antes de... bem, você sabe. Antes. — Ela sorriu, mas o sorriso não chegou aos olhos. — Vou pedir a Seaburn para buscar amanhã.

— Eu posso ir — declarou Alice.

— Ah, Alice, você sabe como eu me sinto vendo você dirigir aquela coisa.

— *Mãe.*

— Tudo bem, tudo bem.

Mamãe destrancou a porta da frente, que se abriu com um rangido. Ela entrou no hall e acendeu as luzes. Alice entrou batendo os pés, sem se dar ao trabalho de tirar as botas enquanto corria até a cozinha, abrindo o armário de bebidas. Perguntou se mamãe queria alguma coisa.

— Ah, um bom uísque seria ótimo... Florence?

— Parece perfeito — concordei, tirando o casaco.

A casa estava quente, e tinha o cheiro de sempre — lençóis limpos e pinho. As paredes eram cinza-claro, e a mobília, de segunda mão, restaurada, usada e muito amada. Uma escadaria que subia do corredor principal levava ao segundo andar, onde ficava a maioria dos quartos, enquanto a suíte principal era no térreo, do outro lado da sala de estar. Havia fotos de todos nós na parede ao lado da escada — desde os tempos do ensino fundamental até a formatura da faculdade, momentos felizes congelados no tempo. Anos de cabelo rebelde ou tingido de azul, aparelho e acne no rosto.

Olhei para uma de nossas primeiras fotos juntos — tão antiga que Alice ainda era um bebê. Foi tirada do lado de fora da funerária. Minha mãe usava um vestido vermelho elegante, e papai e Carver estavam com ternos de tweed idênticos e horrorosos. Eu tinha dado um chilique naquele dia porque queria usar minhas pantufas de unicórnio arco-íris em vez dos sapatinhos brancos sociais que machucavam meus pés. Convenci meus pais e lá estava eu, com um vestido de tule vermelho e... pantufas de unicórnio.

Na mesa do corredor ficavam algumas manchetes recortadas do jornal. Meu pai recebendo as chaves da cidade. Minha mãe sendo presenteada com um prêmio de reforma local. Carver em uma competição de robótica. E então...

GAROTA LOCAL SOLUCIONA ASSASSINATO COM A AJUDA DE FANTASMAS

Ali estava uma foto minha, aos treze anos, sorrindo para o jornal. Aquilo me fez ter náuseas.

— Pronto — disse Alice, me oferecendo um copo de uísque com gelo.

Eu me assustei ao ouvir a voz dela, e me virei. Ela sacudiu o gelo no copo, esperando que eu o pegasse. De repente, eu não estava no clima para aquilo.

— Eu... acho que eu vou para a pousada.

Minha mãe colocou a cabeça para fora da porta da cozinha.

— Como assim? Mas já está tão tarde...

— Eles devem ter um quarto. — Peguei meu casaco no cabideiro e o vesti. — Desculpe. — Saí com a mala para a noite fresca. — Tenho um livro para terminar e... vou acabar acordando vocês.

— Escrever não pode ser *tão* barulhento — replicou mamãe, franzindo a testa. — E eu até enchi o colchão no seu quarto antigo pra você!

— Estou com um problema nas costas.

— Desde quando?

— Mãe — disse Alice, bebendo de uma só vez o meu copo de uísque —, deixa isso pra lá. O colchão de ar está furado, de qualquer maneira.

Minha mãe lançou um olhar surpreso para ela.

— Está?

Alice deu de ombros.

— Eu ia deixar ela descobrir isso sozinha.

— Valeu — respondi, sem ter certeza se ela estava mentindo para me ajudar ou se de fato tinha um furo no colchão inflável no andar de cima. Eu não duvidaria.

Eu apenas não conseguiria ficar ali. Naquela casa. Depois do que havia acontecido na funerária, não queria me arriscar. Mamãe já tinha preocupações o suficiente com o velório. Eu não queria que ela se preocupasse comigo também.

— Vejo vocês amanhã de manhã? — prometi. — Na Waffle House?

Mamãe cedeu sem insistir mais. Ela era boa naquilo, em notar quando as pessoas estavam se fechando e deixá-las fazer isso.

— Claro, meu amor. Vejo você amanhã.

Sorri agradecida, tentando não encontrar o olhar duro de Alice, e empurrei minha mala de volta pelos degraus de pedra na direção da rua principal. Mairmont era silenciosa à noite, mas andar na calçada sozinha, quando todas as lojas estavam fechadas, me lembrava de como eu me sentia deslocada em um lugar que nunca me aceitou de verdade. Em Nova York, eu poderia andar por qualquer rua e encontrar outra criatura noturna andando por lá também.

Na minha cidade natal, porém, todos tinham suas próprias casas agradáveis com suas famílias agradáveis, todos reclusos durante a noite, e eu estava sozinha.

Disse a mim mesma que não me importava.

Arrumei minhas malas e fui embora no dia seguinte da formatura do colégio. Nunca mais visitei a cidade. Nunca olhei para trás. Nem quando Carver sugeriu decorarmos o jardim do menino que fazia bullying comigo com papel higiênico alguns anos antes, no meu aniversário, nem quando meus pais comemoraram as bodas de trinta anos.

Nem quando Alice implorou para que eu voltasse.

Em outros tempos, havíamos sido melhores amigas, mas isso parecia ter sido em outra vida. Eu não me arrependia de ter ido embora — não *podia* me arrepender. Era pela minha sanidade. Só que, em retrospecto, vejo que poderia ter lidado melhor com aquilo. Disso eu me arrependia. Eu poderia não ter afastado Alice. Poderia ter visitado, de vez em nunca. Poderia...

Poderia, deveria, seria.

Retrospecto era uma merda. Porque todas as coisas das quais eu fugira haviam me alcançado. Até mesmo os corvos agora empoleirados no telhado da pousada, me encarando com aqueles olhinhos pretos.

Apertei a alça da mala. Eram apenas pássaros. Não significavam nada. E, mesmo que significassem, eu não tinha mais nenhum lugar para onde ir.

10

Descanso eterno

A POUSADA DE MAIRMONT oferecia quarto e café da manhã na esquina da rua principal com a Walnut. Ficava escondida em um jardim verdejante mesmo no inverno, a lateral pintada de azul quase invisível sob as trepadeiras que cresciam ali. Empurrei o portão de ferro fundido e caminhei pela trilha de pedra até a porta da frente. Uma luz dourada suave emanava das janelas da recepção, o que significava que Dana estava trabalhando. Elu era uma pessoa noturna, passava a noite inteira lendo Stephen King, ou alguma não ficção obscura sobre a Rainha Vitória ou os amantes de Lorde Byron. Dana estava em um banquinho atrás do balcão de madeira pesado quando finalmente acotovelei a porta para que se abrisse e arrastei a mala para dentro. Elu ergueu os olhos, os óculos redondos empoleirados no nariz, presos por uma corrente dourada que emoldurava o rosto comprido e pálido. Dana tinha cabelo castanho cacheado e curto e um sorriso com um espaço entre os dois dentes da frente — sorriso esse que se abriu ainda mais quando elu me viu.

— Florence! Nem acredito — disse, colocando um post-it para marcar a página do livro e o fechando.

Dana estava com um moletom escrito HARVARD e jeans de cintura alta, e de alguma maneira sempre parecia ter mais estilo do que eu jamais teria. Mesmo no ensino médio já tinha a aparência impecável.

— Achei que você estivesse em Nova York!

— Estava. Precisei voltar para casa. Por causa do… hum…

Dana estremeceu.

— Certo. Ah, merda. Desculpa, eu sabia disso. Desculpa. É só que é tão… chocante. Ver você.

Forcei um sorriso.

— Bem, aqui estou eu.

— Verdade! Está mesmo. Imagino que queira um quarto.

— Se não for muito trabalho?

— Claro que não! Eu sei bem como é. Os pais se livram do seu quarto e tudo mais. No segundo em que eu me mudei, minha mãe transformou meu quarto em um quartinho de tricô. *Tricô!* Ela até arrancou os meus pôsteres de *Dawson's Creek*. Jamais perdoarei ela por isso.

Dana abriu um aplicativo no iPad, digitando algumas coisas na tela.

— Quanto tempo vai ficar com a gente?

— Talvez até o fim da semana?

Se eu conseguir sobreviver até lá, pensei, conforme tirava o último cartão de crédito que eu tinha e entregava, já sentindo a facada. Eu acabara de conseguir quitar a dívida do cartão, mas não podia ficar em casa. Não agora. Não quando papai não…

Eu simplesmente não podia.

Dana fez o check-in, perguntando se eu queria uma cama ou duas — uma, preferencialmente no segundo andar dos três que havia na casa e, se possível, que não fosse do lado da escada.

— E o menos assombrado — acrescentei, brincando. Ou não. Dana riu.

— Você não quer solucionar mais nenhum assassinato?

— Nem fala — implorei, pegando as chaves que elu me entregou.

— Sei lá. Eu achava que você era maneira na escola. — Dana se inclinou no balcão, como se fosse fazer uma confidência. — Você conseguia mesmo falar com os mortos?

— Não — menti. — Só solucionei um assassinato. Foi sorte.

— Mesmo assim é maneiro.

— E esquisito.

— E não éramos todos? Enfim, você pode ficar com o meu quarto favorito. Chamamos de Suíte Violeta.

Olhei para a chave e para o chaveiro pendurado nela — uma violeta de madeira.

— Deixa eu adivinhar, o quarto é roxo?

— Não tanto quanto eu gostaria — respondeu Dana, com certa indignação. — O café da manhã começa às sete e meia e vai até as dez. Vou ficar aqui a noite toda, e John chega de manhã. Você se lembra dele? Era um pouco mais novo do que a gente. É um cara meio rabugento, mas tem um coração de ouro depois que você faz amizade com ele.

— Ah, verdade. Vocês se casaram.

Dana agitou o dedo anelar no ar. Era uma aliança preta feita de meteorito. É óbvio que sua aliança seria algo legal.

— Pois é, chega de contatinhos.

— Bom, parabéns.

Dana sorriu.

— Valeu! Se precisar de alguma coisa, fale com um de nós dois.

— O que aconteceu com a sra. Riviera?

Dana me lançou um sorriso triste.

— Ah, ela morreu há alguns anos. E me deixou a pousada de herança.

— Caramba — respondi, surpresa. — Bem... parabéns de novo, atrasado. A pousada está muito bonita.

— Não achei que fosse ficar aqui pelo resto da vida, mas...

Dana deu de ombros de forma modesta e se ajeitou no banquinho, abrindo o livro distraidamente na página marcada. Dei uma espiadinha no título: *O beijo na matinê da meia-noite*.

— Às vezes a vida leva a gente para uns lugares inesperados. Me avise se precisar de alguma coisa, tá, flor?

— Claro. Muito obrigada.

Coloquei as chaves no bolso do casaco e puxei a mala escada acima. Não tinha degraus tão íngremes quanto os do meu prédio, graças a Deus, então consegui subir até o segundo andar com minhas coxas de aço, empurrando a mala de rodinhas até o fim do corredor. Cada porta tinha uma flor pequena e bonitinha pendurada, entalhada artisticamente em um pedaço de madeira, e eram todas plantas venenosas. Espirradeira. Sanguinária. Dedaleira. Íris. Cravo-de-defunto. Cicuta. A flor na porta ao final do corredor — a Suíte Violeta — era um acônito. Abri a porta, lembrando dos corvos empoleirados no telhado, e enfiei a cabeça dentro do quarto, hesitante.

— Olá...? — sussurrei.

O quarto estava escuro, com apenas o brilho dourado do poste na calçada iluminando através da janela. Sem movimentos. Nenhuma aparição fantasmagórica.

A barra estava limpa.

Acendi a luz ao lado da porta e empurrei a mala para dentro. O quarto era maior do que aquele pelo qual eu pagava com sangue e lágrimas todos os meses em Hoboken, Nova Jersey. Havia uma cama grande o suficiente para caber tanto eu quanto toda a minha bagagem, uma cômoda, um espelho de corpo inteiro e até mesmo um armário. Em cima da cômoda ficava uma cafeteira com uma variedade de chás e cafés instantâneos ao lado, além de haver uma TV de tela plana na parede. O banheiro também era lindo, com uma banheira de quatro pés e uma penteadeira grande. Eu definitivamente iria usar aquilo. A viagem tinha me deixado dolorida, e o estresse do dia causara um torcicolo, e o meu travesseiro ortopédico estava a oitocentos quilômetros de distância. Porém, Dana tinha razão: *não havia* roxo o suficiente no quarto para se chamar Suíte Violeta.

Quando comecei a desfazer a mala, colocando a roupa de baixo na primeira gaveta e pendurando o vestido preto para o velório no armário, esqueci completamente dos corvos no telhado. Minhas mãos estavam ocupadas, e minha cabeça — pela primeira vez naquele dia — estava vazia.

Então, ouvi um barulho.

Rapidamente agarrei uma gilete para me defender — que tipo de estrago uma gilete causaria? —, e fui na direção da porta do banheiro lentamente.

— Olá? — chamei, hesitante.

Estaria mentindo se eu dissesse que não estava procurando por um editor de um metro e noventa usando mocassins de couro, meias quadriculadas, uma camisa branca e calça bem passada. Só que não havia ninguém na minha suíte.

— Estou perdendo o juízo — murmurei, e fui terminar de organizar as coisas no banheiro.

Meu pai estava morto, e eu não precisava de fantasmas complicando minha vida. Eu não precisava que *ninguém* complicasse nada. Minha família já era bastante complicada — sem falar no meu passado em Mairmont. Se eu começasse a conversar com fantasmas de novo, na certa acabaria como assunto de todos os círculos de fofoca na cidade dentro de uma semana: "Vocês sabiam? Florence voltou e está falando sozinha de novo!"

Pobre Florence e seus amigos imaginários.

Florence e seus fantasmas...

Engoli o nó na garganta, apaguei as luzes e me deitei na cama, cobrindo a cabeça com os cobertores.

Tudo o que eu conseguia pensar era como a pousada era silenciosa, e como, em comparação, os meus pensamentos pareciam tão altos, e como em Nova York eu nunca tinha precisado lidar com o silêncio. Nunca precisava pensar em Mairmont, nas pessoas que estavam ali e no motivo de eu ter ido embora.

Durante dez anos, pulei de apartamento em apartamento, perseguindo uma história de amor que não era a minha, tentando me forçar a ser a exceção em vez da regra, repetidamente, e tudo que encontrei foi um coração partido e solidão, e nunca, nem uma vez sequer, vi um bando de corvos em um carvalho morto, ou um fantasma no meu capacho, porque, como todos os outros, eu era normal e estava perdida, e meu pai ainda estava vivo.

E, apenas por um segundo — só mais *um segundo* —, eu queria ser aquela Florence, e viver naquele tempo mais uma vez.

Só que aquele tempo se fora, assim como meu pai.

11

Pretérito

DORMI POR QUASE três horas.

Quase.

Eu sabia como fantasmas funcionavam. Sempre apareciam nos lugares mais improváveis, e eu não tinha certeza de quando Benji Andor apareceria de novo. Se *é* que ele iria aparecer. Uma parte de mim, pequena e pouco confiável, esperava demais que ele fosse apenas fruto da minha imaginação. Infelizmente, minha ansiedade não estava convencida, e parecia determinada a não me deixar dormir de verdade. Cada grunhido e rangido da antiga pousada me acordava, até que meu celular finalmente despertou às 9h30.

E eu sentia como se um caminhão tivesse me atropelado, dado ré, e me atropelado de novo.

Ao menos eu levara o meu corretivo mais eficaz, que cobria qualquer coisa. Passei uma camada sob os olhos e esperava que estivesse parecendo ao menos um pouco viva enquanto descia as escadas rumo ao saguão, onde um homem ruivo e alto estava sentado no banquinho que Dana ocupara na noite anterior. Ele vestia uma camiseta de anime e tinha uma meia dúzia de piercings no rosto. Precisei de um instante para reconhecê-lo.

— *John?*

Ele ergueu os olhos ao ouvir o nome e abriu um sorriso.

— Flo-zinha! Dana disse que você tinha se hospedado aqui!

Ele se levantou e rapidamente deu a volta na recepção para me dar um abraço de urso. Aproximadamente três das minhas costelas foram quebradas e eu morri. Ele me colocou de volta no chão com uma risada.

— Já faz… quanto tempo, dez anos?

— Por aí — respondi. — Eu mal te reconheci!

Ele corou, esfregando a nuca. Usava um boné com um desenho de pizza, e uma camisa por cima da camiseta estampada com flores espalhafatosas. Era muito diferente do cara que eu namorei no ensino médio — que usava polo, tinha cabelo raspado e ganhara uma bolsa universitária na Notre Dame para jogar futebol americano.

— Ah, é. Muita coisa aconteceu.

— Pra dizer o mínimo. Parabéns pelo casamento!

— É, não dá nem pra *acreditar* na minha sorte. Nova York está cuidando direitinho de você?

— Sim. Quer dizer, não é terrível — consertei.

Ele riu.

— Que bom ouvir isso. E como vai a escr…

O velho telefone fixo na mesa começou a tocar, e ele pediu licença para atender a ligação.

— Pousada Mairmont. Aqui é o John — disse ele, e então colocou a mão sobre o bocal e sussurrou para mim: — É bom te ver. Sinto muito pelo seu pai. Ele era um cara ótimo.

As palavras me atingiram como um furacão, porque eu me esquecera por um instante.

— Obrigada — me forcei a dizer, estampando um sorriso no rosto.

Ele voltou a atenção para a pessoa no telefone, e eu fui embora o mais rápido possível. Acho que ele gritou alguma coisa sobre o café da manhã, mas eu já estava atrasada para encontrar minha família na Waffle House. Nada contra a comida da pousada, mas era impossível superar as batatas *hash browns* cobertas de manteiga.

A Waffle House ficava ao final da rua principal, perto da escolinha de ensino fundamental e da livraria. O estacionamento estava lotado de turistas que passavam por Mairmont a caminho da Carolina do Norte e do Tennessee. Era perto o bastante de Pigeon Forge para visitar Dollywood quando bem se quisesse, ou dar uma passadinha em Asheville para fazer um tour pela Mansão Biltmore. Mairmont ficava situada no sopé da cordilheira dos Apalaches, com diversos morros que propiciavam ótimas trilhas, mas plana o suficiente para as estradas montanhosas não destruírem o motor de um Prius. Minha família estava sentada na cabine mais afastada do restaurante, já comendo *hash browns* atoladas em queijo, e omeletes com linguiça. Rapidamente fui até lá e deslizei para o lugar ao lado de minha mãe.

— Já pedimos um waffle e *hash browns* pra você — disse ela, me passando uma xícara de café.

Tomei um longo gole.

— Hum, me sinto renovada.

— Atrasada como sempre — acrescentou Carver, seco, olhando ostensivamente para o Rolex em seu pulso.

Alice concordou.

— Algumas coisas nunca mudam.

— Ninguém me disse que tinha um horário *rigoroso* — bufei. — Aaah, humm.

Disse aquilo assim que a garçonete chegou com o meu waffle acompanhado de *hash browns*. O cheiro era absolutamente delicioso, e meu estômago roncou, me lembrando de quantas refeições eu pulara ontem. (Três. Todas as três.)

— A bênção de um café da manhã nutritivo cheio de açúcar — falei, faminta, conforme a garçonete seguia em direção a outra mesa.

Carver me lançou um olhar descrente do outro lado da mesa.

— Está com tanta fome assim?

— Não tem Waffle House em Nova York — respondi, garfando o waffle macio, cortando um pedaço tão grande que precisei de um ângulo específico para conseguir enfiar na boca. Era açucarado, doce e meio molenga, exatamente como eu me lembrava.

— Então, como está a pousada? — perguntou mamãe. — Ouvi dizer que reformaram depois que Nancy Riviera faleceu. Ficou bonita?

— Linda — disse, enquanto pegava mais uma garfada. — Dana fez um ótimo trabalho.

— Seu pai e eu conversamos sobre passar uma noite lá no nosso aniversário de casamento, mas... — Mamãe franziu a testa, encarando a xícara quase vazia de chá. — Bom, acho que esses planos não vão mais acontecer.

Alice me lançou um olhar irritado, como se aquilo fosse culpa minha.

— Enfim — continuou mamãe —, ficar em um hotel *sempre* me deixa cheia de dores. Sabe, o seu quarto está *exatamente* do jeito que você deixou. Bom, com exceção de uma máquina de costura no canto. E algumas latas de tinta. E alguns móveis que resgatei um dia na rua...

— Ela transformou em um ateliê — interrompeu Alice.

— É meu escritório de trabalhos manuais — minha mãe corrigiu com firmeza.

— Tudo bem. Eu gosto da pousada. — Peguei outro pedaço grande do waffle. — Então, qual é a pauta da reunião familiar?

Mamãe juntou as mãos.

— Certo! O cronograma.

Pisquei, confusa.

— Como?

— Precisamos fazer dois outros velórios primeiro — disse Alice. — O do sr. Edmund McLemore e de Jacey Davis.

Carver balançou a cabeça.

— Sei que ninguém mais vai falar isso, mas vocês não acham que é um pouco bizarro que a gente precise fazer o funeral de outras pessoas quando o nosso pai morreu? Não podem fazer em outro lugar?

Alice lançou um olhar cansado para ele.

— E onde fariam? Não tem outra funerária na cidade.

— Então que tal ir pra cidade *vizinha*? Asheville? É só pegar a estrada, dá pra chegar lá em dois segundos. Sério, mãe — insistiu ele, quando percebeu que Alice não ia ceder —, ninguém espera que você trabalhe nesse momento.

Mas mamãe nem sequer considerou aquilo. Ela sacudiu a mão, dispensando o comentário.

— Querem ser enterrados por um Day, e é uma honra e um privilégio fazer isso! Não mandarei ninguém para outro lugar quando somos nós que podemos oferecer o melhor final.

Era praticamente impossível discutir com minha mãe quando ela estava decidida a fazer alguma coisa. Assim como Alice, ela era implacável. Carver era o único sensato, mas ele também sabia quando estava diante de uma causa perdida. Ele balançou a cabeça, murmurando algo baixinho (que parecia de forma muito suspeita com um "é por isso que a gente nunca saiu de férias"), e tudo que eu pude fazer foi tentar juntar a calda no meu prato.

— Tem algo em que eu possa ajudar? — perguntei.

— Ah, meu amor, acho que não — respondeu mamãe. — Além disso, Alice está com todos os funerais da semana sob controle. Eu só preciso estar lá para... preciso estar lá. Xavier viria me assombrar se não fizesse isso. Apesar de que acho que não consigo fazer nada muito pesado.

— Eu posso — sugeriu Carver. — Tenho tempo livre.

Franzi a testa para o meu waffle. De volta aos negócios, mesmo que um de nós não estivesse mais ali. Era estranho da mesma forma que um episódio de *Além da Imaginação*. Como se, na volta para casa, no avião, eu tivesse caído em uma dimensão paralela. Tudo estava fora dos eixos, o bastante para parecer bizarro. A vida de todos estava correndo normalmente, passando, ainda avançando enquanto meu pai...

Cerrei os punhos.

— Mas e os preparativos para o velório do papai?

— São tão excêntricos, né? — Mamãe suspirou, melancólica.

— Alguém precisa organizar isso, mãe.

— Ou seja, a gente — adivinhou Carver, mexendo o copo de água. — Sinto que não vou poder ajudar em muita coisa. Tenho um relatório para entregar no final da semana, e se eu for ajudar com os outros velórios...

— Eu não vou ter tempo entre dois funerais e os processos de embalsamento — acrescentou Alice, parecendo irritada. — Os pedidos dele são tão... tão... Tão *sem sentido*.

— São o que o papai pediu.

— Eu sei, mas a gente não tem tempo, Florence.

Aquilo me irritou.

— Bom, *eu* tenho tempo, então vou cuidar de todos.

Minha irmã mais nova revirou os olhos.

— Você não precisa cuidar de *todos* eles. Só estou dizendo que...

— Você não tem tempo. Já entendi.
Ela ergueu as mãos.
— Tá bom! Tanto faz! Pode fazer tudo sozinha, então. Florence Day, a heroína solitária!
— Não foi isso que eu quis dizer e você sabe...
— Meninas — interrompeu mamãe, com a voz baixa e firme.
Tanto eu quanto Alice nos encolhemos nas cadeiras.
— Brigar não vai resolver nada — interveio mamãe.
Não, mas não era eu quem estava comprando briga. Comecei a abrir a boca para falar exatamente isso, e então Carver verificou o relógio, dizendo:
— Karen vai passar lá em casa com as finanças do papai daqui a pouco. Quer ir pra lá, mãe?
— Já que precisamos — suspirou ela. — Xavier poderia ter ao menos dado uma *dica* de como conseguir essa do Elvis...
Sim, mas eu descobriria.
Queria perguntar sobre a advogada e as finanças — não tinha escutado nada sobre uma reunião, mas parecia que meus irmãos, sim. Talvez não quisessem que eu fizesse parte daquilo, ou talvez eu tivesse perdido um memorando, ou... não sei. Poderia ser uma série de coisas.
Bem, tanto faz. Tentei afastar o pensamento de que estava sendo excluída de algo do qual eu deveria fazer parte e peguei a conta da mesa.
— Podem ir, eu pago — falei. — Deve ser a minha vez, de qualquer forma.
Minha família se levantou da mesa e começou a falar sobre o funeral, e para quantas pessoas mandariam os convites. Para os parentes no sul do estado, para o pessoal do clube de pôquer e para a maioria dos residentes de Mairmont (incluindo o prefeito, Pingo, um golden retriever alegre que já estava no terceiro mandato).

Mamãe suspirou enquanto seguia Alice e Carver, saindo do restaurante.

— Será que seria de muito de mau gosto dançar com o retrato dele no velório? Sabe, aquela foto com o smoking. Tão bonito.

— *Não* — responderam Carver e Alice em uníssono, e o sininho da porta tocou ao deixarem o ambiente.

Mordi a parte interna da bochecha para me impedir de sorrir. Ainda estava chateada com Alice — ela estava sofrendo, assim como todos nós —, mas eu sentia saudades de todos eles. Sentia saudades de manhãs como aquela, e waffles molengas e ruins, e sentia saudades do papai.

Porém, não achei que sentir saudades dele seria uma tarefa tão solitária.

Eu me inclinei sobre o balcão, ao lado de um sujeito que murmurava para si mesmo — as cidades pequenas sempre tinham pelo menos um esquisitão — e entreguei uma nota de vinte para a moça que estava no caixa. Ela abriu um sorriso.

— Você deve ser a Florence!

O cara ao meu lado ficou tenso.

— Seu pai vem aqui todo sábado — continuou a moça. — Sempre pede a mesma coisa. O All Star com *hash browns* extras. Espalhado e coberto com manteiga. Onde está seu velho hoje?

— Ele faleceu há dois dias — respondi, e o homem olhou para mim.

Nossos olhares se encontraram. Cabelo escuro, olhos castanhos, rosto anguloso. Não tinha nada à sua frente — nem comida, nem café — e ninguém parecia estar prestando atenção nele. E isso era uma façanha e tanto quando você estava sentado no balcão de uma Waffle House. Ou todo mundo deveria te odiar ou...

Você não estava realmente ali.

E, pior ainda, eu reconhecia o cabelo escuro, a calça azul-marinho e a forma compacta como enrolara as mangas para cima até chegar nos cotovelos. Ele poderia ser o retrato de um homem de negócios desesperado...

... e particularmente morto.

Fiquei pálida.

— S-srta. Day? — perguntou Benji Andor.

O sorriso da mulher do caixa desapareceu.

— Ah, não. Meus pêsames pelo seu pai...

De repente, a jukebox rangeu, alto, e as luzes piscaram sozinhas. Um álbum aleatório foi escolhido e começou a tocar. A luz néon se acendeu, e uma música começou a tocar do alto-falante de quarenta anos.

Estremeci, sussurrando:

— Pare com isso.

Os olhos arregalados dele seguiram para a jukebox, e então de volta para mim.

— Eu... não sou eu.

— É você, *sim*.

— Essa coisa aí fica ligando sozinha — disse a moça, parecendo se desculpar enquanto contava o troco. — Às vezes acho que tem vida própria.

O ritmo do piano. O pandeiro. E, de repente, estou de volta à sala vermelha depois de um velório, dançando em cima dos pés do meu pai enquanto ele canta "buttercup don't break my heart" completamente desafinado, a luz dourada da tarde entrando em feixes pela janela. Aquela lembrança me tomou de amargura, porque era passado. Aquele momento se fora — todos aqueles momentos se foram.

Senti um nó na garganta.

— Quatro dólares e trinta e sete centavos de troco. Tenha um ótimo dia — disse a moça do caixa enquanto me entregava as notas e as moedas.

Rapidamente, coloquei tudo no bolso e saí do restaurante. Ben me seguiu, passando pela porta antes que se fechasse.

— Ontem à noite... na porta... era você, não era? Você atendeu quando toquei a campainha — disse ele, continuando a me seguir.

Fixei o olhar na calçada à minha frente.

— Isso não está acontecendo.

— *O que* não está acontecendo?

Não olhe para ele. Não olhe para ele.

Um homem mais velho passeando com o cachorro decidiu atravessar para o outro lado da rua, e eu não sabia se era por *minha* causa ou porque o cachorro precisava fazer cocô no arbusto de azaleias do outro lado, mas aquilo não me impediu de tentar adivinhar. Tirei o celular do bolso e fingi atender uma ligação.

Em dois passos rápidos, Benji me alcançou.

— Por favor, não me ignore. Todo mundo está me ignorando. *Todo mundo*. Fiquei sentado naquele restaurante por... por *horas*, tentando fazer alguém me ver. Ninguém me via! Ninguém! O que está acontecendo comigo? A última coisa que eu me lembro era de estar na entrada da sua casa, e então estava no restaurante e... as coisas não fazem sentido... e você não está escutando...

— Estou, *sim* — interrompi. — Eu só não posso, entende, ser vista falando sozinha.

Os ombros dele abaixaram.

— Então é verdade... ninguém consegue me ver. A não ser você? Mas por quê?

Cinquenta emoções diferentes passaram pelo seu rosto, desde incredulidade a confusão, até que finalmente ele se decidiu por uma expressão acusatória.

— Por que *você* é especial?

— Nossa, mas quanto charme, hein?

— E tenho mesmo, quando não estou incrivelmente assustado, srta. Day.

Estremeci. Mesmo que eu estivesse andando bastante rápido, ele conseguia me acompanhar com as pernas compridas sem sequer suar. Era impossível andar mais rápido do que ele. Às vezes, eu odiava ser baixinha.

Com frequência, na verdade.

Eu já tinha o enterro do meu pai, não precisava ser abordada pelo fantasma de Benji Andor.

Só que... eu não podia apenas *ignorá-lo*.

Especialmente ao ouvir a voz dele falhar daquela forma, implorando para que eu o visse porque...

Meu pai diria para eu ajudá-lo. Meu pai diria que era nosso trabalho, nosso dever, nossa *responsabilidade*. Uma responsabilidade que eu ignorara nos últimos dez anos. Que eu não exercera desde que fora embora de Mairmont. E é claro que eu agora sentia que precisava fazer isso, porque se papai estivesse aqui, *ele* faria isso.

Parei na esquina e decidi deixar meu velho e morto pai orgulhoso, em seguida me virei para encarar Benji. Ele parou de repente a alguns centímetros de distância, e percebi como eu provavelmente parecia tola para ele desse ângulo. Eu não me importava.

— Você é um fantasma — anunciei. — Um espírito. Passando por uma experiência de pós-vida.

— Passando por uma experiência de... *quê?*

Aturdido, ele passou os dedos pelo cabelo.

— Eu não *morri*. Isso é um sonho ruim. Um pesadelo. Eu vou acordar e...

— Tudo vai estar exatamente do mesmo jeito — interrompi. — Porque você não vai acordar.

— Não. *Não*.

A voz dele estava aguda novamente, como a de Alice quando ela estava prestes a ter um ataque de pânico. Eu nunca tinha encontrado um fantasma tão enfático sobre estar vivo. Quando eu era criança, todos os fantasmas que vinham me procurar sabiam que estavam mortos. Não era algo difícil de perceber, mas Benji Andor parecia ser o tipo de cara certinho que só lidava com fatos e números e não sabia nada sobre lendas e histórias de fantasmas contadas à meia-noite.

E eu não conseguia acreditar que estava fazendo isso.

— Sr. Andor — falei, porque Benji e Ben pareciam muito informais, e eu queria manter o máximo de distância possível. — Eu sinto muito.

— Eu não *estou morto*...

Eu dei um soco nele, atravessando o peito.

— Isso formiga — murmurou ele, franzindo a testa para o meu punho, que deveria estar massageando o coração dele dentro do peito, caso estivesse vivo.

— Viu? — repliquei. — Morto.

— Não pode ser. Eu não... Eu não me *sinto* morto.

Voltei com o punho. Tocar um fantasma também me dava uma sensação de formigamento. Era fria e um pouco estática — como se meus dedos estivessem dormentes.

— Nem lá no fundo da sua alma? Nem um pouquinho?

Ele ignorou a minha piadinha muito engraçada.

— Não posso estar morto porque não me lembro de ter morrido, é simples. E fantasmas não existem. Isso é cientificamente comprovado.

— Ah, é?

— *Sim*.

— Bom, amigo, então não sei o que dizer pra você.

Chegamos à rotatória no centro da cidade. Havia um parque no meio com um coreto branco, e um homem que parecia o meu antigo professor de música nos degraus, tocando uma versão interessante de "Don't Stop Believin", do Journey, no violoncelo. Ele estava realmente mandando ver.

— Se eu estou morto — argumentou Ben —, como é que você consegue me ver?

Que pergunta.

Uma que Lee Marlow nunca fez, quando contei a ele todas as minhas histórias de fantasmas. Ele simplesmente deixou de lado o ceticismo enquanto eu tecia minhas memórias na ficção dele. Será que algum dia ele encontrou uma razão para eu ver fantasmas? Será que o editor dele fez essa pergunta? Será que Lee finalmente precisou inventar alguma coisa sozinho?

Eu não sabia, nem queria saber.

Porém, é óbvio que um editor faria uma pergunta que apontava diretamente para o furo no enredo.

— Não sei — admiti —, mas o que eu sei, Ben, é que você está morto. Muito morto. Mortinho da silva. Mortinho que nem *fantasma*...

Ele ergueu uma das mãos para me impedir de falar, a outra massageando o alto do nariz.

— Tá, tá, entendi. Eu só... quero saber o porquê. E o porquê de ser *você*.

— Então somos dois.

Atravessei a rua, voltando para a pousada, e ele me seguiu com suas longas pernas, sem pressa.

— A única coisa que consigo pensar é no original — admiti. — Mas se você está morto, eu não preciso entregar mais nada.

— Não que você tenha terminado, para começo de conversa — murmurou ele.

Abri o portão de ferro fundido da pousada e congelei.

— Espera... — Eu me virei de volta para ele. — Você *sabia*?

— Que você era a ghostwriter da Ann? Sabia — respondeu, parecendo um pouco perplexo. — Sou o editor dela, é claro que eu sabia. Eu só não esperava... bem, foi uma surpresa quando você entrou.

Pisquei, atordoada.

— *Ah*. Bom. Tá certo, então.

— Não, espera, não foi isso que eu quis dizer...

Dei as costas para ele e andei apressada até a varanda.

— Não, não, eu definitivamente entendi o que você quis dizer. Eu, a cara do fracasso.

— Por que você não me disse simplesmente que era a ghostwriter?

— Teria feito alguma diferença? — eu o desafiei, e ele cerrou os lábios em resposta.

Ele desviou o olhar. Eu estava certa: não *teria* mudado nada.

— Está vendo? Não importava. Se eu falasse ou não, você já sabia que eu era um fracasso.

— *Não* é isso o que eu penso de você — disse, com a voz grave.

Eu queria acreditar nele. Desejava poder acreditar. Só que eu me conhecia mais do que uma pessoa que falara comigo por meia hora e me beijara atrás de um bar hipster, e eu sabia exatamente o que eu era, *quem* eu era.

Uma covarde que fugiu do único lar que conheceu. Uma idiota ingênua que se apaixonava por homens que prometiam o mundo. E um fracasso que não conseguia nem terminar a única coisa na qual era boa.

De repente, uma expressão estranha surgiu no rosto dele. Confusão. Em seguida, curiosidade. Ele inclinou a cabeça.

— Você está ouvindo is...?

No segundo seguinte, ele desapareceu, e eu fiquei parada na varanda sozinha.

12

Apoio emocional

O TELEFONE TOCOU quatro vezes antes de Rose atender.

— Ah, graças a *Deus* você ligou. Estava começando a ficar preocupada achando que a cidade tinha engolido você — disse ela.

Ao fundo, conseguia ouvir barulho de banheiro, e percebi que ela devia estar... no *trabalho*?

Verifiquei o relógio.

— O que você ainda está fazendo no escritório? Não é hora do seu almoço?

— *E* é sábado — respondeu ela, dando um suspiro trágico. — Mas, *meu Deus do céu*, tenho uma fofoca pra contar. Primeiro, como você está? Como está sua família? Está tudo... enfim, não *bem* porque é óbvio que não, mas está tudo bem?

— Na medida do possível.

Eu me joguei na cama da Suíte Violeta, que rangeu alto. Eu odiaria estar em um dos quartos vizinhos se algum casal em lua de mel estivesse usando esse quarto. As dobradiças precisavam de lubrificação e fita crepe.

— Alice está louca por uma briga, mas eu já estava prevendo isso. Faz um tempo que nós não nos damos bem.

— É, eu vou apostar meu dinheiro na Alice. Sem ofensas.

— Você nem conhece ela! E eu sou a sua melhor amiga!

— Sim, e eu te amo, mas você é tão ameaçadora quanto um esquilinho.

— Insensível — falei, mas não disse que ela estava errada. Porque ela não estava. Alice ganhou a maioria das brigas que tivemos ao longo de nossa conturbada relação.

— Apesar de que ela provavelmente poderia me matar e nunca ser pega. Ela estudou química forense na Duke.

— Nossa, maneiro. E seu irmão é um cara que saca das tecnologias. O que aconteceu com você?

— Sou um fracasso indiscutível — respondi sem rodeios. — E aparentemente a única que está disposta a preparar o velório do meu pai do jeito que ele tinha planejado no testamento.

— Isso é *muito* foda.

— É exaustivo.

Contei a Rose do que eu precisava, e ela escutou, sabiamente, enquanto eu tagarelava sobre as flores silvestres, Elvis, o bando de corvos, e as decorações da festa. Contei a ela sobre a conversa na Waffle House naquela manhã e como eu ficaria encarregada do fardo de fazer tudo sozinha.

— Quer dizer, eles têm coisas para fazer, mas eu também tenho!

— Talvez seja difícil demais para eles.

— Também é difícil para mim.

Rose suspirou.

— É, eu sei, mas você é a irmã mais velha, não é? Você sempre foi muito boa em deixar de lado os sentimentos que tem sobre um assunto e resolver a situação. Quer dizer, lembra quando aquele cara, o Quinn, te deu um bolo em um encontro e você precisava terminar as edições de *Matinê da meia-noite* em, tipo, doze horas?

— Quinn era um merda. Em uma longa lista de caras pelos quais eu me apaixonei, e eram todos uns merdas.

— Você enfrentou isso e terminou as edições *na marra*. E aquela vez que a nossa privada literalmente explodiu, e você consertou tudo apenas com o poder do YouTube e pura determinação, *mesmo quando tinha um prazo a cumprir*. E aquela vez que eu tive aquela infecção estomacal horrorosa, e você precisou dar um jeito de sustentar a gente, escrevendo todos aqueles artigos horríveis de autoajuda, e pagando todas as contas da casa durante *três meses*. Você simplesmente faz as coisas. Você termina. Você enfrenta.

— Diga isso ao livro da Ann que eu não terminei.

— Apenas uma coisa em um ano *bem* merda.

— Eu gostaria de poder dizer isso para a agente da Ann. Estou só esperando Molly me ligar de novo assim que Ann descobrir para me dizer tudo o que eu já sei. Que eu sou um fracasso, que Ann nunca deveria ter confiado em mim, como eu tinha *uma única função* e mesmo assim não fiz e que eu sei que fracassei e...

— E, *como eu disse*, você teve um ano de merda. Você é *boa*, Florence! Você é uma pessoa de confiança. Na maior parte do tempo. Talvez sua família não perceba que você quer ajuda com o velório do seu pai.

Fiquei irritada quando ela falou sobre ajuda.

— Quem é que falou em ajuda? Eu não preciso de *ajuda*. E, enfim, o que você está fazendo no escritório no sábado?

Queria mudar de assunto, para escapar das coisas em que um dia fui boa mas agora não era mais. O que, na verdade, era meio que tudo.

— E você... você está sentada na privada? — engatei.

— Claro. Você sabe que a minha chefe detesta que eu faça ligações no escritório — disse ela, com a voz abafada. — E as coisas hoje estão uma *loucura*. Jessica Stone está surtando por causa do lançamento da linha de roupas, então minha chefe chamou todo mundo para trabalhar no sábado, porque, aparentemente, ela está fazendo teste para um papel em um remake de *O Diabo Veste Prada*.

— Credo.

— Mas essa nem é a parte do *ai, meu Deus*. Você não vai acreditar no que aconteceu ontem.

Rolei pela cama, e as molas rangeram. Encarei o teto manchado.

— Você... foi promovida?

— Benji Andor foi *atropelado*.

Ben.

Sentei na cama em um sobressalto.

— Foi?

— Aham! Sabe a Erin? Da Falcon House? Pois é, ela viu tudo. Tipo, sabe ali na frente do prédio? Na esquina? Ela estava olhando *exatamente* na hora, e aí *bam!* Ela está muito abalada. Tipo, abalada *demais*. Coitada. Eu vou sair pra beber com ela hoje à noite para ver como ela está *de verdade*. Talvez eu finalmente consiga convencer a Erin a largar essa vida no mercado editorial. Ela se sairia *tão* melhor em literalmente qualquer outra área.

Eu ainda estava atordoada pela notícia de Ben Andor ter sido atropelado. Sangue pra todo lado. Por algum motivo, aquela cena de *Encontro Marcado* ficava repassando na minha cabeça, sem parar, mas em vez de Brad Pitt era Benji Andor em um terno azul-escuro, a gravata listrada sendo jogada no asfalto de novo, e de novo, e de novo — como o replay de um gol feito aos quarenta e cinco do segundo tempo.

Então ele estava *mesmo* morto. Quer dizer, lógico que estava. Só que isso também significava que eu não estava louca. Que ele de fato estava ali, me assombrando. Ele não tinha aparecido até ontem à noite. E isso significava que estava aqui porque tinha assuntos inacabados, e que esses assuntos tinham alguma coisa a ver comigo.

— Puta merda — sussurrei, porque só podia ser uma coisa.

Os tambores de *Jumanji* começaram a rufar na minha cabeça, saindo da mochila onde eu tinha deixado meu notebook. Uma lamentação de pavor absoluto.

— Eu *sei* — concordou Rose. — Lá se vai mais um homem gato.

— Meu Deus do céu.

— Eu sei. Ah, *cacete* — murmurou ela, e eu a escutei cobrir o telefone com a mão, então o que ela gritou em seguida ficou um pouco abafado. — Hum, sou eu, sim! Saio daqui a pouquinho, Tanya.

Ouvi uma voz do outro lado, e então o estalar de saltos saindo do banheiro.

Rose pegou o celular um segundo depois, com uma voz desanimada.

— Minha chefe acabou de vir aqui ver o que eu estava fazendo. Tenho que ir. Se precisar de mim, é só me avisar, tá? Eu pego o próximo voo e apareço aí em um segundo.

— Não precisa.

— Eu sei que não preciso, mas estou oferecendo. Serei sua melhor amiga de apoio emocional. Levo um vinho e você faz um tour comigo pela sua cidadezinha esquisita.

Aquilo soava tentador, mas passagens de avião eram caras, e ela tinha que trabalhar. Eu ficaria bem. Sempre ficava.

— Não, mas obrigada. De verdade.

— Você não precisa fazer tudo sozinha, Florence.

— Eu tenho tantos problemas que nunca estou sozinha — respondi, em tom de brincadeira, e ela riu.

— Você é ridícula. Eu te amo.

— Eu te amo mais.

Esperei que ela desligasse, e me joguei de volta na cama que rangia. Ter ajuda seria legal, mas não era necessário. Xavier Day era meu pai. O velório dele era *minha* responsabilidade. Então, em vez disso, abri o Google no celular e fiz uma busca pela floricultura mais próxima. Eu poderia resolver tudo sozinha — não precisava incomodar ninguém. Alice estava lotada de preparativos funerários para fazer, Carver tinha o próprio trabalho, e mamãe... mamãe não daria conta dessa tarefa.

Eu não sabia se meus irmãos percebiam, mas ela mal estava segurando as pontas.

Não, esse era o meu trabalho. Eu era a filha mais velha. Eu conseguiria fazer isso. Sozinha.

Tinha conseguido até aquele momento, de qualquer forma.

13

Segundas intenções

OS CORVOS ESTAVAM no telhado quando saí da pousada naquela tarde, e aquilo queria dizer que Ben estava espreitando em algum lugar ali perto. Porém, naquele momento, ou ele não queria ser visto, ou estava chorando escondido atrás de algum arbusto. É o que eu faria se descobrisse que tinha morrido e a única pessoa que conseguia me ver fosse uma ghostwriter fracassada que me presenteou com uma planta, em vez de, sabe, entregar o original como deveria.

Eu tinha que dizer a ele o que Rose me contou sobre o acidente. Ele desaparecera tão subitamente de manhã que não tive a oportunidade de perguntar se ele se lembrava de como tinha morrido. Mas o fato de ele achar que ainda estava vivo definitivamente me fazia pensar que a resposta era *não*.

O Google Maps no meu celular dizia que o Empório de Flores ainda estava aberto depois de todos aqueles anos, então fui em direção ao centro da cidade. O meu par no baile de formatura do último ano comprou uma pulseira de flores na loja deles que acabei descobrindo ser assombrada.

Não queria pensar em como uma coisa dessas poderia acontecer.

Assim como não queria pensar naquela tristeza profunda nas minhas entranhas, e quanto mais o tempo passava em Mairmont e papai não estava ali, mais forte ela ficava. Será que um dia esse sentimento sumiria? Será que a ferida lentamente diminuiria até se tornar um corte insignificante? Será que o luto desapareceria algum dia, ou era uma coisa que ficaria comigo para o resto da vida? Será que sempre estaria ali, à espreita, como somente a tristeza é capaz de fazer?

Eu costumava descrever o luto como algo oco, uma enorme caverna vazia.

Só que eu estava errada.

O luto era o oposto. Era carregado, pesado e asfixiante, porque não era a ausência de tudo o que você perdeu — era o ápice de todas as coisas, o amor, a felicidade, os momentos difíceis, espremidos com força como uma bola enrolada de tricô.

O sininho acima da porta tilintou quando entrei na floricultura. Cheirava a rosas, lírios e o pote com pétalas secas que a minha avó sempre deixava no banheiro. Havia um senhor idoso atrás do balcão, arrumando um buquê de flores. Um rádio antigo tocava Elvis ao fundo.

— Sr. Taylor — eu o cumprimentei, me perguntando se ele se lembrava de mim da aula de inglês no sétimo ano.

Ele olhou para mim por cima dos óculos de lentes espessas, e as sobrancelhas se ergueram.

— Srta. Florence Day! Ora, ora, é você mesma.

Coloquei um sorriso no rosto.

— Sou eu, sim. Como o senhor está?

— Tudo indo, tudo indo — respondeu ele, assentindo. — Faço os buquês o mais rápido que consigo, mas acho que não tenho sido rápido o bastante ultimamente. Tanta coisa está acontecendo. Está aqui para encomendar alguma coisa?

— Eu... ah. Não. Bem...

Um movimento me chamou a atenção pelo canto dos olhos. Eu me virei e encontrei Ben tentando se esconder de maneira nada sutil atrás de uma mesa de buquê de rosas. Porque fazer uma coisa dessas não era nada suspeito. Eu me virei para o florista cuidadosamente, com a intenção de ignorá-lo.

— Eu estava pensando se o senhor saberia onde eu consigo encontrar mil flores silvestres.

— *Mil?* — O sr. Taylor coçou a cabeça.

— Eu sei. É bastante coisa.

— Eu não costumo estocar *tantas* flores silvestres assim, e se fizesse, daria...

Antes que eu pudesse impedi-lo, ele pegou uma calculadora antiga e começou a apertar as teclas.

— Daria uns mil e quinhentos dólares.

Estremeci. Aquilo era mais do que o valor do aluguel do meu apartamento, e eu *certamente* não tinha essa quantia sobrando.

— Bem, hum. Bom saber, pelo menos.

— É para o velório do seu pai? Eu poderia arrumar alguma coisa...

— Ah, não. Não, não, não. Eu jamais poderia aceitar.

— Claro que pode! Xavier era um bom homem. Meus pêsames. Eu sei que é difícil. Como está Bella?

— Minha mãe está bem — respondi, mas me ocorreu que eu não sabia de *verdade* se ela estava bem.

Tentei ligar depois de falar com Rose, mas ela não atendeu. Talvez ela e Carver ainda estivessem na reunião com a advogada. Não sabia quanto tempo aquele tipo de coisa demorava.

— E, enfim, só estou resolvendo umas coisas para ela. Tentando deixar tudo mais fácil. Meu pai deixou uma lista de tarefas que devemos fazer para o funeral dele.

O sr. Taylor deu uma risada.

— Claro que ele deixou! Se importa se eu perguntar o que mais precisam fazer?

Então, contei a ele sobre as flores, o bando de corvos, as decorações, o Elvis...

— Sabe, tem um cover que sempre canta no Bar Nenhum. Seu pai adorava. Ele ia lá toda quinta à noite antes de seguir para a jogatina de pôquer, e fazia o pobre coitado cantar "Return to Sender".

— Bar Nenhum — repeti, me lembrando de como papai *de fato* gostava de sair para beber um pouco antes das noites de pôquer.

— Isso. Faz o requebrado dos quadris e tudo. — Ele imitou o cover da melhor forma que conseguia sem deslocar o quadril no processo. — Talvez fosse dele que seu pai estava falando?

— Talvez — respondi.

Ao menos valia a tentativa. Eu passaria lá cedo na manhã seguinte.

— Obrigada. Ajudou bastante.

— Sempre que precisar. Me avise se mudar de ideia sobre as flores — acrescentou ele enquanto eu acenava em despedida, e então ele teve um sobressalto, como se acabasse de se lembrar de alguma coisa. — Ah, Florence. Eu detestaria precisar pedir...

— Sim?

— Como eu disse — começou o sr. Taylor, parecendo agitado —, estamos cheios de pedidos atrasados, e as flores que seu pai encomendou podem chegar um pouco tarde.

Meu coração pareceu saltar na garganta.

— Ele encomendou flores?

— No início da semana — respondeu o sr. Taylor. — Um buquê de lírios-de-um-dia, para a rua Foxglove.

Então não eram flores silvestres. É claro que papai não facilitaria as coisas. Mas a rua Foxglove... eu sabia onde ficava. Por que ele mandaria flores para lá? Não sei o porquê de eu ter dito o que disse a seguir. Talvez para entender um pouco da rotina diária que eu perdera. Talvez para percorrer, por mais um instante, os mesmos passos que meu pai.

— Eu entrego as flores — falei.

— Ah, eu não poderia pedir uma coisa dessas...

— Seria um prazer. Além disso, não tenho mais nada para fazer hoje, e seria bom explorar um pouco a cidade, depois de tanto tempo longe.

Abri um sorriso para convencê-lo da ideia, e ele devia estar realmente desesperado por ajuda, porque me entregou o endereço escrito na caligrafia curvada do meu pai e um buquê de lírios, me agradecendo repetidamente.

Não era um grande favor, e eu de fato *não tinha* mais nada para fazer naquele dia. Eu não queria ir para o Bar Nenhum, porque era sábado e estava anoitecendo, e eu tinha certeza de que já estaria começando a ficar lotado. E por mais que eu amasse Mairmont, não tinha vontade de ver muitas das pessoas que estariam ali. Eu não sabia quem mais da escola tinha ficado na cidade ou ido embora — e a maioria deles, ao contrário de Dana e John, não era muito legal.

Eu tivera sorte de não encontrar nenhum deles até o momento, mas considerando que estava na cidade fazia umas vinte e quatro horas, eu sabia que minha sorte duraria pouco e isso não demoraria a acontecer.

Enquanto deixava a floricultura, tentei ignorar minha sombra inoportuna, e Ben era *muito* difícil de ignorar. Especialmente porque ele estava fingindo *não estar* me seguindo, o que deixava tudo ainda mais estranho.

— Eu estou vendo você, sabe — falei, quando cheguei ao final da quadra.

Olhei por cima do ombro, e ele rapidamente se virou e fingiu seguir pelo outro lado.

— Sério mesmo?

Ele estremeceu, e se virou novamente para me encarar.

— Desculpa. Eu estava... É que eu vi você, e...

— Você está me seguindo desde que eu saí da pousada.

Ele pareceu murchar.

— Não tenho uma boa desculpa.

— Admitir que você tem um problema é o primeiro passo para uma solução. Parabéns.

— Eu não sei o que mais posso fazer.

Ele colocou as mãos nos bolsos, os ombros retraídos. Parecia um pouco mais desalinhado do que pela manhã, os olhos cansados e o cabelo despenteado.

— Ou para onde mais poderia ir.

Não havia outro lugar. Era eu, e então... seja lá o que existisse depois. Se *é* que existia alguma coisa depois. Minha família tinha crenças, mas não do tipo religiosas. Todos tínhamos ideias diferentes do que acontecia — se voltávamos para o mundo, se nos tornávamos parte do vento, ou se apenas... parávamos de existir.

Mas, enfim, nada do que eu dissesse seria de grande ajuda para ele. Para todos os fins e propósitos, ele estava morto. Rose confirmara isso. E ao menos eu sabia que não estava ficando louca — ele estava mesmo ali. Por enquanto, seja lá quanto tempo isso fosse durar.

E eu era a sua última parada.

Eu abracei o buquê com mais força.

— Bom, você pode vir comigo — ofereci.

— Posso?

Ele pareceu se animar, como um golden retriever que finalmente tinha sido chamado para passear.

— Aham. Podemos desvendar esse eletrizante mistério juntos — disse, me referindo ao buquê. — Por que meu pai mandaria flores para a casa de um estranho?

— Talvez conheça a pessoa de algum lugar? — sugeriu Ben.

— Ele *realmente* jogava pôquer com muita gente. Talvez seja um dos amigos?

Só que eu duvidava que ele mandaria um buquê de lírios nesse caso. Ele mandaria orquídeas, ou uma flor-cadáver — *alguma coisa* que fosse mais a cara dele. Lírios-de-um-dia não eram o estilo do papai.

Minha testa franziu conforme eu pensava, o que levou Ben a dizer:

— Imagino que vamos descobrir quando chegarmos lá.

— Detesto surpresas — concordei com um suspiro.

A rua Foxglove era uma daquelas ruazinhas silenciosas adjacentes à rua principal, onde dava para se imaginar comprando uma casa com uma cerquinha branca e envelhecendo por lá. As casas eram todas de cores diferentes, imitando o estilo das casas de Charleston, com varandas que davam para oeste, e todas estreitas. Quando eu tinha oito ou nove anos, fui ao aniversário de alguém que morava na rua Foxglove. Adair Bowman, talvez? Era uma festa do pijama, e alguém tirou um tabuleiro Ouija do armário, e eu fiquei sentada em um canto, sem querer fazer parte daquilo.

Primeiro, porque tabuleiros Ouija eram uma porcaria produzida em massa, feita por uma empresa de brinquedos para vender uma imagem do sobrenatural à classe média.

Segundo, porque, apesar de tabuleiros Ouija serem porcarias produzidas em massa, feitas por uma empresa de brinquedos para vender uma imagem do sobrenatural à classe média, eu ainda assim me recusava a cutucar a onça com vara curta.

Adair disse que eu era uma medrosa. Eu definitivamente era. Só que eu também fui a única a dormir perfeitamente bem naquela noite, enquanto as outras crianças tiveram pesadelos com o velho general Bartholomew, do cemitério, que voltou para assombrar seus sonhos.

A casa que eu procurava ficava no meio do quarteirão, mais adiante da antiga casa da família de Adair — embora eu tenha a impressão de que eles se mudaram no ano seguinte àquele em que eu solucionei o infame assassinato. Era menor do que as outras, mas parecia bem cuidada. O jardim era pitoresco, com arbustos de azaleias ao redor da casa e um canteiro colorido, que fora recém-plantado para a primavera.

Subi os degraus de tijolo até a porta da frente e toquei a campainha.

Demorou um instante, mas uma velhinha finalmente abriu a porta. Ela estava curvada, envolta em um casaco simples e felpudo cor-de-rosa, com pantufas de crochê nos pés e os belíssimos olhos castanhos arregalados.

— Ah — disse ela, abrindo a porta de vidro. — Olá.

— Senhora... — Verifiquei o nome e o endereço no cartão, escrito no garrancho de papai. — Elizabeth?

— Sim — respondeu ela, assentindo. — Sou eu, querida.

Eu ofereci o buquê.

— São para você.

Os olhos dela se alegraram ao ver as flores, e ela as tomou delicadamente nas mãos enrugadas e maltratadas. Havia terra sob as unhas compridas. Ela cuidava do jardim. Será que fazia isso sozinha?

— *Florence* — ouvi Ben sussurrar atrás de mim, porque foi ele que viu o homem primeiro.

Havia algo cintilando no corredor atrás dela, um homem idoso com um suéter laranja e calça marrom, o cabelo que restava nas laterais da cabeça penteado para trás.

— Obrigado — disse ele, os olhos marejados.

Ah. Agora eu entendia.

A sra. Elizabeth cheirou um dos lírios e abriu um sorriso.

— Charlie sempre me dava lírios no nosso aniversário de casamento. Acho que é hoje? Ah, minha nossa. O tempo sempre corre de forma tão estranha quando a gente envelhece — acrescentou ela, rindo. — Muito obrigada, querida. Sabe, eu as recebo todo ano, mas ainda não sei quem manda!

— Um amigo — respondi.

— Bem, esse amigo tem um ótimo gosto — decidiu ela, e então me deu um dos seus biscoitos de limão caseiros antes que eu fosse embora.

Às vezes, os assuntos inacabados de um espírito não eram falar com alguém, ou expor quem os assassinou, ou ver o próprio cadáver — às vezes, era apenas questão de espera.

A espera de Ben já era outra. Parado na calçada., parecia mais pálido do que alguns minutos antes.

— Aquele homem. Ele tinha a mesma aparência que eu. Cintilante, e... — Respirando fundo, ele se abaixou, as mãos na nuca. — Eu estou mesmo morto, não é?

Terminei de comer meu biscoito e me agachei ao seu lado.

— Você realmente não se lembra de como morreu?

Ele balançou a cabeça.

— Não. Quer dizer. Eu... eu me lembro de sair do trabalho, e então... — Ele respirou fundo. Parou. Então tensionou a mandíbula. — Foi... bem do lado de fora do prédio, não é? Meu acidente?

Em silêncio, assenti, mas não tinha certeza de que ele estava me vendo. Se estava vendo qualquer coisa. Os olhos pareciam distantes, como se a mil quilômetros, encarando um tempo e espaço em que ele nunca mais estaria.

— Eu... eu estava escrevendo um e-mail no celular quando... a van subiu na calçada e... — Ele piscou, os olhos marejados, enquanto erguia o olhar para mim. A voz dele fraquejou. — Como eu pude me esquecer disso?

— Não sei — respondi, gentil, desejando saber de alguma coisa, *qualquer coisa*, que pudesse ajudá-lo. Eu me ajoelhei ao lado dele, passando os braços ao redor dos meus joelhos. — Eu sinto muito.

Ele abaixou a cabeça, como se conseguisse esconder o fato de que estava chorando, mas seus ombros largos tremiam e o denunciavam. Eu queria colocar a mão no ombro dele, reconfortá-lo com um daqueles gestos breves de *pronto, está tudo bem*, mas eu nem sequer conseguiria tocá-lo. Eu não costumava ser muito boa em lidar com as emoções dos outros porque não sabia como ajudar. Quando alguém estava magoado, eu queria resolver a situação, e, naquele caso, não podia.

O que me deixava frustrada.

E quando eu ficava frustrada, eu chorava. Como se já não estivesse constrangida o suficiente. Aquilo precisava parar, então falei a única coisa em que consegui pensar.

— A-ao menos você ainda é um gato — falei, chorando.

Ele voltou a atenção para mim. Seus olhos estavam vermelhos.

— Q-quê?

As lágrimas continuavam vindo. Eu as afastei o mais rápido que conseguia.

— Lindo de m-morrer, sério.

— Eu... eu não... o que você...?

— A-aposto que s-seu pé na cova é mais bonito do que todos os outros.

— Você está chorando e tentando dar em cima de mim?

— Estou tentando fazer você rir para parar de chorar, porque aí eu vou parar de chorar — lamentei, mas saiu mais parecido com *estoutentandofazervocêrirparapararde chorarporqueaíeuvouparar-*

dechorar, e foi um milagre ele sequer ter compreendido o que eu estava falando.

Mas ele entendeu, e riu. Foi um ruído fraco e baixinho, mais como um ar sendo soprado do que uma risada, mas estava ali. Ele esfregou a palma das mãos nos olhos.

— Você é a mulher mais esquisita que eu já conheci.

— Eu sei — disse, fungando. — M-mas funcionou?

— Não — respondeu, mas ele estava mentindo.

Sob a luz do entardecer, as bochechas dele ganhavam um tom muito delicado de vermelho, apesar das lágrimas nos olhos, e só fazia a marca acima do lado esquerdo do lábio parecer ainda mais escura.

— Ah, você trate de não morrer de vergonha aqui na minha frente — provoquei.

— Aparentemente, eu já estou morto — respondeu ele baixinho. — Então isso seria impossível.

— Hum, não sei. Suas bochechas parecem querer ir dessa pra melhor.

Ele franziu os lábios e então disse, me surpreendendo:

— Acredito que seu bom senso bateu as botas.

Soltei uma risada, uma risada genuína que eu nem sabia que era capaz de dar, e aquilo me surpreendeu. Surpreendeu a Ben também, porque ele desviou o rosto para esconder um sorriso, esfregando as lágrimas do canto dos olhos. Por mais que a missão não estivesse inteiramente cumprida, acho que consegui que ele se sentisse um pouco melhor, e ao menos agora ele não estava chorando, o que significava que eu também não estava.

Balancei a cabeça.

— Esse trocadilho foi horroroso.

— Os seus não foram muito melhores. E olha que você é escritora.

— Ex-escritora — o lembrei. — Meu editor não estendeu meu prazo.

— Ex-editor — me lembrou ele. E então, baixinho, e muito suavemente, ele acrescentou: — Obrigado, Florence.

Eu não podia tocá-lo — ele não era meu primeiro fantasma, e provavelmente não seria o último —, mas foi instintivo reconfortá-lo. Mesmo que eu quisesse que alguém também *me* reconfortasse. Eu só queria que alguém me parasse, sentasse ao meu lado, e dissesse que as coisas doeriam por um tempo, mas não doeriam para sempre.

Eu queria dizer a ele que aquilo não era para sempre.

Meus dedos passaram pelos ombros dele, entorpecentes e frios...

E então ele sumiu.

De novo.

14

Caminhando com a lua

ENCONTRAR MIL FLORES silvestres seria o meu fim.

Eu não pretendia aceitar a oferta do sr. Taylor porque não era minha intenção dar trabalho a ninguém. Se eu tinha algo para fazer, não queria ser um inconveniente para outra pessoa. Talvez eu agisse assim porque era teimosa, ou porque não gostava de receber ajuda, por isso resolvera fazer todas as coisas na lista do meu pai sozinha. Então, liguei para uma floricultura que ficava a quarenta quilômetros de Mairmont e perguntei qual seria o preço e o custo do frete da porra de mil flores silvestres. Descobri que custava mais do que o aluguel do meu primeiro apartamento no Brooklyn, e *esse* era o lugar em que eu dividia espaço com uma barata grande o suficiente para bater de frente com o Godzilla.

— É só *mato*! — choraminguei, jogando o telefone com força no bar. — Por que um *mato* custa tão caro?!

Depois que Ben desapareceu, voltei para a pousada, onde continuei minha busca por mil flores silvestres. Saí do meu quarto e desci para o barzinho no térreo que não tinha um bartender, mas continha um sino com o qual podia chamar Dana e pedir mais um copo de cuba-libre. E foi o que eu fiz. Mais de uma vez. Estava com meu notebook, com um site de resenhas de lojas e o Google Maps abertos, e mais umas vinte outras abas que é melhor nem mencionar.

Será que eu poderia colher as flores na natureza? E *onde* haveria um campo de flores silvestres? Talvez na Colina? Só que era abril. E mais de uma geada já caíra. Estariam todas mortinhas da silva quando eu as encontrasse. E era a *Colina*.

Eu não queria ir até lá. Nunca.

Dana enfiou a cabeça pela porta atrás do bar, que levava ao balcão de recepção da pousada.

— Tudo bem por aí?

— Mato! — gritei, erguendo as mãos para o alto. — Querem me cobrar mil dólares por *mato*!

— Acho que eu tenho o contato de um traficante que pode te arranjar…

— Flores silvestres — corrigi.

— *Aah*. É, acho que não consigo te ajudar com isso.

A porta da frente se abriu, e Dana olhou para trás, abrindo um sorriso.

— Mas sabe o que pode *ajudar*? — perguntou.

— Levar um tiro na cabeça?

— O prefeito! Tan, tan, *TAN*! — cantarolou Dana enquanto o barulho de patinhas chegava atrás de mim, batucando no assoalho.

Eu me virei no banquinho.

E ali, sentado logo atrás de mim, estava um golden retriever chamado Pingo. Os pelos do focinho pareciam um pouco mais grisalhos do que eu me lembrava, mas ele era tão parecido com um *pingo de gente* quanto no dia que eu o conhecera, antes de ir embora para a faculdade.

Isso fazia dez anos. Puta merda, como eu me sentia velha de repente.

— Doguinho! — exclamei, saindo do banco e me sentando no chão.

Ele deu um latidinho baixo, o rabo abanando, e me encheu de beijos. Comecei a rir. Era *impossível* não se sentir um pouquinho feliz quando está sendo lambido por um cachorro com um mau hálito que poderia nocautear um elefante.

— Você se lembra de mim, garotão? Ficou com saudades? — perguntei, esfregando atrás de suas orelhas, e o rabo fez um *bam, bam, bam* alegre em resposta. — Claro que lembra, né? Você cuidou bem da cidade? — *Bam, bam, bam!* — Criou alguma lei nova?

Bambambambambam...

— Agora existe oficialmente uma tigela de água na frente de todas as lojas na rua principal e que é trocada todos os dias — disse uma voz atrás do cachorro.

Ergui o olhar.

Seaburn, o dono do cachorro, estava parado ali com as mãos nos bolsos.

— Achei que ia te encontrar aqui.

Olhei para cima enquanto o prefeito tentava me beijar de língua.

— Mamãe mandou você atrás de mim?

— Não. Ela está ocupada com um funeral hoje. Eu me ofereci para ajudar, mas...

— Também me ofereci — falei.

Depois que saí da floricultura, tinha passado na funerária para ajudar com o velório do dia, mas mamãe não quis nem saber.

Na verdade, ela pareceu até um pouco brava.

— Não é como se eu não fosse capaz de fazer meu próprio trabalho! — exclamara ela. — Eu vou ficar bem! Faço isso há *trinta anos*!

Saí de lá o mais rápido possível enquanto minha cabeça ainda estava intacta.

Seaburn se sentou no banquinho ao meu lado.

— Sua mãe faz tudo do jeito dela, em seu próprio tempo. Melhor deixá-la em paz.

Isso não significava que eu não estava *preocupada*. E focar na minha mãe parecia algo muito mais interessante do que focar na minha própria tristeza. A tristeza dela parecia ser algo que eu podia ao menos tentar consertar. Já a minha? Era como um buraco no meu peito, preenchido por todas as coisas que deixavam o meu luto tão pesado, e ficava difícil respirar às vezes.

Dei uma última boa afagada nas orelhas do prefeito antes de voltar para o meu assento e tomar um longo gole do meu drinque.

Seaburn e eu tínhamos poucos anos de diferença na escola. Ele estava no penúltimo ano do ensino médio quando eu estava no nono ano e fui para a Mairmont High. A família dele era dona e cuidava do Cemitério de Mairmont, do outro lado da cidade, então pareceu natural que papai chamasse Seaburn para trabalhar em conjunto com a funerária quando ele precisou de alguém para ajudar nos negócios. Durante os últimos sete anos, papai e Seaburn tinham cuidado dos velórios e dos serviços funerários para a maioria das pessoas da cidade. E, aparentemente, papai tinha começado a treinar Alice para fazer o mesmo.

— Sua companhia é mais do que bem-vinda — falei. — Não estou fazendo muita coisa. Só...

Gesticulei para o meu documento aberto do Word.

Seaburn pediu uma cerveja a Dana.

— Ainda está escrevendo? — perguntou ele.

— Como a grande teimosa que sou.

Ele riu.

— Ótimo! Eu gostei do seu primeiro livro, *Fervorosamente sua*. É tão engraçado. Adorei as partes do romance também.

— Ah, não... — Enterrei meu rosto nas mãos. — Por favor, não me diga que você leu.

— Fica tranquila. Fechei os olhos durante as cenas de sexo.

Grunhi, com o rosto ainda escondido, constrangida.

— Até organizamos um clube do livro quando foi lançado — continuou ele. — Todo mundo amou. Foi... não sei bem como descrever. — Ele inclinou a cabeça, tomando outro gole da cerveja. — *Feliz* é uma palavra que chega perto de descrever.

Aquilo era um elogio, ainda mais vindo de Seaburn, que lia de tudo e o tempo todo. Meus hábitos de leitura não chegavam aos pés dele.

— Um romance deixa você feliz, ou ao menos satisfeito, no fim. Ou pelo menos deveria, acho — comentei.

Porque eu não tinha mais tanta certeza daquilo.

— Foi bom. Você é uma escritora fantástica — acrescentou ele. — Acho que todo mundo em Mairmont comprou um exemplar.

Se ao menos as vendas na minha pequena cidade natal pudessem ter mudado os rumos daquele livro, minha vida inteira poderia ter sido tão, tão diferente.

Passei o polegar na superfície do copo.

O prefeito colocou a cabeça no meu colo. Esfreguei mais as orelhas dele, e o rabo agrediu o chão. *BAMBAMBAMBAMBAMBAM...*

— Obrigada — falei, porque eu sentia como se não merecesse esse tipo de elogio, ao menos não na situação em que me encontrava. — Estou tentando.

— É o que podemos fazer — respondeu Seaburn, e então respirou fundo. — E falando em tentar... ouvi Carver dizer que você vai atrás dos pedidos no testamento do seu velho sozinha.

— Ninguém mais tem tempo.

— Isso não é verdade.

Dei de ombros.

— Eu posso fazer. Eles têm outras tarefas, e qualquer coisa em que eu possa ajudar... não sei se você sabe disso, mas eu meio que desapareci nos últimos dez anos — acrescentei, sarcástica.

— A cidade fez você fugir. Tem uma diferença.

— Mas eu poderia ter voltado, né? Não era como se eu fosse excluída nem nada do tipo. Eu só...

Sofri bullying. Fui chamada de Gasparzinho pelas costas. Minhas redes sociais eram bombardeadas todos os dias com memes, xingamentos e perguntas babacas como "Você pode resolver o assassinato da Dália Negra agora?" ou "Você fez pacto com o diabo?".

Ou, no geral, me chamando de *mentirosa*.

Tudo porque ajudei um fantasma a solucionar o próprio assassinato quando eu tinha treze anos — jovem demais para entender as consequências, mas velha demais para colocar a culpa num amigo imaginário.

— Ninguém que sabe o que aconteceu culpou você por ir embora — respondeu Seaburn em tom severo.

Ele esticou a mão para pegar a minha, com força. Os nós dos meus dedos roçaram um no outro com a força do aperto dele.

— E seu pai menos ainda — disse ele.

Um nó se formou na minha garganta.

— Eu sei.

Ainda assim, era bom ouvir aquilo.

— Eu só quero ajudar a minha família — desabafei, frustrada. — Essa é a única coisa que sei que posso fazer. Ou ao menos tentar. Carver e Alice...

Eles estavam falando sobre as finanças com mamãe antes de eu chegar para tomar café da manhã, e tinham mudado de assunto rápido *demais* para ser algo inocente. Eles tinham reuniões com os representantes do seguro de vida do meu pai, e para falar do orçamento do velório — e eu queria fazer alguma coisa, qualquer coisa, para ajudar.

— Eles já fizeram tanta coisa. Bem mais do que eu. Esse é o mínimo que posso fazer, certo?

Seaburn suspirou.

— Você não precisa fazer tudo sozinha.

Mas era tão mais fácil daquele jeito.

— Obrigada — disse, com o sorriso tranquilizador que eu aprendera a dar em vez de dizer *estou bem*.

— Certo, desde que você saiba disso — replicou Seaburn, e ergueu o próprio copo. — Ao seu velho. Quanto mais esquisito, melhor.

— Quanto mais esquisito, melhor — repeti, e brindamos, bebendo em silêncio.

Quando ele terminou a cerveja, checou o relógio e percebeu que era hora de voltar para casa, então eu lhe agradeci pela conversa e me virei para fazer um último carinho no prefeito, mas ele já não estava mais ali.

— Para onde é que ele foi... — Seaburn começou a levantar para procurar, quando eu disse que eu mesma iria atrás do prefeito.

Precisava mesmo esticar as pernas.

— Pode deixar que eu vou. Pegue outra cerveja, por minha conta — acrescentei, fazendo um sinal para Dana, e fui à procura do cachorro.

Ele não devia ter ido muito longe. Dana apontou para o jardim lá fora, e segui na direção indicada.

— Pingo — chamei, estalando a língua no céu da boca. — Vem aqui, garoto.

Procurei na lateral da varanda. Era uma noite quente, e alguns vaga-lumes davam as caras. Piscavam entre os arbustos de rosas em flor e as hortênsias no jardim.

Lá fora, encontrei Pingo — e um amigo.

Ben estava sentado em uma das cadeiras de balanço, e Pingo tinha ido até lá para colocar a cabeça no apoio de braço. Ben tentou acariciá-lo, mas os dedos passaram pelas orelhas do cachorro, e rapidamente ele afastou a mão.

Pingo abanou o rabo mesmo assim.

Cachorros costumavam ser muito bons em julgar pessoas. E eu detestava admitir que era bom ver Ben e perceber que ele não estava... chorando. Como estivera mais cedo. Porque emoções verdadeiras eram coisas complicadas. Se alguém começava a chorar, eu chorava junto, e aí era uma verdadeira crise, como foi com Ben. Aquilo tinha sido *realmente constrangedor*.

Coloquei as mãos nos bolsos da calça jeans, criei coragem e cheguei mais perto.

— Então, você gosta de cachorros, sr. Andor?

Ele pareceu surpreso ao ver que eu o notara, porque ninguém mais fazia isso.

— Ah, me chame de Ben, por favor.

— Ben.

Disse o nome dele como soava — de uma forma amigável. Boa. Incisiva no começo, e como um cantarolado ao final. Fiz um gesto na direção do prefeito.

— Esse é o Pingo.

— Ele é um bom garoto. Ouvi falar que ele é o prefeito.

— Aham. Já foi reeleito duas vezes.

— Ah, *garotão*! — disse ele a Pingo, cujo rabo começou a chicotear a varanda de forma animada, *BAMBAMBAMBAMBAM-BAMBAM...*

Ah, sim. Ben era definitivamente um cara que gostava de cachorros. Acertei.

Pingo choramingou e eu estalei a língua no céu da boca. Ele veio trotando até mim. Afaguei as orelhas dele e ele lambeu minha mão.

A noite estava agradável, como a maioria das noites de primavera no sul dos Estados Unidos. Ainda havia uma brisa inegável do frio do inverno, mas os vaga-lumes já estavam à solta, dando piruetas no jardim. A lua brilhava tanto que quase parecia um sol prateado, e um grupo de crianças jogava bola na rua.

Não havia mistérios em Mairmont. Era uma cidadezinha silenciosa, o trânsito era quase inexistente e as cigarras cantavam tão alto que mal dava para ouvir os próprios pensamentos.

Não sei por que disse o que disse a seguir — talvez fosse o zumbido dos insetos, ou as crianças jogando bola, ou os drinques que bebi —, mas soltei:

— Meu pai dizia que noites como esta eram as melhores para caminhar com a lua.

Ben me lançou um olhar intrigado.

— *Caminhar com a lua?*

— É um passeio. Na maioria das vezes por um cemitério. Meu pai diz que só dá para caminhar com a lua quando se tem uma boa lua. Sem nuvens, sem chuva. Não me olhe assim. É *isso mesmo*. Um cemitério. Minha família tem uma funerária. Meu pai é o diretor. — Parei de falar, e corrigi: — *Era* o diretor. — Remexi os pés, desconfortável, a mão apoiada na grade da varanda, balançando a cabeça. — Não importa...

— Você quer ir? — perguntou ele, de repente.

— Ir... aonde?

— Ir, hã, *caminhar com a lua*. Tenho algumas perguntas sobre... — ele gesticulou para si —, e sobre você. Não entendi tudo, mas gostaria. E talvez você também precise falar. Além disso, uma mudança de ares pode cair bem.

— Com um passeio pelo cemitério.

— Eu estou *morto*. Parece adequado.

Mordi o lábio para conter um sorriso. Era um argumento válido. Mas ele pedir era... *inesperado*. E eu não sabia o que era — provavelmente o álcool —, mas talvez fosse a forma como o luar prateado caía sobre o seu rosto, e o jeito que o cabelo dele estava bagunçado, e os olhos escuros eram profundos e nem um pouco frios ou cruéis, como eu construíra na minha cabeça. Como se ele estivesse realmente olhando para mim, olhando de verdade, e quisesse me conhecer, saber mais sobre essa vida esquisita que eu levava. Sem mentiras, sem os muros protetores da ficção — apenas esse segredinho estranho que ninguém conhecia.

E, enfim, eu *de fato* precisava de uma mudança de ares.

15

Os sofrimentos de Florence Day

O CEMITÉRIO DE Mairmont era um pedacinho de grama verde rodeado por uma antiga muralha de pedra. Havia lápides que brotavam entre as encostas suaves, como dentes brancos. Algumas tinham flores irrompendo pelas fendas; outras estavam intocadas havia décadas. O cemitério era sombreado por carvalhos tão grandes e com troncos tão grossos que eu tinha certeza de que estavam lá fazia muito mais tempo do que qualquer um dos corpos sob o gramado. E, apoiados em cada um deles, empoleirados confortavelmente, estavam os corvos. Um bando inteiro. Encarapitados nos galhos, olhando para baixo com aqueles olhinhos pretos, aninhados para nos observar.

Os portões de ferro fundido estavam fechados e trancados, mas aquilo nunca me impediu de me esgueirar para dentro. Havia uma parede que estava desmoronando a cerca de cinco metros do portão, que eu conseguia usar de apoio para pular por cima do muro.

— Ah, está fechado — disse Ben, lendo a placa. — Não sabia que cemitérios fechavam. Aonde você vai?

Ele me seguiu até o lugar no muro onde uns tijolos estavam se desfazendo.

Apontei para a parede.

— Vou escalar isso aqui.

— Não podemos apenas... sei lá... pedir permissão, ir caminhar em um parque ou...

— O parque também fecha à noite, e, além disso — falei, tirando as sapatilhas e jogando por cima do muro —, eu conheço o dono do cemitério. Não tem problema.

Decidi não acrescentar que eu fora permanentemente banida de andar no cemitério à noite depois que o antigo dono me pegou invadindo a propriedade mais de uma vez. Seaburn não se importaria. Porém, não era com Seaburn que eu estava preocupada.

— Não tenho mais tanta certeza sobre esse passeio — murmurou ele.

— Você está morto. O que poderia te assustar? — perguntei.

Ele me lançou um olhar firme.

— Não é essa a questão.

Revirei os olhos e encaixei os pés nos velhos apoios que eu havia entalhado quando era adolescente, e comecei a escalada de dois metros até o topo, onde passei uma perna para o outro lado, montada no muro.

— Você vem ou vou ter que fazer uma caminhada solitária?

Ele trocou o peso de um pé para o outro enquanto pensava naquilo. Calculava tudo. Debatia as opções. Os ombros estavam tensos, as sobrancelhas, franzidas, como se algo além do fato de *só* invadir um cemitério o impedisse.

Passei a perna novamente para o lado dele.

— Não precisamos fazer isso, sabe — declarei, mais baixo. — Podemos ir a um parque se você não estiver confortável. Ou quem sabe ir até a Colina?

Eu não conseguia *acreditar* que tinha sugerido aquilo.

Ele balançou a cabeça.

— Não, tudo bem. É só que... não existem outros? No cemitério? Quer dizer, outros como eu.

— Ah, outras pessoas passando por uma experiência de pós-vida.

Ele apontou para mim.

— Exato.

Olhei para o cemitério. A lua estava tão cheia e brilhante que eu conseguia ver dos portões até o outro muro, e todos os mausoléus embranquecidos e as lápides entre um ponto e outro.

— Não, não estou vendo ninguém. Espera. Você tem *medo* de fantasmas?

Ele enrijeceu.

— Não.

Ele respondeu rápido *demais*.

— Tem, sim! Meu Deus do céu, *você é* um fantasma.

— Coisas sobrenaturais me deixam nervoso.

— Eu prometo que nenhum *fantasminha camarada* vai machucar você, Benji Andor — provoquei —, e se algum deles fizer isso, vai precisar se ver comigo.

— Você consegue bater em fantasmas?

— Não, mas eu canto muito mal. Coloque um microfone nas minhas mãos e qualquer inimigo seu já *era*.

Ele bufou, dando uma risada.

— Bom saber. — Ben respirou fundo. — Não, não vou voltar atrás na minha palavra. As coisas não estão indo bem como o esperado, mas... quase nunca é o caso, não é verdade?

Parecia que ele estava se referindo à própria situação. Ele não poderia ser muito mais velho do que eu, e estava morto. Ele tinha planos — todo mundo tem, mesmo que não perceba isso. Mesmo aqueles que se vão porque pensam que não têm plano algum. Sempre há alguma coisa.

Eu me perguntei do que ele se arrependia, quais partes de sua vida desejava ter feito de forma diferente.

Eu me perguntei se meu pai também tinha seus arrependimentos quando se foi.

— Então vamos. — Assenti na direção do cemitério, e passei a perna de novo por cima do muro. — Hora de curtir um pouco a vida.

— Bem, se ao menos eu pudesse.

— Escolha infeliz de palavras. Vejo você do outro lado!

Eu me lancei por cima do muro e caí na grama. Tinha apenas 55% de certeza de que Ben me seguiria. Ele se importava tanto assim com regras? Ele tinha *morrido*.

— É só passar pela parede, cara — falei para ele. — Você é um *fantasma*...

Um instante depois, ele deu um passo, atravessando o muro, e estremeceu.

— É uma sensação tão estranha — reclamou, espanando um pó invisível da camisa social impecável. — Não gosto disso. Formiga. Em lugares estranhos.

Eu segui pelo caminho que serpenteava por todo o cemitério, dizendo:

— Você é um péssimo fantasma.

— Não é como se eu tivesse escolhido isso. E se nós formos pegos?

— Se *eu* for pega — corrigi —, eu vou correr. Você é um fantasma. Nenhuma outra pessoa consegue te ver.

Ele me alcançou em alguns passos rápidos e começou a caminhar ao meu lado. Lee nunca fez isso. Ele sempre esperava que eu seguisse o ritmo dele.

— Certo — disse ele —, sobre essa questão. Tenho perguntas.

Respirei fundo.

— Tudo bem. Vou tentar respondê-las.

— Você consegue invocar fantasmas?

— Não.

— Você os exorciza?

— Não. Como eu disse antes, a maioria só quer conversar. Eles têm boas histórias. E querem alguém para ouvir. — Dei de ombros. — Eu gosto de escutar. Não me olhe assim.

Acrescentei isso ao sentir o olhar dele sobre mim, como se estivesse tentando me entender. Como se eu o tivesse surpreendido.

Rapidamente, ele desviou o olhar.

— Essa... questão do pós-vida faz parte dos negócios da sua família?

Aquilo me fez rir.

— Não. Minha família é dona da funerária da cidade, mas só eu e meu pai vemos espíritos. Fantasmas. Seja lá como queira chamá--los... chamar *você*. Não sei o motivo. Talvez tenha alguma coisa a ver com a sala do velório? Só Deus sabe.

— Foi por isso que você foi embora? Não querendo me intrometer — acrescentou ele rapidamente, percebendo que, na verdade, *era* um pouco de intromissão. — Eu só... percebi isso. As pessoas parecem surpresas de você estar de volta.

— Imagino.

Durante alguns passos, refleti sobre aquela pergunta. O que contar a ele e o que deixar de fora. Porém, não existia nenhum motivo para mentir para um cara morto.

— Quando eu tinha treze anos, ajudei um fantasma a solucionar o próprio assassinato. Antes disso, a coisa toda de mediadora era meio que um segredo da família, mas quando o jornal da cidade dá a notícia "Garota Local Soluciona Assassinato com a Ajuda de Fantasmas", tudo meio que sai do controle.

— Então você virou uma celebridade?

Dei uma gargalhada.

— Quem me dera! Ninguém acreditou em mim, Ben. Na melhor das hipóteses, pensavam que eu estava fazendo aquilo para chamar atenção. Na pior, pensavam que eu tinha alguma coisa *a ver* com o assassinato. Imagina só ter que testemunhar no tribunal aos treze anos e dizer "um fantasma me contou". Foi...

Eu tentava não pensar muito no que acontecera naquele ano, se possível. As matérias que saíram sobre mim, as reportagens bizarras nos noticiários, as pessoas me chamando de mentirosa.

— Enfim, a maioria das pessoas achou que eu estava inventando. Acho que faz sentido. Eu sempre quis ser escritora, desde pequenininha. Gosto de palavras. Gosto de compartilhá-las. Gosto de moldá-las. Gosto de como as histórias que inventamos podem ser gentis e boas, e gosto de como nunca decepcionam.

Chutei uma pedrinha e ela pulou pela grama.

— Ou, pelo menos, na *teoria*.

Mordi a unha do polegar enquanto caminhávamos em silêncio. O único som que reverberava era o dos meus passos na grama.

— Eu gostei disso no seu primeiro livro — disse ele, depois de um tempo.

Surpresa, eu me virei para Ben.

— *Guia de um canalha*?

— Não, seu primeiro livro. Qual era o nome... *Fervorosamente sua*, acho que era o título?

Arregalei os olhos.

— Impossível.

— Por que isso é tão surpreendente?

— *Ninguém* leu esse livro, Ben. Nunca nem foi reimpresso.

— Posso te garantir que eu li.

Eu não sabia ao certo se podia acreditar naquilo. Primeiro Seaburn disse que leu o livro, e agora Ben — duas pessoas que não se conheciam. Uma vez, meu pai me disse: "Não se preocupe, minha flor, seu livro vai encontrar os leitores que precisam dele." Mas não acreditei.

Estava começando a reconsiderar aquilo.

Nós trilhamos o caminho entre as lápides. Eu sabia onde ficaria o jazigo do meu pai. Já estava separado no topo do morro, sob um velho carvalho onde os corvos ficavam empoleirados. Eu me sentei em um dos bancos de pedra espalhados pelo cemitério, e Ben se acomodou ao meu lado.

Gesticulei para o nosso entorno.

— E aí? Valeu a pena, né? Uma das melhores vistas em Mairmont.

Ele estreitou os lábios, e sua boca se curvou de leve para cima.

— Quer dizer, ainda não vale a pena ser multado por invasão de propriedade... mas é bonito.

Contive um sorriso e puxei os pés para me sentar de pernas cruzadas. O céu se estendia diante de nós, infinito e escuro. As estrelas eram muito mais brilhantes ali — tão brilhantes que eu quase me esquecera de que não precisava de luz no meio do nada. As estrelas ofereciam toda a luz necessária.

— Meu pai costumava fugir comigo até aqui quando eu era criança. Caminhávamos pelo cemitério. Ele falava que era o "exercício" dele. Às vezes a estação espacial passava aqui em cima, e nós vínhamos para observar. Vimos muitos cometas e outras coisas caírem do espaço. Nada se compara a uma paisagem como essa.

— Não mesmo — concordou ele. — Na cidade a gente meio que esquece de olhar as estrelas. Eu cresci no Maine, né, e lá também tem muitas estrelas.

— A Ann mora no Maine — lembrei. — Vocês poderiam ser vizinhos sem você nem saber.

— Tem muitos escritores no Maine. Como é que você sabe que eu não era vizinho do Stephen King?

— Justo.

— Você já viu o fantasma de alguém famoso? — perguntou ele.

— *Famoso?* — Inclinei a cabeça, pensando. — Não... não que eu saiba. A maioria das pessoas com quem eu conversava era de Mairmont, e eu não falava com fantasmas em Nova York, então não saberia dizer. Você é um ponto fora da curva, na verdade. Morreu em Nova York, mas está me assombrando a oitocentos quilômetros de distância.

— Estava pensando nisso — considerou ele, esfregando o queixo. — Nunca imaginei que passaria a vida após a morte andando por cemitérios à meia-noite, no meio do nada.

— Meu ex odiava esse tipo de coisa.

— O quê? Invadir cemitérios e fazer sessões de invocação de espíritos?

— Não seria divertido? Mas não, não era disso que eu estava falando. Ele nunca curtiu esse tipo de coisa. Quer dizer, você também não curte, *evidentemente* — acrescentei, gesticulando para as mangas da camisa enroladas e a calça passada. — Mas ele nem teria considerado essa ideia. Mesmo se soubesse que eu gostava disso, ele não teria aceitado.

Ele inclinou a cabeça.

— Verdade. Ele não é mesmo o tipo que curte cemitérios. Sempre achei um pouco estranho ele ter decidido escrever um horror gótico contemporâneo.

Fiquei tensa.

— Certo. Você o conhece. Lee Marlow.

— Nós somos... éramos colegas de trabalho — explicou ele, franzindo a testa ao se corrigir para usar o pretérito. — Nós dois começamos a trabalhar no mercado editorial na mesma época, então eu o encontrava em eventos. Reconheci você quando entrou no escritório aquele dia — acrescentou ele. — Mas nossos caminhos nunca se cruzaram.

Não, mas eu jamais contaria que o reconheci também, quando o vi naquele dia.

— Foi por isso que você também estava naquele bar literário naquela noite?

— No Coloquialismo? Sim. Eu estava lá bebendo com ele porque *aparentemente* ele queria reclamar sobre a fonte que escolheram para o livro dele.

Fiz uma careta.

— Deus me livre de ser uma fonte *legível*.

Ele deu uma risadinha. Era um ruído caloroso, vindo da garganta, com um toque aveludado. Em um livro, eu teria descrito como um som *delicioso*.

— Você leu? — perguntou ele. — O livro do Marlow.

— Ah — respondi, distante. — Sou bem familiarizada com a história. E você?

— Não. Recebi um exemplar antecipado, mas nunca me chamou a atenção.

— Talvez você tenha feito um favor a si mesmo. A heroína no livro é totalmente seca, amarga e apática com relação a *tudo*.

Ben estremeceu.

— Ele provavelmente acha que estava escrevendo uma personagem feminina complexa.

Ergui as mãos.

— Né? Uma mulher pode ser emotiva, animada e amar as coisas. Isso não faz com que ela seja fraca ou inferior ou... *argh*! Não vou ficar reclamando sobre isso, só vai me deixar irritada — falei, forçando minhas mãos a abaixarem. Senti as bochechas corarem.
— Não que eu me importe com o que ele escreveu. Nem um pouquinho.
Não é como se ele tivesse escrito o livro *comigo* como a protagonista. *Eu* não era tão seca e amarga. Pelo menos não achava que era.
E eu *definitivamente* não era apática.
— E tem mais — acrescentei, sem conseguir me impedir —, ele também a descreveu como alguém que beija mal. Tipo, *muito* mal, de forma patética. E eu não sei você, mas acho que mulheres escrotas e amargas beijam *muito bem*.
Ele assentiu em concordância.
— Na minha experiência, mulheres de línguas afiadas normalmente têm lábios macios.
— Você beija mulheres de línguas afiadas com frequência?
O olhar dele se demorou na minha boca.
— Não com a frequência que eu gostaria.
Minhas orelhas começaram a arder, coradas, e eu desviei o olhar. Ele era um *fantasma*, Florence. Estava morto demais. Fora de cogitação.
— Sabe, se eu fosse outro tipo de pessoa, pediria para você ir assombrar aquele hipster babaca do Lee Marlow.
— Um fantasma de aluguel.
— Acho que você seria assustadoramente bom nisso.
— Acho que preciso mesmo ter uma conversa séria com ele.
— Ah, é? — Eu ri. — Você também era apaixonado por ele?
— Não, mas você, sim. E consigo ver que isso te magoa.
Aquilo me surpreendeu.

— Eu sou assim tão óbvia?

— Não. Sim — admitiu ele. — Um pouco. Você não se parece mais com a pessoa que escreveu *Fervorosamente sua*. Não de um jeito ruim, mas de um jeito que passa a mesma sensação de quando estamos lendo alguma coisa e percebemos que o que estamos procurando... você está me escutando?

Eu tinha me levantado, e comecei a andar na frente do banco de um lado para o outro.

— Acho que você não está escutando...

— *Shhh*, espera. — Ergui um dedo para que ele ficasse em silêncio. Meu cérebro estava pensando, conectando os pontos como uma constelação. — O manuscrito.

— O que tem o manuscrito?

— É o que está nos conectando! Não é *Ann*, é o manuscrito. Você está aqui porque *eu* não terminei de escrever. Esse é o seu assunto inacabado!

Ele inclinou a cabeça.

— Bem, você está quase acabando, certo?

— Hum...

— Florence — disse ele, em tom rigoroso, e senti um frio na espinha. — Você está escrevendo há mais de um *ano*.

— Sim, e muitas coisas aconteceram em um ano!

— Mas...

De repente, a luz de uma lanterna me cegou. Ergui as costas da mão para proteger os olhos e tentei me afastar da luz branca intensa. Ouvi o barulho de terra sendo amassada, e o tilintar de chaves. *Merda*. Eu nem tinha notado que ele havia destrancado o portão do cemitério, ou entrado ali. Estava ocupada demais flertando com a ideia de um *desastre*.

Mergulhei atrás do banco. Ben veio se esconder comigo.

— Olá? — chamou o policial. — Ei, molecada, não é para vocês estarem aqui.

— *Puta merda* — sussurrei. — Acho que é o Saget.

— O ator Bob Saget?

— Quê? Não. Espera, isso foi uma piada, Benji Andor?

— Datada demais? — perguntou ele, envergonhado.

— Um pouco. *Merda*.

Eu me abaixei ainda mais conforme o feixe da lanterna brilhava acima de nós. Como é que eu poderia explicar a Ben os anos de ódio acumulado entre mim e o policial?

— Então, hora de uma anedota divertida. É possível que eu tenha sido banida desse cemitério.

— Florence!

— Eu era criança!

O policial chamou novamente, mas pressionei os dedos nos lábios, indicando a Ben que ficasse *quieto*. Ele não ia me enganar dessa vez. Eu era uma *adulta*. Com um cérebro inteiramente formado e completamente funcional!

Bem, funcional na maior parte do tempo. Nos dias bons.

O policial se aproximou, andando em nossa direção pela colina escura. Eu não era alvo de nenhum mandado de prisão, mas com certeza tinha algumas multas de estacionamento não pagas durante os últimos dez anos. Eu não queria nem pensar qual seria o valor delas agora. Sem mencionar as outras contravenções presentes no meu histórico. Causar um incêndio na escola. Roubar o carrinho de golfe do técnico Rhinehart. Invadir o Museu de Mairmont...

O suficiente para ser considerada uma ameaça pública.

De repente, com um grasnado assustado, o bando de corvos sentado no carvalho levantou voo ao mesmo tempo. As aves assustaram o policial Saget, que soltou um palavrão e se abaixou enquanto elas se espalhavam pelo céu noturno, voando para longe.

Então, vi Ben tentar agarrar meu pulso, mas a mão dele atravessou a pele. Ele pareceu irritado.

— Rápido! — sibilou ele.

Ele não precisava repetir. Virei e comecei a correr na direção dos fundos do cemitério, cortando caminho entre as lápides e flores falsas apoiadas em placas, e fui em direção ao canto no fundo. Quanto mais corríamos, mais escuro ficava, e um pedaço do muro tinha caído atrás do antigo carvalho que ficava ali.

Passei pelo muro desmoronado e fui em direção à avenida Crescent, cruzando alguns quintais até voltar para a rua perpendicular à pousada. Não parei para recuperar o fôlego até que estivesse já na propriedade e a meio caminho da porta da frente.

— Nunca cheguei tão perto de ser pega! — comentei, segurando a lateral do quadril, conforme começava a rir sem parar. — Você assustou os corvos?

— Eu jamais faria isso — respondeu ele, indignado, cruzando os braços sobre o peito.

Eu poderia ter dado um beijo nele.

— Obrigada.

As extremidades das orelhas dele ficaram vermelhas, e ele desviou o olhar.

— De nada.

Tentando esconder um sorriso, segui pelo caminho de pedras até a porta da frente, quando parei na varanda, onde havíamos começado a caminhada, e olhei de volta para Ben.

— Me desculpa por ter mentido para você sobre ser pega no cemitério — falei.

— Bem, pelo menos agora eu sei a verdade — respondeu ele, balançando a cabeça. — Eu vou... não sei. Ver se consigo assombrar o restaurante ou algo parecido. Sentir o cheiro de café. Uma pergunta — disse ele, como se um pensamento tivesse surgido de repente.

— Uma resposta — falei.

— É normal escutar coisas? Como vozes, falando baixinho? Como se estivessem muito longe?

Franzi a testa.

— Não que eu saiba, mas eu nunca perguntei.

— Hum. Certo. Bem, boa noite. Tente não se meter em nenhuma confusão — acrescentou ele, e foi pela calçada na direção da Waffle House.

Fiquei parada na varanda da pousada por um tempo, observando a forma transparente dele se dissolver aos poucos na escuridão, e, por fim, desparecer.

Eu já tinha uma pessoa morta por quem ficar de luto. O bom senso me dizia que eu não deveria me apegar a Ben, que meu coração não aguentaria uma nova despedida tão cedo assim, mas acho que já me decidira por ajudá-lo. Eu não tinha certeza de quando decidira aquilo — ontem? Da primeira vez que o vi, quando ele apareceu na minha porta?

Eu era uma boba, e ia acabar me machucando, porque se eu sabia de alguma coisa sobre a morte, é que era mais difícil se despedir dos fantasmas do que dos cadáveres.

16

Canções para os mortos

O SÁBADO SE TRANSFORMOU em domingo, e eu tentei convencer minha mãe a me deixar ajudar com o funeral daquele dia — o penúltimo que meu pai havia agendado antes de morrer —, mas ela se recusou categoricamente enquanto tomávamos o café da manhã. Eu não comparecia a um funeral fazia anos. Todos os cantos fúnebres, as orações, as viúvas tristes, as crianças enlutadas, os pais que precisavam enterrar seus filhos e...

Os fantasmas.

Coloquei um moletom da NYU e mandei uma mensagem para minha mãe.

Tem certeza?

Se perguntar mais uma vez, vou deixar você de castigo, ela respondeu, com um emoji de coração.

Então ótimo.

E, falando em fantasmas, não tinha visto a minha assombração particular naquele dia, nem mesmo quando desci as escadas para pegar um bagel com cream cheese do bufê de café da manhã na sala de jantar. (O segundo café da manhã era sempre minha refeição favorita do dia.) Passei uma quantidade boa de cream cheese no bagel, cantarolando para acompanhar o ruído baixo do rádio no canto da sala. Peguei café em um copo descartável e voltei para a varanda.

— Florence! Aí está você.

Dei um gritinho. Sentado no balcão, com o queixo apoiado na mão, estava John. Ao lado dele, inclinado presunçosamente no balcão, o policial Saget.

— Parece que você viu um fantasma — disse ele.

Na luz do dia, ele parecia muito mais velho do que eu me lembrava. O cabelo estava agora completamente grisalho, a barba curta contornando a mandíbula, e ele parecia ser feito de vários blocos de cimento encaixados uns nos outros. Era o ser humano mais quadrado que eu já tinha visto.

— Rá, muito engraçado — respondi, seca. — Que bom ver você, policial.

— Você também. Teve uma noite muito ocupada ontem, srta. Day?

— Nem um pouco. Fui dormir cedo. Dormi muito bem... — Não consegui reprimir um bocejo. — E agora estou acordada e pronta para dar uma volta na cidade.

— Foi dormir cedo mesmo?

— Claro.

Ele não viu meu rosto ontem à noite. Não sabia que era eu.

John ficou observando a conversa, virando a cabeça de um lado para o outro como se fosse uma partida de badminton, colocando um marcador de páginas no mangá que estava lendo para acompanhar melhor.

— Você sabe que é ilegal mentir para um policial — continuou Saget.

— Por que eu mentiria?

— Então não deu nenhum passeio à meia-noite?

— Nossa, de jeito nenhum — menti.

Ele franziu os lábios, e as narinas inflaram. Porém, depois de um instante, pareceu pensar em uma estratégia melhor.

— Você vai escapar dessa vez. *Dessa* vez, Florence. Se fosse em qualquer outro lugar, eu prenderia você por invasão de propriedade. Tente agir de acordo com a sua idade, certo? — avisou ele.

Ele deu um tchau para John antes de sair pela porta da frente, entrar na viatura que estava ilegalmente estacionada na calçada e então ir embora.

Soltei o ar que nem sabia que estava prendendo.

— *Cacete*, essa foi por pouco.

John me lançou um olhar.

— Menina, você gosta de uma confusão, hein.

Naquela manhã, ele estava com a barba ruiva trançada na frente como se fosse um Viking, e usava novamente o boné de pizza.

— Está no meu sangue — respondi, tomando um longo gole de café. — O que *eu* quero saber é quem foi que me dedurou para a polícia. Seaburn não liga se eu aparecer no cemitério depois que escurece, mas já invadi tantos outros lugares que acho que o Saget só está se coçando para me pegar por alguma coisa.

— Acho que ele nunca perdoou você por levar aquele gambá selvagem para a delegacia.

— Eu não sabia o que fazer! Não achei que o bicho estaria transmitindo *raiva*.

Com uma risadinha, ele balançou a cabeça. Em uma cama de cachorro bordada ao lado do balcão da recepção estava o nosso prefeito. Ele ergueu o olhar, o rabo fazendo *bam-bam-bam* no chão. Acariciei o cachorro atrás da orelha.

— Então, tenho uma pergunta.
— Talvez eu tenha uma resposta.
— Você sabe a que horas abre o Bar Nenhum?
Ele deu uma olhada no relógio.
— Tenho certeza de que vai abrir para a hora do almoço daqui a pouco. Tem uns ótimos cachorros-quentes com queijo. E as batatinhas de lá... — Ele fez um sinal apreciativo com a mão. — Por que você não leva o prefeito com você? Ele precisa fazer uma inspeção das batatinhas em breve.

Imaginei que Seaburn estivesse ajudando com o funeral, então o mínimo que eu poderia fazer era tomar conta do cachorro dele.

— Claro. Prefeito, quer vir comigo?

O cachorro se ergueu.

— Então vamos! Valeu, John!

Eu não estava animada para as tarefas do dia. Enquanto Carver e Alice estavam ajudando mamãe, eu precisava descobrir o que fazer quanto às tarefas impossíveis de papai. Eu já havia fracassado totalmente ao tentar encomendar as flores ontem. Mal poderia esperar para fracassar em encontrar Elvis hoje.

Pelo menos estava em boa companhia.

Só que o dono da floricultura *tinha* me dado uma dica, e por mais que não fosse exatamente Elvis, eu conhecia meu pai o suficiente para saber que ele nem sempre dizia coisa com coisa, e, graças a Deus, o Bar Nenhum de fato mantinha um horário de funcionamento rígido, porque cheguei lá às dez da manhã.

Entrei no recinto, seguida de perto pelo prefeito. Havia uma placa onde se lia CÃES DEVERIAM VOTAR no bar, e entendi isso como permissão para deixar que o melhor cachorro do mundo entrasse comigo. Um homem atrás do balcão preparava as coisas para o dia.

— É Florence Day que eu estou vendo? — perguntou ele, ajustando os óculos. — Não acredito nos meus olhos! A famosa Florence Day.

Meu sofrimento ficou ainda maior.

— A própria — respondi, com um sorriso ensaiado.

— Perez. Meus pêsames pelo seu velho — disse ele, oferecendo a mão.

Eu o cumprimentei.

— Obrigada. Hum, eu tenho uma pergunta estranha para você. O sr. Taylor da floricultura disse que tem um Elvis que se apresenta aqui em algumas noites, verdade?

— Elvis...? Ah! Sim!

Ele apontou com o dedão por cima do ombro para um pôster no quadro de eventos atrás dele.

— Você está falando do *Elvistoo*.

Eu olhei para o pôster ao qual ele se referia e me encontrei encarando uma versão mais velha de Elvis, com lantejoulas brilhantes, prestes a comer um microfone.

— Ah, que... empolgante?

— Ei, Bruno! — ele chamou alguém nos fundos.

O chef colocou a cabeça pela porta.

— Que foi, patrão?

— É a filha do Xavier.

Os olhos escuros de Bruno se iluminaram como fogos de artifício no Ano-Novo. Ele saiu apressado da cozinha, esfregando as mãos no avental branco impecável.

— Minha nossa! Florence Day! — A voz dele era como veludo. Eu tinha a sensação de que... — Seu pai vinha me ver cantar toda quinta. Antes do jogo de pôquer — acrescentou ele, quando pareci confusa.

— Ah, isso faz sentido.

Nós apertamos as mãos, e ele se sentou no banco ao meu lado. Perez, o bartender, perguntou se eu queria uma bebida, e pedi uma limonada.

— Seu velho nunca perdia uma apresentação. E quando ele não veio na quinta, soubemos que tinha alguma coisa errada — disse Bruno. — Meus pêsames. Sei que não é muita coisa, e não é uma boa palavra para expressar algo tão horrível, mas é tudo o que eu tenho.

— Eu agradeço de verdade.

O bartender me passou a limonada, e segurei o copo frio e úmido. O gelo sacudiu, a condensação enevoando a parede externa do copo como gotas de chuva.

— Seu pai sempre falava muito de você — comentou Perez.

Bruno assentiu.

— Sempre dizia que você estava na cidade grande, correndo atrás dos seus sonhos. Que você escrevia palavras capazes de ressuscitar os mortos.

— Ele falou isso?

— Com certeza.

Senti um calor subir às minhas bochechas. É *claro* que papai diria uma coisa dessas. Ele nem sabia que eu era ghostwriter — que aqueles livros vendidos nas livrarias de aeroportos e nas estantes ao lado dos caixas de mercado eram...

E... agora eu não tinha como contar isso a ele.

Nunca mais.

Ele fez uma pausa.

— Xavier me fez jurar que não ia contar a ninguém, mas eu preciso saber se é verdade que...

— Bruno — alertou o bartender.

Franzi a testa.

— Saber se o que é verdade?

— Ele tinha muito orgulho de você, srta. Day — disse Bruno, em vez disso. — Orgulho pra caralho, até chorava por isso. Ele sabia que você estava correndo atrás dos seus sonhos, como Carver e Alice, e ele tinha um orgulho imenso dos filhos.

Só que ele nunca soube de toda a história. Nunca contei a ele que eu me inspirava no romance dele com a mamãe, que memorizei todas as histórias que me contaram dos seus avós, todas as histórias de amor que haviam sido passadas de geração em geração. Eu estava tão preocupada com a possibilidade de ser a exceção a essa regra — o único membro da família que nunca teria uma gloriosa história de amor — que eu me esquecera do motivo pelo qual escrevia sobre o amor.

Porque uma mulher grisalha em um grande suéter me pediu para fazer isso, lógico, mas também porque eu *queria* fazer isso. Porque um dia eu acreditara naquilo.

— Eu chateei você? — perguntou Bruno, e percebi que eu nem fizera menção de beber a limonada.

Tomei um longo gole, balançando a cabeça.

— Não — respondi, e estremeci, porque meu tom de voz não fora nada convincente. — Eu na verdade vim fazer uma pergunta sobre o meu pai. Você estaria disponível na quinta-feira, lá pelas três da tarde?

— Eu... quer dizer, precisaria ver com o Perez...

— Sim — respondeu Perez. — Ele está livre.

— Acho que estou?

— Então você nos daria a honra de cantar no funeral do meu pai? Eu vou pagar, claro. Tem algum tipo de taxa extra que você cobra para... lugares pouco ortodoxos?

Bruno piscou, aturdido. Uma vez, duas. Então, ele se inclinou para frente, perguntando:

— Deixa eu ver se entendi. Você quer que eu cante no funeral do seu pai.

— Isso. Vestido daquele jeito.

Apontei para o pôster.

As sobrancelhas espessas se ergueram.

— Hum.

— Sei que é estranho, mas...

— Mas é óbvio que eu vou.

Aquilo me surpreendeu.

— E quanto vai cobrar?

O homem sorriu, e eu enfim notei que o canino esquerdo era laqueado a ouro.

— Srta. Day, Elvistoo honra os mortos de graça.

17

Hora morta

AGARREI AS GRADES dos portões de ferro fundido do cemitério. Já estava trancado — esqueci que o cemitério fechava às seis da tarde —, e eu nem queria caminhar por lá naquela noite, mas não sabia aonde ir. Uma tempestade estava se aproximando. Os relâmpagos iluminavam as nuvens bulbosas ao longe, e havia um cheiro distinto no ar.

Úmido e fresco, como roupa lavada que acabara de ser pendurada para secar.

Um trovão ecoou pelos morros do cemitério.

— Um pouco cedo demais para ir caminhar com a lua, não é? — perguntou uma voz familiar à minha esquerda.

Olhei na direção da voz, e ali estava Ben, com as mãos nos bolsos, parecendo um pouco mais abatido. A gravata estava meio torta, o primeiro botão da camisa, desabotoado, expondo um pouco do pescoço, onde havia um colar — com um anel pendurado nele.

Uma aliança dourada de casamento.

A dele? Ou de outra pessoa? Eu não sabia o motivo, mas fui pega de surpresa por aquele objeto. Realmente não sabia nada sobre ele, não é? Não sei por que aquilo me incomodava. Eu nunca me importei com as joias que os fantasmas usavam. *Que besteira*, ralhei comigo mesma, soltando o portão, e me virei para ele.

— É. Tem uma tempestade vindo, de qualquer forma.

Ele inclinou a cabeça na direção das nuvens.

— Como você sabe?

— Dá pra sentir o cheiro no ar. Quer caminhar de volta para a pousada comigo?

— Seria uma honra, Florence.

Quando ele falou o meu nome, de novo cada vogal provocou um arrepio na minha espinha, embora não de uma forma desagradável. Era bem agradável, na verdade. Eu gostava da maneira como ele dizia meu nome. Gostava até mesmo do fato de ele *dizer* meu nome. Lee só me chamava de *coelhinha* pra cá, *coelhinha* pra lá.

Mas que poder havia ali, quando Ben dizia *meu nome*.

Uma lufada de vento espalhou algumas folhas verdes no chão. Coloquei uma mecha de cabelo atrás da orelha, para afastar do meu rosto, enquanto o vento soprava diretamente por Ben. Não bagunçou seu cabelo, nem balançou suas roupas. Ele estava congelado, para sempre preso daquele jeito. Como um retrato, algo imutável. Como meu pai — que para sempre teria sessenta e quatro anos. As experiências dele acabaram. A vida foi suspensa.

Ben colocou as mãos nos bolsos novamente.

— Sabe, estive pensando na nossa conversa no cemitério — começou.

— Sobre como ajudar você a seguir em frente?

— Sim, e eu estava pensando que talvez a razão pela qual eu esteja aqui não tenha nada a ver com o manuscrito — sugeriu. Ele se virou para mim e disse, de forma determinada: — Talvez eu esteja aqui para ajudar *você*.

Eu o encarei. Pisquei, surpresa. Então, caí na gargalhada.

Ele pareceu indignado.

— Não foi tão engraçado assim.

— Foi, sim! — uivei, apertando as costelas.

Porque se *essa* sugestão não fosse o enredo de uma comédia romântica, eu não sabia o que mais poderia ser.

— Ai, meu Deus. Desculpa. É só que... isso é impossível. Por que eu precisaria de ajuda?

— Com o amor. Ajudar você a acreditar nele de novo.

Minha risada morreu rapidamente. De repente, não era mais tão engraçado. Era pessoal. Franzi os lábios.

— Você não é o fantasma do Natal passado, Ben.

— Mas e se...

— Não é assim que isso funciona — rejeitei a ideia. — Nunca ouvi falar de um fantasma que voltou para ajudar alguém que está vivo. Sempre sou eu quem ajuda vocês. Eles. Sei lá.

— E se você estiver errada?

— Não preciso de ajuda com o amor. Estou muitíssimo satisfeita, enxergando bem as coisas. Não sou eu que estou presa no pós-vida, é você. Então, *eu* preciso ajudar *você*. Faz sentido?

— Faz — disse ele, sem olhar para mim, evidentemente pensando que eu estava errada. — Acho que sim.

— Ótimo. E eu vou escrever o manuscrito, prometo. Eu só... preciso de tempo.

— Agora você tem tempo até de sobra — respondeu ele, seco, e eu estremeci.

Ele não estava errado.

Passamos na frente da sorveteria, onde uma menina e o pai estavam sentados à mesa perto da janela, dividindo um sundae. Quando eu era pequena, e Carver e Alice eram ainda menores, papai me levava ali e dividia comigo uma tigela de sorvete de chocolate com granulado em cima.

Eu queria poder perguntar a meu pai como ajudar Ben. Ele saberia. A única pista que eu tinha era o manuscrito, mas... eu não sabia como consertar aquilo. E se era por causa *disso* que Ben estava no plano terrestre, então acho que nós dois estávamos com uma tremenda falta de sorte.

E eu estava irritada com o fato de que Ben chegara a considerar... que ele até *sugerira* que eu... que ele estava ali para...

Argh!

Eu tentei essa coisa do amor. Não funcionou. Ponto-final. Havia coisas mais importantes na vida que eu precisava enfrentar em vez de perder tempo com algo tão frívolo.

— Você encontrou o que estava procurando no bar? — perguntou ele, depois de um instante.

— De certa forma, sim. Consegui marcar com Elvis para cantar no funeral.

Ele parou, aturdido.

— Presley? Ele é... um *fantasma*? — perguntou ele, quase sussurrando.

Ah, por que isso era tão charmoso? Por que isso era tão *charmoso*?

Me segurei para não sorrir, porque ainda estava irritada com ele.

— Não. — Tirei o pôster do bolso de trás da calça e desdobrei para mostrar a qual Elvis eu estava me referindo. — Mas é a segunda melhor opção depois dele.

Ele colocou a mão na boca para esconder uma risada.

— Um *cover*? Para um *funeral*?

— Você não conheceu o meu pai — respondi, guardando o pôster de novo no bolso.

— Ele parece ser uma figura e tanto.

Sorri ao pensar em papai indo assistir a Bruno se apresentar antes de seu jogo de pôquer às quintas-feiras — e então meu sorriso sumiu quando lembrei que ele nunca mais faria isso. Cruzei os braços.

— Ele *era* — falei, seca.

— Certo. Sim. Perdão.

Nós andamos as três quadras seguintes em silêncio, passando pela livraria com um pôster de *Quando os mortos cantam*, de Lee Marlow, e eu me demorei por um instante. Apenas o suficiente para Ben olhar para trás e ver o motivo pelo qual eu tinha parado, e então me obriguei a colocar um pé na frente do outro, ignorando o pôster e a data de lançamento. Só mais alguns meses antes de o mundo inteiro ler a minha história, arruinada pelas palavras dele.

— Ah, olha só! Os livros da Annie.

— Hã?

Encarei pela janela a pilha de livros de romance, com os últimos livros de Ann Nichols no topo. Aqueles que eu escrevera — *Matinê da meia-noite, Guia de um canalha* —, todos eles. Papai passava por essa livraria todos os dias na hora do almoço quando ia para o Fudge's. Ele deve ter visto essa vitrine, esses livros. Eu me perguntei se algum dia ele deu uma passadinha na loja e comprou um. Eu me perguntei se mamãe gostava do humor irônico dos novos livros de Nichols. Minha mãe e eu nunca mais falamos sobre livros depois que o meu foi um fracasso. Eu não queria falar sobre livro nenhum depois que isso aconteceu.

Eu me virei para seguir em frente, quando Ben andou para trás e indicou a porta com a cabeça.

— Vamos entrar.

— Por quê?

— Porque eu gosto de livrarias — respondeu ele, e atravessou a porta fechada.

Eu quase fui embora, mas parte de mim se perguntava qual seção ele olharia primeiro. Livros literários? Terror? Eu não conseguia sequer imaginá-lo na estante de romances, alto e soturno com a camisa social impecável e a calça passada.

O sininho acima da porta tocou quando entrei no aconchego da livraria. A mulher atrás do balcão, a sra. Holly, trabalhava ali fazia vinte e poucos anos. Ela ergueu o olhar do livro que estava segurando, e sorriu.

— Mas quem diria! Florence Day.

Nem mesmo os livreiros mais próximos de mim em Nova Jersey sabiam o meu nome, mas parecia que uma década não era o suficiente para me apagar da memória de uma cidadezinha. Em todos os lugares a que eu ia, era cumprimentada com um "minha nossa, Florence Day!" como se eu fosse a celebridade local. Bem, eu meio que era.

— Oi, sra. Holly — cumprimentei.

— O que está procurando?

Você viu um fantasma flutuando por aí, por acaso? Um metro e noventa de puro charme, com apenas uma pitadinha de nerdice?, tive vontade de perguntar, mas em vez disso respondi:

— Só dando uma olhadinha.

— Posso ajudar?

— Acho que não... — comecei, antes que meu olhar pousasse no display de mesa no balcão anunciando *Quando os mortos cantam*, de Lee Marlow.

COMPRE NA PRÉ-VENDA!, anunciava o totem de papelão, com uma foto da capa do livro — uma mansão vitoriana deteriorada, com uma garota na frente que parecia a Wandinha Addams, de cara séria. Em uma das janelas estava algum tipo de espectro, com olhos demoníacos e dentes afiados.

Que maravilha.

— O autor nunca deve ter visitado uma cidade pequena na *vida* — disse a sra. Holly quando notou o que chamara minha atenção. Ela balançou a cabeça. — Um dos meus livreiros *amou* o livro, mas não entendi o motivo.

— Bom saber — respondi.

É claro que ele não sabia escrever sobre cidades pequenas. Ele nunca tinha morado em uma — ele pensava que todas eram ou Stars Hollow ou Silent Hill. Não havia meio-termo.

— Você escreve melhor do que ele jamais seria capaz — continuou ela.

Isso me deixou tensa.

— Sabe, eu ainda vendo o seu livro! Hoje em dia nem tanto, mas continuo vendendo. É uma pena que tenham parado de imprimir. Mal chegou a ter uma versão em brochura.

— Não gostei da brochura, de qualquer forma — respondi, com um pouco de humor ácido, porque a capa da brochura tinha ficado tão feia que era difícil imaginar como alguém tinha escolhido aquilo.

Dava para saber que uma editora tinha desistido de um livro quando deixavam qualquer um fazer a capa.

Informei à sra. Holly que queria dar uma olhada nos livros, e caminhei pelas estantes de biografias e autoajuda, passando por ficção científica e fantasia, até chegar aos fundos da livraria, onde ficavam os romances em brochura. E ali estava Ben, vendo os romances de segunda mão, com suas lombadas marcadas e páginas com as pontas dobradas.

— Você não editava livros de terror? — perguntei quando cheguei perto dele. — Por que migrou para o romance?

— O selo em que eu trabalhava foi extinto.

Ben tentou tirar um livro da estante, mas a mão passou direto pelas páginas. Ele franziu a testa, tendo esquecido de sua condição, e suspirou.

— Esse não pode ser o *único* motivo.

— Uma vez li um livro que me marcou. E percebi que queria ajudar escritores a escreverem mais livros como aquele, e encontrar livros assim, e dar uma chance que eles não teriam de outra forma.

— Deve ter sido um livro ótimo. Foi um best-seller? Já ouvi falar?

A boca dele se retorceu em um sorriso, como se eu tivesse dito algo engraçado.

— Se eu aprendi uma coisa como editor nesses últimos dez anos é que nunca se ouve falar dos livros realmente bons.

Dei uma olhada nas estantes — nos nomes familiares de Christina Lauren, Nora Roberts, Rebekah Weatherspoon, Julia Quinn e Casey McQuiston —, até que meus olhos pousaram na lombada mais familiar de todas. Peguei o livro para ele. Havia apenas dois exemplares na estante. Eu me perguntei quanto tempo se passaria até que a sra. Holly não conseguisse mais encontrá-lo para ter em estoque. *Fervorosamente sua.*

Passei a mão pela capa, pela fonte ornamentada e a laminação fosca. E me lembrei do quanto amei aquele livro. Como cada palavra soava como a batida de um coração, cada frase como uma canção de amor.

— Você disse que leu o meu. Foi um daqueles de que nunca se ouve falar? — perguntei, baixinho. — Um dos bons?

A princípio, ele não respondeu. Ergui o olhar para ver se ele tinha me ouvido, e, para a minha surpresa, ele não estava olhando para o livro. Estava olhando para... *mim*, com uma expressão de tristeza que fez meu estômago embrulhar.

— Sim — respondeu ele, certo e seguro como o nascer do sol.
— É um dos bons.

Senti os olhos arderem e rapidamente desviei o olhar, secando as lágrimas com as costas da mão. Eram palavras que não achei que precisava ouvir. Lee Marlow nunca me dissera nada do tipo — ele disse que era fofinho, leve. Era como um doce, embora doce pudesse ser algo bom — saboroso, suave, e exatamente o que você precisava, quando precisava. Só que ele nunca dissera nada do tipo.

Rose nunca entendeu o motivo de eu ficar tão obcecada pelo que Lee pensava dos meus livros, mas não era óbvio desejar que alguém que você amava valorizasse o que você escrevia? Lee deveria ser a pessoa com quem eu tinha mais intimidade. Ele deveria me dizer que era bom, que era digno — e que *eu* era digna daquele louvor.

Só que, em vez disso, os elogios vieram de um estranho que eu mal conhecia.

Ben me lembrava Ann nesse quesito. Ela se sentara na minha mesa, e tomada de uma certeza, como se já soubesse que minhas palavras eram dignas, me pediu para escrever os romances dela. Ela me deu um presente que eu nunca achei que fosse ter. E através dela, escrevi as histórias que eu queria ler, e havia um poder naquilo...

Respirei fundo, colocando meu livro de volta na estante.

— Não sei como terminar o manuscrito da Ann.

Ele inclinou a cabeça.

— Como assim?

— Estou falando que não sei como. Eu... eu não acho que consigo. Mas... — Engoli o nó na garganta, e disse, com certa segurança: — Vou tentar.

Ele ficou em silêncio por um segundo, e então dois, e três. Aí, vi os sapatos brilhantes pararem na minha frente, e quando ergui o olhar, ele havia se abaixado um pouco, com as mãos nos bolsos, e sorria.

— Obrigado. Annie gostaria disso. E eu vou ajudar, como puder.

— Ah, é? Vai escrever o "e viveram felizes para sempre" por mim?

— Posso dar algumas sugestões.

E então, reconheci aquele tipo de sorriso, finalmente. O tipo que a gente não oferecia a estranhos. O tipo que a gente guarda para si mesmo porque o mundo era uma merda, e o seu coração já fora partido muitas vezes por muitas pessoas, muitos lugares e muitas histórias diferentes. Ele também tinha histórias. A aliança de casamento em uma corrente ao redor do pescoço. A forma como colocava as mãos nos bolsos, para parecer menor. O motivo de ele amar romances.

E, pela primeira vez desde que chorei por Lee no apartamento minúsculo de Rose, com uma garrafa de vinho e uma pizza pela metade, o cabelo ainda molhado pela chuva, eu queria conhecer uma nova história. Queria ler o primeiro capítulo da vida de Ben Andor e entender quais eram as palavras que compunham seu coração e sua alma. E, tá, talvez também tivesse a ver com o seu um metro e noventa, mas, sinceramente, mesmo se eu *quisesse* escalar aquele homem, eu não podia fazer isso, porque ele era um fantasma, e eu passaria direto por ele.

De qualquer forma, eu não era muito boa em escaladas.

Saímos da livraria depois que eu comprei o novo romance histórico da Sarah MacLean, e Ben me acompanhou pelas duas últimas quadras até chegar à pousada. Naquela altura, a tempestade já chegara aos limites da cidade.

— Então, para cair matando em cima dessa coisa de ser mediadora — comecei a falar, parando no portão —, sou obrigada a perguntar se você gostaria que eu repassasse alguma mensagem para alguém.

Ele refletiu por um instante.

— Alguém que eu deixei para trás?

— Sim. Pais, ou, hum, sua avó? Algum relacionamento amoroso? — Falei essa última parte um pouco mais baixo, pensando na aliança pendurada no pescoço.

Quer dizer, eu não estava... quer dizer, a gente não... isso não era... eu não estava *jogando verde*.

— Hum. — Ele esfregou a nuca. — Eu... bem. — Então, ele respirou fundo, dizendo: — Não.

Eu me sobressaltei.

— Ninguém?

— Não me olhe assim.

— Não estou...

— Está, sim.

Eu me forcei a desviar o olhar para o outro lado da rua. Seaburn estava passeando com o prefeito, e eu acenei para eles quando passaram. *Ninguém.* Havia um peso naquelas palavras. Eu sempre fazia tudo sozinha, mas sabia que tinha uma família — Alice, meu pai, Rose, Carver. Porém, estar verdadeiramente sozinho... Passei a vida toda com uma rede de segurança. Não conseguia imaginar como seria andar em uma corda bamba sem ela, e quando finalmente caísse...

Ninguém.

Tentei não estremecer diante daquele pensamento, mas fiquei presa naquilo. A solidão assombrava as pessoas mesmo depois que morriam. Pairava acima do jazigo no cemitério, onde se via um nome solitário, entalhado no mármore. Permanecia ao lado da sua urna. Era o vento que carregava suas cinzas, quando ninguém estava lá para reivindicar o seu corpo.

— Sinto muito — sussurrei, depois que Seaburn e o prefeito já estavam longe. — Eu não sabia.

— Não esperava que soubesse, mas não precisa se preocupar. Não importa.

— Importa, sim...

— Não importa — interrompeu ele, e colocou as mãos no portão de ferro, se inclinando para a frente. — Não importa, Florence, não mesmo. Deixei tudo no meu testamento... Eu não fui bobo. Sou um homem solteiro de trinta e seis anos, cujos parentes estão *todos* mortos e que divide apartamento com uma gata chamada Dolly Purrton.

— *Mentira*.

— É sério. Ela é perfeita. E meu testamento é bem direto quanto ao que fazer com ela — acrescentou ele. — Eu já tinha toda a minha vida planejada. Como iria vivê-la. O que faria, e quando. Tudo tinha seu lugar. Era organizado e sistemático.

— Como a sua mesa.

Ele deu de ombros.

— Não gosto de surpresas. Eu não corro... *corria* riscos. Em coisa nenhuma, e com ninguém. — Ele hesitou, e então se corrigiu: — *Quase* ninguém. E eu estava tranquilo com essa vida. Planejei até o que aconteceria se eu morresse antes dos quarenta anos, eu só... não achei que fosse acontecer. Teria acelerado alguns projetos a longo prazo — acrescentou, tentando fazer piada.

Pela primeira vez, não achei engraçado.

— É impossível planejar tudo.

— Agora eu sei disso — retrucou ele, e havia certa rigidez em sua voz que me fez pensar que era algo de que ele se arrependia, e muito, ultimamente. — Pensei que antes de morrer eu ao menos encontraria... — Ele balançou a cabeça. — Mas é claro que não.

— Encontraria o quê?

Ele me encarou com os olhos castanhos tranquilos.

— Aquilo em que você não acredita, Florence. — Então, ele balançou a cabeça mais uma vez. — Acho que se todos encontrassem um grande amor, então o mundo não seria um lugar tão horrível assim, não é?

— Ben...

— Não preciso que você sinta pena de mim.

— Pena? — falei, fingindo me indignar, e destrancando o portão. — O que fez você pensar nisso, Benji Andor? Eu só ia dar as boas-vindas ao Clube dos Solteiros e dizer que aqui não é tão ruim. Algumas pessoas até gostam! Eu sinto inveja delas.

Ele bufou e atravessou o portão.

— Eu também sinto.

No balcão dentro da pousada, Dana estava lendo um livro de Courtney Milan, e eu acenei para elu antes de seguir na direção do meu quarto.

— Boa noite! — falei em voz alta.

— Bons sonhos — disse Ben.

— Noite! — disse Dana.

Subi as escadas, entrei no quarto e desabei na cama.

Naquela noite, conforme a tempestade caía em Mairmont, tentei escutar os mortos cantando pelas árvores, mas enquanto o vento dobrava os galhos e roçava as telhas, tudo que eu ouvia era a chuva. E tudo em que eu conseguia pensar era em Ben Andor na livraria, inclinado levemente na minha direção com um sorrisinho, me agradecendo por tentar.

Ninguém nunca me agradecera por isso antes. Por tentar. Mesmo que eu estivesse fracassando. Mesmo que as expectativas de Ann pairassem sobre mim como uma enorme e sombria nuvem de tempestade. Eu não queria decepcioná-la, e estava começando a perceber o quanto também não queria decepcionar *Ben*. Porém, mais do que isso, eu queria terminar o manuscrito, para que ele soubesse que não era uma caneta sem tampa, incapaz de deixar uma marca no mundo. Ele as deixava por todo o lugar, mesmo que não pudesse vê-las.

Mesmo que ninguém lhe agradecesse por estar tentando.

18

As filhas do coveiro

A SEGUNDA DE MANHÃ foi dedicada a mais um café da manhã em família.

Eu sentia saudades daquilo quando estava em Nova York, por incrível que parecesse. E agora que estava de volta, mesmo que por pouco tempo, voltara a fazer parte das engrenagens bem lubrificadas do funcionamento da minha família, como se nunca tivesse ido embora. Alice e eu nem demos respostas atravessadas quando nos sentamos para comer, mesmo que eu ainda estivesse magoada pela última vez em que nos vimos. Tentei escrever de novo quando acordei, porém o mesmo problema se repetia. Jackson não foi atingido por um raio dessa vez, mas eu ainda não sabia como fazer Amelia ficar.

Por outro lado, a própria Alice parecia estar tendo alguns problemas.

— ... e claro que veio o tom errado de corretivo — ela estava dizendo, enfiando o garfo em outro ovo. — Sinceramente, você acha que pelo menos *uma* coisa pode dar certo para o funeral do papai?

Aquilo chamou a minha atenção, e eu ergui os olhos da minha primeira xícara de café. A cafeína estava começando a fazer as sinapses do meu cérebro funcionarem.

— Você encomendou o tom errado de corretivo?

Alice me olhou irritada.

— Não! A empresa que mandou o refil errado. E é maquiagem de teatro, então não é como se eu pudesse ir até a farmácia e comprar outro. Aff, que pesadelo — acrescentou ela, colocando o rosto nas mãos. — Primeiro o formol, que acabou ontem à noite, e agora isso.

Mamãe deu um tapinha no ombro dela.

— É a lei de Murphy, querida.

— Murphy pode ir pra puta que pariu pra esse *único* funeral.

Assim como eu sempre quis ser escritora, minha irmã mais nova sempre quis ser agente funerária. Desde que eu conseguia me lembrar, ela seguira papai como uma sombra. Ela estudou química forense na Duke e, durante a noite, só por diversão, fez um curso on-line de ciências mortuárias e serviços funerários. Uma parte de mim sempre achou que era Alice que deveria ter herdado o dom de papai. Ela seria muito melhor nisso do que eu, e duvido que teria fugido da cidade por causa disso. Ela era o tipo de pessoa que enfrentava tudo de cabeça erguida. Nada a assustava. Especialmente depois que eu solucionei aquele assassinato e tudo ficou pior. Ela brigava com as pessoas por minha causa. Esse foi outro motivo pelo qual eu fui embora o mais rápido que consegui quando me formei no colégio — para que ela não se sentisse mais obrigada a fazer isso.

— Posso ajudar em alguma coisa? — perguntei, cutucando o meu waffle.

— Não — disse Alice rapidamente.

— Tem certeza? Você não precisa fazer tudo sozinha...

Ela ergueu os olhos do prato, e eu imediatamente percebi que dissera a coisa errada.

— *Ah, é?* Vamos falar sobre isso agora?

— Alice — soltou mamãe, em tom de aviso.

Meu corpo inteiro ficou tenso.

— Espera. O que isso quer dizer? O que você quer dizer com falar sobre isso agora? Qual é o seu problema, Al?

— *Meu* problema? Não é o meu problema que me incomoda — retrucou ela. — No segundo que as coisas ficam difíceis, você se manda. Não importa o que aconteça. A gente sempre pode contar com você para isso.

— Isso não é justo. Você *sabe* que não é justo.

— Então por que você nunca voltou para casa?

— Todo mundo me visitava em Nova York! — retruquei. — Todo ano. Vocês vinham ver as luzes, a árvore de Natal e...

— Porque *papai* queria ver você. E ele sabia que você não viria para casa, não importava o quanto ele pedisse. Pergunte à mamãe. Nós teríamos adorado ficar em casa no Natal só *uma vez* na vida.

Aquilo não era verdade. Eu *sabia* que não era verdade. Eles adoravam me visitar nas férias — viviam falando isso! E papai nunca me pediu para voltar para casa, nem mesmo uma vez...

— Mãe! — falei, virando na direção dela. — Isso é verdade?

Ela encarou os azulejos do teto, e então fechou os olhos, respirando fundo.

— Seu pai não queria que você voltasse enquanto não estivesse pronta.

Senti como se algo estivesse se afundando em minhas entranhas.

— Não, sempre fazíamos o que você queria — acrescentou Alice, e se pôs de pé, apressada. — Todos temos fantasmas, Florence. Acontece que você é a única que não consegue lidar com os seus.

Então, ela vestiu a jaqueta preta e saiu pisando duro do restaurante.

Eu tinha perdido a fome.

— Florence, você sabe que ela não queria... — começou minha mãe, paciente.

— Preciso ir escrever uma coisa — falei, mentindo, de forma bastante *óbvia*, enquanto pedia licença da mesa.

Carver me lançou um olhar aflito, como se quisesse pedir desculpas, mas ele não tinha motivos para se desculpar. Mamãe perguntou se eu queria levar o café para viagem, mas tinha café na pousada, e Deus sabe que eu acabaria esquecendo o recipiente de café em algum lugar aleatório e nunca mais encontraria.

A verdade é que Alice não estava errada.

Era outra discussão que estávamos evitando havia anos. E agora tudo estava vindo à tona.

Além disso, eu ainda tinha meu editor morto para lidar, os preparativos para o funeral de papai e o manuscrito de Ann. Tudo ao mesmo tempo.

Eu odiava coisas complicadas.

Quando voltei para a pousada, John acenou para mim sem erguer os olhos da HQ do Homem-Aranha. Subi as escadas até chegar ao meu quarto e decidi que um longo e relaxante banho era *exatamente* o que eu precisava. A cabeça vazia, a água quente, nada além do barulho constante do chuveiro ecoando no meu cérebro. Eu não queria pensar naquele instante. Não queria pensar em nada.

Então, tirei meu moletom da NYU, peguei o jeans do chão e os coloquei em cima da cama antes de seguir para a banheira com o chuveiro. Felizmente, a pousada não era mesquinha com a temperatura da água. Deixei que ficasse o mais quente possível — quente o bastante para ferver minha pele, exatamente como eu gostava — e fiquei debaixo d'água por muito tempo. Até que o vapor ficasse espesso, o respingo constante da água na minha cabeça silenciasse todo o zumbido dos meus pensamentos, a pele ficasse corada e os dedos, todos enrugados.

Tempo demais, provavelmente.

O sabonete tinha cheiro de caramelo, e eu tentei acalmar minha mente. O aroma me lembrava do perfume de Ben no escritório dele, e tentei parar de pensar. Os olhos dele quando se inclinou para a frente para me agradecer, calorosos, suaves e ocres. As mangas da camisa enroladas para cima expondo os músculos dos braços. Tentei não pensar em como ele era tão grande, e as mãos dele também eram grandes, e qual seria a sensação delas no meu corpo, segurando meus seios, os lábios dele contra os meus, com gosto de menta, e...

Não.

Abri os olhos. A espuma do xampu entrou neles, e eu xinguei, voltando para debaixo da água quente a fim de enxaguar.

Não, não e não, Florence. Ele estava *morto*.

Ele estava muito, muito morto.

— Idiota, idiota, idiota — murmurei para mim mesma.

Qual era o meu *problema*? Estava em casa pela primeira vez em dez anos, para enterrar o meu pai, e estava fantasiando com um *cara morto*. Eu nem sequer tinha pensado em alguém desde que Lee Marlow arrancara meu coração e o entregara para os ratos que infestavam o metrô comerem.

Então por que *naquele momento*?

Por que ele?

Porque ele estava morto e, por isso, era seguro. Era alguém fora do meu alcance. E eu estava fodida da cabeça nesse nível.

Quando a água finalmente começou a ficar fria, enxaguei a espuma do cabelo e saí do chuveiro. O resto do banheiro ainda estava enevoado, então precisei usar a toalha para esfregar o espelho.

Algo se materializou no canto dos meus olhos. Na frente da banheira.

Eu me virei para olhar e soltei um grito.

Ben se virou para me encarar — e então teve um sobressalto, cobrindo os olhos. Eu me apressei para cobrir minhas... *partes íntimas*, mas devo ter pegado a *menor* toalha do mundo, porque fiquei tentando alternar entre cobrir os peitos ou a parte de baixo, e depois de girar a toalha várias vezes, percebi que não tinha uma solução. Então, agarrei a cortina do chuveiro e me enrolei nela.

— Meu deus, meus olhos! — exclamou Ben.

— Que *porra* é essa, Ben? — ralhei.

— Não era a minha intenção... Me desculpa! Eu só... Não vi nada. Juro. — Então, depois que um segundo se passou, ele acrescentou: — Apesar de que ouvi falar que peitos perfeitos estão em falta no mundo, e os seus...

— *Sai daqui!*

— Estou saindo! Estou saindo! — exclamou, enquanto eu pegava a pasta de dente e o condicionador da pousada e jogava em cima dele.

Os recipientes o atravessaram, batendo contra a porta fechada enquanto ele passava por ela e desaparecia.

Dei outro grito frustrado, com vontade de me afogar.

— Eu só queria dois segundos de paz — gemi para mim mesma, desesperada, e finalmente me desenrolei da cortina do chuveiro.

A toalhinha tinha me deixado na mão.

Tinha me deixado profundamente na mão.

Envolvi os braços ao redor dos peitos, sentindo minhas orelhas arderem de vergonha. Não acredito que ele *me viu pelada*. Depois que eu...

Meu Deus.

Ninguém nunca falou que meus peitos eram perfeitos antes. *Bonitos*, claro, mas perfeitos?

Concluí que não eram tão terríveis assim.

Porém, elogiar meus peitos não o desculpava por ter olhado. Aquele pervertido. Ele não só tinha olhado, ele tinha *encarado*, como se estivesse sedento fazia anos e nunca tivesse encontrado um poço. Bem, meu... *Eu* não era um poço. Ele estava morto; ele não tinha como ficar com sede.

Eu não iria sequer *pensar* nesse assunto.

Quando finalmente me troquei e coloquei os jeans de cintura alta e o moletom largo da NYU, parecendo o suprassumo da falta de sensualidade, havia uma mensagem para mim, vinda da minha irmã.

Cinco simples palavrinhas, mas senti como se tivessem me pedido para mover uma montanha:

Escreva o obituário do papai.

19

Hábito em extinção

Xavier Vernon Day foi um marido, pai e amigo amado. Ele cresceu em Mairmont, onde herdou a Funerária Dias Passados, e tornou-se um exemplo e uma referência muito querida na comunidade. Ele deixa a esposa, Isabella, e três filhos, Florence, Carver e Alice Day. Ele era...

Meus dedos ficaram imóveis sobre o teclado. Ele era o quê? Um cadáver? Sim. E esse não soava como o tipo de obituário que ele gostaria que aparecesse no *Folhetim Diário*, o jornal local de Mairmont.

Afastei o notebook com um suspiro frustrado e estiquei a mão para pegar um café, quando Ben se materializou *exatamente* no assento. Levei um susto, derramando a bebida. A garçonete do restaurante me lançou um olhar estranho antes de se apressar para pegar um pano e me ajudar a limpar.

— *O que foi isso?* — sibilei para ele, e então sorri para a garçonete, que voltara com o pano. — Desculpa, eu sou tão desastrada!

— Você mente muito mal — observou Ben, apoiando a cabeça na mão, o cotovelo na mesa.

Depois que a garçonete saiu, eu o olhei irritada.

— Bom, se você parasse de simplesmente *surgir* nos lugares, eu não ficaria levando sustos, não é?

— Eu não consigo evitar — respondeu ele, parecendo desconfortável. — Apenas acontece. Em um minuto estou... — A voz dele se esvaiu, e ele fez um gesto com a mão, apesar de parecer um pouco preocupado. — E então estou aqui. Onde você está. Imagino que isso não aconteça com outros fantasmas?

— Não que eu me lembre. Eles só ficam por aí até eu ajudar no que precisam resolver. Eles não aparecem quando estou pelada no banho.

Ele tossiu para esconder uma risada, e desviou o olhar, as bochechas corando.

— Foi bastante constrangedor para mim também.

— É mesmo? Sério? — perguntei, sarcástica, e então suspirei. — Deixa pra lá. Vamos fingir que isso não aconteceu.

Terminei de limpar a bagunça que eu fizera, e percebi que, na verdade, eu derrubara *todo* o meu café. Maravilha. Fiz um gesto para a garçonete encher de novo a xícara e peguei o celular, para que o senhor que estava lendo as colunas no *Folhetim Diário* na mesa ao lado da minha não pensasse que eu estava falando sozinha.

— Você não lembra para onde vai quando desaparece?

— Não.

A garçonete voltou para encher minha xícara.

Ben franziu a testa e passou a mão em cima da fumaça que saía da xícara. Atravessou os dedos dele, direto.

— É uma sensação estranha quando desapareço. Como se eu soubesse que algo acontece, mas não consigo me lembrar o que é.

Tomei um gole do café. Nossa, forte demais. Coloquei metade do suprimento de açúcar do mundo na xícara e experimentei de novo. Muito melhor.

— Talvez você não vá para lugar nenhum.

— Isso é assustador *pra cacete*.

— De nada.

Ele se inclinou para a frente, como se tentando olhar para a tela do meu computador.

Eu a abaixei mais.

— Que grosseria.

— Está trabalhando no manuscrito?

— Não, no obituário do meu pai — admiti.

Parte de mim se perguntava por que papai não escreveu o próprio obituário em vez daquela carta para lermos no velório. Quando alguma pessoa sofrendo com o luto estava tendo dificuldade para escrever um obituário, ele as ajudava a escrever a melhor das despedidas. Era incrivelmente bom naquilo.

Eu definitivamente não era.

— Ah. — Ben afundou de volta no assento, tamborilando com os dedos na mesa. — Imagino que, pela sua cara, não está indo nada bem.

— Minha cara diz tudo isso?

— Suas sobrancelhas ficam franzidas. Bem aqui.

Ele apontou para o lugar entre elas, tão próximo que senti o frio dos seus dedos contra minha testa.

Eu me encostei na cadeira e esfreguei o ponto entre as sobrancelhas. A última coisa de que eu precisava era ter *mais* rugas.

— O obituário está indo tão bem quanto o resto das coisas na minha vida no momento, Ben. Uma merda *generalizada*.

Não era culpa dele que eu não estivesse conseguindo escrever o obituário, e no segundo em que ergui o tom de voz para falar com ele, me senti mal. Suspirei.

— Desculpa. Eu só...

Estava com saudades do meu pai.

E aquilo me atingiu de novo — a tristeza que se esparramava como algo infinito entre todas as coisas que eu sentia pelo meu pai. Eu estava acostumada a compartimentalizar minha vida, mas agora as coisas estavam misturadas, e meu peito doía. Eu estava tomando café, escrevendo o obituário do meu pai, e *ele estava morto*.

Pisquei para afastar as lágrimas, e ofereci a Ben um sorriso forçado. Ele não se deixou enganar nem por um segundo, já que seus olhos escuros cintilaram.

— Estou bem — menti. — Ótima. Eu só... preciso ir.

Tirei o dinheiro para pagar o café, fechei o notebook e fui embora.

20

Ideia original

DANA ME PREPAROU outro drinque quando me sentei diante do bar naquela tarde. Eu tinha mandado uma mensagem para Alice, depois de me dar conta de que o obituário do papai estava caminhando tão bem quanto literalmente tudo o mais na minha vida, e ela foi bastante incisiva ao responder que o texto precisava estar pronto até quarta-feira.

Incrível. Mais um prazo que eu provavelmente não cumpriria.

Fiquei olhando para a tela do computador e, como sabia que não conseguiria fazer nada naquele dia — a minha cabeça parecia não querer funcionar —, entrei no Google.

E digitei *Benji Andor*.

Fiquei surpresa ao descobrir que não havia nenhuma matéria sobre o funeral dele, ou ao menos sobre o falecimento, mas o próprio Ben dissera que não tinha nenhum parente próximo vivo, não é mesmo? Então, quem estava cuidando dos ritos de partida dele? Eu realmente sabia muito pouco sobre Ben.

Quem estava cuidando do funeral dele?

Por mais que eu não tivesse encontrado nada sobre a sua morte, descobri que Ben *tinha* uma conta em uma rede social. Cliquei nela e entrei na página. Havia uma foto antiga dele, encostado na amurada de um navio de cruzeiro. Não estava sorrindo, mas também não parecia rabugento. E, ao lado de Ben na foto, estava uma mulher ruiva, linda, sorrindo, segurando um daqueles coquetéis de frutas enfeitados com um guarda-sol minúsculo. A página dele era fechada, por isso não consegui saber quem era ela, ou qualquer outra coisa que ele pudesse ter publicado, mas só a foto já foi o suficiente para me deixar um pouco desconfortável.

— Não atualizo essa página há séculos — comentou Ben, e eu me sobressaltei.

Ele estava sentado ao meu lado no bar, o queixo apoiado na mão, me observando bisbilhotar a sua vida.

Saí rapidamente da internet, o rosto ardendo de vergonha.

— Desculpa, eu não estava fuxicando. Só queria ver se... se já tinha saído alguma notícia. Sobre o seu funeral.

— E saiu?

Balancei a cabeça.

Ele não pareceu surpreso.

— Tenho certeza de que a Laura vai cuidar disso. Ela sempre gostou de estar no controle das coisas... não de um jeito ruim. Apenas... do jeito dela.

— Laura? — perguntei. Seria a ruiva da foto?

— É a minha ex-noiva — respondeu ele, enquanto esfregava distraidamente a aliança pendurada no cordão entre os dedos, como se aquilo lhe trouxesse algum conforto.

A aliança dele, imaginei. E me lembrei de quando Ben mencionara que não havia ninguém com quem tivesse qualquer assunto inacabado. Ele não incluíra Laura quando falara. Mas a verdade era que ela era a *ex* dele. Lee também seria a última pessoa que eu iria querer ver depois de morta.

— Posso perguntar o que aconteceu?

Ele inclinou a cabeça por um momento, pensativo, tentando encontrar as palavras certas.

— Eu tinha viajado a trabalho para o Winter Institute — começou a contar, por fim —, mas acabei ficando gripado e voltei pra casa mais cedo. Não contei à Laura porque pensei em fazer uma surpresa, com um fim de semana só pra nós. Laura vivia reclamando que eu nunca tinha tempo para ela. Eu estava sempre trabalhando. Editava originais no trabalho, levava trabalho pra casa e continuava editando até cair de sono. — Ele franziu a testa. — Laura estava no chuveiro com um colega de trabalho dela... àquela altura, já estavam saindo juntos havia alguns meses.

Inspirei o ar com força.

— Ah, Ben...

— Não foi culpa só da Laura. Ela estava certa... eu só trabalhava. Estávamos noivos, mas eu não... não estava... — Ele franziu os lábios, fixou os olhos em um nó escuro do tampo de madeira do bar e ficou passando os dedos por ele, distraído. — Que tipo de pessoa faz a noiva procurar outra pessoa em busca de amor e carinho?

— *Faz?* — repeti. — Ben... não foi culpa sua. Você não pode controlar as ações de outras pessoas. Trair você foi escolha *dela...*

— E se eu tivesse sido mais presente na vida dela? Se estivesse lá, dando amor e... fazendo tudo que eu deveria ter feito?

— Ela poderia ter conversado com você.

— Ela não deveria ter que...

— *Sim,* ela *deveria, sim* — retruquei. — Relacionamentos não são perfeitos o tempo todo. As pessoas têm que conversar. Desculpa, mas a sua noiva foi uma babaca e cometeu um erro, mas foi *escolha dela.*

Ben engoliu em seco e desviou o olhar.

— Foi isso o que ela me disse — confessou. — E perguntou se poderíamos tentar de novo.

— Mas você não quis?

Ele balançou a cabeça.

Eu não entendia. Ben ainda estava nitidamente muito apaixonado pela ex-noiva... ou pelo menos ainda não tinha conseguido esquecê-la.

— Por quê?

— Porque antes de mais nada a culpa foi minha, Florence, e eu amava Laura demais para fazê-la sofrer daquele jeito de novo. Laura merece alguém melhor do que eu.

Cerrei os punhos. Se Lee tivesse entrado em contato comigo uma única vez depois do nosso término, se tivesse pedido para tentarmos de novo, para chegarmos a um acordo, eu teria...

— Você é um idiota.

— Não me diga.

— Então... como é isso... você acredita no amor, mas não para *você mesmo*? Acredita em romance e em atitudes românticas extravagantes, e no "e viveram felizes para sempre", mas acha que existe alguma coisa intrinsecamente errada com *você* que faz com que não mereça isso?

— É melhor do que não acreditar no amor de jeito nenhum, não é? — devolveu ele.

Revirei os olhos e fechei o notebook.

— Tenho que ir... fazer uma coisa. Mas quer saber? Você está errado.

Então desci da banqueta, saí do bar e subi a escada para o meu quarto. Ben não me seguiu. Carver me mandou uma mensagem um pouco depois, enquanto eu estava andando de um lado para o outro no quarto, tentando me acalmar.

Quer lavar alguns túmulos?, perguntou.

Pra ser sincera, não, respondi.

Que pena, maninha.

Ai, tá bom. Depois de trocar de roupa e vestir alguma coisa que eu não fosse me importar de suar toda, desci de novo e dei uma espiada no bar, mas Ben não estava mais lá.

Ótimo. Eu estava mesmo irritada demais para lidar com ele naquele momento.

Quando saí, encontrei Carver e Nicki esperando na varanda, do lado de fora da pousada. Nicki era baixo e robusto, com um rosto anguloso, usava óculos de lentes grossas e armação preta, para combinar com o cabelo preto cheio e com a pele marrom. A família dele era proprietária de um hotel em Cancún, por isso Nicki compreendia muito bem os desafios e atribuições de um *negócio de família*. Eu gostava disso — ele entendia as pequenas nuances da nossa família, o peso que a morte do papai representava para nós. Eu ficava feliz em saber que Carver tinha Nicki, ainda mais naquele momento.

Carver sempre tinha sido o tipo de pessoa que deixava as emoções transparecerem.

Na varanda da pousada, ele levantou um pulverizador de água e um balde azul cheio de esponjas e raspadeiras.

— Pronta para se divertir?

— Se é assim que você quer chamar, sim — respondi em um tom frio.

Ele assoviou baixinho.

— Por que a cara feia?

Ben. E o fato de que ele se culpava por...

— Nada. Só coisas de trabalho — acrescentei, e não era exatamente mentira.

— Ah, dá uma animada! Porque isso também é trabalho — insistiu ele, então semicerrou os olhos. — Um trabalho *mortalmente* sério.

— Essa foi péssima.

— Uma piada de matar? — perguntou Carver, franzindo o nariz. Bufei.

— Vamos indo, então? O sol vai se pôr em uma hora e não posso ficar no cemitério depois que escurecer.

— Sim, vamos! — Carver deu um soco no ar, então se virou, pegou o companheiro pelo pulso e desceu com ele pelo caminho que levava até a calçada. — Nicki adora lavar túmulos.

Nicki assentiu.

— É muito relaxante, e um exercício fantástico para os braços.

— Ótimo, assim você pode me abraçar com mais força.

— Você é a minha força.

Eles se beijaram, e eu fiz uma careta.

— Ai, amor de verdade, que horror.

— Parece uma música da Taylor Swift — acrescentou Carver.

Ele começou a cantarolar "The Story of Us", o que me fez ter vontade de me atirar da ponte mais próxima. Resisti ao impulso e segui os dois até o cemitério, tentando deixar de lado o máximo possível a minha irritação com Ben.

— Vamos chamar a Alice? — perguntou Nicki.

Carver balançou a cabeça.

— Não. Aposto que ela está prestes a ter um colapso, depois da notícia sobre a maquiagem de hoje de manhã.

— Pobre Alice...

Alice era a única que não gostava muito de lavar túmulos. Quando nós éramos pequenos, papai às vezes nos buscava na escola, com um balde em uma das mãos e um pulverizador de água na outra, e informava que iríamos visitar alguns amigos. Esses amigos sempre acabavam sendo túmulos no cemitério de Mairmont — os mais antigos, que haviam sobrevivido a furacões e tornados, e a meio século de sujeira e limo. As letras gravadas neles meio escondidas pelo tempo, as datas gastas pelo vento e pela chuva. Papai dizia que aqueles túmulos também precisavam de amor, mesmo depois de todos que se lembravam deles já terem morrido.

Assim, passamos algumas tardes limpando túmulos. Aquilo não era algo de que qualquer um de nós conseguia se safar — e nem queríamos, na verdade. O cemitério sob a luz da tarde parecia tranquilo e silencioso. No alto do canto esquerdo, embaixo de um dos grandes carvalhos, havia uma área isolada. Ninguém começara a cavar ainda, mas senti a garganta apertada mesmo assim.

Era lá que o papai ficaria.

Parecia diferente à luz do dia.

Carver apontou na direção do canto direito, embaixo.

— Aqueles parecem bem sujos. O que acham?

— Vou pegar o que parece com a Madame Leota, da Mansão Mal-Assombrada da Disney — avisei, e apontei para um dos mais antigos, que tinha pelo menos um século de sujeira incrustada. Aqueles eram os que exigiam um trabalho mais delicado. Eu gostava daquilo. Da necessidade de ser meticulosa.

Carver, Nicki e eu pegamos as raspadeiras no balde, colocamos sabão nas esponjas e partimos para o trabalho. Raspei toda a sujeira e o limo e molhei bem o túmulo usando o pulverizador portátil. Depois de algum tempo, quando finalmente cheguei ao entalhe do rosto, limpei tão bem que passou a ser possível ver o desenho delicado dos olhos.

— Lembra quando você e a Alice estavam brincando de pique-pega e sem querer quebraram uma lápide e o papai teve que colar com cola? — perguntou Carver, enquanto secava o suor da testa com o antebraço.

Eu ri da lembrança.

— Papai ficou *furioso*.

— Mal dava pra ver que tinha quebrado. Eu fiquei mais preocupado com a sua cabeça. Você bateu com força na lápide.

— Alice ficou tão preocupada — lembrei, enquanto esfregava o nome e as datas. *Elizabeth Fowl*. — Ela passou a noite inteira acordada, no meu quarto, para se certificar de que eu não ia morrer nem nada parecido. Ela sempre foi assim, vivia tomando conta de mim.

— Ela se metia em brigas para te defender na escola — acrescentou Carver. — Lembra quando aquela garota, a Heather, tentou fazer cyberbullying com você e a Al foi tirar satisfações com ela no pátio da escola?

— Nossa, agora eu lembrei — respondi, seca. Não pensava na Heather fazia muito, muito tempo.

— Al deu um soco tão forte na garota que acabou quebrando o nariz dela.

— Eu tinha *certeza* de que a Alice seria suspensa por causa disso — falei, rindo.

Alice sempre tinha sido daquele jeito. Corria para me ajudar, e corria mais ainda para dar um soco em alguém. Eu nunca gostei de confrontos, mas Alice me amava, e odiava ver os outros me atormentando. Tínhamos sido inseparáveis por anos, mas então eu fui embora na primeira oportunidade que apareceu.

E aquilo era algo sobre o qual eu simplesmente não sabia como conversar com ela.

— Eu meio que sinto pena dessa garota, dessa Heather — comentou Nicki.

— Não sinta, amor, ela está ótima — retrucou Carver, afastando qualquer preocupação. — Ainda está na cidade, inclusive.

— Espero não esbarrar com ela — falei, e me sentei na grama enquanto Carver permanecia de pé. Ele pegou o pulverizador à pressão, e lavou tanto a lápide dele quanto a minha. As duas agora pareciam um bom século mais jovens. — Isso acabaria acontecendo se eu voltasse de vez para cá.

Carver me deu uma olhada de lado.

— Você está pensando em fazer isso?

— Não sei... eu sinto falta de todo mundo — admiti.

Nova York era um lugar incrível para morar se a pessoa tivesse raízes lá. Se fosse parte da cidade. Mas algumas pessoas não tinham nascido para viver em selvas de aço e concreto, em um estilo de vida acelerado e — sejamos honestos — com um custo de vida tão elevado. No começo, eu adorava o fato de poder me misturar à multidão, ser apenas mais um rosto entre tantos outros, mais uma escritora correndo atrás dos seus sonhos sentada em um café. Mas quanto mais tempo eu passava em Nova York, mais sujas de chiclete pareciam as calçadas e mais invasiva a ferrugem.

Não me via vivendo em Nova York para sempre, mas não sabia para onde ir, não sabia onde eu realmente me sentia em casa. Em lugar nenhum, se fosse ser sincera comigo mesma. O meu pai sempre dizia que lar não tinha a ver com o lugar onde a pessoa morava, mas com quem era compartilhado. Em Nova York, eu tinha Rose — e por algum tempo também tivera Lee... e senti que finalmente *havia* encontrado um lar.

Um lugar permanente. Seguro.

Então, em um piscar de olhos, eu estava na calçada com a minha mala, na chuva, vendo Lee fechar a porta.

E, apesar do que eu tinha dito a ele, se Lee tivesse me procurado, pedindo uma segunda chance, implorando para tentarmos de novo...

Eu teria aceitado.

Mas agora já não sabia mais por quê.

Um vento suave sussurrou pelos arbustos. Eu acabara me acostumando tanto com o barulho dos carros, das obras e das pessoas vivendo perto demais umas das outras, que tinha me esquecido de como realmente era o som do silêncio. Não era silêncio coisa nenhuma, mas um suspiro suave entre os túmulos. O ranger constante de uma casa antiga e eterna.

Carver inclinou a cabeça.

— Seria bom ter você de volta. Mas não volte para casa só porque acha que deveria. Volte para casa porque quer.

Eu não sabia exatamente o que eu queria.

Mas sabia que não era o que eu tinha no momento.

— Vamos limpar mais algumas lápides antes que o sol se ponha — falei, tentando afastar a inquietude da mente. Felizmente, nem Carver, nem Nicki, insistiram no assunto, e conseguimos terminar mais três túmulos antes que o policial Saget parasse a viatura diante dos portões.

Ele olhou para mim.

— Srta. Day. Prazer em vê-la.

Forcei um sorriso.

— Está um lindo fim de tarde, policial.

Enquanto deixávamos o cemitério, Carver estalou a língua.

— Não tem nem uma semana que você voltou e já está deixando o Saget nervoso. Que bafo! O que os vizinhos vão pensar?

— Não fiz nada de errado — falei, em tom de desdém. — Não posso fazer nada se ele é desconfiado.

— Lembrando que você soltou um gambá com raiva na delegacia, Florence.

— Por que todo mundo fica lembrando disso? Gambás normalmente não têm raiva. Foi um acaso! Não sei por que ele não consegue deixar esse assunto para trás. — Sem mencionar as infrações por invasão, e provavelmente as várias outras coisas que fiz quando era adolescente para ajudar um fantasma a seguir o próprio caminho. — Só saí pra fazer uma caminhada com a lua na outra noite. Foi isso!

Carver riu.

— Deveria ter me chamado pra ir com você. Adoro caminhar com a lua! Nicki, uma vez, quando Florence e eu tínhamos... o quê? Doze anos? Dez?

— Por aí — concordei, já sabendo qual história ele estava prestes a contar.

— Enfim, foi logo depois de uma tempestade, e estávamos acordados e agitados. A luz tinha caído. Por isso papai e mamãe nos levaram para caminhar com a lua...

Fiquei ouvindo enquanto voltámos pela rua lateral até o centro da cidade. A maior parte das lojas estava esvaziando. Nada ficava aberto até tarde ali, a não ser pela Waffle House e pelo Bar Nenhum. Era tão diferente de Nova York, onde tudo era cheio e frenético o tempo todo... Em Mairmont era como se o mundo funcionasse em câmera lenta. Tudo tinha o seu próprio tempo.

Eu tinha a sensação de já estar ali havia um ano, e só tinham se passado alguns dias.

— Como está indo o obituário? — perguntou Carver enquanto os dois me acompanhavam até a pousada.

— Muito bem — menti. — Devo terminar logo.

Mais mentiras.

— Estou ansioso pra ler. Papai ficaria feliz por você estar escrevendo — disse ele. — Ele tinha o maior orgulho de tudo o que você escrevia.

— Ah, sim, da única coisa que eu escrevi. — *Que ele sabia*, acrescentei para mim mesma.

Carver abriu a boca para responder, mas dei as costas antes que ele tivesse oportunidade — eu não *precisava* de consolo — e entrei na pousada.

Ben não estava por ali, então peguei o notebook no quarto e desci novamente para o bar, onde pedi mais uma cuba-libre. Sentei na banqueta de sempre diante do balcão e abri o computador.

Apaguei o parágrafo que havia escrito. Estalei os dedos.

Fiquei encarando a página em branco do documento do Word.

Não sabia como formular as palavras para o que eu queria escrever. Não sabia como pegar todos os sentimentos emaranhados dentro de mim e colocá-los no papel. Não havia palavras grandiosas, fortes ou afetuosas o bastante para descrever o meu pai. Ele era intraduzível.

Eu tinha certeza de que alguém como Ben, que encontrava palavras para tudo — e sempre parecia saber dizer a coisa certa —, não teria passado por aquele tipo de problema. Poderia apostar que o cérebro dele era tão elegante e organizado quanto a sua mesa, e que os pensamentos dele eram tão impecáveis quanto as camisas que usava.

A incapacidade de escrever o obituário do meu pai trazia um tipo de fracasso diferente de não conseguir escrever os livros de Ann.

Para um, havia palavras demais que eu queria dizer, e para o outro eu não tinha palavra alguma.

Levei o mouse até Arquivo > Abrir > Documentos Recentes, e desci até o primeiro. Ann_Nichols_4. Eu nunca dava títulos aos livros enquanto não tivesse praticamente terminado, e na maioria das vezes os títulos tinham uma ligação direta com o texto.

O documento abriu onde eu havia parado.

Um ano antes.

Eu me lembrei, muito visceralmente, do começo do fim. Quando tinha espiado o notebook de Lee, dizendo a mim mesma que eu *confiava* nele, mas queria saber sobre o que era o livro. Lembrei que ele tinha ido na lavanderia e deixado o computador aberto em um documento do Word. Me lembrei de ter pousado o meu notebook —

aberto exatamente naquela última cena — e de me mover no sofá até onde Lee estava poucos minutos antes. O aquecedor portátil zumbia baixinho.

Enquanto eu lia, o meu mundo começou a desmoronar, peça por peça, como um quebra-cabeça se desmontando. Quando Lee voltou para casa, com a roupa limpa na mão, ficou paralisado no hall de entrada. Eu não levantei os olhos do computador dele.

— *Quando os mortos cantam* — li, e finalmente levantei os olhos para ele, me recusando a acreditar no que acabara de ler. — Amor... isso é... é sobre mim?

— Não, é claro que não — disse ele, desconversando, e deixou a roupa lavada cair no chão. Lee então se aproximou, pegou o notebook do meu colo e o fechou. — As suas histórias me inspiraram. Você é a minha musa — acrescentou, me dando em seguida um beijo rápido na boca.

Como se aquilo fosse o suficiente para eu não falar mais nada.

Como se fosse resolver tudo entre nós.

Alerta de spoiler: não resolveu.

Como eu poderia escrever sobre Amelia e Jackson, dois personagens se reconciliando, voltando a confiar um no outro, quando... quando eu mesma *não conseguia* fazer aquilo? Em um instante, eu tinha todos os grandes gestos românticos bem na ponta dos meus dedos, tinha fé de que aqueles dois personagens ficariam juntos e que eu poderia criar um "e viveram felizes para sempre" para eles. Mas agora parecia que as costuras da história tinham se arrebentado. Eu não sentia mais os dois. Não sabia mais quem eram aquela mulher que sempre sabia o que queria e aquele músico cansado do mundo e dono de um coração enorme. Eu não sabia que tipo de amor eles tinham, ou se sequer acreditavam nele.

Só sabia que eu não acreditava.

Hesitante, pisando em ovos, coloquei os dedos no teclado, tateando as saliências rígidas das teclas F e J. Foi como voltar a calçar sapatos velhos e já muito usados que tinham ficado desconfortáveis sem um parceiro com quem dançar.
Respirei fundo.
A única forma de sair daquela situação era...
Espera.
Dei um gole grande no meu drinque, então voltei a posicionar os dedos.
Agora eu estava pronta.
— Você consegue, Florence — murmurei, e entrei na cena.

Amelia não queria ouvir as confissões dele. Sobre as mentiras que havia tecido em relação a uma vida que não vivia. Ela sabia por que ele partira. Por que a abandonara. Os fatos estavam colados à pele dela como suas roupas molhadas de chuva. Ele mentira para ela — tinha omitido a história que estava mais entranhada na vida dele, como se ela fosse pensar nele de maneira diferente caso descobrisse.

Bem, ele estava certo em relação àquilo. Ela soubera a respeito da ex-esposa dele, e passara, sim, a vê-lo de outra forma.

— Quando você pretendia me contar? — perguntou Amelia. — Sobre ela?

Ele hesitou, esfregando a cicatriz na mão em um gesto nervoso — a mesma cicatriz que Amelia pensara ter sido resultado de uma de suas noites de bebedeira, mas que na verdade tinha sido por causa do acidente.

— Achei que você não entenderia.
— Você me deu alguma escolha?
— Eu...

— Não, você simplesmente escolheu por mim.

— Amelia, eu... — De repente, Jackson ficou pálido e caiu morto de tanto mentir.

— Não. — Apaguei a última frase.

~~De repente, Jackson ficou pálido e caiu morto de tanto mentir.~~
Amelia não queria ouvir as explicações dele.

— Você mentiu. Quis mentir. Por que eu deveria confiar em você agora? Por que eu ainda amo você?

— Porque o coração tem suas próprias vontades.

— Então o meu coração é uma piada escrota se ainda quer você.

— Isso não ajuda, Florence. — Suspirei e apaguei de novo. Fiquei olhando para o cursor, mas só o que conseguia ouvir era a minha briga com Lee, as nossas vozes ficando cada vez mais altas até estarmos berrando um com o outro — e me perguntei se o problema era eu.

Será que havia exagerado na minha reação? E por que não conseguia *superar* Lee? Por que ainda machucava tanto?

Por que eu era tão fraca?

— Porque o coração tem suas próprias vontades.

~~— Então o meu coração é uma piada escrota se ainda quer você.~~

Ela olhou para ele com uma expressão triste e derrotada.

— Mas por que você?

— Estamos indo bem, hein. — Daquela vez não foi a minha voz, mas alguém ao meu lado.

Ben estava sentado na banqueta perto de mim, inclinado apenas o suficiente para ler a minha tela.

Fechei rapidamente o notebook, sentindo o rosto arder.

— *Mal-educado!*

Dana se inclinou para a frente, por cima do balcão da recepção, e me olhou sem entender.

Dei um sorriso educado para elu e disse baixinho para Ben, me colocando em um ângulo fora do campo de visão de Dana.

— É falta de educação espiar o trabalho de outra pessoa. *Ainda mais quando está tão ruim como o meu.*

Ele se recostou, com os braços cruzados.

— Tenho a sensação de que você está escrevendo de um lugar muito sofrido no momento.

— Ah, é mesmo? — falei, em um tom debochado. — O que te leva a achar uma coisa dessas?

Ele estremeceu visivelmente diante do sarcasmo da resposta e pareceu um pouco envergonhado pelo que tinha dito.

— Achei que estava fazendo o obituário do seu pai. Não tinha a intenção de espiar o livro.

Semicerrei os olhos.

Ele levantou as mãos, se rendendo.

— Juro, meu bem, foi só isso.

Meu bem. Senti um nó na garganta e desviei rapidamente o olhar. Eu achava que odiava todo tipo de apelido carinhoso. *Meu bem, meu amor, docinho*, mas talvez apenas odiasse quando Lee me chamava de *coelhinha*, porque, segundo ele, eu parecia um coelho assustado quando alguma coisa me pegava desprevenida. E ele achava aquilo fofinho.

Não era.

Mas então por que a expressão *meu bem* tinha feito o meu coração bater mais forte?

— Eu queria me desculpar pelo que aconteceu mais cedo — acrescentou ele. — Me irritei com você, e não tinha o direito de fazer isso.

— Eu também sinto muito — respondi. — Não tinha o direito de julgar sua vida quando a minha está essa bagunça toda. Como dá pra ver — acrescentei, indicando o notebook. — Estou tão ferrada que não consigo nem escrever uma cena de beijo.

Ben inclinou a cabeça, parecendo refletir sobre algo. Estava escolhendo as palavras. Eu gostava disso nele — que, quando as palavras importavam, ele pensava nelas antes de expressá-las.

— Foi... legal, na verdade, ouvir alguém dizer que não tinha sido minha culpa. Mesmo que eu não concorde.

— Espero que você mude de ideia algum dia.

Ele deu um sorriso triste.

— Não acho que vá fazer mais diferença. — Porque ele estava morto. Abri a boca para dizer alguma coisa, para consolá-lo, para dizer que ainda importava, *sim*, quando Ben voltou a falar: — Então, vamos ao que está travando você. Lembra que eu disse que ajudaria se pudesse? Então, eu gostaria de fazer isso.

Ben não queria mais falar sobre o outro assunto.

Virei o resto da cuba-libre.

— Muito bem, então. O problema é o seguinte: eu não consigo escrever já tem mais ou menos um ano. Não vejo mais sentido. Antes, eu acreditava no amor, mas agora realmente não acredito. Toda vez que tento imaginar a história, só consigo pensar em como a minha história de amor terminou.

— Um único relacionamento não...

— Um? — Balancei a cabeça e ri baixinho. — Se tivesse sido só *um*, Ben, eu estaria com sorte. Meu pai disse que eu estava passando por uma fase ruim, mas já parei de acreditar que seja apenas isso. Os caras só... eles não querem uma pessoa como eu. Ou talvez queiram, mas então não *me* querem. — Franzi a testa, os olhos fixos no meu copo, mas tudo o que conseguia ver eram as três vezes que tinha sido desprezada, que tinham terminado comigo, que me deixaram *literalmente* na chuva fria de abril. — Talvez o problema seja eu.

Ben contraiu os lábios, sem saber o que dizer.

Mas sabe qual foi a pior parte?

Dana deslizou um copo de shot de alguma bebida clara, assentiu com uma expressão de tristeza e disse:

— Entendo você, irmã.

E eu me dei conta de que Dana achava que eu estava falando sozinha. Que estava me lamentando. Chorando as pitangas. E, se estava nessa, nada melhor que uns shots para dar uma animada, né?

— Obrigada. — Virei o copo de... ah, Deus, era *vodca*. Eu detesto vodca.

Coloquei o copo na mesa, o rosto franzido, e guardei o notebook na bolsa.

Precisava dar uma volta. Sair dali. Fazer alguma coisa — qualquer coisa —, porque era óbvio que não ia conseguir escrever naquele dia. *Nada.* Antes, eu costumava conseguir escrever mesmo no auge do desespero, mas naquele momento não conseguia conceber sequer uma cena de sexo.

Era constrangedor.

Mas, quando me virei para sair, Ben estava parado no caminho.

Eu me assustei de novo.

— Eu nem cheguei de fininho!

— Foi um dia longo — falei, e procurei o celular.

Assenti mais uma vez, com uma expressão simpática, para me despedir de Dana, e subi para o quarto. Ben me seguiu como se fosse um urubu esperando para devorar de vez a minha carcaça.

— Tenho uma ideia, se você quiser ouvir — sugeriu ele, quando já estávamos longe dos ouvidos de Dana.

— Ah, parece ótimo.

— Vai ser.

Eu o olhei de cima a baixo. Ben era um completo enigma. Alto e grande demais, todo meticuloso, ele não se encaixava em nenhuma das caixas que a minha cabeça tinha reservado para protagonistas. Era muito inteligente, insistente e nunca deixava de ser educado comigo, mesmo quando estava irritado (e eu já começava a entender os sinais de quando ele *estava* irritado porque um músculo em seu maxilar começava a tremer).

Destranquei a porta do quarto e fiz sinal para que ele entrasse, então, fechei a porta e tirei o moletom. Por mais que a noite tivesse esfriado, o aquecedor do quarto com certeza funcionava bem.

— Ok, manda — falei, e me virei para ele. — Vamos testar todas as teorias e ver qual dá certo.

Ben sorriu, e havia um brilho em seus olhos castanhos que os tornava quase ocre.

— Me encontre na praça da cidade. Amanhã ao meio-dia. Não se atrase.

Então, ele se virou e simplesmente saiu através da porta, e eu fui deixada em um cômodo silencioso, desconcertada e um pouco — tudo bem, *muito* — intrigada.

Que diabos Benji Andor estaria aprontando?

21

A cena do crime

BOCEJEI, SERVI UM pouco de café em um copo de papel para viagem e derramei metade do açucareiro nele. Sem uma Starbucks bem na esquina para garantir a minha dose tripla de chai latte com leite de soja toda manhã, eu precisava me virar com o que tinha. O que significava um café horrível, tão doce que os grãos de açúcar rolavam entre os meus dentes toda vez que eu tomava um gole.

Não conseguira pregar o olho à noite — sentia uma mistura de tristeza, que ainda pesava como uma pedra nas minhas entranhas, e curiosidade em relação ao que Ben havia planejado. A minha mente gostava de passear à noite e se trancar pela manhã — o que era exatamente o oposto do que eu precisava.

Rose sempre me dizia que eu era um duende. Sempre trabalhava melhor entre as dez da noite e as cinco da manhã, quando a maior parte das pessoas normais estava dormindo, ou colocando a mão na massa. (Sexo, estou me referindo a sexo.) Nesse meio-tempo, eu estava escrevendo sobre casais transando ao som de Fall Out Boy. Tinha saudade daquele tempo. Quando eu conseguia escrever. Quando não dormia o dia inteiro e passava a noite toda olhando para o teto, e percorrendo a *timeline* do Twitter para ver quem mais na comunidade de escritores tinha conseguido um bom contrato, saído em turnê e entrado na lista dos mais vendidos. Eu tivera um daqueles anos que acabavam com a alma, e só me dei conta de como me sentia vazia quando precisei escrever.

Aí, já não conseguia mais.

Mas, no dia anterior, enquanto encarava o teto liso da pousada, havia me sentido um pouco diferente. E se Ben *realmente* conseguisse me ajudar? E se a solução fosse tão simples quanto apertar um interruptor e eu apenas não tivesse me dado conta?

Então, uma parte mais profunda de mim perguntou: *Como você consegue pensar em Ben, em escrever e em livros quando seu pai está morto?*

Eu pensava naquilo tudo porque, se pensasse demais no meu pai, aquela pedra no meu estômago me puxaria para o fundo do poço, e eu nunca mais conseguiria voltar à superfície.

Por isso, bebi mais um gole do meu café e me concentrei no que tinha diante de mim — ou seja, Ben.

A via principal da cidade já estava cheia de pessoas indo para o trabalho, mães empurrando seus bebês nos carrinhos e adolescentes matando aula. Havia um casal sentado no gazebo da praça, ajustando dois violoncelos, e um homem de terno lendo jornal em um dos bancos no gramado. No outro banco, estava sentado um homem que ninguém conseguia ver. Ele estava recostado, os braços cruzados, o rosto voltado para o sol. Toda vez que eu o via, ele parecia um pouco mais desarrumado. Um botão aberto da camisa, ou as mangas enroladas, ou o cabelo já sem gel. Naquela manhã, era um pouco das três coisas.

Tentei não me deter demais nos antebraços dele. Ben tinha uma tatuagem na parte de baixo do braço direito, que subia em direção ao cotovelo — como o braço estava dobrado, eu não conseguia ver o desenho completo. Mas adoraria... Algumas pessoas se sentiam atraídas por ombros, outras por costas, outras por bundas...

Eu, sem dúvida, era o tipo de garota que preferia braços.

Enquanto eu o observava, Ben abriu um dos olhos e me viu.

— Você está atrasada.

Chequei o celular.

— Só dez minutos!

— Dez minutos já é atraso — retrucou Ben, endireitando a postura. Eu me juntei a ele no banco e bebi outro gole do café. Os grãos de açúcar rolaram pelos meus dentes. Ben ficou olhando para o copo. — Sinto falta de café.

— Você é um *connoisseur*, ou simplesmente precisa dele para viver?

— Eu gostava das notas de algumas torras muito restritas que conseguia em...

— Ok, é um *connoisseur*. Você detestaria esse negócio, então. O gosto é de óleo de motor com açúcar.

Ele franziu o nariz.

— Parece nojento.

— Eu bebo qualquer nojeira, se me ajudar a pegar no tranco — retruquei. — Muito bem, então... por que estamos aqui? Como isso vai me ajudar? Estou perdendo tempo. Se não estou escrevendo, deveria ir ajudar a minha família com a organização do funeral.

— Isso não é perda de tempo. Coloque essa nojeira de lado, respire fundo e confie em mim, certo?

Olhei para ele.

— Vou ficar com a minha nojeira.

Ele riu.

— Tá certo, tá certo. — Ben indicou o centro da praça. O homem sentado no banco oposto lendo jornal. As mães empurrando carrinhos de bebê em direção a um café. Os alunos matando aula. O cachorro-prefeito fazendo xixi em um hidrante. (É isso aí, viva a anarquia, prefeito Pingo!). — Esse é um truque que eu aprendi... apenas se sente e fique observando as pessoas. Monte uma cena com elas. Imagine quem poderiam ser.

— Sério? — debochei. — Isso é uma bobagem. — Comecei a me levantar, mas ele pigarreou. Voltei a sentar, irritada. — Preciso mesmo fazer isso?

Ele ergueu uma das sobrancelhas espessas. Eu odiava aquilo. Era tão... tão *perfeito*.

— Tá bem! — Joguei a mão livre para cima. — Me mostre o caminho, oh, grande mestre Jedi.

— Aprender deve você, jovem Padawan. — Ben se inclinou na minha direção e indicou com o queixo um casal passeando com um lulu-da-pomerânia. — Eles se conheceram no Tinder na semana passada. Era para ser só sexo sem compromisso. Mas então, voltaram a dar match na noite seguinte... e na *seguinte*...

— Tinder é realmente uma porcaria aqui — concordei. — Pouquíssimas opções.

— E na quarta noite seguida, ele ligou para ela. E a chamou pra sair. Eles se tornaram inseparáveis desde então.

— E o cachorro?

— Um cachorro abandonado... ficava seguindo os dois por toda a parte. Então, eles decidiram adotá-lo. Juntos.

Olhei para ele, impressionada.

— Nossa, você é tão *otimista*.

— Eu sei, não é fofo?

— É irritante — respondi. — É como se você tivesse saído de um filme água com açúcar.

Ben franziu os lábios.

— Muito bem — falou ele, e indicou nós dois —, então descreva você essa cena.

— Está falando de você e eu?

— É a dinâmica perfeita. Um editor refinado e uma escritora que é um demônio caótico.

— Ah, valeu.

— Veja como um treino... um aquecimento. Que tipo de cena seríamos?

— Do tipo que não acontece.

— E, ainda assim, aqui estamos nós. — Ele inclinou a cabeça. — Você escreve para a Ann Nichols, pelo amor de Deus. A sua imaginação foi descrita como "inspiradora" e "magistral"... e acredito sem sombra de dúvida que isso ainda é verdade. Portanto, por favor — Ben se virou na minha direção —, crie uma cena.

— Bem... somos duas pessoas. Em um banco.

— Um editor refinado e uma escritora caótica — lembrou ele.

— Mas o editor não é nem de perto tão *refinado* quanto pensa.

— Ai, essa doeu.

— E a escritora está cansada. E, pra início de conversa, talvez nunca tenha escrito bem. Talvez ela nunca tenha entendido de romance. Talvez não seja feita para histórias de amor.

Ben se aproximou de mim um pouco mais — tanto que, se estivesse vivo, eu teria conseguido sentir o cheiro do seu perfume na sua pele, da pasta de dente em seu hálito, do xampu em seu cabelo — e disse em voz baixa:

— Ou talvez ela apenas precise de alguém que mostre que isso não é verdade.

Senti a ponta das minhas orelhas ficando quente. E vermelha. *Eu* estava ficando vermelha.

Florence, sua idiota. Ele é um fantasma. Ele sabia que era. E também era um profissional, caramba, e metódico, e careta demais. A ideia de me jogar em uma cama e arrancar as minhas roupas provavelmente jamais passara pela cabeça de Ben — nem uma vez.

Não que tivesse passado pela *minha*, mas...

Cacete, eu estava encrencada.

Então, Ben fixou o olhar um pouco atrás de mim. E franziu a testa.

— Aquela é... é a sua *irmã*?

— Minha o quê?

Ouvi o som de um motor acelerando atrás de mim, e olhei por cima do ombro a tempo de ver Alice saindo de uma rua lateral na moto do meu pai e desaparecendo rua abaixo. Bem, acho que a moto tinha sido consertada.

E o barulho devolveu o meu bom senso.

Aquilo não era bom — aquela cena, aquele momento, o aperto que eu sentia no peito...

— P-preciso resolver umas coisas — disse.

Eu me levantei, então, e saí apressada da praça. Quando já estava longe, olhei para trás e Ben ainda estava sentado no banco. Então, um carro passou entre nós...

E ele se foi.

22

Questões de vida e morte

PARA DE PENSAR!, me repreendi, dando um tapinha no meu rosto para recuperar a razão. *Volta pra realidade*. Ele estava morto, eu estava viva. Existiam *tragédias* escritas com essa premissa. Não havia finais felizes entre a filha de um agente funerário e um fantasma.

Ele sabia disso. Eu sabia disso. Eu não deveria interpretar mal as intenções dele. Ben queria me ajudar para então seguir o próprio caminho. Fantasmas nunca ficavam. Aquela era uma despedida a que eu estava acostumada. Por que ele iria *querer* ficar? Onde apenas eu conseguia vê-lo? Ben não faria uma coisa dessas. Ele só estava sendo legal.

Nada além disso.

Ainda sem saber como conseguir as flores e com Elvis já contratado para o funeral, estava na hora de pegar o recibo no testamento do meu pai e ir até a Festa Infinita. Karen era a principal advogada do escritório de advocacia da cidade, que ficava perto da livraria, e desviei propositalmente o olhar quando passei pela vitrine e entrei no prédio de tijolinhos que ficava na esquina da rua. Dei a sorte de encontrar Karen entre um cliente e outro, assim, consegui pegar rapidamente o recibo e saí de novo.

A loja Festa Infinita ficava a uns bons quinze minutos de distância, em um centro comercial grande, mas pelo menos o motorista do Uber ficou em silêncio. Ele estava ouvindo um podcast sobre assassinatos — o que me fez lembrar de Rose. Ela era obcecada por aquele podcast. Tinha até ido a Comic-Cons para assistir a painéis com as apresentadoras mais de uma vez. Eu estava com saudade de Rose.

O que você anda aprontando? Nova York ainda está por aí, mesmo sem mim?, escrevi para ela.

O trabalho devia estar calmo, porque Rose respondeu na mesma hora.

Mais ou menos. Mas o apartamento fica MUITO assustador sem você. Tô com saudade.

Vou estar de volta no fim da semana, respondi rapidamente.

Leve o tempo que precisar! Como está tudo em casa?

Ah, eu me lembrei de que não havia atualizado Rose sobre os últimos acontecimentos. Então fiz isso. Contei sobre as mil flores silvestres, e que consegui-las estava se mostrando muito mais complicado do que eu tinha imaginado. Sobre como eu tinha contratado Elvis para cantar no funeral e que ainda precisava escrever o obituário do meu pai. Contei também sobre a carta misteriosa que meu pai tinha deixado para ser lida no funeral dele. E que eu estava a caminho da loja Festa Infinita porque, bem, ao que parecia, papai tinha se adiantado a nós nos confetes e serpentinas.

Li o recibo que tinha pegado, sentindo um desânimo crescente. Metade dos itens estava borrada porque em algum momento desde

2001, o papel tinha sido molhado. Ele pensou que iríamos organizar uma chopada de universidade, em vez de um funeral?

Para ser bem sincera... provavelmente.

O seu pai sempre pareceu ser maneiro, escreveu Rose. Então, alguns pontinhos, ela estava digitando. E nada. Pontinhos de novo. Por fim... **Você tá levando bem as coisas? Em relação a... tudo.**

Tudo. Desejei poder contar a ela sobre Ben. Eu queria. Sobre os sentimentos estranhos e confusos que apertavam o meu peito. Eu estava de luto, mas também estava enrubescendo. Estava tão, *tão* triste, mas ainda assim havia momentos em que a maré recuava e eu já não sentia que estava me afogando em tristeza... e me dei conta de que aqueles momentos eram sempre quando eu estava com Ben.

Eram por causa de Ben.

Ele afastava a minha mente da tristeza, quando tudo o que eu tinha vontade de fazer era me afundar nela, fazer um ninho e morar ali, agarrada ao que restava do meu pai.

Embora sem dúvida papai teria preferido que eu me apaixonasse, em vez de cair em depressão.

Estou bem, respondi a Rose, e agradeci ao motorista pela corrida, enquanto descia do carro.

O caixa da Festa Infinita estava jogando paciência no celular, com uma expressão entediada. Fui até ele, entreguei o recibo e dei um sorriso tenso.

— Hum... Gostaria de buscar essa encomenda, por favor.

O meu celular vibrou. Seria Rose de novo? Ignorei.

O caixa ficou olhando, perplexo, para a descrição da encomenda, que tinha aparecido na tela diante dele, e perguntou:

— Hã, você tem... tem certeza?

— Sim, por quê?

— Bem, porque aqui diz...

O meu celular vibrou de novo. Aquele não era o *modus operandi* de Rose.

— Você me dá licença um instante? — pedi ao caixa, e me virei para ler a mensagem.

Era da minha irmã.

VENHA PARA A CÂMARA FRIA AGORA!!!!

Então, um minuto depois: **POR FAVOR!!!**

Quando Alice usava *por favor*, era uma emergência.

— Certo, mudança de planos. A resposta é sim para o que quer que você fosse perguntar... — Afinal, se papai já tinha comprado as coisas, não importava o que tivesse sido, eu não iria recusar. — E pode mandar para a Funerária Dias Passados?

— Hum... podemos entregar os itens na quinta-feira? — perguntou o pobre homem.

— Perfeito! Obrigada! — Acenei em despedida enquanto saía da loja e chamava outro Uber.

O mesmo cara de antes, no mesmo carro, parou no meio-fio e eu entrei.

— Ah, esse episódio é ótimo — comentei, e ele assentiu, concordando.

A viagem de volta para o centro da cidade levou outros quinze minutos e, àquela altura, tinha começado a chover.

O caminho na frente da funerária estava escorregadio, e eu quase caí feio enquanto subia apressada até a varanda. Carver abriu uma fresta da porta enquanto eu me equilibrava de novo.

— Esses degraus são escorregadios — avisou.

Mostrei a língua para ele.

— Um pouco tarde, maninho.

— Você está mais bem-humorada.

Eu estava?

Carver abriu mais a porta para me deixar entrar.

— Alice está surtando na câmara fria.

— Com o quê? — perguntei enquanto tirava os sapatos no hall, para não deixar um rastro de lama nos corredores. Carver me encarou com uma expressão paciente. Câmara fria, Alice lá embaixo...

— Ah. O papai.

— Isso.

— E você não fez nada?

— Você sabe que eu detesto o porão.

— Não foi você que passou uma noite trancado lá — resmunguei, mas imaginava que aquele era o tipo de responsabilidade que caía nos ombros de uma irmã mais velha.

Tirei o casaco enquanto entrava, e percebi que os casacos de Seaburn e Karen também estavam pendurados nos ganchos, assim como o casaco branco de pele falsa de visom da minha mãe. Franzi a testa.

— Está acontecendo uma reunião aqui, ou algo parecido?

Carver hesitou.

— Só umas coisas... sobre os bens e o testamento.

— E estão todos aqui menos eu? — deduzi.

— Não é nada, Florence.

— Nada... como daquela vez em que todo mundo se encontrou na Waffle House antes do horário que marcaram comigo?

Carver fechou a porta e soltou o ar com força pelo nariz.

— Florence, não é nada pessoal. Mas a realidade é que você não faz parte do negócio da família já tem alguns anos. E não aparece aqui tem uma década. Nós... achamos que você não queria fazer parte dele.

— É claro que eu quero, Carver.

— Bem, achamos que não queria. Quer dizer, você sabia sobre o negócio, certo? E não perguntou nada.

— Esse é um jeito bem cretino de jogar a culpa em cima de mim, maninho.

Ele revirou os olhos.

— Desculpa.

— Deixa pra lá — falei, deixando escapar um suspiro.

A funerária estava silenciosa enquanto eu seguia até a última porta, que levava à câmara mortuária. O lugar tinha o cheiro de sempre — flores e desinfetante. Mamãe estava na cozinha preparando chá, ao que parecia. Já havia algumas poucas coroas de flores que tinham sido entregues por causa do velório no dia seguinte. Então, na quinta-feira, nos despediríamos do meu pai.

O tempo estava passando rápido demais e, ao mesmo tempo, parecia não ser rápido o bastante.

A porta do porão tinha uma tranca do lado de fora, mas estava destrancada. Quando eu passara a noite trancada lá, não tinha ficado com medo dos cadáveres nas gavetas. Eles eram como conchas, e quando o tempo da pessoa ali dentro terminava, a concha rachava e se quebrava.

Demorou para que eu começasse a detestar cadáveres. Não gostava da imobilidade deles, ou de como o azul sempre — *sempre* — se infiltrava por baixo da base pesada usada na maquiagem, ou do cheiro que exalavam depois de serem, sabe, embalsamados.

Alice estava lá embaixo, com uma faixa de pano listrada de preto e branco no cabelo curto. Ela parecia uma mancha preta em um cômodo todo pintado de um cinza suave. Até as luvas que usava eram pretas. E, em cima da mesa de aço, diante da minha irmã estava...

Eu me preparei emocionalmente. Não tinha problema. Estava tudo bem.

Alice olhou por cima do ombro, e jogou as mãos para cima.

— *Finalmente!* Por que demorou tanto?

— Eu estava na Festa Infinita — respondi, quando cheguei na base da escada. Fui me aproximando, pé ante pé, um passo de cada vez, do cadáver em cima da mesa.

Não, aquilo não era justo. Eu não podia dizer que era um cadáver porque aquela não era uma concha *qualquer*.

Era o papai.

E Alice tinha feito um trabalho tão incrível que ele parecia estar apenas dormindo. Ela já o vestira em seu fraque favorito — vermelho berrante, com uma cauda longa e lapelas douradas. Nas mangas, as abotoaduras favoritas do papai — caveiras de ouro que ele comprara em uma boutique qualquer de Londres várias décadas antes, e que combinavam com os brincos, e com os anéis favoritos de caveira, ossos cruzados e espada.

Ele costumava girar aqueles anéis quando estava ansioso — principalmente o que usava no polegar. A minha visão começou a ficar borrada.

Alice se agitou, batendo o pé no chão.

— *Então?*

— Então o quê?

— Ele parece bem? — perguntou ela, irritada. Só então percebi o estojo de maquiagem em uma bandeja com rodinhas que estava do outro lado da minha irmã, com corretivo, sombra e batom espalhados por ela. — Está realmente parecendo com o papai? Consegui acertar na cor? Não está exagerado?

— Ele parece... — A minha voz falhou, saindo travada. — Ótimo.

Papai estava como eu lembrava, como uma reprodução imóvel demais das minhas lembranças, e fechei as mãos com força para me conter, para não agarrá-lo pelos ombros e sacudi-lo, tentando acordá-lo. Aquele era bem o tipo de peça que ele pregaria na gente. Fingir que tinha morrido. Então, se sentaria no caixão, em seu próprio funeral, e soltaria um "Surpresa! Estou me aposentando!", mas... aquele era o tipo de final feliz que a minha cabeça criava. O tipo que não existia.

Porque quanto mais eu olhava, mais imóvel ele parecia. Congelado. Paralisado.

Morto.

Alice continuou.

— Ele tinha um monte de hematomas do tempo que passou no hospital, mas pelo menos o fraque cobre a maioria, e o rosto estava meio encovado, mas... o velório é amanhã, e acho que papai não está se parecendo em nada com ele mesmo, por isso fico o tempo todo checando as fotos. Acho que a lembrança que eu tenho dele já está desaparecendo, ou...

— Alice — repeti. — Ele se parece com o papai.

Ela hesitou.

— Por que eu mentiria para você? Se a aparência dele estivesse diferente, eu falaria.

— Ele não está parecendo demais com... o Tony Soprano?

— O papai adorava *A Sete Palmos*...

— Florence! — Então, depois de um instante: — Não é nem a mesma série!

Revirei os olhos.

— O papai está ótimo. Confia em mim, você é boa no que faz. Melhor até do que ele.

Aquilo ao menos a acalmou um pouco.

— Nunca vou conseguir ser melhor do que o papai — disse ela, cruzando firmemente os braços diante do peito.

Alice mudou o peso de um pé para o outro, enquanto olhava para o nosso pai. Eu jamais conseguiria fazer o que ela fez. Mal era capaz de olhar para o papai por muito tempo sem correr o risco de cair no choro, por isso decidi deixar *aquele* show para o dia seguinte.

Já tinha chorado demais naquela semana — se continuasse daquele jeito, acabaria morrendo também, só que de desidratação.

Por isso, bati de leve o ombro no de Alice.

— Ei — chamei com gentileza —, você terminou. O papai está ótimo. Coloque-o de novo na gaveta e vá ver um anime ou algo do tipo.

Ela mordeu a parte de dentro da boca para conter um sorriso.

— Papai costumava dizer isso. "Ah, deixa que eu coloco eles de volta na gaveta! Encontro com você lá em cima..." Nossa, Florence, como eu sinto falta dele.

— Eu também.

Esperei que ela guardasse novamente o corpo do papai em uma das gavetas e subimos a escada juntas. Alice trancou o porão depois que saímos e, não sei bem como, acabei conseguindo convencer Carver a levá-la para jantar. Eles me chamaram, mas eu não estava com a menor fome.

Dei uma desculpa.

— Tenho que trabalhar, foi mal. — Não era bem uma mentira. — O obituário não vai se escrever sozinho.

— Não precisa ser um livro, Florence — disse Alice.

Dei um sorriso educado para ela.

— Às vezes é difícil encontrar as palavras.

— Se precisar de ajuda...

— Não, tá tudo bem.

E, de repente, a camaradagem que tínhamos tido no porão desapareceu, e ela revirou os olhos.

— Tá bem, só não se atrase para terminar — disse ela, e foi chamar Karen, Seaburn e mamãe na cozinha.

Eles decidiram, falando bem alto, ir ao Olive Garden. Minha família podia ser estranha em vários aspectos, mas às vezes era muito previsível. E aquilo era bom.

Carver vestiu o casaco e começou a abotoá-lo lentamente.

— Vocês duas estão bem? Você e Al?

— Ela não acabou comigo dessa vez — respondi. — Bem, pelo menos não até agora.

— Talvez depois que tudo isso passar, vocês duas devessem ter uma conversa.

— Carver...

Ele me lançou um olhar sério.

— Escuta o seu irmão do meio pelo menos uma vez.

E a voz da razão. De alguma maneira. Quanto mais tempo eu passava em Mairmont, mais fundo a cidade parecia penetrar na minha pele. Era pequena demais, confortável demais e impregnada demais com tudo o que eu amava em relação ao meu pai. E à minha família. E tinha sido por isso que eu fora embora. Machucava só de estar ali.

— Vou fazer isso — respondi.

Ele levantou a mão, com o dedo mindinho levantado.

— Promete?

— Prometo — falei, e enganchei o dedo no dele.

Carver saiu, então, com Alice, Karen e Seaburn.

Mamãe se demorou por um momento, enquanto vestia o casaco antigo de visom falso. Quando ela usava aquele casaco, me lembrava a Mortícia Addams e a Cruella de Vil, e me fazia pensar em noites tranquilas de inverno na funerária, nós todos fechando as cortinas e apagando as luzes.

— Tem certeza de que não quer vir com a gente, Florence?

— As saladas enormes e os grissinis *são* tentadores — respondi.

— Como foram os dois últimos funerais?

— Sem qualquer problema. Agora só falta o mais importante, e acho que depois vamos fechar pelo resto da semana. Para nos dar algum tempo.

A Funerária Dias Passados nunca tinha fechado antes. Nem por causa de tempestades de neve, furacões ou enchentes.

Fazia sentido que papai tivesse precisado morrer para fecharmos as portas por alguns dias.

— Acho que é uma boa ideia — respondi. — E obrigada, mas acho que quero ficar aqui por algum tempo. Ficar só... só sentada aqui. No silêncio.

Mamãe assentiu, me puxou para um abraço apertado e me deu um beijo no rosto.

— Não consigo ver as coisas que você consegue — disse ela —, mas sei que ele está aqui.

Não tive coragem de dizer a ela que ele não estava. Que o fantasma de papai não estava passeando pelos corredores antigos, nem se sentando em sua poltrona favorita, e que o cheiro de fumaça de charuto, forte e doce, era só a lembrança dela pregando peças.

— Vou pedir frango com molho Alfredo pra viagem e guardar em casa, se você quiser comer mais tarde — continuou mamãe.

Então, com um último olhar demorado para o saguão, para a escada de carvalho e para os salões, ela se foi, fechando a porta silenciosamente ao sair.

E eu fiquei sozinha.

A funerária me pareceu muito vazia, muito grande e muito antiga. Eu me sentei na sala vermelha — a favorita de papai —, na poltrona de veludo de encosto alto, e me deixei ser absorvida pelo silêncio. A noite estava tão quieta que eu conseguia ouvir o vento se esgueirando pela casa antiga.

Os mortos cantando.

Eu me perguntei se o vento seria o meu pai, se ele estaria naquele sopro, ou no seguinte, se algum dia eu reconheceria os sons atravessando o piso, do vento serpenteando entre as velhas tábuas de carvalho, e acharia que, talvez, poderiam ter sido vozes.

Tudo finalmente se tornou real. Aquela semana. Aquele funeral. Aquele mundo... girando, girando, girando sem o meu pai nele.

E o vento continuou a soprar.

23

O caixão do amor verdadeiro

— FLORENCE?

Levantei os olhos ao ouvir a voz e enxuguei rapidamente as lágrimas que tinham escapado.

Ben estava parado na entrada do salão com as mãos nos bolsos, mas eu só conseguia ver a sua silhueta tênue, o rosto sombreado à luz amarela da rua, que entrava pelas janelas abertas. É claro que ele apareceria agora. Quando eu menos queria.

— *Timing* perfeito — resmunguei, fungando.

Nossa, mas eu devia estar com uma aparência terrível. Metade do delineador já tinha saído na palma da minha mão.

Ben entrou no salão, os passos silenciosos no piso de madeira.

— Tá... tudo bem?

Respirei fundo. Como se já não fosse óbvio...

— Não — admiti —, mas não tem nada que você possa fazer pra ajudar. Obrigada mesmo assim. Por perguntar. — E acrescentei em um tom mais baixo, a voz falhando no final: — Sinto saudade dele. Sinto tanta saudade dele, Ben.

Ben avançou em silêncio e se sentou no chão, à minha frente — e, pela primeira vez, foi ele que teve que levantar os olhos para encontrar os meus. Então, Ben me deu algo que eu não tinha imaginado que desejava: sua atenção incondicional.

— Como era o seu pai? — perguntou ele. Ben era um cara decente. Era um cara bom.

Como era aquela música de que papai gostava? "Only the Good Die Young"? Pois é, só os bons morriam jovens...

Fiquei em silêncio enquanto tentava encontrar as palavras certas, com medo de me expor. De contar a minha história a ele. Ben e eu éramos estranhos, e ele não tinha conhecido o papai. Nunca o vira. E embora Ben fosse um cara decente e gentil, embora me fizesse sentir que a minha dor era válida...

Eu ainda sentia medo.

Será que eu sempre fiquei tão na defensiva assim? Não conseguia mais lembrar. Eu fui tão fechada por tanto tempo, me isolei com tamanha determinação, que aquele simplesmente passou a parecer o modo mais seguro e natural de viver. Enganei a mim mesma achando que poderia permanecer daquele jeito para sempre, e, até Ben aparecer, parecia que talvez fosse conseguir.

Mas agora...

— Meu pai era gentil, era paciente... a não ser quando o time de futebol dele estava jogando. Aí ele ficava *muito* irritado na frente da TV. Ele fumava demais, e também bebia demais toda quinta à noite, quando ia jogar pôquer. E sempre cheirava a flores dos funerais e a formol.

Falar sobre o meu pai em voz alta de certo modo foi um alívio, como se eu estivesse derrubando lentamente o muro que construíra, tijolo por tijolo, lembrança por lembrança, até conseguir sentir de novo. Seria bom poder dizer que não estava chorando, mas o gosto das lágrimas na minha boca me dizia que eu estava.

— Quando eu era pequena, nós morávamos aqui... nessa funerária velha, e às vezes eu o pegava com a mamãe, aqui nos salões, com as janelas todas abertas, dançando ao som de uma música que só os dois conseguiam escutar. Foi o meu pai que me disse que eu deveria ser escritora. Ele falava que as minhas palavras eram tão fortes, tão intensas, tão vivas, que eu seria capaz de despertar os mortos. — Eu ri, e então, um pouco mais baixo, porque aquilo era um segredo, algo que eu nunca contara a ninguém, acrescentei: — Em algum lugar, embaixo de uma dessas tábuas do piso, tenho histórias eróticas escondidas.

— É mesmo? Que escandaloso.

— Você *nunca* conseguiria encontrar — acrescentei. — Carver procurou durante anos e acabou desistindo.

Ben riu, e eu descobri que amava muito o som da risada dele. Era baixa, profunda e genuína, e fazia os meus músculos tensos e os meus ossos rígidos relaxarem. Era muito fofo. Quer dizer, para um cara morto. Ele se encostou na minha poltrona, a cabeça apoiada no braço acolchoado, os olhos fechados. Cerrei os punhos porque senti uma vontade imensa de passar os dedos pelo cabelo cheio e escuro dele. E não poderia fazer aquilo.

— Então, o grande Benji Andor sempre quis ser editor? — perguntei.

Ele inclinou a cabeça para o lado, pensativo.

— Nunca quis criar com as palavras, meu desejo sempre foi me enterrar nas palavras de outra pessoa. Mas, para ser honesto, eu me tornei editor porque estava correndo atrás daquela sensação que experimentei quando li o meu... — Ele se deteve rapidamente e pigarreou. — Quando li o meu primeiro livro romântico.

— E qual foi?

Ben se remexeu, inquieto. E não falou nada por algum tempo, como se estivesse debatendo consigo mesmo se deveria me contar a verdade, ou até mesmo se deveria me dizer qualquer coisa. Eu duvidava que ele fosse mentir para mim àquela altura — não achava que Ben mentisse muito bem, mesmo que precisasse.

— *A floresta dos sonhos.*

Eu *não estava* esperando por isso.

— Sério? Um romance de *Ann Nichols*?

Ele deu de ombros.

— Eu devia ter uns onze anos?

— Você devia ser um garoto popular...

— Bem, eu lia Tolkien e jogava Dungeons & Dragons, se isso te diz alguma coisa.

— Uau, é, popularzão mesmo.

— Tenho a impressão de que você está me zoando — comentou Ben, irônico. Quando ele se virou para me encarar, vi que havia um sorriso no canto da sua boca.

Dei uma meia risada que poderia também ser um resquício do choro.

— Estou te admirando, na verdade. Tem ideia de como é saudável para um garoto ler coisas diferentes dos supostos "livros para meninos"?

— Foi o que ouvi dizer. Acho que eu gosto de histórias de amor, só isso. Gosto da maneira como elas pintam o mundo como uma terra dos sonhos colorida, onde a única regra é o "e viveram felizes para sempre". E passei a maior parte da minha vida adulta em busca disso.

— Aí eu entrei na sua vida e declarei que o amor romântico estava morto. Não é de surpreender que você tenha me odiado.

— Eu não odiei você — explicou ele. — Só fui pego desprevenido. De repente aparece na minha frente uma mulher linda afirmando que o amor morreu.

Balancei a cabeça.

— Não sou tão bonita assim, Ben.

Ele me olhou de um jeito estranho. Ben tinha cílios longos, e os pontinhos ocre nos olhos castanhos cintilavam sob a luz baixa da noite.

— Mas você *é, sim*.

Perdi um pouco o fôlego. O que ele via de bonito em mim, sentada ali no escuro, com o rímel e o nariz escorrendo? Em um dos meus piores momentos de egoísmo, carência e frieza?

Afastei os olhos.

De repente, uma rajada de vento atravessou a casa assoviando. As vigas rangeram, as janelas chacoalharam. Ben se sobressaltou.

— São só os mortos cantando — falei. Talvez fosse o meu pai, em algum lugar do vento.

— Os mortos cantando? — Ele tinha uma expressão curiosa nos olhos. — Como o título do livro do Lee?

Não respondi. Ele não precisou que eu respondesse.

— Florence...

— Surpresa. — Comecei a cutucar as cutículas, um hábito que Rose vinha tentando me fazer largar havia anos, mas ela não estava ali, e eu estava nervosa. — Achei que era o Lee, entende? Achei que ele era o cara. Na minha família tem várias dessas histórias de amor impossíveis... e achei que ele era a minha. Caramba, era *Lee Marlow*. Editor-executivo da Faux. E ele gostava de *mim*. Pela primeira vez, um cara com quem eu saía olhava para mim como se eu importasse, e se interessava em saber sobre cada detalhe esquisito da minha vida. — Dei de ombros e mordi o lábio. Não gostava de admitir como tinha sido idiota. Mesmo um ano depois, tudo ainda era muito doloroso. — Ele foi a pessoa mais próxima a quem eu já contei sobre o meu... *dom*. Sobre os fantasmas que eu ajudei. Mas acabei perdendo a coragem e disse a ele que, na verdade, aquilo eram só histórias que eu queria escrever um dia. Ergui uma barreira porque não ia conseguir encarar a maneira como Lee me olharia se contasse a ele que era tudo verdade. Mas eu deveria ter desconfiado. E acabei virando apenas outra história para ele, também.

E depois que a história estava escrita, eu já não tinha mais nenhuma utilidade.

Um corvo grasnou em algum lugar do lado de fora. Eles estavam empoleirados no carvalho morto, o que não era surpreendente. Havia certa espécie de silêncio que permeia lugares de morte. O som era abafado e íntimo, como se os espaços onde os mortos eram homenageados ficassem separados do resto do mundo. Quando eu era mais nova e o meu cérebro era tomado pela ansiedade, costumava me deitar no chão, entre um funeral e outro, pressionar o rosto contra o piso de madeira frio e ficar ouvindo o silêncio da casa. Aquilo sempre me dava um pouco de espaço para pensar.

Agora, eu temia que a tristeza da minha alma estivesse absorvendo o silêncio como uma esponja. Eu me sentia mais pesada a cada respiração. Já não era mais um silêncio suave, e sim estático.

Ben desencostou a cabeça do braço da poltrona e vi um músculo latejando em seu maxilar.

— Aquele *desgraçado*.

Eu o encarei, surpresa.

— Hã?

— Aquele *desgraçado* — repetiu ele, um pouco mais alto. — De todas as merdas que o imbecil poderia fazer com você, ele escolheu arruinar as suas lembranças. Coisas que você contou a ele em particular... porque *confiava* nele. Aquele *filho da puta* narcisista e insensível. — Atrás de Ben, um vaso cheio de orquídeas começou a chacoalhar. Acho que ele nem percebeu o que estava fazendo. — Na próxima vez que eu o vir, vou...

— Ei, valentão, você está morto.

O vaso parou de chacoalhar quase no mesmo instante.

Ben cruzou os braços com força diante do peito.

— Um pequeno detalhe técnico — resmungou.

A fúria dele me pegou tão de surpresa, foi tão fora da minha gama de emoções em relação ao que tinha acontecido comigo que eu, sei lá... surtei. Comecei a rir. E a chorar. Mas principalmente a rir, enquanto escorregava da poltrona para o chão, ao lado dele. Foi uma daquelas risadas que vão aumentando progressivamente, porque eu não tinha me dado conta de como deveria me sentir a respeito daquela história até aquele exato momento.

— Você me acha tão engraçado assim? — lamentou Ben, o tom trágico.

— Não... sim — acrescentei, mas a minha voz estava carregada da mais pura adoração. Por um cara que eu mal conhecia. — Você sabe por quanto tempo eu quis que alguém ficasse puto por mim? Achei que estava perdendo o juízo, que talvez eu não tivesse *permissão* para ficar furiosa porque tinha dito ao Lee que eram só histórias inventadas. Achei que talvez... — Hesitei, então, porque... será que tinha falado demais? Eu não costumava falar sobre aquilo tudo... com ninguém, a não ser com Rose. Eram problemas meus e de mais ninguém. Mas Ben se inclinou mais para perto, como se estivesse pedindo gentilmente para que eu continuasse, e me senti segura para admitir: — Achei que merecia o que ele fez. Achei que era o que eu merecia por...

— Por ter a audácia de confiar em alguém que você amava incondicionalmente? — perguntou Ben, e seu tom já não era mais furioso. Estava suave, e cálido como âmbar.

Desviei rapidamente o rosto. Fixei o olhar na direção do saguão de entrada, e dos raios de lua que entravam pelo vitral colorido.

— Não é culpa sua que ele seja um babaca, Florence — disse Ben. — Você merece muito mais do que aquele merda.

— Que linguajar indecoroso, senhor.
— Você discorda?
Virei a cabeça para encarar Ben de novo, aquele espectro sentado absolutamente imóvel no salão onde eu tinha enterrado as minhas esperanças e sonhos embaixo das tábuas do piso.
— Não — respondi apenas, então sorri. — Sabe, é bem fofinho você ficar furioso por minha causa. Queria ter te conhecido antes quando você estava vivo.
Ben retribuiu o sorriso triste.
— Eu também.

24

Um grito e tanto

AS CHAVES TILINTARAM na porta da frente quando minha mãe a destrancou e entrou. Eu desviei os olhos de Ben por apenas um segundo enquanto me levantava, mas quando voltei a me virar ele já não estava ali. Tinha desaparecido de novo, embora eu não tivesse ideia de para onde ia. Mamãe teve um sobressalto quando me viu, e levou a mão ao peito.

— Não me assusta desse jeito. Achei que fosse o seu pai — soltou ela.

— Está esperando por ele?

— Eu seria louca se dissesse que sim? — perguntou ela, com um sorrisinho.

Balancei a cabeça.

— De jeito nenhum.

— Ótimo! Eu detestaria que a minha própria filha achasse que estou louca — disse minha mãe, com uma risada. Então, me estendeu uma caixa do Olive Garden. — Bem, como você ainda está aqui, pegue o seu frango com molho Alfredo.

Ela me entregou a comida depois que eu vesti o casaco.

— Obrigada. Não fiquei aqui tanto tempo assim, fiquei? Vocês acabaram de sair.

Mamãe deu de ombros.

— Foi estranho sem o Xavier. Não conseguimos ficar lá.

— Tudo é estranho sem ele.

— Sim, mas não triste. O seu pai não iria querer que ficássemos tristes. — Ela ajeitou o meu cachecol, então deu outra volta com ele ao redor do meu pescoço. — Se você já está indo, poderia fazer o favor de acompanhar a sua velha mãe até em casa? — perguntou, em um tom formal, me oferecendo o braço. Enganchei o meu no dela.

Mamãe era mais alta do que eu e magra como Alice. As duas tinham o cabelo escuro e, quando minha irmã estava passando pela sua fase rebelde, roubava vestidos de renda escura do guarda-roupa de mamãe e usava para ir à escola, como se fosse a Lydia Deetz, de *Beetlejuice*, só que da vida real — àquela altura eu já tinha ido para a universidade e estava bem longe de Mairmont.

Minha mãe trancou as portas da funerária e saímos para a noite fresca de abril. Ainda havia um toque gelado no vento, mas eu me lembrava bem de como o clima ficava subitamente quente em abril, trazendo o verão com tanta rapidez que era quase um choque. Em uma semana estávamos usando casacos e, na semana seguinte, os looks seriam short e sandálias de dedo. Talvez aquela fosse a última noite fria, talvez fosse a noite seguinte, mas de qualquer forma o tempo *estava* passando, lento, mas constante, deixando as pessoas para trás como uma flor perdendo as pétalas, uma por uma.

— Estou feliz por você estar em casa — comentou minha mãe, olhando para a frente. — Você poderia ter vindo por outro motivo, mas estou feliz mesmo assim. Xavier dizia que traria você de volta para cá, de um jeito ou de outro.

— Duvido que ele tenha planejado que fosse desse jeito.

— Com certeza não! Mas combina com o estilo dele — disse ela, dando uma risadinha. — Ah, ele foi embora tão cedo, Florence... Cedo demais mesmo.

— Queria tanto que ele ainda estivesse aqui...

— Eu também, e vou desejar isso pelo resto da minha vida. — Ela apertou o meu braço com força. — Mas nós ainda estamos aqui, e o seu pai vai continuar com a gente muito depois de o vento ir embora.

Engoli o nó na minha garganta.

— Sim.

Passamos pela sorveteria aonde íamos todo fim de semana quando eu era mais nova e mamãe ainda estava grávida de Alice. Ela sempre tinha desejo de tomar sorvete de pistache. Se eu fechasse os olhos, conseguia ver o meu pai na mesa perto da janela, com o sundae dele, dando pequenas porções para Carver, com uma colherzinha de plástico. "E lá vem a aeronave Douglas DC-3 se preparando para aterrissagem! *Zzzzzzzuum!*"

Mas a sorveteria estava diferente agora, com uma nova camada de tinta na parede, um novo proprietário e novos sabores de sorvete. Por mais que, de um modo geral, Mairmont permanecesse a mesma, sempre havia alguma coisa ligeiramente diferente. O bastante para que eu me sentisse perdida, para que o meu passado parecesse ter acontecido em outra vida.

— Eu deveria ter voltado para casa, mãe. Anos atrás. Deveria ter vindo visitar vocês. Deveria... — A minha voz falhou. Engoli mais uma vez aquele nó na garganta. — Perdi a conta de todas as vezes que você tentou me convencer. Mas aí você parou de insistir.

— Tentar fazer você mudar de ideia era tão difícil quanto tentar laçar o sol — respondeu mamãe. — Você é teimosa... como o seu pai... e carrega o peso de tudo sozinha, assim como ele. Os problemas de todo mundo. Menos os dele.

— Mas sou o oposto disso. Sou egoísta. E-eu não voltei para casa. E deveria ter feito isso. Nunca contei ao papai...

Que eu era ghostwriter. Que *tinha* continuado a escrever romances depois de o primeiro dar errado, como ele queria que eu fizesse. Que, por mais estranho que fosse, tinha feito exatamente o que ele acreditava que eu era capaz de fazer. E ele nunca soube.

— Eu passei a odiar essa cidade depois de as pessoas terem te expulsado daqui — disse mamãe, em tom de desprezo.

— Ninguém me expulsou. *Eu* fui embora.

— Porque as pessoas não conseguiam aceitar a ideia de que uma menina de treze anos pudesse fazer algo que eles não conseguiam.

— Falar com fantasmas?

— Ajudar as pessoas. Ouvir. Fazer algo tão absurdamente altruísta que você teve que ir embora por causa disso... Ah, não me olhe assim. Você não precisava ter procurado a polícia, mas *procurou*. Você os ajudou a resolver um assassinato que eles não teriam conseguido resolver de outra forma, então, quando contou a verdade a eles... não foi culpa sua que não acreditassem em você. Para mim, essa cidade toda pode ir pra puta que pariu.

— Mãe!

— É isso mesmo. O corpo daquele menino ainda estaria enterrado na Colina se você não tivesse dito nada.

E o fantasma dele provavelmente ainda estaria me atormentando, tentando me convencer a entrar para a equipe de debate. Ele sempre insistira que eu era capaz de me livrar de qualquer problema só na conversa, se fosse preciso. E provei que ele estava certo no meu penúltimo ano do ensino médio, quando o policial Saget me pegou várias vezes fazendo coisas ligeiramente ilegais por ótimos motivos.

Já na metade do caminho para casa, mamãe voltou a falar, com um suspiro de tristeza.

— Ah, como vamos fazer quando Carver e Nicki se casarem? Não posso dançar com o cadáver do seu pai, não é mesmo?

Eu assenti, séria.

— Você não tem força pra isso.

— Eu não conseguiria carregar um peso morto desses!

Humor mórbido.

Eu sentia falta daquilo. Sentia falta de falar sobre a morte como apenas mais um passo da jornada. Lee Marlow *detestava* o meu senso de humor. Ele achava imaturo e de mau gosto falar de morte. E o cara com que eu saí antes do Lee, Sean, achava estranho quando eu fazia brincadeiras com o tema. William não se importava muito. E Quinn não queria de forma alguma ouvir nada a respeito.

Eu sentia falta da minha família.

Sentia falta de momentos como *aquele* com a minha mãe. As noites tranquilas de Mairmont, as baratinhas correndo pela calçada, as mariposas voando ao redor dos postes de luz e os sons da noite, zumbindo com os insetos e o vento passando pelas árvores. Sentia falta da segurança da minha mãe, do jeito desafiador de Alice, da tranquilidade de Carver, da confiabilidade de Seaburn e do lento desabrochar de Mairmont.

Parecia que Nova York mudava toda vez que eu piscava. Em um instante estava de um jeito e, no seguinte, de outro completamente diferente — uma cidade camaleoa que nunca se encaixava em uma única forma, que nunca se atinha a apenas uma descrição. Nova York era sempre alguma coisa nova, empolgante, algo inédito.

Amei aquilo por muito tempo, o passo firme de algo impossível, a habilidade de se reinventar o tempo todo, apesar de furacões, pandemias e eleições. E amei todos que encontrei nas ruas daquela cidade, os Williams, os Seans e os Lee Marlows...

Mas lá o céu estava sempre escuro, e apenas as estrelas mais cintilantes conseguiam brilhar em meio à poluição luminosa da cidade que nunca dormia.

Papai dizia que eu iria sentir uma falta enorme das estrelas, e da permanência delas. Em Nova York, era difícil ver alguma, mas ali, em Mairmont, eu conseguia enxergá-las de um lado ao outro do horizonte, assim como via a tempestade de primavera se formando na parte sul da cidade.

O tipo de tempestade que o meu pai amava.

O tipo de tempestade que não tinha entrado no livro de Lee Marlow. E, quando pensei naquilo, subitamente me dei conta de por que vinha me sentindo tão desconfortável ali. Voltar para casa era uma coisa, mas... a verdade era que, desde que eu voltara, vinha mantendo minha mãe, Carver e Alice a certa distância. E não era porque eu não os amava, ou porque não sentisse falta deles.

Era porque eu me sentia envergonhada. Mas conversar com Ben me ajudou a perceber que eu não tinha controle sobre o que Lee Marlow escrevera. O que aconteceu não era culpa minha.

Eu não poderia carregar todos os fardos do mundo, ainda mais aquele.

— Mãe? — Ela parou na varanda e se voltou para mim com uma sobrancelha escura erguida. Respirei fundo. — Preciso te contar uma coisa. Antes... antes que você descubra por outra pessoa.

— Você está grávida.

— Não! — respondi depressa, horrorizada. — Não... de jeito *nenhum*.

Ela deixou escapar um suspiro.

— Graças a *Deus*. Acho que não conseguiria enterrar o meu marido e, ao mesmo tempo, dar as boas-vindas a um neto. A minha capacidade de processar emoções não consegue se estender a esse ponto.

— Nem a minha — admiti, com uma risada. Indiquei uma das cadeiras de balanço da varanda e ela se sentou, enquanto eu me acomodava na outra. — Eu... você se lembra daquele cara com quem eu namorei? Lee Marlow?

— O canalha que te largou na rua?

Hesitei.

— Foi mais do que isso.

Então, respirei fundo... e contei a ela. Sobre Lee Marlow, e sobre as histórias da nossa família que eu contara a ele. Contei sobre o contrato para o livro que ele tinha assinado, sobre como eu descobri, e sobre a última conversa que tive com Lee, antes de me ver fora de casa, na chuva. Tinha sido escolha minha sair de casa. Eu tinha escolhido ir embora.

Mas, sinceramente, qual era a outra opção? *Ficar?*

— Acho que o pior de tudo é que Marlow escreveu o papai do jeito errado — falei, por fim. — Ele não era esquisito, misterioso ou aterrorizante. Acho que essa é a pior parte de todo esse pesadelo... ver o papai imortalizado por aquele babaca, e da maneira *errada*.

Mamãe cruzou as pernas e pegou um maço de cigarros no bolso de trás.

— Ele que se foda — disse ela.

— Mãe!

— Não, é sério — reforçou minha mãe, enquanto acendia o cigarro. — Que se foda esse filho da puta por distorcer todas as boas lembranças que você contou a ele, transformando tudo em uma espécie de *Além da Imaginação* alienado. Não somos um romance de horror gótico. Somos uma história de amor.

Eu... nunca pensei em mim mesma, na minha história, na minha vida, como nada além de um livro tedioso, enfiado na estante de uma biblioteca tediosa, em uma cidade tediosa. Mas, quanto mais pensava na minha família, nos verões em que eu e os meus irmãos corríamos ao redor dos irrigadores e brincávamos de esconde-esconde no cemitério; nos Halloweens em que mamãe se vestia de Elvira e papai se escondia dentro de um caixão, de onde se levantava de repente para assustar todas as pobres crianças que apareciam procurando por "gostosuras ou travessuras"; nos anos em que Alice e eu brincávamos de nos vestir com as roupas antigas que tínhamos encontrado no sótão; nos verões passados colecionando ossos de animais; nas velas acesas para valsas à meia-noite pelos salões; e em ficar sentada quietinha com papai, escutando o canto do vento...

Não havia nada além de amor naquelas lembranças.

Podíamos ser uma família que vivia para a morte, mas a nossa vida era repleta de luz, esperança e alegria. E aquilo era algo que Lee Marlow jamais entenderia, jamais escreveria em sua prosa fria e técnica.

Era um tipo de magia, um tipo de história de amor, que eu achava que ele nunca compreenderia.

Um corvo grasnou no carvalho do nosso quintal e alguns de seus amigos fizeram coro. Senti um aperto no peito.

Ben.

— E, um dia — acrescentou mamãe com firmeza, certa como o nascer do sol, como as tempestades de verão e como o vento passando por antigas funerárias que rangiam —, sei que você vai escrever a nossa história do jeito que ela merece ser contada.

— N-não sei se eu conseguiria...

— É claro que consegue — retrucou ela. — Pode não ser em apenas um livro. Talvez seja em cinco ou dez. Talvez sejam pequenos pedaços de todos nós espalhados pelas suas histórias. Mas sei que você vai escrever sobre nós, por mais complicados que sejamos, e vai ser ótimo.

— Você tem muito mais fé em mim do que eu mesma.

Mamãe deu um peteleco carinhoso no meu nariz e sorriu.

— É assim que eu sei que sou uma boa mãe. Agora, esses velhos ossos precisam de um pouco de descanso. — Ela suspirou, se levantou e me deu um beijo na testa. Sob a luz da varanda, achei que mamãe parecia mais velha do que eu jamais havia visto. Abatida pela tristeza... mas ainda sustentada pela esperança. — Vejo você na Waffle House de manhã. Bons sonhos, minha querida.

Então, ela entrou em casa e fechou a porta.

Fiquei sentada ali por mais algum tempo, enquanto o vento uivava em meio às árvores conforme a tempestade se aproximava. Um relâmpago riscou o céu.

Nas minhas lembranças, conseguia ver meu pai sentado nos degraus da casa, fumando um charuto fedorento enquanto observava a tempestade se aproximando, com uma cerveja em uma das mãos e um sorriso no rosto, enquanto minha mãe apoiava a cabeça no ombro dele, com uma taça de Merlot na mão, os olhos fechados, escutando o ribombar dos trovões.

— Não há nada como o som do céu chacoalhando os seus ossos, sabe? — disse o meu pai certa vez, quando perguntei por que ele amava tanto as tempestades. — Faz com que eu me sinta vivo. Me lembra de que somos mais do que apenas pele e sangue. Que temos ossos por baixo de tudo. Ossos fortes. Escute só como esse céu canta, minha flor.

Outro relâmpago iluminou o céu e eu finalmente me levantei.

O ar estava pesado e cheio de vida. Alice dizia que não conseguia sentir o cheiro da chuva, mas jamais entendi como aquilo era possível. Era tão distinto, tão pleno, tão *vivo*, como se eu não estivesse respirando apenas ar, mas também sentindo a descarga de energia dos elétrons, iluminando o céu.

Enquanto eu caminhava na direção da pousada, o som do trovão atravessou a cidade com tamanha força que fez meus ouvidos zumbirem. Torci para que, quando enterrassem papai, a terra se abrisse para o trovão, que o som sacudisse os seus ossos e os fizesse dançar, como fazia com os meus. Torci para que, quando o vento soprasse forte de alguma praia distante, eu conseguisse ouvi-lo cantar na tempestade, tão alto, pleno e vivo quanto todos os mortos que eu já ouvira cantar na vida.

— Florence? — ouvi Ben chamar, e de repente ele estava caminhando ao meu lado.

— Vai chover daqui a pouco.

— Você não deveria estar indo para casa?

— Já estou indo.

Eu tinha passado direto pela pousada e continuava a caminhar em direção à praça da cidade, vazia por causa da hora e da tempestade que se aproximava. Então, a chuva chegou com um murmúrio baixo e suave. Primeiro uma gota, então outra, até o ar parecer se abrir para deixar a umidade cair em pingos mais fortes, gelados. Inclinei a cabeça para trás, o rosto voltado para o céu tempestuoso.

No livro de Lee, quando chovia, Mairmont cheirava a lama e a pinheiros, mas, parada ali, no meio da cidade, com os sapatos completamente molhados, o mundo tinha o cheiro forte dos carvalhos que cercavam o parque e o doce perfume da grama. Ele disse que quando chovia a cidade ficava silenciosa.

Mas os meus ouvidos estavam cheios de som.

Fiquei encharcada em questão de segundos. A chuva passava direto através de Ben, que parecia tão seco quanto antes, porque não era mais uma pessoa real. Era um fantasma.

Mas ele estava *ali*. Naquele momento. Mesmo assim.

— Você vai pegar uma gripe se ficar muito mais tempo aqui — disse Ben.

— Eu sei — respondi.

— E está ficando molhada.

— Já estou.

— E...

— Não tenho guarda-chuva, nem casaco, está frio e chovendo, e se eu for atingida por um raio? — completei por ele, e voltei a inclinar a cabeça para trás, deixando a chuva lavar o meu rosto. — Você nunca faz coisas que não deveria fazer?

Pela falta de resposta de Ben, deduzi que não.

Toda a minha vida tinha sido construída sobre o tipo de coisa que eu não deveria fazer. Não deveria ter ido embora da cidade, nem ser ghostwriter de uma romancista, nem deixar de entregar o último livro. Não deveria ter me apaixonado por Lee Marlow, nem deveria ter voltado para Mairmont.

Não daquele jeito. Não para o funeral do meu pai.

— Provavelmente foi melhor assim pra você — comentei. — Planejar tudo, seguir as regras, ser quem você deveria ser.

Ben respondeu, então:

— Estou morto e não deixei nada para a posteridade. Nada que vá existir depois da minha morte. Simplesmente estava ali e agora... não estou mais. — Ele parecia frustrado e triste. — Eu tinha tantos *planos*... tantos. E agora nunca vou conseguir realizar nenhum deles, e tenho vontade... tenho vontade...

— Você tem vontade de gritar — completei mais uma vez.

Ben me encarou, surpreso.

— Sim, tenho.

— Então faça isso.

Ele hesitou.

— Fazer isso? — repetiu.

Então, de repente, Ben gritou. Um único grito, alto e sofrido, que ecoou nas vitrines das lojas e nas janelas da prefeitura.

Eu o encarei, espantada.

— Assim? — perguntou ele.

Um sorriso surgiu no meu rosto. Não achei que ele realmente *faria* aquilo, mas...

— Está se sentindo melhor?

— Ainda não — respondeu Ben.

Então ele gritou de novo. Havia raiva naquele grito, tristeza, sofrimento, porque ele era um fantasma, tinha deixado a vida para trás, tinha morrido tão jovem... e eu nem tinha parado para pensar no que ele deveria estar sentindo. Por estar morto. Por estar sendo ignorado. Por estar invisível.

Eu era a única pessoa que conseguia ouvi-lo gritar.

Mas Ben não estava fazendo aquilo para os outros. Não estava fazendo aquilo para ser ouvido.

Por isso, respirei fundo e gritei com ele. Gritei na tempestade que uivava, e a minha voz foi carregada pelo vento, abafada pelo trovão e inundada pela chuva. Gritei de novo. E de novo.

E aquilo realmente fez com que nós dois nos sentíssemos um pouco melhor.

25

Peso morto

QUANDO FINALMENTE VOLTEI para a pousada, parecia um rato afogado e estava batendo os dentes, mas não me importava nem um pouco. Eu me sentia bem de novo — melhor do que tinha me sentido desde que descera do avião, voltando para casa. Era como se um peso tivesse sido... não, não tirado, o peso ainda estava ali, mas ficara um pouco mais leve. O meu pai tinha partido, e eu ainda estava de luto por ele, e ia ficar tudo bem.

Ainda não estava... mas ia ficar. Eu não sabia que era possível se sentir daquela forma. Não sabia que conseguiria me sentir daquele jeito de novo... que conseguiria me sentir bem.

Não ótima, mas melhor.

— Obrigada — disse para Ben, depois que fechei o portão de ferro que ficava na entrada da pousada e comecei a subir o caminho de pedra até a varanda.

Havia uma luz acesa no saguão, e Dana estava atrás do balcão da recepção, lendo. Demorei um instante na varanda, já fora da chuva, e me virei novamente para o fantasma do meu editor morto. Eu estava quase no mesmo nível dos olhos dele — que tinha parado no terceiro degrau —, embora Ben ainda fosse um pouco mais alto.

— Provavelmente era eu que deveria estar dizendo isso — respondeu ele, as mãos nos bolsos, as mangas enroladas até os cotovelos, expondo novamente a tatuagem no antebraço.

Eram números. Uma data, percebi. De cerca de cinco anos atrás. E metade de uma assinatura que me pareceu familiar, mas estava meio escondida pela manga. Ele parecia mais desarrumado do que poucas horas antes. Os três botões do alto da camisa estavam abertos, a gravata tinha se perdido em algum lugar no além, entre esse mundo e o outro.

— Você sempre leva fantasmas para gritar na chuva? — perguntou Ben.

Desviei o olhar do antebraço dele.

— Não, só levo as pessoas de quem eu gosto.

— Então você gosta de mim?

— Eu ainda não exorcizei você.

Ele riu.

— Esse é outro talento seu?

— Você deveria ter visto o último fantasma. Tive que enxotá-lo com água benta.

Ben riu de novo, e mudou o peso do corpo de um pé para o outro. Ficamos ali parados, constrangidos. O meu coração pulsava na garganta, e cerrei os punhos com força, porque queria muito estender a mão para ele, afastar o cabelo caído no rosto. Ben estava precisando de um corte de cabelo. Mas a verdade era que eu gostava do cabelo dele daquele jeito, sem estar todo perfeito com gel. Os fios se encaracolavam em cima das orelhas e na nuca, o tipo de cacho que eu gostaria de envolver com os dedos e ficar brincando.

Tinha a sensação de que estávamos em um daqueles momentos em que eu deveria dizer alguma coisa. Qualquer coisa. Deveria dizer como me sentia grata pela ajuda dele, como gostava de tê-lo por perto, e como sentia muito que ele estivesse morto...

Estávamos em um barco passando sob uma ponte, por um segundo na sombra, um momento — *o* momento — como aquele em que senti o que havia sentido com Lee na biblioteca particular, quando aceitei a mão dele e deixei que me levasse para lugares desconhecidos; como o momento com Stacey no bar universitário no SoHo, quando ele me perguntou qual era o meu sabor preferido de sorvete; como o que senti com Quinn quando ele me ofereceu um chiclete na aula de educação cívica; e com John, no ensino médio, quando ele me convidou para comer uma pizza com os amigos depois do baile de formatura. Momentos breves que capturamos e guardamos em potes de vidro, como vaga-lumes, ou que deixamos ir.

Eu não poderia capturar aquele momento, não poderia guardá-lo — não poderia guardar *Ben*. Eu sabia melhor do que ninguém o que acontecia quando eu me aproximava demais de alguém já morto, quando abria o meu coração e deixava alguém entrar. Já tinha acontecido antes, e eu encontrara o cadáver assassinado dele na Colina três dias depois. Uma pequena e tola parte mim tinha achado que aquele garoto ainda estava vivo. Mas ele não estava. Era um fantasma.

Assim como Ben, que também era um fantasma. Não estava vivo. Não era *real*.

Se eu não me cuidasse, cometeria o mesmo erro de novo.

Ben também sabia que era um erro, porque nós dois deixamos o momento passar e nos vimos do outro lado da ponte. Ele era meticuloso. Planejava as coisas com antecedência. É claro que não faria nada, não diria nada, que manteria distância de mim pelo bem de nós dois.

Mas então por que eu me sentia tão frustrada por ele ter feito aquilo?

Ben pigarreou e acenou com a cabeça na direção da porta.

— É melhor você entrar, antes que acabe morrendo também.

— É, você tem razão — respondi. Então, dei as costas a ele rapidamente e entrei.

Dana estava diante do balcão da recepção, lendo outro livro. Daquela vez, era uma fantasia de N. K. Jemisin. Ao ouvir o som do sininho acima da porta, olhou para mim e desceu da banqueta.

— Você está toda molhada! — gritou, e na mesma hora pegou uma toalha embaixo do balcão, dando a volta para me entregar.

— Muito obrigada. — Peguei a toalha e sequei o cabelo, antes que molhasse todo o piso de madeira. Então, enrolei a toalha em volta do corpo e estremeci. — Que temporal!

— Nem fala. — Dana voltou ao seu posto. — O aplicativo de previsão do tempo não deu nenhum aviso...

— Ah, olha só, aqui está a nossa *famosa* autora — disse uma voz vinda da sala de estar.

Senti um arrepio.

Lá estava ela, sentada toda elegante em uma das cadeiras da IKEA da sala. Heather Griffin.

Todo mundo tem *aquela pessoa* que inferniza a nossa vida no ensino médio, e Heather fora essa pessoa pra mim. Tínhamos sido amigas por um breve período, até ela chegar à conclusão de que eu era maluca, depois do caso do assassinato. Heather nunca acreditara que eu conversava com fantasmas — ela achava que eu estava querendo chamar a atenção. E ela também era uma das principais razões para o resto de Mairmont pensar a mesma coisa.

— Com quem você estava falando do lado de fora, Florence? — perguntou Heather com um olhar inocente.

Ela estava acompanhada por um grupo de mulheres que pareciam compor um clube de leitura, e que davam risadinhas por trás dos seus volumes de *Matinê da meia-noite*, de Ann Nichols.

— Eu estava só... você sabe... falando. Comigo mesma — balbuciei.

Idiota. Eu tinha sido uma idiota por me sentir tão confortável em Mairmont. Deveria ter sido mais esperta.

Pelo canto do olho, vi Ben entrando lentamente no saguão, as mãos que antes estavam enfiadas nos bolsos, em uma postura relaxada, agora estavam pousadas na cintura. Ele ficou olhando para o grupo do clube de leitura com os lábios franzidos.

Graças a Deus, Dana se inclinou para a frente na banqueta e disse em voz alta:

— Como está sendo a sua estadia aqui, Florence? Precisa de alguma coisa? Toalhas, xampu? Paz e tranquilidade? — acrescentou em um tom significativo, lançando um olhar irritado para Heather.

Heather deu um sorriso e se aproximou da recepção para se servir de um copo de água aromatizada com limão, da jarra que estava no outro extremo do balcão.

— Ora, eu sei quando já não sou mais bem-vinda. Foi um prazer ver você, Florence. Talvez possamos botar o papo em dia em algum momento — acrescentou ela.

Heather franziu o nariz em um sorriso, e voltou para a sala de estar, onde o clube de leitura retomou o que fazia.

Suspirei e me apoiei no balcão.

— Droga. Por um instante eu tinha me esquecido da existência dela.

— Sorte a sua. — Dana riu. — Quer subir para o quarto com uma garrafa de vinho? Temos um novo tinto de Biltmore que está *gloriosamente* rascante.

— Não me tente! Ainda preciso escrever o obituário do meu pai. E também preciso dar um jeito de encontrar *flores silvestres*.

— Temos algumas no jardim dos fundos, se precisar.

— Mil?

Dana estremeceu.

— Nossa, infelizmente, não.

— Pois é, esse é o meu problema. Flores silvestres são uma coisa tão vaga... isso sem falar que também não tenho milhares de dólares para gastar com um florista que encontre isso pra mim.

Na sala de estar, o clube de leitura deu mais risadinhas abafadas. Eu estaria mentindo se dissesse que não queria ouvir o que elas estavam comentando sobre *Matinê da meia-noite*. Ben estava apoiado no batente da porta, os braços cruzados, escutando a conversa delas. Não consegui deduzir nada pela expressão do rosto dele, a não ser que, ou Ben estava entediado com a análise daquelas mulheres a respeito do que eu escrevera, ou não estava prestando atenção *alguma*.

— Hummm. — Dana tamborilou no balcão de carvalho, pensando alto. — Você poderia tentar a Colina, talvez? Ela agora faz parte do parque estadual. Você talvez ache algumas por lá, se o verão não tiver chegado cedo demais.

Fiz uma careta.

— Sim, pensei na Colina. — Eu não havia voltado lá desde aquele dia. É claro que as flores silvestres estariam lá, no único lugar onde eu não queria procurar. Mas, no fim, talvez não tivesse escolha. — Obrigada. Vou até lá amanhã para checar.

— Ótimo. Depois me conta como foi?

— Lógico. Você salvou a pátria.

— Que nada!

Peguei uma bala de hortelã na tigela e me virei na direção da escada, quando ouvi o meu nome — sussurrado, mas ouvi. Vindo da sala de estar. As mulheres do clube de leitura estavam falando de mim agora, e se a maneira como se comportavam no ensino médio dizia alguma coisa, com certeza não era nada bom. Senti os ombros ficarem tensos.

Dana falou apenas com o movimento da boca que eu não precisava ir até lá, mas eu fui. Tinha passado dez anos fugindo daquelas cretinas, e estava de saco cheio de fazer isso.

Quando passei por ele, Ben alertou:

— Não arrume confusão.

Ah, eu não ia arrumar.

Heather endireitou o corpo rapidamente na cadeira, com um ar de inocência. Ela se inclinou na direção de algumas das outras mulheres, sussurrando por cima dos livros com vários marcadores de página. Fiquei na dúvida se elas sequer tinham lido o livro, ou se comprar romances que jamais leriam e fofocar com eles abertos diante de si era a última moda. Heather tinha a mesma aparência de que eu me lembrava — cabelo e olhos castanhos bonitos, um belo sorriso e lábios macios e rosados. Ela usava uma saia preta reta e uma blusa estampada de caxemira. Eu me lembrei de quando meu pai comentou que Karen tinha contratado Heather como assistente jurídica em seu escritório de advocacia.

Heather abriu um sorriso cheio de dentes muito brancos.

— Gostaria de se juntar a nós? Somos grandes fãs de Ann Nichols.

É, com certeza.

Engoli a resposta que estava querendo escapar pela minha garganta e me sentei no sofá desbotado ao lado dela.

— Adoro *Matinê da meia-noite*.

— Nichols ainda não escreveu *um* livro ruim — comentou uma das outras integrantes do clube de leitura, animada. — Devoro todos *assim* que são publicados.

— Ouvi dizer que vai sair um novo no outono — disse outra mulher. Ela era mais velha, tinha cabelo grisalho cacheado e estava usando um suéter com estampa de leopardo. — Mas não soube de mais nada a respeito.

Eu podia *sentir* o olhar de Ben na minha nuca diante daquele comentário.

Heather me perguntou, com um sorriso fixo no rosto:

— Qual foi mesmo aquele livro que você escreveu, Florence? Adoraríamos ler no mês que vem, para o nosso clube de leitura.

Devolvi o sorriso, com sinceridade.

— Seaburn disse que você já leu, assim que saiu.

— É mesmo? Devo ter esquecido...

Eu tinha certeza de que ela não havia esquecido. Respirei fundo e mantive a calma. Eu era adulta, não ia mais fugir.

— Sei que você não gosta de mim, Heather, e sei que foi você que espalhou aqueles rumores a meu respeito na época da escola... que eu era louca, ou que adorava o diabo, ou seja lá o que fosse.

Ela ficou tensa e olhou ao redor, para as outras integrantes do clube de leitura. Algumas tinham sido da nossa turma na escola. E sabiam. As outras tinham uma ideia vaga e passageira do que havia acontecido. Era uma cidade pequena, afinal.

— Eu não fui a única. Bradley, TJ e...

— Eu perdoo você.

Heather me encarou, confusa.

— Como?

— E eu me perdoo, também — continuei. — Estava tão preocupada com o que todo mundo estava falando de mim que acabei nem percebendo que na verdade tinha feito uma coisa boa.

— Você encontrou um corpo, Florence — disse ela com desdém, revirando os olhos. — Não é como se tivesse *solucionado* o caso de sei lá qual era o nome dele...

— Harry. O nome dele era Harry O'Neal. — Franzi os lábios. — Ele era da nossa turma. Sentava bem atrás de você na aula de matemática.

Heather semicerrou os olhos. Ela se lembrava? Provavelmente não. Era provável que Heather nem tivesse pensado no garoto assassinado na Colina ao longo dos últimos quinze anos.

— A questão, Heather — continuei —, é que eu acredito nas pessoas. Mesmo sendo estranho, mesmo não fazendo sentido, quero acreditar nelas. Quero ver o lado bom delas. Dou o meu coração a todo mundo que conheço, e a tudo o que faço. E, às vezes, machuca... na verdade, com frequência machuca... — Olhei para Ben, desejando ter capturado aquele momento na varanda e guardado em um potinho. — Não consigo controlar como as outras pessoas me tratam, mas posso controlar como escolho viver e como escolho tratar os outros. E passei *anos* preocupada com o que outras pessoas pensavam ou queriam de mim, porque realmente achava que isso importava.

Franzi a testa ao me dar conta de que na verdade não era só com Heather que eu estava falando naquele momento, mas também com Lee. Com as pessoas que haviam tomado o que queriam de mim e transformado as minhas boas intenções em algo amargo.

— Florence, não sei por que você está falando tudo isso — disse Heather, fingindo estar chocada, mas o resto do clube de leitura se manteve em silêncio.

Algumas abriram os livros, outras olhavam os celulares. Eu não sabia o que elas pensavam de mim, mas percebi que também não estava nem aí pra isso.

— Então, como eu disse, perdoo você — repeti —, porque você não entende, e eu não estou disposta a explicar. Mas ele gostava de você. O Harry. Até o fim. — Então, me levantei, peguei um cookie na mesa de centro e dei uma mordida. — Divirtam-se, meninas — acrescentei, e saí da sala de estar.

Dana bateu continência para mim enquanto eu subia as escadas e voltou a falar, apenas com o movimento dos lábios:

— Caralho.

Caralho mesmo. Eu não me permiti parar até estar quase no topo da escada. Minhas mãos estavam tremendo.

Soltei o ar com força e procurei na bolsa o cartão que abria a porta.

Ben tinha subido a escada atrás de mim.

— Harry? Ele é o garoto que você ajudou?

— Sim. Quando eu tinha treze anos, Harry... o fantasma dele, na verdade, me procurou uma noite, assim como você, mas não achei que ele estava morto porque, caramba, eu tinha visto o garoto *naquele dia* no colégio. Mas Harry estava morto. Não sabíamos por que ele ainda estava por ali. Ele não conseguia se lembrar de como tinha morrido. Então eu... eu o ajudei a descobrir. — Eu tentava não pensar sobre aquele ano, a investigação policial, a cobertura pela imprensa nacional, os rumores na escola, onde "maluca" era a melhor coisa de que as pessoas me chamavam, chegando até a me acusar de ser cúmplice do crime. — O resto você sabe.

— Você gostava dele — comentou Ben, com um toque de tristeza na voz.

— Sempre tive que aprender as coisas da maneira mais difícil. — Tentei brincar, mas a minha voz saiu desanimada.

Ben estendeu a mão, mas então se deteve e cruzou os braços. Seus bíceps esticaram a camisa feita sob medida... não que eu estivesse reparando. Porque não estava. Porque ele pertencia a uma zona extremamente proibida.

Abri a porta e a empurrei com o ombro.

— Enfim, obrigada por hoje à noite.

— Bons sonhos — disse ele, ao se afastar da parede para ir embora.

Um pensamento me ocorreu enquanto Ben voltava pelo corredor.

— Para onde você vai? — A pergunta o surpreendeu, porque ele parou e se virou para mim. — Quer dizer... fantasmas não dormem, então...

Ben deu de ombros.

— Fico vagando. Até desaparecer... então, simplesmente volto para algum lugar perto de você.

— E você ainda não sabe para onde vai?

Ele balançou a cabeça.

— Bem, se quiser...

Se sentar no meu quarto, mas aquilo soaria estranho. *Era* estranho. Até onde eu sabia, estava convidando Ben para ficar me olhando enquanto eu dormia, à la Edward Cullen. Ele dizia se considerar um romântico, então não tinha como saber se iria se sentir lisonjeado por reencenar *Crepúsculo*, ou horrorizado por eu sequer ter considerado a possibilidade. Balancei a cabeça.

— Deixa pra lá. Boa noite pra você, Ben.

— Pra você também, Florence.

Fechei a porta e me encostei nela, sentindo o coração disparado — batendo tão rápido que parecia prestes a saltar do peito. Ben ficara tão perto de mim, tão perto que notei a cicatriz fina embaixo da sobrancelha direita dele, o sinal bonito acima do lábio, os pelos escuros e finos em seus braços, e...

— Estou *muito* ferrada — murmurei, enquanto abria o notebook.

E não só porque eu estava me apaixonando pelo...

Eu *não estava* me apaixonando.

Não podia fazer isso.

Tentei não pensar mais naquilo enquanto entrava de novo no documento do discurso fúnebre do meu pai e ficava encarando a página em branco.

Então, respirei fundo e, lembrando do que minha mãe tinha falado mais cedo, comecei com uma história simples.

Comecei com um adeus.

26

Colinas do passado

EU NÃO ERA o tipo de pessoa que gostava de estar ao ar livre. Na verdade, eu odiava qualquer forma de natureza que não crescia dentro de um cemitério. Detestava insetos, trilhas, as cobras com as quais precisávamos tomar cuidado, baratas, formigas, carrapatos, aquelas lagartas peludas esquisitas, *guaxinins*. Uma vez, na escola, enquanto caminhava até o carro de manhã, fui perseguida por um gambá com um rabo torto. *Perseguida*. O caminho inteiro até o carro!

Entendi muito cedo na vida que a natureza também não ia muito com a minha cara. Mesmo quando me mudei para Nova York, os pombos davam voos rasantes em cima de mim, e os ratos do esgoto sempre pareciam resolver passar por cima dos *meus* pés. Sem falar nas baratas do tamanho do Godzilla que moravam no meu primeiro apartamento. Nunca mais vou conseguir me sentar na privada e fazer um xixi em paz pelo resto da minha vida por causa daquela maldita infestação.

Então podíamos afirmar com segurança que ao fazer uma trilha até a Colina, na manhã seguinte, eu *não* estava me divertindo. E ainda tinha o meu passado com a Colina. Eu não a evitava exatamente, mas... além da minha repulsa pela natureza, eu nunca tive um motivo para voltar ali.

E, para piorar, eu não vira Ben durante toda a manhã. Estava me perguntando onde ele estaria. Normalmente, ele esperava por mim na área social da pousada, mas, naquela manhã, quando fui pegar minha dose diária de cafeína para, em seguida, comparecer ao café da manhã em família, ele não estava por perto.

Eu também não podia ficar esperando por ele, então depois de comer ovos mexidos e um waffle, segui para a Colina. Havia uma trilha no limite de Mairmont que levava até os campos. Depois que parei para pensar no assunto, lembrei que meu pai *de fato* costumava colher flores silvestres quando fazia caminhadas na Colina. Ele reunia várias de cores diferentes e as levava. Quando chegávamos em casa, ele as dava para minha mãe.

A trilha mudara desde que fui embora da cidade. Agora, bancos ladeavam o caminho para homenagear Harry, e a trilha de terra batida era mais definida, mas, em sua maioria, as árvores eram as mesmas — grandes carvalhos e pinheiros antigos, cujas folhas se abriam. As estações do ano em Nova York eram maravilhosas, já que lá era realmente possível *vivenciá-las*. Em Mairmont, ou era inverno, ou era verão, com uma semana de primavera ou outono entre os dois. Essa semana parecia ser a primavera, e eu cheguei bem na hora certa. O ar da manhã estava fresco, o sol brilhava, e a floresta encontrava-se em silêncio.

Só havíamos eu e minha respiração arfante subindo a trilha.

Quando estava quase chegando ao topo, me recostei em um pinheiro e me agachei para recuperar o fôlego. O suor escorria pelas minhas costas, e aquela *não* era uma sensação agradável.

— Sabe, a maioria das pessoas não faz trilha usando sapatilha.

Endireitei a postura de imediato, e quase desmaiei na hora. Ben soltou uma exclamação, estendendo as mãos na minha direção, e eu me apoiei em uma árvore. Pisquei, tentando clarear a visão.

— O que você ia fazer, me *segurar*? — perguntei, irritada.

— Seria grosseria da minha parte nem tentar — respondeu ele.

— Ah, nossa, muito obrigada pela tentativa.

Ele fez uma reverência irônica.

— Tentando encontrar as flores? — perguntou Ben, enquanto eu me afastava da árvore e dava os últimos passos para chegar ao topo da trilha.

As árvores abruptamente acabavam, e, no lugar delas, abria-se um prado vasto que tinha o comprimento de um campo de futebol antes de se inclinar um pouco mais para baixo — a "colina" —, e mais árvores surgiam. Havia um banco à minha esquerda, e uma lata de lixo que, pelo cheiro, parecia não ser esvaziada havia pelo menos uma semana. No outro lado da Colina — no local onde eu descobrira o corpo — ficava uma placa pequena, doada pelo governo e colocada ali pelo conselho da cidade. O pai de Harry não achou que alguém fosse encontrá-lo ali por pelo menos alguns anos, então foi uma surpresa quando a polícia apareceu batendo na porta dele uma semana depois.

Da última vez que ouvira falar dele, ele estava apodrecendo na prisão.

No entanto, o que mais me surpreendeu na Colina foi que o prado estava coberto de pequenas bolinhas brancas. Dentes-de--leão. Por todos os lados, como uma camada recente de neve. Era lindo, um belo contraste contra o límpido céu azul. Eu poderia dormir ali e ser soterrada pelas flores, completamente submersa.

Também havia mato — tecnicamente, flores silvestres, imagino, mas não do tipo que eu estava procurando.

Soltei um suspiro.

— Bom, que *merda*.

Ben ficou parado ao meu lado, olhando para o prado.

— Muitos desejos ali.

— Quê?

— Sabe, *desejos* — respondeu ele, gesticulando para o prado. — Você nunca soprou um dente-de-leão?

— Claro que já — falei, na defensiva. — É só que dentes-de-leão são inúteis para mim agora. Não são o que eu preciso.

— Não, mas... você acha que a gente poderia ficar aqui por mais um tempinho? — perguntou ele, fazendo um gesto para que eu o seguisse.

Sob a luz do sol, ele parecia mais apagado do que era na sombra, um pouco mais fantasmagórico, cintilando como se fosse feito do pisca-pisca que eu pendurara no meu quarto no dormitório da universidade. Os dentes-de-leão se curvavam suavemente sob a brisa através dos calcanhares de Ben, e tive vontade de andar com ele.

— Só um pouquinho — concordei.

Ele esperou que eu o alcançasse, as mãos nos bolsos, paciente e alto como sempre.

— Imagine quantos desses desejos se concretizam. Pelo menos um deve se tornar realidade.

Ben nunca deixava de me surpreender.

— Você acredita em desejos realizados soprando dentes-de-leão?

— Estatisticamente, um deles deve se tornar real, considerando todas essas flores. Então, sim.

— E se você fizer apenas um desejo? Em todos eles?

Ele inclinou a cabeça, refletindo. Finalmente, pareceu decidir:

— Depende do desejo.

Que tipo de desejo seria esse?

Colhi um dente-de-leão e o girei entre os dedos.

— Então me descreva a cena — comecei. — O que um editor morto e elegante desejaria? Ele está andando com sua autora caótica. Estamos no meio da manhã... bem, talvez já seja mais pra tarde agora, e existem centenas de milhares de dentes-de-leão para soprar e fazer desejos. O que ele desejaria?

O canto da boca dele estremeceu. Então, ele se abaixou perto de mim, e minha pele formigou pela proximidade.

— Se ele contar a ela, então não vai se tornar realidade — disse Ben, em uma voz rouca e baixa.

Senti dificuldade para respirar.

— Ela não vai terminar o manuscrito dela a tempo.

— Ele não desejaria uma coisa dessas. Sabe que ela é completamente capaz de fazer isso sozinha. Ela só precisa ter um pouco mais de fé em si mesma. — As orelhas dele ficaram vermelhas. — Porque apesar de não conseguir ver como ela é talentosa, o editor sabe que um dia ela vai descobrir isso.

— E se ela não descobrir?

— Talvez esse seja o desejo dele. Que ela descubra.

Rapidamente desviei o olhar, minhas bochechas ardendo, coradas.

— Esse é um péssimo desejo — me forcei a dizer. — Potencial desperdiçado. Meu editor circularia isso e diria que preciso repensar o enredo.

Ele ergueu uma sobrancelha.

— Está bem. Então qual seria o desejo da autora?

— Paz mundial — respondi, dando uma de espertinha, porque eu não suportaria dizer a verdade a ele.

Que eu desejaria que esse momento no prado durasse para sempre. Que nunca precisássemos ir embora, que pudéssemos ficar congelados no tempo e viver esse momento onde o sol estava alto e quente, o céu era de um azul cristalino, meu coração batia forte no peito, e ele estava ali.

Queria um momento que nunca acabasse.

Esse momento.

Parada ali em meio aos dentes-de-leão, com o olhar erguido para fitar os olhos suaves de Ben, comecei a perceber que o amor não estava morto, mas também que não era para sempre. Ficava entre uma coisa e outra. Era um instante no tempo em que duas pessoas existiam no mesmo exato momento, no mesmo exato lugar no universo. Eu ainda acreditava naquilo — via aquilo nos meus pais, nos meus irmãos, nos encontros de Rose à procura de alguma paz. Era por isso que eu continuava procurando, mesmo depois de sofrer tantas decepções amorosas. Não era porque eu precisava descobrir que o amor existia — é claro que existia —, mas pela esperança de que o encontraria. De que eu poderia ser a exceção a uma regra que tinha inventado na minha cabeça.

O amor não era um sussurro em uma noite silenciosa.

Era um clamor para o vazio, gritando que você estava *ali*.

Ben soltou um suspiro.

— Na verdade, eu desejaria…

Uma lufada de vento passou pelas árvores e, quando chegou ao campo, arrancou as pétalas brancas dos dentes-de-leão como uma onda turbulenta do oceano. Em seguida, foi na minha direção com um turbilhão de sementes que pareciam neve. Protegi o rosto quando a onda me atingiu, passando por cima de mim, ao meu redor, e carregou as flores para o resto do prado e na direção do céu cristalino.

Eu me virei e as observei passar.

— Cacete, esse vento foi pra valer. Não é, Ben?

Não houve resposta.

— Ben?

Só que ele não estava mais lá.

27

Um espectro de chance

QUANDO CHEGUEI AO sopé da Colina, a caminhonete azul de Carver estava parada no estacionamento. Ele colocou a cabeça para fora, usando um boné da John Deere com a aba para trás, e acenou para mim. Estava com uma gaiola de madeira lindamente entalhada no assento do passageiro, que ele mesmo fizera, presa pelo cinto de segurança.

Soltei um assobio baixo quando a vi.

— Isso é *mogno*?

Ele deu um murmúrio de desdém.

— Óbvio que não. É cerejeira. Você acha que estou fabricando dinheiro?

— Você tem um trabalho estável no setor de tecnologia, ganha bem, pode tirar férias quando quiser e, *ainda por cima*, trabalha de casa, então, tipo, sim, acho — respondi.

Ele me deu um tapinha de brincadeira no braço.

— Para. Espera só até você escrever o próximo Harry Potter. Aí vai estar nadando em dinheiro, e todo mundo vai querer ser seu melhor amigo. Talvez até uma amizade colorida, se tiverem sorte.

Revirei os olhos.

— Ninguém vai escrever o próximo Harry Potter. É um patamar que nunca vai ser alcançado, e como tem tanta variedade para *escolher* agora, é quase impossível prever qual vai ser a próxima tendência do mercado...

— Tá, tá — grunhiu ele. — Já entendi! Chega, eu desisto!

Mostrei a língua para ele, e então indiquei a gaiola com o queixo.

— Isso é pra quê, afinal?

Ele abriu um sorriso.

— Tive uma ideia para uma parte dos pedidos do testamento do papai.

— Você estava pensando nisso? — perguntei, surpresa.

— Lógico que sim! Quem você acha que eu sou, um irmão do meio que nunca se mete em nada?

— *Touché*.

— Então. Proponho alimentarmos aqueles escrotinhos que ficam roubando comida dos esquilos, arrumamos uma armadilha para doze deles, e depois os soltamos no funeral.

— Esses corvos vão ficar bem putos...

— E daí? O que eles vão fazer? Cagar no meu para-brisa?

— Roubar o seu Rolex.

Ele pareceu irritado.

— Você tem uma ideia melhor?

— Não, mas curti a gaiola. Você pode me dar uma carona de volta para a pousada?

— Claro, entra aí. Só toma cuidado com a gaiola — acrescentou ele enquanto eu seguia para o outro lado.

Entrei e notei um exemplar do *Folhetim Diário* no assento. Eu o peguei e passei para a última página.

— O obituário ficou muito bom — elogiou Carver.

Ótimo, tinham usado uma das melhores fotos de papai. Havia sido tirada alguns anos antes, quando todo mundo tinha ido até Nova York passar o Ano-Novo. Estávamos no telhado, segurando taças de champanhe, ele de charuto na mão, rindo, com a noite ao fundo, o rosto iluminado pelos fogos de artifício de Réveillon. Sorri ao me lembrar daquilo.

Carver saiu em direção à estrada e pegou o retorno para ir para a cidade.

— Sabe, você não precisa fazer isso tudo sozinha. Sempre amei caças ao tesouro.

Dobrei o jornal e o coloquei entre os assentos.

— Eu sei, mas vocês todos estão tão ocupados. Eu sou a desocupada da família.

— Eu não diria isso — respondeu ele. — Você é a ghostwriter da Stephenie Meyer.

— Não é nem o mesmo gênero, queridão.

Ele deu de ombros.

— Valeu a tentativa.

Ele pegou um pacote de palitinhos de carne seca e abriu a embalagem com uma das mãos.

— Quer?

— Eu nunca consigo parar de mastigar isso.

— Essa é a ideia. — Ele mordeu um lado do palitinho e o arrancou com os dentes. — Ouvi dizer que você esbarrou com a Heather...

Estremeci.

— A fofoca já se espalhou tão rápido assim?

— Hoje de manhã no café, Dana não conseguia parar de falar sobre como você foi demais. — respondeu Carver.

Desaceleramos enquanto parávamos no único sinal da cidade. O prefeito estava dando uma volta com a passeadora, uma garota do ensino médio, e parecia muito feliz quando atravessou a rua na nossa frente. Acenamos, e a menina acenou de volta.

— Também soube que você falou com a mamãe sobre se sentir excluída.

Sério, *nada* era particular naquela cidade?

Revirei os olhos.

— Está tudo bem, ela explicou...

— Me desculpa — interrompeu ele.

Aquilo me pegou de surpresa.

— Eu não estava pensando direito. Nem Alice. Nós só... você nunca quis... nós achamos que seria demais — confessou ele —, especialmente desde que percebemos que você começou a falar com um dos seus...

Ele se interrompeu rapidamente.

— Alguém que a gente não consegue ver. Assim como o papai.

Cerrei os punhos.

— Você também achava que ele era maluco?

— Não acho que você seja maluca, Florence.

— Então me fala o *que* você acha — retruquei, irritada. Mesmo depois de dez anos, aquela raiva familiar aparecia rapidamente. — Que eu estou falando com um amigo imaginário? Que eu estou perdendo a noção da realidade?

— Você sabe que eu *nunca* acharia...

— Que eu estou *fingindo*?

— É o papai? — interrompeu ele.

Ah.

— Você contaria para a gente se fosse? Ou guardaria para você? Como faz com todo o resto? Florence, a eterna solitária!

Chega. Cansei.

Primeiro o Ben sumiu do nada no momento perfeito, e agora Carver estava falando comigo sobre coisas que eu *obviamente* não precisava encarar.

Minha paciência já estava no limite, e aquela tinha sido a gota d'água.

Peguei na maçaneta e abri a porta da caminhonete, esquecendo que ainda estava usando o cinto. Então me soltei, depois de quase me estrangular, e saltei apressada do carro.

— Vejo você no velório, Carver.

Ele disse um palavrão.

— Ei, espera aí, Florence...!

Bati a porta do carro com força antes que ele pudesse terminar seja lá o que fosse. Eu não estava com vontade de ouvir. Florence, a *eterna solitária*, estava cansada e suada, e não queria conversar sobre seus defeitos antes de tomar um bom banho quente.

E o que me preocupava mais era que *alguém* havia me visto falando com Ben, então os rumores estavam à solta de novo. Apertei minha jaqueta com força em cima do peito, cruzando os braços, e andei rápido até a pousada. As pessoas não estavam olhando para mim conforme passava — mas e se estivessem? E se estivessem se aproximando umas das outras, cochichando "lá vai a médium" e rindo baixinho?

Chega. Ninguém estava cochichando nada.

Era meu cérebro idiota me pregando peças. Eu não estava mais no ensino médio. Já fazia mais de dez anos que saíra da escola. Eu estava mais velha. Era mais sábia. E mesmo depois da conversa com Carver, minha cabeça ainda estava preenchida pela memória

dos dentes-de-leão ao vento — e percebi que todas aquelas outras coisas não importavam.
 E eu estava bem.
 De alguma forma.

28

Dançando com os mortos

EU JÁ COMPARECERA a vários velórios, mas nenhum como aquele.

Na varanda, calcei os sapatos de salto baixo e segui pela rua principal em direção à Funerária Dias Passados. Ao passar, as pessoas da cidade, em tons de preto e vermelho, começaram a fechar suas lojas, levando consigo pratos de queijo, aperitivos, lasanha, frango frito, couve e diversas coisas assadas.

Durante uma hora, Mairmont ficou congelada, tudo menos a solitária casa vitoriana com as persianas pretas e as grades de ferro fundido no parapeito. Quanto mais eu me aproximava, mais pessoas havia. Um mar de gente, da porta da frente até a calçada.

Seaburn estava parado no portão, vestindo um terno marrom e com uma orquídea no bolso. Ele me viu enquanto eu atravessava a rua, e me puxou para um abraço apertado.

— Por que estão todos aqui fora? — perguntei.

— Bem — disse Seaburn, estendendo a mão para a porta da frente —, dê uma olhada.

Fui até os degraus da casa e abri a porta, um tanto hesitante — e então parei de imediato. Porque duas das três salas estavam cheias de flores. Não quaisquer flores — *flores silvestres*. Todas separadas por cor em vasos de vidro. Devia ter... devia ter *mil* delas.

Fiquei aturdida.

— Como... como é...

Mamãe saiu da sala vermelha, onde estava o caixão do meu pai.

— Ah, Florence! Essas flores todas não são *lindas*?

— Quem... como... quando...

Naquele instante, Heather saiu de uma das salas, limpando as mãos em um lenço. O que *ela* estava fazendo ali? Abri a boca para perguntar exatamente isso quando ela estendeu a mão na minha direção.

— Seu pai era um homem bom. Sempre vamos ajudar quando for possível. E você estava certa. Mas as pessoas mudam. Até mesmo eu.

Olhei para a mão dela, e então de volta para o rosto de Heather.

— Você... você fez isso?

— Dana me ajudou — respondeu Heather, mantendo a mão estendida à frente, aguardando. — Organizamos as doações entre ontem à noite e hoje de manhã para comprar e entregar as flores de que vocês precisavam. Sinto muito — acrescentou ela.

Eu não sabia se ela estava dizendo a verdade ou se tinha algum tipo de segunda intenção — para ficar bem na fita caso a fofoca sobre o nosso confronto se espalhasse? Para me fazer ficar parecendo uma mulher mimada que nunca cresceu? Estão vendo? Heather *realmente* mudou, e era Florence que ficava revirando coisas do passado!

Ou... talvez isso fosse só o meu cérebro sendo intolerante e amargo, pensando que todo mundo tinha segundas intenções quando, na verdade, estavam sendo sinceros.

— Obrigada — falei.

E demos um aperto de mão.

Então, ela pegou um vaso de flores azuis e desapareceu na sala azul. Mamãe fez um gesto para que eu entrasse no salão do velório quando estivesse pronta.

Seaburn me deu uma cotovelada de leve.

— Vá ver o seu velho para podermos abrir a casa.

— Ah, sim. Eu deveria fazer isso.

Respirei fundo, meus ombros enrijecendo. Um passo de cada vez. Carver e Alice estavam aguardando na sala vermelha — a sala favorita do papai — e estenderam as mãos para me receber. Eu as apertei de volta, com firmeza, e juntos nós seguimos até o caixão escuro de mogno, decorado de flores silvestres azuis, vermelhas, amarelas e rosa, e começamos a descobrir como aprender a dizer adeus.

A tarde foi um borrão de pessoas entrando e saindo da funerária, apertando a minha mão e oferecendo seus pêsames. Os recipientes de comida começaram a ser empilhados na geladeira da cozinha, e mais do que uma garrafa de champanhe foi aberta. A cidade inteira estava ali, abarrotada na antiga casa vitoriana, e espalhada pelo gramado, usando suas melhores vestimentas pretas. Prestavam suas últimas homenagens a meu pai, um de cada vez, com os três irmãos Day parados ao lado, as mãos entrelaçadas, nos mantendo em pé. Mamãe estava resignada, tomando goles de uma taça de champanhe, atendendo gentilmente a todos que vinham prestar as suas condolências.

— É claro que ele seria enterrado naquele terno vermelho horrendo — disse Karen, enxugando os olhos para que a maquiagem não borrasse. — Claro que seria.

— Alice fez um ótimo trabalho — comentou John, em seu melhor short preto, uma camiseta preta e o boné de pizza. — Parece que ele ainda está vivo.

Outra pessoa disse:

— Ele tinha tanto orgulho de você.

E todo o resto passou em um borrão. Eu mal registrava os rostos.

— Vocês três são os melhores filhos que um agente funerário poderia ter.

— Tão orgulhoso.

— Um cara ótimo.

— Ele tinha tanto orgulho.

— Um grande coração.

Meu lábio inferior estremecia, mas eu o mordi para ficar firme. Quando sentia que estava começando a deixar transparecer emoções, Carver apertava minha mão com força, como se para perguntar *"você precisa de um segundo?"*, e eu apertava a mão dele de volta, dizendo que estava tudo bem, e aí apertava mais a mão de Alice também. O mundo continuava a girar, e nós ainda estávamos ali.

Quando o último visitante finalmente foi embora, incluindo a sra. Elizabeth — acompanhada pelo marido fantasma —, que vestia um lindo traje rosa, porque, segundo ela, "preto não me cai bem", fechei a porta e a tranquei. O aroma das flores silvestres era tão intenso que nós escolhemos manter algumas janelas abertas para deixar a casa ventilando. Porém, mesmo assim, a funerária parecia tão silenciosa que eu mal conseguia suportar. Mamãe ficou na sala vermelha, colhendo as flores secas do chão e arrumando os vasos. Os arranjos não seriam movidos até o dia seguinte, para o enterro, e fiquei pensando em como levaríamos todas aquelas malditas flores até o cemitério.

Eu me recostei na porta de entrada, respirando fundo.

— Está tudo bem?

Segui a voz. Ben estava parado, meio constrangido, no meio do saguão, as mãos novamente nos bolsos. Eu não o vira desde que desaparecera na Colina, e instantaneamente me senti melhor só por vê-lo. A presença dele era como um bálsamo.

— Você perdeu toda a diversão — falei, como cumprimento, esfregando o canto dos olhos. Felizmente, eu estava usando delineador à prova d'água.

Ele deu uma olhada em volta.

— O velório... já aconteceu? Quanto tempo fiquei longe?

— Algumas horas — respondi.

A Colina parecia um elefante branco entre nós. O que ele estava prestes a dizer? O que teria desejado?

— Você está bem? — perguntou ele, preocupado. — Quer dizer, essa é a pergunta errada. Tem... tem algo que eu possa fazer?

Mesmo que ele não pudesse interagir com o mundo, mesmo que mais ninguém pudesse vê-lo, mesmo quando era eu quem o deveria estar ajudando...

— Você é muito atencioso.

— Você está sofrendo. Não é fácil ver isso.

— Eu fico *tão* feia assim quando choro?

— Não. Quer dizer, sim, mas não, eu... — Ele cerrou os lábios. — Queria poder fazer alguma coisa. Qualquer coisa. Segurar você, puxar para um abraço e dizer que as coisas vão ser difíceis por um tempo, mas que vão melhorar.

Senti um nó formar na garganta. Os entalhes da porta da frente pressionavam nas minhas costas, e eu estava recostada neles com força. Não era isso que eu tivera vontade de dizer a ele, no que parecia ter sido eras atrás?

— Melhora? Mesmo?

Ele assentiu.

— Aos poucos. Perdi meus pais aos treze anos em um acidente de carro, e minha avó me adotou. Essa é a aliança do meu pai — disse ele enquanto tirava o colar e virava o anel entre os dedos. — Guardei comigo para não me sentir tão sozinho. Minha avó me disse que a gente nunca perde essa tristeza, mas você aprende a amá-la porque se torna parte de você e, aos poucos, desaparece. E, uma hora, você vai se olhar e ver que está tudo bem. Que você *vai* ficar bem. E, em algum momento, isso também vai ser verdade.

— Sua avó parece meu pai — comentei, fungando, esfregando as lágrimas com as costas da mão.

Ele agarrou a aliança e a colocou no bolso.

— Eu sinto muito, Florence. Sei que escutou isso várias vezes hoje, mas...

— Obrigada — respondi. — Você tem sido bem legal comigo.

E então, sem conseguir evitar, comecei a rir.

— Meu Deus. Acabei de perceber. Ben e bem. Sacou? Seu nome? Faz um trocadilho com... desculpa, você está tentando falar uma coisa séria, e eu... eu estou péssima.

Esfreguei as mãos no rosto, constrangida.

— Você esperou um tempo Ben longo para fazer essa piada, não é? — comentou ele, brincando.

— Eu resisti Ben, sério.

Ele suspirou, e então riu baixinho. Isso fez o rosto dele se abrir, e um sorriso verdadeiro aparecer. Quase não consegui acreditar nos meus olhos. Eu me inclinei na direção dele para ver melhor.

— O que foi? — perguntou ele.

— Queria ver se você estava sorrindo mesmo, ou se eu estava alucinando.

— Você é tão estranha.

— Sou mesmo. Você não preferia nunca ter me deixado sair da sua sala? — brinquei.

— Sim.

Ele disse de forma tão resoluta que me fez corar.

Foi esse o seu desejo? O que fez na Colina?, eu queria perguntar, mas não adiantaria nada. Eu estava ali para ajudá-lo a seguir em frente, e ele estava ali para ir embora.

Histórias de fantasmas nunca tinham finais felizes.

— Bom, você deu sorte, então — respondi, pegando a lixeirinha ao lado da porta, e comecei a catar o lixo que os convidados tinham deixado para trás.

Taças de plástico de champanhe, guardanapos e restos dos canapés. Era como se as pessoas esquecessem que lixeiras existiam.

Durante os vinte minutos seguintes, percorri a funerária imersa no silêncio, arrumando as coisas, limpando mesas, fechando o livro de visitas.

Quando cheguei à sala vermelha, onde Carver estava, olhando para o papai no caixão, eu parei. Meu irmão murmurava algo baixinho, e lentamente esticou a mão para colocá-la sobre a do papai, no peito, e a deixou ali por um momento.

Sem falar nada, eu me afastei da sala.

Ben estava apoiado no batente, olhando para a sala que continha o caixão do meu pai.

— Gosto do estilo do seu pai — disse ele. — Um terno excelente.

— Era o favorito dele — respondi.

Com todo o cuidado, Carver fechou a tampa do caixão. Pela última vez. Então, saiu da sala vermelha e juntou os copos da mesinha. Levei a lixeira comigo e a estendi para o meu irmão.

Havia um rádio na mesa, geralmente reservado para algum tipo de música de órgão lúgubre que tocava em velórios e visitas. Eu não conseguia me lembrar se o tínhamos ligado naquele dia.

Carver abriu um sorriso um pouco triste, passando os dedos pelos botões do rádio.

— Você se lembra de quando papai colocava música para tocar enquanto limpávamos a casa?

Soltei um grunhido.

— Ele deixava Bruce Springsteen tocando no *repeat*.

Ele deu uma risadinha.

— Você se lembra daquela vez que ele deu um mau jeito nas costas enquanto tocava guitarra imaginária ao som de "Born to Run"?

Ele semicerrou os olhos, as lágrimas acumuladas naquela sua maneira única de chorar. A voz dele estava embargada quando disse:

— Meu Deus, Florence. Eu queria tanto que ele estivesse aqui.

— Eu também. E... eu preciso mesmo de ajuda. Com as coisas do testamento. Principalmente com os corvos. E a sua... gaiola de cerejeira.

Ele fingiu se espantar.

— Meu. Deus. Do. Céu. Florence Day está mesmo pedindo *ajuda*?

— Por favor, sem exageros...

— Al! — ele chamou nossa irmã mais nova, que estava na sala azul. — Florence pediu nossa *ajuda*!

A cabeça de Alice surgiu pela porta aberta.

— Tá falando sério? — respondeu ela.

— Então isso foi um sim? — retruquei, e minha irmã mostrou a língua, voltando para dentro da sala azul.

Carver bateu o ombro contra o meu.

— *Sempre* é um sim.

Mamãe o chamou da terceira sala para ajudá-la a trocar uns vasos de lugar, então ele saiu, afagando minha cabeça antes de me deixar. Arrumei meu cabelo de novo, resmungando para mim mesma.

— Tenho uma pergunta — disse Ben, voltando a ficar ao meu lado conforme eu terminava de limpar a mesa onde estava o rádio.

— Lee acertou alguma coisa?

— Hum?

— No livro dele.

Inclinei a cabeça.

— Ele escreveu que escutávamos "Für Elise", de Beethoven. Carver passou por uma fase de música clássica. E que papai dançava com esqueletos. O que era verdade — acrescentei —, mas só no Halloween.

Ele deu uma risada.

— Aposto que era assustador.

— Ah, não mesmo. Ele mudava o tom de voz e ficava mexendo na mandíbula do Esquelevaldo... era engraçado! Ele era engraçado. E talvez a cara dele também fosse um pouco engraçada — respondi e, distraída, passei os dedos nos botões do rádio. — Acho que a pior parte era que Lee achava que a minha infância tinha sido triste e solitária. E às vezes até era. Nem sempre foi ótima, mas, sabe, Ben, foi boa. Foi um pouco caótica, e complicada, mas foi boa.

Abri a gaveta sob o rádio para mostrar a Ben os CDs que nós tínhamos, aqueles que papai sempre tocava.

— Foi tão boa.

Porque papai colecionava canções e dançava com mamãe pela sala — e, juntos, eles nos ensinaram a dizer adeus. Eles nos ensinaram muitas coisas em que a maioria das crianças nem sequer pensava. Eles nos ensinaram a lidar com o luto de viúvas, a consolar crianças pequenas que não entendiam bem o que era a morte, a maquiar cadáveres e drenar o sangue para substituir por formol, a arrumar as roupas para que os hematomas do hospital, machucados de acessos intravenosos e marcas de choque e curativos não ficassem tão aparentes, a arrumar flores no caixão para disfarçar a pouca quantidade que algumas pessoas recebiam. Mamãe e papai nos ensinaram tantas coisas, e tudo nos levou até ali.

Eles nos deram as ferramentas para descobrir o que fazer quando os dois partissem.

E agora era a vez do meu pai.

Peguei o CD no topo da pilha. Um CD prateado comum, com a letra do meu pai.

Boas despedidas.

Eu perdera a conta de quantas vezes, depois de longos velórios, papai nos chamara para ir até a funerária ajudar a limpar as coisas — exatamente como estávamos fazendo. Exatamente como naquele momento. A Funerária Dias Passados era pequena, e papai não gostava de fazer os empregados trabalharem demais a não ser que fosse muito necessário, então ele se aproveitava de *nós* em vez disso. Eu sempre fazia parecer como se odiasse aquilo, o cheiro acre de desinfetante e buquês de flores, as salas muito iluminadas, as pessoas mortas no porão, mas eu tinha um segredo:

Eu não odiava tanto quanto eu dizia.

Quando mamãe finalmente conseguia arrastar Carver, Alice e eu para a funerária, normalmente à noite durante a semana, papai já tinha tirado o casaco, enrolado as mangas até os cotovelos, expondo as tatuagens que ele fizera na juventude (e que a maioria dos habitantes de Mairmont ficaria horrorizada se soubesse da existência). Ele colocava esse CD e nos chamava para a casa da morte com um sorriso e música boa.

— Quer escutar? — perguntei a Ben, mostrando o disco como se fosse um segredo.

— O que é?

Coloquei o CD no rádio e apertei play.

O sibilar dos alto-falantes suspirou pela sala, e fechei os olhos enquanto a música começava. A melodia antiquada foi de sala em sala, com o sacudir do pandeiro, alegre e leve, e, enfim — *enfim* —, senti que estava em casa. A canção me arrebatou como se quisesse que eu me mexesse, como se quisesse que eu erguesse os braços, rodopiasse, pulasse.

Eu não precisava ver aonde estava indo. Todos os cantos daquela funerária eram minha infância, cada centímetro marcado na minha alma como um mapa do tesouro havia muito perdido.

Eu me lembro de papai parado ao lado do rádio. Eu me lembro da forma que os pés dele se moviam. Apontando para mamãe, chamando-a para se aproximar com uma orquídea na boca, remexendo os quadris.

— Não esperava por isso — comentou Ben, surpreso.

— Nós somos cheios de surpresas, Benji Andor.

Fingi tocar um pandeiro enquanto dançava até o corredor.

Carver, deixando o livro de visitantes no escritório, olhou para mim como se eu tivesse perdido o juízo, e mamãe colocou a cabeça para fora da sala menor. Havia um sorriso surgindo em seus lábios rosados.

— O que é essa música, amor? — perguntou Nicki, ajeitando as mangas enroladas. Ele devia estar ajudando mamãe a organizar as flores para o dia seguinte.

— Meu pai — respondeu Carver, tentando reprimir um sorriso enquanto eu sacudia o pandeiro invisível.

Desfiz o coque apertado do cabelo e balancei a cabeça, porque o velório tinha acabado, e comecei a cantar a letra de "Build me Up Buttercup", do The Foundations. Papai costumava ligar o rádio no volume máximo, tão alto que eu tinha certeza de que os corpos se sacudiam no porão, e puxava mamãe pela mão, cantarolando a letra, e ela ria e eles dançavam pelas salas tão acostumadas com a morte, e aquela visão era o meu lar.

Eles eram o meu lar.

Ali era o meu lar.

Porque papai nos deixou algumas coisas — pequenas coisas — para que não ficássemos sozinhos. Para que mamãe não ficasse sozinha. Para que ele ainda pudesse estar conosco, mesmo que apenas em uma música. Qualquer música. Todas as músicas. Não só The Foundations, Bruce Springsteen, Bon Jovi, Fleetwood Mac, Earth, Wind & Fire ou Taylor Swift.

Seja lá qual fosse a música, qualquer uma que nos fizesse sentir *vivos*.

Carver agarrou o namorado pela mão e o puxou para o corredor para dançar.

Boas despedidas.

Sempre achei que esse CD fora feito para as pessoas que estavam deitadas nos caixões, com buquês de flores, arranjos e livros de visitas, e quem sabe até fosse.

Mas quem sabe também fosse para os vivos.

Para que continuássemos seguindo em frente.

Ben ficou observando com um olhar perplexo, tão deslocado em uma funerária preenchida por luz e som, e, antes que eu mudasse de ideia, estendi a mão para tentar pegar a dele, para fazê-lo dançar conosco — quando minha mão atravessou a dele.

Ele me deu um sorriso triste, e estendeu a própria mão.

— Podemos fingir.

— Eu gosto de fingir — respondi, e estendi a mão de novo, pairando sobre a dele.

Então, fingi pegar sua outra mão, e ele entrou na brincadeira...

E, de repente, estávamos os dois dançando e cantando. Ele me rodopiou para longe, depois me puxou de volta, e eu ri de uma forma que não ria fazia anos. E Ben estava sorrindo. Sorrindo de verdade. Aquilo me abalou de uma maneira que chegou até o coração, porque ele nunca sorrira assim antes. Ao menos não para mim.

Ele era lindo.

O meu coração bateu mais forte ao pensar aquilo. Senti a música chacoalhando meus ossos alegremente, e então, de repente, reconheci aquele sentimento. Era o sentimento sobre o qual eu escrevia havia anos, aquele do qual ele falava, o sentimento que fazia a ponta dos dedos formigar e que eu havia perdido na porta de um prédio no Brooklyn. Ou, pelo menos, era o que eu achava.

Era a resposta a uma pergunta, sutil e tênue, mas estava ali — esse sentimento, essa esperança que estivera apenas se escondendo, esperando que algum espectro pegasse a minha mão e dançasse comigo.

Por um instante, parecia felicidade.

29

Quando os mortos cantam

— **A PIZZA CHEGOU!** — anunciou Alice, trazendo uma caixa da Domino's para a cozinha.

Estávamos sentados ao redor da mesa da cozinha jogando cartas — mamãe, Alice, Carver, Nicki e eu (e Ben, mas ele estava sentado no balcão ao lado da pia da cozinha, afastado de todos os outros depois de Nicki acidentalmente atravessá-lo mais cedo, estremecendo e dizendo "Nossa, senti um frio na espinha!".) Alice pegou os pratos do armário e os colocou ao lado da caixa de pizza, antes de pegar um pedaço para ela e um para minha mãe.

— Ninguém olhou minhas cartas, né? — perguntou ela enquanto se sentava de volta na mesa.

— Nem uma alma — mentiu Carver.

Nicki empurrou a cadeira para trás e pegou pratos para os dois. Alice olhou para o nosso irmão.

— Mentiroso.

— Maninha! Assim você me magoa!

— Você nunca *não* roubou jogando cartas — falei, me inclinando na cadeira para pegar uma fatia.

A minha mão estava um horror, e eu estava perdendo, mas era teimosa demais para desistir. O perdedor teria que lavar a louça, e não seria eu. Eu tinha conseguido fugir com sucesso dessa responsabilidade durante dez anos.

Ai de mim se começasse a fazer isso agora.

Carver agradeceu Nicki pelo prato e deu um beijo na bochecha dele. Tecnicamente, ainda estávamos vestidos com roupas de velório, mas havíamos tirado as jaquetas, os sapatos, e a maioria das joias àquela altura. Uma garrafa quase vazia de uísque restava na mesa, junto com os nossos copos.

— Nunca roubei nada na minha vida. Nicki, diga a elas que sou um homem bom e honesto — continuou Carver.

Nicki deu um tapinha no ombro de Carver.

— Você é honestamente alguma coisa.

— *Amor!* — protestou ele.

Ben deu uma risadinha, escondendo o rosto no ombro. Não acho que ele tenha percebido que eu o estava observando, não a princípio, não enquanto ele observava a minha família. Alice estava com o esmalte preto descascado, e Carver e o namorado trocavam carícias furtivas e rápidas enquanto mamãe continuava cantarolando "Build Me Up Buttercup" baixinho para si mesma enquanto reorganizava a própria mão de cartas, repetidamente. Era adorável a maneira como ele passava os dedos pelo cabelo, e se inclinava para a frente tentando espiar a mão de Carver, e como ria quando Alice murmurava um comentário espirituoso para si mesma.

E eu pensei — com uma pontada de tristeza — como papai teria gostado dele.

Ele finalmente me pegou olhando e ergueu uma sobrancelha preta espessa. Eu estava no processo de enfiar uma fatia de pizza na boca, e rapidamente desviei o olhar.

— Então, onde estávamos? — perguntei, enquanto mastigava o queijo, colocando a pizza de volta na mesa como uma ogra.

Ele não me pegou olhando, menti para mim mesma.

Ele não viu *nada*.

— Nicki e eu estávamos prestes a acabar com a raça de todo mundo aqui — respondeu Carver.

Mamãe estava sentada em silêncio na ponta da mesa. Ela tomou outro gole da bebida.

— Ah, querido, Xavier e eu nunca ensinamos você a mentir.

— *Mãe!* Agora vou ser atacado dos dois lados?

— Obviamente sou eu que vou ganhar — acrescentou ela e, com isso, tirou uma carta da mão e a colocou na mesa.

Um valete de copas. O que significava, segundo as regras do jogo de Espadas, que se alguém estivesse com outra carta de copas, era preciso jogá-la, e só tínhamos jogado copas uma outra vez durante esse jogo. Quem não tivesse uma carta de copas devia jogar uma de espadas.

Infelizmente, eu ainda estava com uma de copas. Duas, na verdade.

Alice pegou uma carta da mão e a arremessou no meio da mesa. Quatro de copas. Excelente. Carver jogou um oito de paus, o que significava que ele não tinha copas *nem* espadas... ou ele decidiu jogar uma carta fora. Porque sabia que Nicki levaria a rodada.

Carver fez um barulho de clique com a língua.

— Sua vez, maninha.

Roí uma unha.

— Ou você não tem nada? Se perder essa mão... vai ter que lavar a louça — acrescentou ele.

— Graças a *Deus* não vou ter que lavar louça uma vez na vida — suspirou Alice.

Ben saiu do balcão e deu a volta na cozinha. Ele se inclinou por cima de mim, uma das mãos apoiada na mesa, e soltou um *hummm* rouco. Quando ele estava perto, minha pele formigava, arrepiada. Era como quando uma parte do corpo ficava dormente, o oposto do que aconteceria se ele estivesse vivo, e assim tão próximo. Eu me perguntei qual era o cheiro dele quando estava vivo. Que perfume usava, que xampu, qual aparência tinha quando estava sem roupa...

— Difícil — disse ele. — Você está numa situação complicada.

— *Shiu*, estou tentando decidir o que fazer — falei, dizendo a mim mesma que minhas bochechas ardiam por causa do uísque, e virei o resto do copo.

O gelo tilintou no fundo.

— Você deveria jogar essa — sugeriu ele. — Nicki está com uma de copas ainda, e...

— Eu não vou *roubar*...

— O que você está sussurrando aí? — perguntou Carver, a boca cheia de pizza.

— Seu amiguinho *fantasma* está ajudando você? — acrescentou Alice, irônica.

— *Não* — retruquei de imediato.

Carver concordou.

— Se ela tivesse um amigo fantasma ajudando, não estaria perdendo dessa forma.

Nicki deu um tapinha no braço dele.

— Seja bonzinho!

— Eu sou bonzinho!

Ben se inclinou contra meu ouvido, e as palavras saíram como um retumbar baixo na garganta:

— Acabe com eles.

Eu estava pensando a mesma coisa. Não era roubar se ninguém soubesse o que eu estava fazendo. Tirei a rainha de copas da minha mão e a coloquei com força no meio da mesa. E, como Ben dissera, Nicki agora precisava jogar a sua carta de copas. Eu levei a rodada.

E a seguinte. Minha família dava as cartas, e então Ben me aconselhava qual jogar em seguida, a voz dele fazendo cócegas no meu ouvido.

Quando ganhei a quinta seguida, Carver cruzou os braços.

— Bem, isso não é nada justo.

— Como assim? — perguntei.

Mamãe marcou o placar.

— Florence, você está só vinte pontos atrás.

Ele ergueu as mãos.

— Isso aqui! Você não é tão boa assim.

— E se eu for?

Mamãe abaixou a caneta e me lançou um olhar sério.

— Florence, seu amigo fantasma está aqui?

Alice revirou os olhos.

— Mãe, você sabe que ela não vai falar...

— Ele está, sim — interrompi minha irmã.

Talvez fosse o um copo e meio de uísque que eu já tinha bebido, ou talvez fosse apenas a proximidade de Ben, me fazendo sentir segura. De uma maneira que não acontecia havia muito tempo.

— *Ele?* — disse Carver.

Alice semicerrou os olhos para mim.

— Você está roubando. Diga a seu *fantasminha* para parar de olhar as minhas cartas!

— Eu prefiro Ben — disse o fantasma.

— Ele prefere ser chamado de Ben — respondi a Alice.

— Tá bom, tá bom, *Ben* — respondeu ela, e, como se sentisse Ben se mexendo atrás dela, fechou as cartas na mão e as colocou viradas para baixo na mesa. — Diga a ele que se for ficar sentado aqui olhando as cartas, o mínimo que pode fazer é jogar com a gente e me deixar ganhar de você de lavada.

— Palavras fortes vindas de alguém cuja maior carta é um dez de patinhas de cachorro — provocou Ben.

Pisquei, confusa.

— Você quer dizer paus?

— Patinhas de cachorro — repetiu ele, dando de ombros.

— O que tem o trevo? — questionou Alice, me lançando um olhar suspeito.

— Que trevo? É paus.

— Como eu disse. Trevo.

Eu a ignorei.

— Ele disse que você está se gabando muito para alguém cuja maior carta é um dez de *paus* — repliquei, e ela arregalou os olhos.

Ela apontou o dedo na minha direção.

— Ah, mas isso não é justo! Você automaticamente perdeu e vai lavar a louça! Sua *ladra*!

Carver pressionou as cartas contra o peito.

— Ele também viu as *minhas* cartas?

— É sério isso? — perguntei, perplexa. — Nada de "ah, meu Deus, fantasmas são reais!" ou "ah, meu Deus essa casa é *assombrada*!"?

Minha família inteira balançou a cabeça, incluindo Nicki.

— Xavier fazia a mesma coisa, querida — explicou mamãe.

Carver concordou.

— Como é que você acha que ele sempre ganhava aqueles jogos de pôquer?

— O seu fantasma, desculpa, Ben, joga Espadas? — perguntou mamãe.

— Faz muito tempo que não jogo — respondeu Ben, parecendo se divertir.

Assenti.

— Ele sabe jogar.

— Ótimo! Porque você é péssima. Desculpe, querida. Ele pode ajudar você, mas chega de roubar, ficou claro?

— Claro como água, sra. Day — respondeu Ben.

— Ele disse — e tentei fazer minha melhor imitação de Ben — *"Claro como água, sra. Day"*.

— Eu *não* falo assim.

— Você fala, sim — respondi.

Mamãe riu.

— Diga a ele que pode me chamar de Bella. Eu detesto *sra. Day*. Nicki, querido, é a sua vez.

E pronto. Ben voltou a ficar atrás de mim e apontar as cartas, murmurando sobre a probabilidade de os membros da minha família estarem com certas cartas na mão, e quais eram as jogadas mais seguras. Eu sempre jogava as cartas como um agente do caos, mas ele era meticuloso e estratégico, da mesma forma que organizava seu escritório. Às vezes, quando ele se inclinava sobre mim para apontar uma carta, murmurando baixo e rápido, eu sentia um arrepio, porque eu amava a maneira como ele falava baixinho, cada sílaba bem enunciada...

Amava.

Ah.

Algumas rodadas depois, decidimos parar de jogar. Carver tinha ganhado, o que não era surpresa para ninguém, e Nicki agradeceu educadamente ao "Senhor Fantasma" por jogar. Eles saíram rindo da cozinha, já que, apesar da minha ajuda espectral, eu ainda teria que lavar a louça. Eu conseguia ouvi-los na sala de estar, falando animados sobre os visitantes do velório.

Enquanto eu pegava todas as cartas e as colocava de volta na caixa com os coringas, mamãe limpava o resto da mesa.

— Ele sempre ficou muito dividido, sabe — começou ela —, a respeito desse dom que vocês compartilhavam. Ele gostaria que isso pudesse ter sido algo que você escolheu, em vez de um fardo que você não queria.

Aquilo me surpreendeu.

— Nunca pensei dessa forma. Eu sempre achei... que seria mais útil se Alice ou Carver tivessem o dom. Eles são muito melhores do que eu.

— Acho que todos vocês têm suas questões. Alice é temperamental, Carver é volúvel. Você se doa demais. Assim como o seu pai.

Ela colocou a louça na pia e abriu a torneira, esperando que a água esquentasse.

Era um dos meus maiores defeitos.

— O que você acha que está na carta que eu preciso ler?

Mamãe refletiu.

— Na verdade, não sei direito.

— Você deve ter *alguma* ideia.

— Sim — concordou ela —, mas não tenho certeza. Seja lá o que for, ele queria que você lesse.

— Mas por quê? Alice e Carver são *tão* melhores falando em público!

— Porque ele provavelmente sentia que era você que mais precisava disso — respondeu mamãe, jogando um pouco de detergente sobre os pratos dentro da pia. — Sinceramente, você acha que eu entendia tudo o que se passava na cabeça daquele homem? Lógico que não. Ele sempre me surpreendia. Suspeito que fará isso de novo. Você está ajudando esse seu amigo fantasma? — acrescentou ela, mudando de assunto.

— Ela está fazendo um ótimo trabalho — comentou Ben.

— Estou tentando — respondi, decidindo não insistir no assunto da carta. — Ele está recostado do seu lado. No balcão. À direita. Quer dizer, à sua esquerda.

Mamãe se virou para a esquerda.

— Você é sempre bem-vindo aqui, Ben — disse.

— O prazer é meu — respondeu Ben, e eu contive um sorriso, porque me perguntei o que mamãe acharia dele de verdade, tão alto que a cabeça quase batia no topo do batente da porta, o cabelo escuro e cacheado, os olhos bonitos.

— Ele agradeceu — traduzi.

— Ótimo. Agora...

— A louça! — Carver apontou para mim, enfiando a cabeça pela porta. — Você perdeu!

— Não perdi, não! — argumentei.

— Você roubou e *ainda assim* perdeu! Mãe, para de lavar a louça...

— Eu lavo — interveio Alice, passando por Carver.

— Mas, Alice...

— Fica suave. Eu não me importo. Você parece cansada — acrescentou ela para mim, tirando a esponja da mão da mamãe. — Você deveria ir dormir. Nos vemos amanhã.

Hesitei.

— Mas eu posso lavar...

Ela revirou os olhos.

— Tá, a gente faz isso juntas. Mãe, acho que o Carver quer ir preparar a gaiola lá fora para prender aqueles malditos pássaros, e Nicki está morrendo de medo deles...

— Não estou, *não*! — berrou Nicki, do outro cômodo. Então, depois de um instante, ele acrescentou: — Mas eles *são* apavorantes!

Alice lançou um olhar para mamãe.

— Você pode ir ajudar para que ele não acabe se machucando?

Mamãe suspirou.

— Se eu preciso...

— Não preciso de ajuda! — argumentou Carver, mas mamãe o pegou pelos ombros e o guiou pela porta dos fundos.

Alice e eu lavamos a louça em silêncio. Ben saíra da cozinha, mas eu não sabia onde ele estava. Torci para que tivesse ido fiscalizar meu irmão ridículo, porque eu duvidava de que mamãe faria alguma coisa além de assentir de forma sábia, sem ter muita noção do que fazer.

Eu *queria* dizer alguma coisa para Alice — aquela era a primeira vez que estávamos só nós duas, sem contar o momento em que vimos o cadáver do papai no mortuário — mas não conseguia pensar na coisa certa a dizer. Eu costumava ser *boa* em conversar com Alice. Nós costumávamos ser melhores amigas, cheias de piadinhas internas de irmãs que se davam bem.

E então, não éramos mais. Eu não pensei que ir embora de Mairmont magoaria todo mundo que eu amava, mas especialmente Alice, e não conseguia tirar a nossa última briga da cabeça. Bem, nossas últimas brigas, *no plural*.

— Me desculpa — comecei —, por nunca ter voltado.

Ela quase derrubou um dos pratos favoritos da vovó.

— *Meu Deus do céu*, me avisa antes de fazer uma coisa assim.

— Eu só pedi desculpa!

— É, eu sei. Que *nojo*.

— Tá — respondi, um pouco magoada, porque, na verdade, eu estava falando *sério*, então peguei um prato dela e o sequei, furiosa. — Não vou fazer isso de novo.

— Por favor, não faça — concordou ela, esfregando outro prato com raiva. Então, ela suspirou, e os ombros relaxaram. — Enfim, você estava pedindo desculpas pela coisa errada. Eu não te culpei por *ir embora*.

Pisquei, aturdida.

— Não?

— Não sou um monstro. Você só podia ir embora mesmo. E eu não culpo você por não ter voltado para nos visitar, mesmo que eu tenha dito isso. Papai nunca pediu para você voltar para casa. Ele nunca perguntou se concordávamos em ir visitar você. Nós simplesmente *fazíamos* isso. — Ela suspirou, balançando a cabeça. — Eu só... por muito tempo, fiquei brava por você não me levar junto. Você sabe quantas vezes eu briguei na escola por sua causa?

Precisei parar para pensar na resposta.

— Treze?

— Catorze! Briguei de novo depois que você foi embora. Sabe o Mark Erie?

— Aquele cara que jogava futebol com quem a Heather se casou?

— O próprio. Estourei a mandíbula dele. Precisou ficar bebendo de canudinho durante um mês — disse ela, triunfante.

E então, ela suspirou de novo e tomou um gole da bebida.

— E, sei lá, acho que depois de um tempo eu comecei simplesmente a sentir raiva de *você*. Porque mesmo depois que você foi embora, você continuou sendo tão próxima do papai quanto sempre tinha sido. E eu tinha inveja disso. De você, do papai e dos seus fantasmas.

Eu não sabia o que dizer. Nunca pensei daquela forma. Que aquilo de que eu precisei fugir também era o que eu lembrava com mais carinho sobre o papai — e que nem Alice, nem Carver, nem mamãe poderiam compartilhar com ele.

— Ele era um homem bom — continuou ela —, mas não era perfeito. Ele guardava essa parte dele para você. Eu o via todos os dias. Brigava com ele. Via ele fazer descaso da própria saúde, porque achava que ajudar na despedida das outras pessoas era mais importante do que ficar mais tempo aqui com a *gente*. Eu achei que ele tinha se esquecido da gente.

— Alice...

— Ele só se esqueceu dele mesmo. E não teve nada que eu pudesse *fazer*.

Ela fungou, e eu a encarei de boca aberta, porque seus olhos estavam marejados, e Alice *nunca* chorava. Ela não chorou quando machucou a perna no terceiro ano tentando andar de skate. Ela não chorou quando Carver fechou a porta do carro em cima do dedo dela e o quebrou sem querer. Ela não chorava em casamentos, funerais ou festas de formatura — então eu não sabia o que fazer.

Larguei o pano de prato, dividida entre abraçá-la e chamar ajuda. Minha voz falhou.

— Alice...

Porque ela estava prestes a *me* fazer chorar também.

Ela esfregou os olhos com o dorso da mão.

— Talvez se você estivesse aqui em vez de...

— Isso, não — eu a interrompi. — Não termine essa frase.

— Mas é que...

— *Não é verdade* — insisti, apavorada de que ela sequer tivesse cogitado isso. — Papai nunca ir ao médico era culpa dele, não sua. Nunca vai ser sua.

Ela me encarou, e seus olhos estavam vermelhos, o lábio inferior estremecendo.

— Eu não consegui proteger ele — soluçou ela.

— Eu t-também não, Al.

Nós nos abraçamos, apertado, e choramos no ombro uma da outra. Era catártico de uma forma que mais nada tivera sido durante toda aquela semana. Eu continuava tentando guardar aquela dor dentro de mim, e não conseguia imaginar como Alice estivera se sentindo aquele tempo todo. Eu deveria ter perguntado. Deveria ter me perguntado se ela estava bem, porque nenhum de nós estava.

Um dia, porém, estaríamos.

Depois de um tempo, ela se afastou do abraço e secou o resto das lágrimas.

— Posso terminar a louça sozinha.

— Você não vai me cobrar isso depois? — perguntei, cheia de suspeitas, secando as minhas lágrimas também.

— Óbvio que vou — respondeu ela, rindo, dizendo que ficaria bem e que precisava de um pouco de espaço, e me mandou embora.

Peguei meu casaco do cabideiro, e o vesti enquanto observava o brilho de Ben sentado no sofá florido da sala de estar. Ele parecia relaxado, os olhos fechados, uma perna cruzada em cima da outra, os braços levemente cruzados, quase como se estivesse dormindo. Ao longo dos últimos dias, ele havia aos poucos ficado mais bagunçado: o cabelo mais desgrenhado, as mangas da camisa enroladas para cima, a calça amassada, a gravata perdida em algum lugar do além-mundo entre a sexta-feira à noite e esta quinta, e agora havia o leve indício de uma barba cobrindo o queixo. Eu nunca vira um fantasma mudar antes. Eram coisas imutáveis. Estagnadas. Só que eu também nunca prestara tanta atenção em um.

Ele abriu um dos olhos.

— Pronta para ir?

Meu coração deu um salto. Era tão familiar, de um jeito estranho. Como se em algum outro universo, ele estivesse ali, real, *vivo*, sentado em um sofá, esperando que eu e minha irmã terminássemos de lavar a louça para que nós dois pudéssemos voltar para casa.

Quem sabe em alguma outra vida.

Assenti.

— Aham.

Ele levantou e seguiu para o saguão enquanto eu colocava os sapatos, e nós saímos juntos, descendo os degraus até a calçada.

— Levo você até em casa? — ofereceu ele.

— Ah, muito gentil da sua parte.

— Acontece de vez em quando.

Era bom andar ao lado dele, voltando pela rua até a pousada. Ele perguntou sobre a minha irmã, se estávamos bem, sem se intrometer demais, então contei sobre nossa conversa. Eu não sabia que Alice estava sofrendo tanto, e a mágoa dela me fazia ter vontade de bater em quem a magoara. Só que, nesse caso, era o meu pai. E eu também, de certa maneira. Eu sabia que Alice não estava *feliz* por eu ter ido embora, mas não pensei que...

Eu só não pensei.

— Tudo bem, pelo menos vocês conversaram — disse ele, gentil.

— Isso.

Lee nunca me levou em casa até morarmos juntos e, mesmo assim, às vezes eu saía de fininho de algum dos eventos editoriais dele e pegava o metrô para casa sozinha. Eu sempre dizia a mim mesma que era porque eu nunca queria *incomodar* enquanto ele fazia novos contatos, mas a verdade era que eu normalmente me sentia como uma bolsa esquecida, parada em silêncio ao lado dele enquanto Lee conversava com editores, poetas laureados e sabe-se lá mais quem, me sentindo uma estranha mesmo em um mercado do qual eu também fazia parte.

Mesmo que em segredo.

Apertei o casaco com mais força ao meu redor. Ben olhou para mim, franzindo a testa.

— Você está bem?

— Sim — murmurei. — Só... exausta.

— É uma coisa exaustiva — concordou ele, baixinho. — Tudo isso. Fingir que está tudo bem enquanto o mundo muda à sua volta e deixa você para trás sem saber o que fazer com a perda que acabou de sofrer.

Era exatamente essa a sensação.

— Mas você passou por isso, então acho que consigo também.

— Sei que consegue. Você é mais corajosa do que eu jamais conseguiria ser. Eu não seria capaz de fazer o que você faz. Ajudar fantasmas a seguir em frente. Você precisa se despedir tantas vezes.

— É diferente com eles. Hã, vocês. Porque eu tenho a *chance* de me despedir. A última coisa que eu disse para o meu pai foi...

Hesitei, tentando me lembrar da minha conversa com ele. A sexta anterior parecia tão distante, e a conversa já não passava de um borrão. Eu tinha dito que o amava? Eu sabia que sim, mas continuava na dúvida. E se eu não tivesse falado, justo naquela vez?

Eu não conseguia me lembrar.

Pisquei para afastar as lágrimas dos olhos, pigarreando.

— *Enfim*, obrigada pela ajuda durante o jogo de cartas.

Ele riu.

— Bom, você é mesmo péssima jogando.

— Não sou, *não*!

— É, sim, sem dúvida. — Ele inclinou a cabeça, e uma mecha de cabelo escuro caiu na sua testa. — Mas, sabe, isso é meio o que eu gosto em você.

— *Isso* é o que você gosta em mim? Achei que eram meus peitos perfeitos.

A ponta das orelhas dele ficou vermelha, e ele rapidamente desviou o olhar.

— Bom, hum, eles não são o motivo de eu gostar de *você*. São um bônus. Como em uma promoção de livraria. Leve dois, pague um.

Mordisquei a parte interna da bochecha, tentando conter um sorriso.

— E é isso o que eu gosto em você.

— Meu torso perfeito e largo?

— É bem largo — concordei, e ele riu.

Era um som baixo e rouco, que eu gostava muito de ouvir.

Os últimos resquícios de inverno se apegavam ao ar gelado noturno enquanto o vento primaveril passava pelos carvalhos e pelas árvores floridas, e tive vontade de escrever tudo aquilo. De pintar o céu em tons de azul escuro, roxo e prata, e as calçadas com ladrilhos de vidro brilhante, e discorrer sobre a sensação de andar em silêncio ao lado de alguém cuja companhia você apreciava tanto quanto ele apreciava a sua.

Eu não conseguia acreditar que estava ficando toda boba pelo mínimo que um homem deveria oferecer: *decência*.

Dana estava no balcão quando entramos na pousada e abriu um sorriso por cima de outro romance quando me viu. Dessa vez, estava lendo Christina Lauren.

— Boa noite, Florence.

— Boa noite, Dana! — cumprimentei.

Ben me levou escadaria acima até o fim do corredor, onde ele ficou parado esperando enquanto eu vasculhava a bolsa em busca do cartão que abria a porta do quarto.

— Sua família é bem legal.

— Ah, você pegou eles em uma noite boa.

— Eu os vi todos os dias essa semana enquanto lidavam com a pior coisa do mundo — lembrou ele.

Estremeci.

— Verdade. Agora imagine a gente em um *casamento*. Somos quase um circo.

— Eu adoraria ver isso — respondeu ele, com uma leve tristeza.

Porque era bem provável que ele nunca veria. Eu terminaria o livro de Ann e o libertaria dessa meia-vida antes que qualquer coisa assim acontecesse.

Tentando não pensar muito no assunto, encontrei o cartão no fundo da bolsa e o passei pela tranca.

— Sério, não é *tão* especial assim... Ben?

Ele ficara pálido, de repente, e se apoiou na lateral da parede para não cair. Derrubei o cartão e fui em sua direção, mas minha mão atravessou direto o braço dele.

— Ben. Tudo bem com você?

— Você está ouvindo isso? — perguntou ele.

Os olhos dele pareciam vidrados.

— Não estou ouvindo nada.

— Parece um... um...

Então, ele estremeceu. O abajur na mesa de canto começou a chacoalhar.

Dana gritou do andar de baixo:

— Florence? Está tudo bem aí?

— Tudo certo! — gritei de volta, torcendo para que elu não subisse as escadas para ver os retratos se entortando nas paredes.

Escancarei a porta do quarto.

— Entra, por favor — sussurrei, e ele assentiu, atravessando a parede para entrar no quarto.

É, podia ser assim também.

Entrei e fechei a porta. O abajur do lado de fora parou de chacoalhar.

— Senta, por favor. Estou ficando preocupada.

Ele estava segurando o próprio peito, balançando a cabeça.

— Está tudo bem.

— *Não* está.

Ele apertou os lábios, prestes a retrucar, mas pareceu pensar melhor e se abaixou para sentar na cama. Ele oscilava de leve. Era possível que estivesse com a aparência ainda mais desbotada do que o normal? Mais pálido? Eu não conseguia decidir — apesar de saber que estava assustada o bastante para aquilo ter acabado com a minha alegria.

— Você não está bem — reforcei. — Qual é o problema?

— Nada — respondeu ele, esfregando o rosto com as mãos. — Não é nada.

— É *óbvio* que é *alguma* coisa...

— Eu estou morto, então que diferença faz? — disse ele, e a voz saiu grossa e embargada. — Estou morto, e toda vez que desapareço, volto um pouco menos. E estou morto, e ainda consigo ouvir meu coração batendo nos ouvidos, cada vez mais fraco. Eu estou morto e estou aqui, e não é o livro. Não pode ser o livro, Florence.

— Claro que é o livro.

— Eu não quero que seja. Porque quando você terminar...

Meu coração subiu à garganta.

— Você só está cansado. Fica aqui e descansa o quanto quiser. Vou lavar meu rosto, tá? Já volto.

E enquanto eu ia ao banheiro, pensei sentir um arrepio gelado passar pelo meu pulso, mas eu o ignorei, porque se não ignorasse, eu temia que começaríamos a andar sobre uma corda bamba, e o chão estava muito, muito distante.

Demorei bastante tempo no banheiro. Tempo demais. Não sabia se queria que ele já tivesse ido embora quando eu saísse, ou se queria que ele ainda estivesse ali, sentado na beira da cama. Não, eu sabia o que eu queria, mas estava com medo.

Eu queria que ele ficasse.

— Ben...

Minha voz falhou quando saí do banheiro e o encontrei deitado na cama, virado de lado. Ele era tão alto que os pés quase chegavam à beirada. Ele estava imóvel — lógico que estava, ele estava morto —, mas aquilo me inquietou até que entrei embaixo das cobertas delicadamente pelo outro lado.

Ele abriu os olhos, devagar.

— Hum, eu vou levantar...

— Fica — eu disse.

— Você é muito mandona. É fofo.

— E você é teimoso. — E depois, mais baixinho: — Por favor.

Ele colocou a cabeça de volta no travesseiro.

— Com uma única condição.

— Qual?

— Me fala de novo para ficar.

Eu me aproximei dele, tão perto que, se ele estivesse vivo, nossas respirações estariam misturadas, nossos joelhos encostados, e eu poderia passar a mão pelo seu cabelo. Então disse, baixinho, como um segredo e uma oração:

— Fica.

30

Estranhos companheiros

A LUZ DA MANHÃ entrava pelas cortinas violeta quando acordei, e girei na cama para checar a hora no celular. Oito e meia. Quinta-feira, dia 13 de abril. Era o dia do funeral do meu pai. Abracei um travesseiro e enterrei meu rosto nele — quando me lembrei de Ben.

Ele estava deitado ao meu lado, de olhos fechados, imóvel como uma pedra. Fantasmas não respiravam, e também não dormiam, mas haviam começado a aparecer olheiras escuras no rosto dele. Também havia um pouco de barba nas bochechas, e, sem pensar, estiquei a mão para acariciar o local quando ele abriu os olhos.

Recolhi a mão às pressas, ruborizando.

— Você está acordado. Desculpa. Claro que está, você não dorme. Bom dia.

— Bom dia — respondeu ele baixinho. — Dormiu bem?

Assenti, abraçando o travesseiro com mais força.

— Não quero ir hoje.

— Eu sei. Vou estar lá com você.
— Promete?
Ele assentiu.
— Apesar de não saber de quanta ajuda vou ser.
— Mais do que você imagina — respondi, pressionando a boca contra o travesseiro, as palavras abafadas.
Ele pareceu duvidar, então afastei o travesseiro, acrescentando:
— Não me sinto tão melancólica ou triste quando você está por perto. Eu me sinto... bem. Faz tanto tempo que não me sinto assim. Não preciso fingir nada quando estou com você. Não preciso fingir que sou descolada ou fofa, ou... *normal*.
Os olhos dele se suavizaram.
— Também gosto de estar com você.
— Porque eu sou a única pessoa que pode te ver.
— Sim — respondeu ele, e senti um aperto no coração, até que ele completou: —, mas não porque eu sou um fantasma, Florence.
Ele esticou a mão para afastar uma mecha de cabelo do meu rosto. Quando os dedos dele atravessaram a minha bochecha, senti a pele arrepiar ali. Estremeci. Não podia evitar. Ele retraiu a mão, os lábios apertados.
— Sinto muito — disse Ben.
Balancei a cabeça.
— Sou eu que deveria me desculpar. Não terminei o manuscrito. Não sei quando vou fazer isso. Eu... eu sinto que estou decepcionando você.
— Existem coisas na vida além de trabalho, e você está de luto pelo seu pai. Pedir para você fazer isso... não. Eu não espero que você se mate de trabalhar tentando terminar de escrever.
— Falou o viciado em trabalho.
— Gostaria de não ser. Gostaria de ter tirado férias. Feito *alguma coisa*.

Ele girou para ficar de costas, encarando o teto branco. Engoliu em seco, o pomo de adão subindo e descendo.

— Eu queria... eu queria de ter fechado a porta do meu escritório depois que você entrou e beijado você até que você começasse a ver estrelas.

Soltei uma exclamação chocada.

— *Mentira!*

— Verdade — respondeu ele. — Eu teria pedido permissão antes.

Dava para imaginar aquilo, em alguma linha do tempo alternativa. Onde ele se levantava, fechava a porta e se ajoelhava ao lado de onde eu estava, segurando um cacto, e me perguntando naquela voz rouca e baixa: "Posso beijar você, Florence Day?"

E eu teria dito sim.

Balancei a cabeça com força.

— Não. De jeito *nenhum*. Eu nem tinha lavado o cabelo! E estava com aquele casaco velho de brechó! E meu cachecol tinha *manchas de café*!

— E você estava muito sexy. Só que não me olhava nos olhos — disse ele, rindo. — Achei que me odiasse.

— Odiar você? Ben. — Fiquei apoiada nos cotovelos para encará-lo, e então disse, muito séria: — Eu queria escalar você.

Ele soltou uma gargalhada alta.

— Me escalar!

— Tipo como se fosse a porra de uma árvore — gemi, arrependida.

Já posso morrer de constrangimento agora, pensei. Pelo menos assim eu não precisaria aparecer no enterro hoje.

— Eu não conseguia olhar para você porque estava tendo uma crise interna por *sua* causa. Quer dizer. Lá estava você, esse novo editor gatíssimo, e eu precisava fazer a única coisa que nenhum autor na *história* da escrita de livros quer fazer: confessar que eu não tinha terminado o livro.

— Justiça seja feita, eu *sabia* que me encontraria com a ghostwriter naquele dia — afirmou ele enquanto eu rolava pela lateral da cama e me sentava na beirada.

Ele me acompanhou com o olhar conforme eu ia até a mala e começava a vasculhar as coisas à procura das roupas para o dia.

— Uma mulher chamada Florence Day.

— E lá estava eu, com um cacto na mão.

— Que você logo me disse para enfiar no meu cu, basicamente, quando saiu.

— Eu sei. Eu me sinto mal sobre isso. Era um bom cacto. — Inclinei a cabeça. — Eu não me lembro de te ver em muitos eventos do mercado editorial. Você não ia a nenhum?

— Não muitos, mas eu *fui* à festa da Faux comemorando o lançamento de *A moto de Dante*.

Peguei o vestido na mala e congelei.

— Espera. Alguns anos atrás?

— Isso. Você não estava com aqueles saltos vermelhos na sola? Você não conseguia andar com eles por nada.

— Louboutins — corrigi, distraída, colocando o vestido na minha frente enquanto refletia se precisava colocar meia-calça ou meias compridas, mas minha mente estava distante.

Estava naquela biblioteca particular abarrotada, com os pés latejando de andar naqueles sapatos.

— Você estava lá? Foi nessa festa que eu conheci...

Lee.

Ele assentiu, sem precisar que eu falasse o nome, a mão distraidamente pegando o anel no cordão do pescoço. Ele o girou, pensativo.

— Você estava na biblioteca, e eu não consigo me lembrar quantas vezes disse a mim mesmo para apenas ir até lá falar com você. Aquela estranha cujo nome eu nem sabia.

— Uma ideia inédita.

— Para *mim*, era, sim. Só que eu também tinha acabado de conhecer a Laura, e eu sou o próprio retrato da monogamia. E então... o momento passou. Lee foi até lá falar com você, e foi isso.

E pensar que ele estava ali desde o começo. Nós passáramos um pelo outro como navios no mar, e nunca soubemos disso. Toda a dor de ter meu coração partido poderia ter sido evitada — toda a dor dele poderia ter sido resolvida. Que tipo de pessoas teríamos sido se ele tivesse ido falar comigo na biblioteca? Ou se eu tivesse ficado ao lado de Rose e o encontrado?

— Queria que nós tivéssemos nos conhecido — sussurrei.

— Eu teria sido péssimo para você — respondeu ele, balançando a cabeça.

A voz dele estava mais baixa, mais próxima. Ele saíra da cama e dera a volta na minha direção. Eu o observei pelo espelho, os olhos dele fixos no tapete. Ele não conseguia olhar para mim.

— Eu teria sido péssimo para qualquer um. Era péssimo para mim mesmo.

— Laura trair você não foi sua culpa.

Ele não respondeu.

— Não foi — insisti. — É culpa dela. Você me disse que depois disso achava que ela merecia alguém melhor. Alguém que não a faria trair, mas você está errado.

Respirei fundo, porque isso também era uma coisa que eu enfim tinha entendido. Que o nosso valor não depende do amor de alguém ou do que podemos fazer pela pessoa.

— Não é ela que merece alguém melhor. É *você*, Ben.

Ele engoliu em seco.

— Por que é que quando eu disse isso a mim mesmo mil vezes nunca consegui acreditar, mas quando você diz parece verdade?

— Porque eu raramente estou errada.

— Você disse que o amor estava morto.

Inclinei a cabeça, olhando para o reflexo dele no espelho.

— E você não está?

Ele deu uma risadinha, finalmente erguendo o olhar, os olhos dele de um ocre caloroso, como uma campina de dentes-de-leão.

— Não acho que era disso que você estava falando — respondeu ele, a voz baixa e grave, e percebi o quanto estava ardendo por dentro.

Eu queria que ele me tocasse, passasse os dedos pela minha pele. Queria o rosto dele no meu pescoço, os lábios dele pressionados contra a pele cheia de sardas. Queria me enfiar entre os ângulos do corpo dele e ficar ali. Existir naquele lugar. Porque ali — *ali* eu podia ter certeza de que não iria me desfazer em pedaços, que eu não iria me desmantelar, que não me sentiria mal.

Não porque eu não pudesse existir sozinha, mas porque às vezes eu simplesmente não queria.

Às vezes eu queria sair da defensiva e deixar que pedaços de mim caíssem ao chão com a certeza de que alguém ali poderia me juntar novamente, sem se importar de se cortar nos cacos.

— A morte é como ela é — murmurou ele, o olhar quase febril, se ele não fosse tão educado. — Há um limite do que podemos fazer. Podemos falar de livros, discorrer sobre os românticos. Lorde Byron, Keats, Shelley...

— Mary ou Percy?

— Mary, óbvio.

— A única escolha possível — concordei.

Ele riu.

— Quero reclamar dos jovens e do TikTok deles e ficar sentado em bancos no parque juntos inventando histórias, e passear no cemitério à meia-noite.

— Sinto que já fizemos algumas dessas coisas...

— Mas eu nunca consegui tocar em você.

— Eu poderia viver bem com isso.

— Ninguém nunca vai me ver.

— Isso significa que você vai ser todo meu.

Ele suspirou, e se sentou de volta na beirada da cama. A luz matinal entrava no quarto de uma maneira que lançava um feixe dourado brilhante sobre ele.

— Isso parece muito com o enredo de *A casa eterna* — disse ele.

— Um dos melhores de Ann.

— E é o único que não tem um final feliz.

Lancei um olhar estranho para ele.

— Como assim? — perguntei, enquanto juntava as minhas roupas e ia até o banheiro me trocar. Deixei uma fresta entreaberta na porta. — Eles ficam juntos no final!

— Você acha?

— Claro. Ela muda para a casa, e a campainha toca. É claro que é *ele*.

— De volta dos mortos?

— Aquele livro tem coisas mais esquisitas que isso — argumentei, e através da fresta eu o observei pensando na viagem no tempo, e talvez, talvez o vizinho que *pode* ou não ser um lobisomem.

Por fim, ele disse:

— Justo. Como é que você começou a trabalhar como ghostwriter da Annie?

— Por que você fica chamando ela de Annie?

Vesti minha meia-calça — as meias não iam dar certo — e coloquei a blusa branca por dentro da saia.

— Hábito, acho — respondeu ele, de uma forma bastante distraída, que parecia proposital, mas não pressionei. Talvez fosse alguma coisa peculiar de editor. — Ela entrou em contato com você?

— Na verdade, não. Bom, meio que sim. Eu a encontrei em um café, há uns cinco anos. Sabe, aquele na esquina da Park com a rua 85?

— Ah, eles têm bolinhos ótimos.

— Né? Os melhores. Enfim, estava vazio, e eu tinha acabado de demitir minha agente depois que a minha editora me dispensou, então estava escrevendo umas boas cenas eróticas...

— Ok, você escreve cenas de sexo quando está deprimida.

— Era só uma boa pegação. Bem provocante. *Enfim*, ela se sentou na minha mesa e fez uma crítica ao que eu estava escrevendo. Ela estava lendo por cima do meu ombro, aparentemente, e eu perguntei o que diabos ela estava fazendo. Ela criticou meu trabalho, e depois perguntou se eu queria um emprego.

— Há cinco anos? — perguntou ele, perplexo.

— Aham. — Puxei a saia para cima e fechei o zíper atrás. — Por quê?

— Porque eu estava... o que diabos você estava escrevendo que chamou a atenção dela? — perguntou ele, embora eu tivesse a sensação de que ele queria me perguntar outra coisa.

Coloquei a cabeça para fora do banheiro.

— Adivinhe.

— Precisava ser alguma coisa fora da caixinha. Eróticos com alienígenas bárbaros?

— Não, mas eu leria isso.

— *Omegaverse*?

— *Enfim* — falei, muito alto, puxando o cabelo para trás em um coque e saindo do banheiro. — Ela me deu algumas dicas sobre uma cena de confissão. Disse que as pessoas normalmente não eram tão eloquentes, e gestos românticos grandiosos são obtusos e ultrapassados porque são bregas demais. Eu argumentei o contrário, que as pessoas gostam de gestos românticos grandiosos *porque* são bregas. Porque as pessoas precisam de um pouco de breguice na vida. Como isso aqui. — Fiz um gesto indicando o quarto e aquele momento. — Isso aqui é brega. Tudo isso. Até mesmo o quanto eu quero tocar você, e como não posso fazer isso.

— Então me fala, você quer me tocar muito ou pouco?

— Você é terrível.

— Foi você que começou! E eu ressaltaria que esta cena tem mais tensão romântica do que cafonice. Se é brega, talvez você esteja escrevendo da maneira errada.

— Ah, então me diga, como é que você escreveria esta cena, maestro?

— Bem, primeiro — começou ele, voltando os olhos escuros para mim —, eu perguntaria o que você quer.

— Humm, consentimento. Muito sexy.

— Muito — murmurou ele, concordando, a voz baixa, grave.

Ele se levantou e se aproximou de mim. Os cabelos na minha nuca se arrepiaram.

— Pularia todo o papo furado, deixaria as conversas profundas de lado. É manhã, e a luz do dia está radiante no seu cabelo, e você é incrivelmente teimosa. Você nunca me diria o que quer.

— Rá! Continue — falei, tentando manter minha voz sob controle. — Então o que eu quero?

Ele ficou atrás de mim, esticando os braços, pairando sobre a minha pele enquanto traçava o contorno dos meus quadris até embaixo do umbigo.

— Tenho uma suspeita de que você gostaria que eu passasse a mão debaixo dessa calcinha de renda bonitinha — sussurrou ele, os lábios contra o meu ouvido —, e te acariciasse lentamente. E enquanto faço isso, beijaria seu pescoço e mordiscaria sua orelha.

Senti minhas bochechas corarem, meu coração na garganta, o batimento tão acelerado quanto o de um coelho. Prendi a respiração enquanto ele se inclinava ainda mais, o mais próximo que já estivera, sem nunca me tocar, os dedos me pintando como os de um escultor, saboreando as minhas curvas.

— E depois? — Minha voz estava tensa. Controlada.

Eu já escrevera cenas mais intensas. Aquilo era nada.

Então *por que* estava me dando tanto tesão?

Era a expressão nos olhos dele, aquele brilho escuro. A promessa de que ele faria exatamente o que estava me dizendo. Para um homem que gostava de listas e de ordem, aquilo era poderoso.

A boca dele pairava ao lado do meu ouvido.

— O romance não é uma corrida, Florence. É uma maratona. Começa devagar. Com a sua blusa, um botão de cada vez. Você disse que eu era meticuloso, mas eu poderia mostrar a você o quanto realmente sou. — Os dedos dele imitaram a ação de desabotoar a minha camisa. — Para cada botão, eu daria outro beijo no seu pescoço, na clavícula, e finalmente nesses seus peitos perfeitos...

— Você gosta mesmo de peitos, hein?

— São lindos — foi a resposta dele.

— Sim, mas estou vendo um problema aqui — falei, talvez um pouco alto demais.

Porque isso estava... Eu estava... É, um problema.

— Esse cenário tem muito pouco a ver com o *seu* prazer.

Os cantos da boca dele estremeceram.

— Ah, e quem disse que isso tudo não é prazeroso pra mim também? Sou bastante egoísta quando chega a hora de...

— Então me fazer ficar com tesão faz você ficar com tesão também?

— Por que precisa ter a ver comigo? Por que não pode ser só você? Você merece isso.

Eu engoli em seco. Eu merecia? Merecia esse tipo de atenção total? Porque eu nunca me sentira assim com Lee, nem quando ele me beijava e dizia o que fazer, onde colocar meus lábios.

— Meu Deus — eu ri um pouco. — Você lê romances demais.

Ele deu uma risadinha.

— Não chamaria isso de defeito. Você acha que é?

— Depende. Aonde levaria essa cena?

— Eu pediria a você...

Respirei fundo.

— Então peça.

No espelho, os olhos dele encontraram os meus. Eram perspicazes, intensos, reflexivos. Ele disse que era para o meu prazer, mas eu era péssima em ser egoísta. Conseguia ver o brilho nos olhos dele, o jeito que ele respirava. Ele queria muito aquilo — mas fazia quanto tempo? Desde a primeira vez em que ele me viu? Antes mesmo que eu soubesse o nome dele?

Eu o ouvi soltar uma respiração ofegante.

Então:

— Desabotoe a camisa. Devagar.

Meus dedos deslizaram pela camisa amassada, abrindo os botões, um a um, até que a camisa estivesse frouxa sobre o meu sutiã. Relaxei os ombros, e a camisa deslizou, caindo até os cotovelos, expondo o que ele considerava ser peitos muito bons, no meu melhor sutiã de renda.

— Assim?

Ele soltou um ruído em concordância.

— Você é perfeita.

— Sou?

— Preciso repetir?

— Quantas vezes eu achar necessário.

Os dedos dele estremeceram, e ele fechou os punhos com força.

— Você é perfeita — disse ele de novo. — Gosto de admirar a vista. — Então: — Feche os olhos.

Fechei.

— Imagine a cena. Eu passaria os dedos pelo seu cabelo. Roçaria os dentes pela sua pele. Desabotoaria esse seu sutiã lindo de renda e acariciaria os seus mamilos com a língua. Colocaria um dedo dentro de você. Então dois, e aí você estaria completamente molhada, e eu te daria prazer devagar, tão devagar quanto você quisesse...

— Eu deixaria você louco — comentei.

— *Florence*, você já me deixa louco.

Eu ri e abri os olhos, apenas para ver que as mãos dele cobriam as minhas. Eu finalmente olhei para ele, de verdade, pela primeira vez, e puxei minha camisa de volta para cobrir os ombros.

— Seria uma boa cena — eu disse, e minha voz falhou um pouco, os dedos abotoando a camisa de volta. — Brega, mas de um jeito bom.

— Eu gosto de coisas bregas — concordou ele, o olhar pairando sobre os meus lábios.

Meu alarme disparou, fazendo nós dois nos sobressaltarmos. Rapidamente, saí de perto dele e me apressei para desligar o celular. E a realidade voltou com força, porque era o dia do enterro do meu pai, e eu ainda precisava dar conta de duas coisas do testamento dele.

— Eu... Me desculpa. Preciso terminar de me vestir. Tem muita coisa para fazer ainda, e pouco tempo.

— Posso ajudar?

Inclinei a cabeça, sorrindo.

— Não. Só de você estar aqui já é suficiente.

— Então eu posso? — perguntou ele, se endireitando um pouco mais, os punhos fechados. — Posso ficar? Assim? Com você?

Meu coração deu um pulo. *Mas e o último livro da Ann?*, pensei, mas não queria falar. Não queria que ele mudasse de ideia, porque...

— Eu iria gostar disso.

Porque as pessoas sempre iam embora. Se tivessem uma escolha, elas iam embora.

E Ben queria ficar.

Pigarreei, recolocando a camisa dentro da saia.

— É melhor eu me apressar. Meu pai não vai se enterrar sozinho — acrescentei, e voltei ao banheiro para escovar os dentes, mas meu sangue latejava ao pensar em todos os momentos bregas que eu poderia ter com Benji Andor.

Mesmo que ele estivesse morto.

Isso não significava que ele tinha partido.

31

Tragam seus mortos

DE ACORDO COM a mensagem de mamãe, iríamos todos nos encontrar na funerária e ir andando até o cemitério. E eu, sendo Florence Day, cheguei incrivelmente atrasada. Meus irmãos já estavam do lado de fora, prestes a sair de casa.

— Desculpa, desculpa! — gritei, me apressando pelo caminho de pedras até a varanda. — Perdi a noção do tempo.

— Imaginei — respondeu Carver. — As flores já estão no cemitério. Uns caras vieram buscar hoje de manhã.

— E Elvis está com a lista de músicas — acrescentou Alice. — Demos para ele a lista que você fez ontem à noite. Quase não consegui ler por causa da sua letra, mas a do papai era tão ruim quanto.

Lista de músicas…? Deixei aquela pergunta de lado por enquanto.

— Obrigada, gente. E os corvos? — perguntei a Carver, esperançosa.

Ele suspirou e ergueu a gaiola de cerejeira vazia.

— É, não peguei nenhum daqueles bostinhas.
— Falei para você usar o Rolex como isca.

Ele arfou, indignado.

— Jamais!

Imaginei mesmo que o bando de corvos não tinha ido embora do teto da pousada ontem à noite, já que Ben também não foi embora. Aquilo foi... só parcialmente minha culpa. Mas não era minha intenção admitir isso. Alice inclinou a cabeça e olhou na direção do velho salgueiro. Ben estava parado debaixo da árvore, com as mãos nos bolsos. Ele também ergueu o olhar. Ela indicou com a cabeça o bando empoleirado na árvore.

— Você está falando daqueles desgraçados ali?
— Olha só! — exclamou mamãe. — Sabe, seu pai costumava dizer que eles só apareciam quando...
— Ben está embaixo da árvore — acrescentei.
— Então sorte a nossa — disse Carver. — Vocês acham que precisamos pegar eles?
— Não. Eles vão nos seguir — respondi, e dei uma piscadinha para Ben.

Ele revirou os olhos. Disse a minha família para irem na frente, que eu os alcançaria em alguns instantes. Eu ainda precisava me maquiar e queria dar mais uma olhada na casa. Esperei até que tivessem começado a andar pela rua para subir os degraus da funerária, e dei uma espiadinha.

Respirei fundo.

— Pai?

Minha voz ecoou pela casa. Esperei, paciente, mas não houve resposta.

— Eu sei que você está aqui. Não deixei lista nenhuma de músicas para a Alice — falei, fazendo uma pausa. — Você, sim.

A casa rangeu em resposta.

"Tudo morre, minha flor", me dissera ele uma vez, na varanda, enquanto observávamos uma tempestade se aproximar. Carver estava distraído na piscininha de brinquedo, e Alice balbuciando, apoiada no joelho dele. "Isso é um fato. Mas quer saber um segredo?"

Eu tinha me inclinado, certa de que havia uma cura para a morte, um jeito de vencê-la...

"Tudo que morre nunca vai embora de verdade. Tudo fica, nos pequenos detalhes."

Não era da maneira apavorante que Lee escrevera. Não com fantasmas que gemiam, poltergeists assustadores e mortos-vivos, mas do jeito que o sol sempre voltava a aparecer, que as flores ficavam marrons e se tornavam terra, e então novas sementes floresciam na primavera seguinte. Tudo morria, mas partes de tudo permaneciam. Papai estava no vento porque ele respirara o mesmo ar que eu respirava. Papai era um marco na história porque ele existiu. Ele era parte do meu futuro porque eu continuava ali.

Eu o carregava comigo. Essa casa o carregava consigo.

A cidade inteira.

— Florence? — chamou Ben, tímido. — Você está bem?

Apertei os olhos com força, segurando as lágrimas. Eu já choraria muito hoje. Não queria começar assim tão cedo.

— Sim. A gente deveria levar os corvos.

— Pelo menos sou útil para alguma coisa.

— É por isso que eu mantenho você por perto — provoquei.

Então, de repente, ele começou a cair para a frente.

— Ben! — gritei.

Ele se segurou no batente da porta, balançando a cabeça.

— Desculpa. Eu... estou tonto — murmurou ele.

Suas mãos estavam tremendo, e a pele dele ficou do mesmo tom pálido e doentio da noite passada.

Senti um nó na garganta.

— Você não está bem.

— Não — respondeu ele, sincero. — Não acho que esteja.

A campainha tocou.

Ben e eu trocamos um olhar.

A campainha ressoou de novo.

Meu coração bateu mais forte. Da última vez que atendi à porta, era Ben. Talvez dessa vez... talvez dessa vez... eu corri para chegar à porta da frente, quase batendo com a cara nela, e a escancarei...

— Rose?

Minha melhor amiga estava parada no capacho da Funerária Dias Passados, carregando uma mala. Ela ergueu os óculos escuros, aturdida.

— Puta *merda*! Você não me falou que morava na casa da Família Addams!

— *Rose!* — Atirei meus braços ao redor dela e a abracei com força. — Não sabia que você vinha!

— *Lógico* que eu vinha. Eu sei que você pode se virar sozinha, mas... não precisa. — Ela segurou meu rosto, pressionando nossa testa uma contra a outra. — Você é a minha conchinha.

— Você sempre gosta de deixar as coisas esquisitas.

— *Sempre*. Agora, onde é o banheiro? Preciso mijar igual a um cavalo, e preciso trocar de roupa e colocar meus Louboutins.

— É um enterro ao ar livre, Rose.

Ela me encarou, inexpressiva.

— Tá, deixa pra lá.

Eu a levei para dentro. Ela jogou a mala nos meus braços e correu para o lavabo debaixo da escada. Coloquei a bagagem dela no escritório, onde ficaria segura enquanto íamos para o enterro, e fui ver como Ben estava no saguão. Ele estava sentado nos degraus de baixo, a cabeça nas mãos.

— Ei — eu disse, baixinho, dando batidinhas no batente. — Está tudo bem?

— Hum, não. Um pouco? Eu... não tenho certeza. Estou ouvindo coisas — disse ele. — Era baixo no começo, mas agora está tão alto.

— Que tipo de coisas?

— Pessoas falando. Vozes. Sons...

O som da descarga ressoou, e Rose saiu do banheiro com os sapatos de salto alto de sola vermelha, os mesmos que eu usara naquele fatídico lançamento de *A moto de Dante*, e me agarrou debaixo do braço.

— Está pronta para dizer adeus ao seu velho?

Hesitei, olhando para Ben, mas ele sorriu para me reconfortar, prometendo:

— Vejo você lá.

Ela sacudiu meu braço.

— Florence?

Apertei a mão dela com força.

— Sim. Vamos lá.

Rose era a minha copilota. Meu porto seguro. Minha melhor amiga impulsiva e maravilhosa.

E eu estava tão, tão feliz por ela estar ali.

32

É a morte!

O CEMITÉRIO ESTAVA tranquilo, e o gramado parecia uma aquarela contra o xisto pálido das lápides. Elas eram como dentes afiados saindo do chão, algumas limpas, algumas tortas. Enquanto passávamos por algumas das pedras mais escuras, tomadas por musgo, fiz uma anotação mental para voltar e esfregar algumas delas e deixá-las limpas de novo — e então, eu parei de pensar nisso.

Não estava ali a trabalho. Estava ali para ficar de luto.

Apesar de ter certeza de que papai teria feito a mesma coisa.

Quase toda a cidade apareceu, com cadeiras dobráveis e lanchinhos. As flores silvestres que doaram — mil flores, todas organizadas por cor — estavam empilhadas ao redor do caixão de papai como uma montanha de pétalas, enquanto Elvistoo cantarolava "Suspicious Minds" ao lado da máquina de karaokê portátil.

E, talvez, o melhor de tudo era…

— Meu Deus do céu, esses *balões* — disse Rose, arfando em surpresa. — Eles dizem… espera, está escrito…

Não consegui evitar um sorriso.

— Isso mesmo.

A Festa Infinita tinha feito sua entrega e decorado o gramado do jazigo, amarrando balões nas costas de cadeiras e pendurando serpentinas nos carvalhos, além de faixas que diziam É A MORTE! e FELIZ ENTERRO!. Também tinham distribuído chapéus de festa e apitos, e algumas crianças estavam tocando a "Marcha Imperial" ao lado de uma estátua de um anjo que chorava.

Rose e eu nos juntamos à minha família na primeira fileira de cadeiras, e parecia que Alice estava com uma enxaqueca daquelas.

— Foram os balões — disse Carver, pesaroso. — Ela quase teve um infarto de tão puta que ficou.

Enquanto Alice, a pobrezinha, estava murmurando:

— Eu vou matar ele. Vou *matar*...

— Al, ele já morreu.

Apresentei Rose à minha família. Quando eles iam para o Natal, Rose já partira para casa em Indiana, e sempre se desencontravam por uma questão de horas no aeroporto. Porém, finalmente, conseguiram se conhecer. Mamãe se inclinou por cima de Alice para apertar a mão de Rose.

— É um prazer, mas uma pena que seja nessas circunstâncias.

— Sinto muito pela sua perda — respondeu Rose.

— Ele precisava encomendar *balões*? — lamentou Alice.

Nicki deu tapinhas no ombro dela para reconfortá-la e perguntou como tinha sido o voo de Rose.

Olhei a multidão à procura de Ben, mas não o vi. Será que desaparecera de novo? Esperava que ele estivesse bem. Um a um, os corvos pousaram no carvalho mais próximo e afofaram as penas em silêncio contra o vento. Ele devia estar por perto. O que me dava certo alívio.

Depois de alguns minutos, o cover empolgante de Elvistoo de "Return to Sender" interrompeu meus pensamentos, e olhei para a lista de músicas.

— É a sua vez — sussurrou Carver.

Certo.

No testamento dele, papai disse que não queria um pastor ou padre, nem nenhum tipo de pessoa religiosa. Não éramos uma família que praticava qualquer tipo de religião, mesmo que nosso ofício fosse a morte. Tudo que ele pediu era alguém para ler a carta que ele escrevera.

Eu a peguei com Karen, a advogada do papai. O papel era macio e estava todo marcado.

— Hora do show — falei.

Alice pareceu preocupada.

— Florence...

— Eu consigo fazer isso. Sério.

— Você não precisa fazer isso sozinha...

— Não vou — interrompi, de forma gentil. — Porque quero que todo mundo suba lá comigo. Se não se importarem.

A tensão que havia se acumulado nos ombros de Alice em momentos se desfez, e ela concordou. Carver me deu um empurrãozinho leve, assentindo. Peguei a mão de mamãe e a de Alice, e Alice pegou a de Carver, e andamos até o lugar em frente ao caixão de papai. Elvistoo me entregou o microfone.

Eu sempre fiz tudo sozinha. Pensei que pudesse resolver tudo sozinha — apesar de isso não ser realmente necessário. Eu tinha família, amigos e pais que me amavam e que sempre me amariam até o fim dos tempos e...

Havia pessoas no mundo que eu não conhecia e queria conhecer, como Ben, que enxergou todos os meus defeitos caóticos, minha teimosia, e ainda assim quis ficar.

Ele queria ficar.

Eu também queria que ele ficasse.

Pigarreei e dei uma olhada no cemitério, em todas as pessoas que haviam comparecido, levando suas cadeiras, usando chapéus de festa e mandando as crianças pararem de soprar os apitos.

— Olá, pessoal. Obrigada por virem. Esse vai ser um enterro um pouco diferente daqueles a que vocês estão acostumados. Mas acho que se vocês conheceram meu pai, já estavam esperando por isso.

Abri o envelope e peguei a carta.

— Meu pai me deu uma carta para ler. Não sei qual é o conteúdo dela, então vamos descobrir juntos.

Minhas mãos estavam tremendo ao desdobrar o papel de carta amarelo. A caligrafia de papai surgiu como uma história. Ele deve ter escrito com a pena que eu dera de aniversário fazia alguns anos, porque havia manchas de tinta, e algumas letras estavam borradas.

— Meus queridíssimos — comecei, e minha voz já estava trêmula.

O que a carta dizia não importava. Era uma explicação do porquê ele pedira tantas coisas para o seu funeral. Era um pedido de desculpas por não poder ficar mais tempo. Era um adeus cheio de trocadilhos péssimos e as piores piadas de pai imagináveis.

Era uma carta endereçada a mim. A Alice. A Carver. A mamãe.

Era uma tenra despedida.

Flores silvestres para Isabella. Mil flores silvestres com dez mil pétalas por todos os dias que ele a amaria, durante toda a eternidade. Músicas que dançávamos pela sala, despedidas suaves, boas e radiantes. Faixas, apitos e chapéus de festa por todos os aniversários aos quais ele não poderia comparecer. Um bando de corvos, para nos lembrar de procurar sempre por ele. Porque ele estaria ali.

Sempre.

E o pedido para que eu lesse a carta — porque ele sabia que eu tentaria fazer todas as tarefas impossíveis sozinha.

Carver tentou segurar o riso, e Alice lhe deu uma cutucada.

Ele esperava que eu pedisse ajuda, porque pedir não era uma fraqueza, e sim uma força. Ele esperava que eu pedisse com mais frequência, porque eu poderia me surpreender com quem entraria na minha vida, se eu permitisse.

Nem todas as minhas companhias seriam fantasmas.

Queria poder dizer que, naquele momento, o vento soprou pelas árvores. Queria poder dizer que ouvi meu pai no vento, me dizendo todas aquelas palavras ele mesmo, mas a tarde estava silenciosa, e os pássaros pretos no carvalho grasnavam uns para os outros, como se eu tivesse contado alguma piada particularmente engraçada.

E Ben estava parado no fundo da multidão, com as mãos nos bolsos, e eu senti uma certeza tranquila de que tudo ficaria bem.

Talvez não agora. Talvez não durante um tempo.

Só que, em algum momento, tudo ficaria bem.

Nem todas as minhas companhias seriam fantasmas, mas tudo bem se algumas fossem.

Porque papai estava certo, no fim, sobre o amor. O amor era leal, persistente e cheio de esperança. Era um irmão ligando antes de um velório para perguntar como estava indo o livro mais recente. Era uma irmã mais nova brigando com a mais velha por sempre fugir das coisas. Era uma menininha em uma noite de tempestade, aconchegada no colo de um coveiro, escutando o vento passar em gemidos por uma velha casa vitoriana. Era uma dançarina de salão rodopiando em uma sala vazia com o fantasma do marido, cantando. Era fazer carinho em cachorros e manhãs silenciosas acordando ao lado de um homem com olhos intensamente escuros e com uma voz tão doce quanto uma boa vodca. Era uma melhor amiga voando de Nova York de última hora.

Era a vida, louca e finita.

Era algumas palavras simples, em uma caligrafia cheia de voltas.

— "O amor é uma celebração" — eu li, minha voz falhando —, "da vida e da morte. Fica com você. Perdura, meus queridos, muito depois de eu já não estar mais presente. Escutem minha voz quando o vento soprar pelas árvores. Amo vocês".

Dobrei a carta de novo, e sussurrei, baixinho, só pra mim, uma última vez:

— Tchau, pai.

33

O último adeus

— E AGORA, ELVISTOO, pode continuar — anunciei, a voz falhando, e devolvi o microfone ao homem vestido de branco.

Assim que Bruno retomou a sua apresentação, com "Love Me Tender", Alice, Carver e mamãe se juntaram ao meu redor, e nos entrelaçamos em um abraço apertado. Eu os amava tanto que comecei a chorar — ou talvez já estivesse chorando? Não conseguia lembrar quando tinha começado, assim como não lembrava quando eles também tinham começado a chorar, mas nos abraçamos com a maior força possível. Porque havia um segredo sobre todos os Day — nós chorávamos sempre que víamos outra pessoa chorando. Então, se um Day chorasse, todos acompanhavam — naquele momento eu não tinha mais certeza de quem tinha começado com aquilo, se Carver ou a minha mãe (com certeza não tinha sido Alice, nunca era Alice), mas não importava.

— Você é p-péssima em discursos — disse Alice depois de algum tempo, secando as lágrimas. O delineador dela tinha borrado, e limpei seu rosto com o polegar.

— Eu sei — respondi.

Carver respirou fundo.

— Acho que vou pedir o Nicki em casamento.

Minha mãe arquejou.

— Ah, querido! Que alegria!

— Vai fazer isso aqui? — perguntou Alice, perplexa.

— Não... é lógico que não! Mas logo.

— Ótimo, porque eu consigo até imaginar a Alice fazendo uma coisa dessas aqui, mas você não — comentei, ganhando de presente um beliscão de Alice. — Ai! Ei! Isso foi um *elogio*.

Alice mostrou a língua para mim.

— Não estou nem *saindo* com ninguém.

— Isso não quer dizer que vai ser assim para sempre — disse mamãe, em um tom de sabedoria, enquanto limpava o rímel que escorrera. — O amor surge quando você menos espera. Quando o seu pai e eu nos conhecemos...

Olhei de relance para Ben, que estava no outro extremo, com o cachorro-prefeito lhe fazendo companhia alegremente, enquanto mamãe contava mais uma vez como conhecera papai em uma conferência distribuída da seguinte forma: um terço era uma reunião de "furries"; outro terço era uma competição de dança de salão; e o último terço reunia participantes de um seminário de funerárias. Era uma boa história, mas já a escutáramos mil vezes.

E poderíamos ouvi-la mil vezes mais.

Eu não poderia contar aquele tipo de história sobre mim e Ben. Metade das pessoas não acreditaria em mim, e a outra metade consideraria tudo uma tragédia. Talvez fosse mesmo. Papai dizia que eu não teria fantasmas como companhia por toda a minha vida — mas e se houvesse um deles que eu quisesse manter comigo?

E se um daqueles fantasmas fosse diferente?

Ben deve ter sentido o meu olhar, porque olhou para mim e falou, apenas com o movimento da boca:

— Você foi fantástica.

E eu não consegui evitar um sorriso.

— Ah, ela está vendo o namorado fantasma de novo — disse Alice para Carver, em um sussurro exagerado.

Endireitei os ombros.

— Ele *não* é meu namorado!

— Aham — retrucou Carver, cético. — Ah, pelo amor de Deus, você estava caidinha por seja lá quem for que te ajudou a trapacear ontem.

— Eu queria poder ver esse aí — murmurou mamãe.

— Eu ainda preferia que o fantasma em questão fosse o do papai... sem ofensa para o seu cara fantasma — acrescentou Alice, e deu de ombros, desanimada. — Mas sei que você provavelmente não teria guardado segredo se fosse ele.

— É verdade. Eu não vi o papai — confirmei, um pouco triste. Os meus irmãos trocaram o mesmo tipo de olhar... antes de eu segurar a mão dos dois e apertar com força. — Ele sabia que nós teríamos uns aos outros, e que não precisava ficar aqui.

Alice puxou a mão.

— Ai, essa conversa está ficando melosa demais pro meu gosto. Vai lá ficar com o seu namorado fantasma, ou seja o que for.

— Ele não é meu...

Mas no instante em que comecei a negar, meus irmãos foram cada um para um lado do funeral, para conversar com outras pessoas, e minha mãe ergueu as sobrancelhas, antes de se juntar ao grupinho que se balançava para a frente e para trás ao som da empolgada interpretação de Elvistoo para "Build Me Up Buttercup".

Ben se levantou e indicou com a cabeça um ponto mais afastado, o lugar onde havíamos nos sentado algumas noites antes. Ele ficou me esperando pacientemente lá, embaixo de um carvalho, enquanto eu agradecia às pessoas que haviam comparecido à cerimônia e aceitava suas condolências.

— As flores são lindas — agradeci a Heather, que concordou daquele seu jeito característico de *eu te disse*, e percebi que realmente não me importava.

Heather me apoiara quando eu mais precisava, e aquilo compensava algumas coisas. Mas não tudo — eu era capaz de perdoá-la, mas não ia esquecer como ela fizera eu me sentir no colégio.

E ela também não merecia mais do meu tempo.

Só consegui ir até o banco onde estava Ben quando Elvistoo, já na sua segunda taça de champanhe e disposto a cantar qualquer coisa que as pessoas pedissem, começou a berrar "Welcome to the Black Parade".

— Posso dizer com sinceridade que nunca estive em um funeral tão divertido — disse Ben quando finalmente me sentei ao seu lado. — As pessoas estão *literalmente* dançando nos túmulos.

— Bem, na verdade elas estão dançando *ao redor* dos túmulos. Seria desrespeitoso dançar *em cima* deles — corrigi, e percebi que ele estava com as mãos em punho, os nós dos dedos muito brancos, apoiados sobre os joelhos. — Você ainda está ouvindo? As vozes?

Ele assentiu.

— Estão mais altas. E está... ficando mais difícil. Continuar aqui.

Senti um arrepio percorrer a minha pele.

— Mas eu nem trabalhei em nada do livro. Você não deveria *ir* a lugar nenhum — falei, alarmada.

Ele engoliu em seco. Apertou os lábios. E admitiu:

— Acho que não tem a ver com o manuscrito, meu bem.

— *Só pode* ser isso. Essa é a única razão para você estar aqui, me assombrando e...

— Não é — interrompeu ele, decidido, e estremeceu, demonstrando dor.

— Por quê? O que você não me contou?

Ele balançou a cabeça. Não tinha conseguido me encarar desde que eu chegara ao banco. Por que eu não tinha percebido aquilo antes? Ele não conseguia me encarar porque sabia que eu veria a verdade em seus olhos.

— Eu...

— Ben.

O maxilar dele se tensionou.

— *Benji*.

— É uma longa história — começou ele, e baixou os olhos para um pedaço de grama seca à sua esquerda —, mas acho que preciso te contar. Acho que deveria ter te contado desde o começo.

Fechei as mãos. Não tinha certeza se queria saber. Se Ben não estava ali por causa do manuscrito, então... o que mais poderia ser?

— Muito bem. O que é?

— Ann Nichols era minha avó.

Forcei uma risada. *Jura?*

— *Ben*! Pelo amor de Deus, eu sei que você adora a mulher. Ela é tipo uma santa padroeira dos romances para todos nós...

— Não é isso que eu quero dizer. — Ele levantou lentamente a cabeça, para me encarar. E vi que seus olhos estavam brilhantes e úmidos. O mundo passou a girar mais lentamente. Ah, não. — Ela era *minha avó*.

Havia muitas informações naquela frase que poderiam ter me pegado de surpresa. O fato de Ben não ter me contado aquilo nas inúmeras vezes em que conversamos sobre a sua avó. A curva do nariz dele, que talvez parecesse um pouco com o dela. O maxilar marcado. O quanto ele sabia sobre Ann Nichols. Como sempre a chamava de Annie.

Mas não foi nada disso que mais me surpreendeu. E sim uma simples palavra:

— *Era?*

Ele respirou fundo e fechou os olhos.

— Ela faleceu há cinco anos e meio.

Cinco anos e meio? Bem na época em que eu a conhecera, quando eu me sentei diante de Ann e ela me ofereceu um emprego. Balancei a cabeça com força.

— Não... não pode ser. Não, nós nos encontramos em um café...

— Impossível — explicou Ben com gentileza. — A minha avó já estava acamada havia pelos menos um ano enquanto escrevia seu último livro... *A casa eterna*. Fizemos um funeral discreto. Ela quis que fosse assim, porque havia tido uma ideia. Havia quatro livros restantes, ainda a escrever, em seu contrato, e Annie queria que eles fossem publicados, mas não queria que a tristeza pela sua morte os definisse. Então, minha avó concebeu o plano de encontrar uma pessoa para ser sua ghostwriter e escrever os últimos quatro livros. Ela também me pediu para não avisar a quem editava os livros dela na época.

— E a *agente* dela? — Eu podia imaginar Molly cuspindo fogo quando descobriu...

— A Molly sabia.

Eu não sabia bem se aquilo tornava as coisas melhores ou piores, na verdade. Tentei me manter calma, mas me sentia longe disso. Minha cabeça estava girando.

— E... você... o herdeiro... simplesmente me *deixou* escrever? Sem me avisar que ela estava *morta*?

— Não. — Ben finalmente abriu os olhos e me encarou. — Àquela altura, eu já estava procurando alguém para ser ghostwriter da Annie havia alguns meses, mas não encontrava ninguém que servisse. Então, você apareceu, e achei que talvez a minha avó tivesse fechado com você para fazer o trabalho, antes de morrer, e não tivesse me contado. — Ele deu de ombros, parecendo desanimado.

— Mas não foi isso que aconteceu... A própria Ann que me convidou. *Depois* de morrer. — Percebi a verdade, e suspirei. — Aceitei um trabalho de um fantasma. *Isso* é inédito pra mim...

Ben deixou escapar uma risadinha e se aproximou mais de mim. A mão dele estava tão perto da minha que eu quase poderia segurá-la se ele estivesse vivo.

— Annie costumava mesmo dizer que o universo nos manda as coisas de que precisamos, exatamente quando precisamos delas, e preferi acreditar que a minha avó tinha mandado você. Não sei nada sobre vida após a morte, sobre o que acontece depois... depois *disso*, mas... descobrir o seu livro foi divino. Entregar a você o legado de Annie e vê-lo desabrochar nas suas palavras foi uma bênção. E isso? — Ele olhou bem dentro dos meus olhos e, de repente, aquele momento não parecia mais uma conversa. Parecia uma despedida. — Esses últimos dias foram... lindos. Esse é um bom final, meu bem. Como seu editor, não tenho qualquer ajuste a fazer.

Senti a garganta apertada.

— Ben...

— Sinto muito, mas a-acho que sei o motivo de estar aqui. Com você. Não é por causa do livro de Annie. É por causa do *seu* livro. Pra te agradecer. — Ele sorriu. E seus olhos se iluminaram, mas daquele jeito que parece que o sorriso tenta disfarçar o choro. — O último ano de vida da Annie foi difícil... ela só tinha a mim e eu só tinha a ela. Nem sei explicar como o seu livro me ajudou.

Aquele ano inteiro foi muito triste, mas eu podia abrir o seu livro e me perder nas suas palavras. E, naqueles momentos, eu sentia que tudo ia ficar bem. Não tenho como explicar por que foi aquele livro exatamente, mas foi. Por isso, obrigado por me dar palavras quando achei que não me restava mais nenhuma. Espero que você nunca pare de dar as suas palavras ao mundo.

Eu perdera a conta de quantas vezes tinha desejado ouvir exatamente aquelas palavras de alguém — de qualquer pessoa. E ali estava aquele homem me dizendo que *amava* as palavras do meu livro. Que elas eram importantes para ele.

Senti a boca seca e não sabia o que dizer. Se dissesse *de nada*, Ben desapareceria em uma centelha? O vento o carregaria tarde afora?

— Desculpa por não poder ficar — disse ele baixinho, o tom culpado. — Mas prometo que nem todas as suas companhias serão fantasmas, meu bem.

Eu já tinha ouvido isso antes.

— Nem mesmo aqueles que eu quero que fiquem... — falei. Meu coração estava em pedaços.

— Desculpa — repetiu ele, e me olhou com uma expressão tão triste e suplicante que senti o peito apertado. — Quero estar com você... mas não *assim*. Quero envelhecer com você. Quero acordar todo dia e ver você no travesseiro ao meu lado. Quero aproveitar cada momento da nossa vida, e...

— Não podemos — interrompi. — Eu sei disso.

Então, algo dentro de mim se cedeu. Não exatamente esperança, mas o pequeno fio de felicidade que eu havia experimentado ao longo da última semana, porque ele já não era capaz de me sustentar. Agora, eu estava me equilibrando precariamente em uma corda que se rompera, achando que ela era feita de um material mais resistente.

— Florence... — ele começou a dizer, e estremeci novamente. Ele agarrou o próprio peito. — Q-quero ficar, mas...

Ele não podia. E estava me implorando para deixá-lo ir.

Respirei fundo. Éramos nós mesmos que tornávamos as despedidas algo bom. Elvis too cantando "You Can't Hurry Love", das Supremes, ao fundo, minha mãe rindo por entre as lágrimas enquanto Seaburn dançava com ela no gramado.

Eu me virei novamente para Ben e tentei sorrir da melhor forma possível. Era um sorriso triste e arrasado, mas era meu.

— Obrigada, Benji Andor, por me deixar viver no mundo da sua avó por alguns anos. E obrigada por querer viver no meu.

O que eu mais queria fazer naquele momento era segurar o rosto dele e beijá-lo, mas quando estendi a mão para tentar, seus olhos se arregalaram e ele arquejou.

Como se tivesse visto alguma coisa. Algo que eu não conseguia ver. Algo que eu nunca conseguiria.

Então, Ben se foi.

Desta vez para sempre.

34

Fantasmas debaixo das tábuas

NO CANTO DA Funerária Dias Passados, embaixo de uma tábua solta do piso, havia uma caixa de metal com os meus sonhos mais profundos e as minhas fanfics eróticas. Quando se cresce em uma família em que todo mundo sabe da vida de todo mundo, é preciso encontrar maneiras de preservar os próprios segredos. Carver tinha escondido os dele no pátio dos fundos. Alice escrevia poesia e enfiava em uma árvore em algum lugar na Colina. E eu escondia os meus embaixo das tábuas do piso.

— Vou pegar uma bebida. Quer? — perguntou Alice, pendurando o casaco e indo em direção à cozinha.

Avisei que estava indo embora do cemitério logo depois que Ben desapareceu, e Alice me perguntou se eu precisava de companhia. Acho que ela sentiu que tinha alguma coisa errada.

Alguma coisa além de ter acabado de enterrar o nosso pai, pelo menos.

— O mesmo que você for tomar — respondi. E fui até a sala vermelha.

Eu sabia exatamente onde ficava a tábua solta, escondida embaixo de uma mesa lateral. Peguei um atiçador de fogo e enfiei entre as tábuas de madeira.

Peguei a caixa que estava ali e tirei a poeira de cima.

Então, abri.

Havia um bilhete por cima de tudo, escrito naquela letra confusa e tão familiar. A letra do meu pai. Ele provavelmente tinha encontrado a caixa em algum momento quando estava limpando a sala — provavelmente pisara na tábua solta e espiara para ver o que estava ali embaixo.

Ou talvez eu não tivesse sido tão discreta quanto imaginava.

Talvez ele sempre soubera que eu escondia os meus segredos ali.

Tenho tanto orgulho de você, minha flor.

E havia um recibo grampeado na parte inferior do bilhete. Um soluço subiu pela minha garganta. Era uma nota fiscal de compras na livraria da cidade. *Guia de um canalha*, *O beijo na matinê da meia-noite* e *A probabilidade do amor*. Ele tinha comprado os livros. E sabia que eram meus.

Ele sabia.

Apertei o bilhete com força contra o peito.

E se ele sabia, então aquilo significava... quando o dono do bar interrompeu Bruno. As frases pela metade sobre a minha escrita. Os livros novos de Ann Nichols na vitrine...

Alice me encontrou na sala vermelha daquele jeito. Ela ficou paralisada na porta, os olhos arregalados, segurando dois copos de bebida.

— Que porra é essa? Tem um tesouro escondido aí.

— São as minhas coisas — respondi, com um soluço. Alice se aproximou, se sentou no chão ao meu lado e pousou as bebidas.

Ela pegou *Matinê da meia-noite* e folheou até o fim. — Ele sabia, não sabia?

— Sabia o quê? — perguntou Alice, fingindo inocência. Percebi que ela estava mentindo... que tipo de irmã mais velha *não perceberia*? Eu a olhei irritada e ela deu de ombros e voltou a guardar o livro na caixa de metal. — Não faço ideia do que você está falando. Ele com certeza não contou para a cidade toda.

— *Alice!*

— Ah, eu vou *matar* a pessoa que contou para você, seja lá quem for.

— Ninguém contou. Quer dizer... o papai me contou. — Mostrei o bilhete a ela.

— Ótimo — declarou Alice. — A verdade é que ninguém quer aborrecer o cara que provavelmente vai colocar quase todo mundo da cidade em um caixão. Ninguém quer ser enterrado parecendo um palhaço.

— Ai, meu Deus, ele não ameaçou ninguém, né?

Alice deu de ombros.

— Eu jurei segredo.

Guardamos o bilhete e os outros livros de volta na caixa, e comecei a examinar lentamente o resto das coisas que havia ali. Diários, canhotos de shows, anotações com histórias curtas.

Alice ficou observando, girando o gelo no copo.

— Papai encontrou as minhas também, sabe.

— As suas coisas escondidas? — perguntei. — Sim, elas estão no oco daquela árvore perto da Colina.

Minha irmã me encarou espantada.

— Você *sabia*?

— Carver encontrou há *séculos*.

— As coisas dele estão...

— Embaixo da pilha de lenha no pátio dos fundos — dissemos juntas, e rimos.

Dei um gole na bebida. Era muito mais forte do que as que Dana preparava. A bebida era o retrato de Alice — bem direta, impossível de ser ignorada. Eu admirava aquilo nela. Alice não permitiria que um ex-namorado roubasse as histórias dela e as publicasse. Ela teria perseguido o cara, colocado a boca no trombone e escrito um artigo para a *The New Yorker* expondo nos mínimos detalhes o mentiroso que era Lee Marlow. Não apenas em relação a mim, mas também em relação aos colegas dele, aos amigos, aos jornalistas e reitores que o chamavam para ser o professor convidado em cursos universitários.

Ela o teria aniquilado.

Conforme o sol começava a se pôr, as sombras no salão ficavam mais longas e escuras, mas não nos levantamos para acender as luzes. Havia certa suavidade no modo como a claridade dourada entrava pelas janelas e chegava aos cantos escuros. De qualquer modo, conhecíamos aquela funerária de olhos fechados, e o piso ainda estava confortável.

— Então, tem uma coisa que eu venho querendo te contar. — Alice se sentou de pernas cruzadas e virou metade da bebida em um só gole.

— Lá vem — provoquei.

Alice ajeitou o corpo, parecendo desconfortável. Ela fazia aquilo quando estava tentando guardar um segredo que parecia querer escapar fisicamente do seu corpo.

— Karen leu a maior parte do testamento antes de você chegar, então você perdeu uma parte. — Ela apertou os lábios com força e ficou em silêncio por um momento. — Você tinha os seus fantasmas com o papai, e eu achei que não tinha nada. Mas... — Ela olhou ao redor da sala, com tanto carinho quanto papai sempre olhava. — Eu tinha esse lugar. Bem, eu *tenho* esse lugar.

Soltei uma exclamação quando me dei conta do que ela estava dizendo.

— O papai deixou a funerária pra você?

Ela assentiu bem discretamente.

— Depois que a mamãe morrer, é claro, mas... ele colocou isso no testamento. Disse que ficaria para mim. E mamãe disse que passaria para o meu nome antes de morrer, mas também não quero *tanto* assim ficar com a empresa, e...

— Ah, Alice, estou tão *feliz* por você!

— É sério?

— Sim, é sério, sua idiota! Estou feliz demais! Você é a única que entende esse lugar... que *realmente* entende. Não consigo imaginar a funerária em melhores mãos.

O lábio inferior de Alice tremeu, e ela passou os braços ao meu redor.

— Obrigada — disse ela contra o meu ombro.

Eu a abracei com força.

— Tenho certeza de que você vai fazer um trabalho incrível, Al.

Ela finalmente me soltou e se ajeitou, secando os olhos.

— Acho que já gastei a minha cota de choro para o ano.

— Não tem problema chorar de vez em quando.

— Tem quando estou usando um rímel caríssimo!

— Ah, mas de quem é a culpa?

— De padrões de beleza impossíveis e dos meus cílios ralos? — Ela fungou, indignada, e tomou mais um gole da bebida. — Então, o que está fazendo com o seu tesouro secreto? Tem medo de alguém descobrir?

— Ah, não. Acho que estava só procurando... alguma coisa — respondi. Ela inclinou a cabeça, curiosa. — Uma resposta, eu acho. Alguém que acabou de ir embora me disse que o livro favorito dele era o que eu escrevi. E me agradeceu por isso. Era... era por isso que ele estava aqui.

Alice arregalou os olhos.

— Ah, maninha... Ben?

Por algum motivo, o fato de alguém dizer o nome dele me deixou imensamente triste de novo. As lágrimas ardiam no canto dos meus olhos, mas engoli o choro com determinação. Havia ajudado dezenas de fantasmas no passado. Em geral só tivera que escutá-los — a história de suas vidas — antes que se fossem.

— Não entendo por que estou tão mal agora — admiti. — Já me despedi de tantas pessoas... não deveria ficar mais fácil?

Alice me olhou de um jeito estranho.

— Quem te contou essa mentira? Nunca é fácil. E também nunca é um adeus de verdade... e pode acreditar em mim, estamos em um ramo especializado em despedidas. As pessoas que passam por aqui vivem em mim, em você e em todos que elas tocam. Não existe *final* feliz, existe só... viver feliz. Da melhor maneira que der. Como der. Essas merdas de símile ou metáfora, sei lá.

Mordi o interior da bochecha para não rir.

— E isso vale também para os fantasmas que você ajuda. Acho que você vai ver o Ben de novo.

Sequei o nariz com as costas da mão.

— Ele foi embora.

— Diga isso ao vento.

Talvez houvesse um quê de verdade nas palavras de Alice, embora eu não acreditasse realmente naquilo ainda. Pegando a minha fanfic e folheando os meus diários, percebi uma segurança nas palavras daquela adolescente, no que ela queria, em quem ela era, nas partes a que me apeguei e acabei incluindo no meu primeiro livro, o livro que Ben amava. Aquela adolescente acreditava em finais felizes, em gestos românticos e em amores verdadeiros que iam além dos seus finais convencionais. Eu não era mais aquela garota... ao menos era isso que ficava repetindo para mim mesma. Mas talvez eu fosse.

E talvez aquilo não fosse ruim.

Lee Marlow dissera que romance só era bom porque dava para lê-lo segurando com uma mão só.

Ele estava errado. Lee tinha roubado as minhas histórias e as reescrevera de acordo com os padrões de algum círculo literário imbecil, com *potencial para prêmios*, mas era eu que guardava as lembranças dos meus pais dançando pelos cômodos, de Carver e Nicki se beijando no cemitério, de Alice prendendo uma flor silvestre no cabelo quando achou que ninguém estava olhando. Ele talvez tivesse o argumento da história, mas não tinha o coração.

Ben se fora, mas Alice estava certa. Ele ainda estava ali, e eu ainda tinha um livro para escrever. E agora finalmente sabia como. Ainda não tinha ideia de que maneira escrever o fim da história de Amelia e Jackson, mas sabia que conseguiria. Sabia que era capaz de fazer aquilo.

Acho que Ben teria ficado orgulhoso disso.

— Como fui arrumar uma irmã tão inteligente? — perguntei a Alice, por fim.

Ela riu e me deu um soquinho no ombro.

— Já estava mais do que na hora de você perceber como sou inteligente! Pode me chamar de Santa Alice, por favor.

— Isso já seria passar um pouco dos limites.

— *Sábia* Alice...

— Sério?

— E batize um personagem do seu próximo livro em minha homenagem.

— De jeito *nenhum* — falei, rindo.

Nessa hora, ouvimos uma batida na porta da frente e a voz da Rose ecoou do hall de entrada.

— Sou eu! E preciso *muito* fazer xixi... ai, meu Deus, isso é um *tesouro secreto*? — perguntou, quando nos viu sentadas no chão com a minha caixinha. Mas antes que tivéssemos tempo de responder, ela saiu correndo para o banheiro.

Alice e eu ainda estávamos bebendo, sentadas no chão, quando ela voltou.

— Nossa, olha toda essa sacanagem. Talvez o seu editor aceite um desses como o seu próximo livro — brincou Rose, olhando a fanfic de *Arquivo X*. — Embora Ben não pareça ser do tipo que curte muito Mulder e Scully.

Olhei para ela sem entender.

— Quem?

— O seu editor... quer dizer — Rose se apressou em corrigir, olhando de relance para Alice —, o editor da *Ann*.

Alice fez um gesto com a mão.

— Eu já sei.

— Rose, isso não tem graça. — A dor da partida de Ben me atingiu de novo, como um soco no estômago, e senti vontade de vomitar.

Rose pegou o celular que tinha enfiado no sutiã.

— Erin me mandou uma mensagem agorinha, quando eu estava voltando do cemitério. Ele acabou de acordar.

— Ben está morto — falei.

— *O quê?* Não... eu poderia jurar que tinha dito a você que ele tinha sido atropelado.

— Sim, e que tinha morrido!

Rose balançou a cabeça lentamente, totalmente confusa.

— Eu... *não* disse isso.

Ela não tinha dito? Ah... mas não importava, Ben passara todo aquele tempo *ali*, comigo. Ele me assombrou. Estava morto, *tinha que estar*. Mas quanto mais eu me lembrava da conversa que tivera com Rose, menos segura me sentia a respeito, porque... eu não tinha certeza se ela *realmente* tinha dito que Ben morrera, ou se eu havia deduzido aquilo. Rose tinha dito que ele fora atropelado, e eu deduzira o resto.

Mas... ele era a porra de um fantasma.

E agora tinha ido embora. Eu o vi sumir no vento, mas...

E se...

E se aquilo não tivesse sido Ben passando para um outro plano?

— E... e ele acordou? — perguntei, a voz fraca.

Fiquei de pé e encarei Rose, o peito apertado de ansiedade, descrença e... esperança.

Era *esperança*.

Rose me mostrou a mensagem de Erin.

O SUPER MCGOSTOSÃO DESPERTOU! Ele está acordado!!

— Super McGostosão? — falei em voz alta, enquanto relia a mensagem várias vezes.

Aquilo era bizarramente engraçado. Porque eu tinha acabado de me despedir de Ben. Vi quando ele passou para o outro lado, e agora tinha alguém falando dele como se estivesse...

Como se *estivesse*...

— Ele está vivo.

Os momentos em que ele desaparecia sem aviso. As vozes que ouvia. Os sons. A dor... Eu tinha ignorado a maior parte daquilo porque não importava. Ben estava morto porque eu insistira que ele estava. Mas aquilo *não* era verdade, e por mais que ele tivesse existido perto de mim, alguma parte de Ben ainda estava sendo puxada de volta para o seu corpo, arrastada de volta, embora ele tentasse o tempo todo ficar *comigo*, achando que aonde quer que fosse depois seria pior.

Se eu tivesse sido mais sensível... Se não tivesse ignorado as coisas esquisitas que estavam acontecendo com ele. Se eu tivesse apenas *pensado* um pouco... aquelas situações não eram sempre as mesmas, não havia certezas.

Pressionei a mão contra a boca para abafar um soluço.

Rose me segurou pelos ombros.

— Florence? Amiga? Você tá bem?

Balancei a cabeça. As lágrimas estavam deixando o mundo borrado.

— E-ele está vivo — falei entre soluços. — B-Ben está vivo.

Alice, que ainda estava sentada no chão, levantou os olhos.

— É o seu namorado fantasma, esse Ben?

Ao ouvir aquilo, Rose perguntou:

— Um *fantasma*?

Isso me fez chorar ainda mais, e Rose me puxou mais para junto dela e me abraçou, embora não estivesse entendendo nada. Ele ia poder dar comida pra gata de novo, ir a livrarias, ler seus romances favoritos... ia poder tirar todas as férias que nunca havia tirado e conhecer pessoas novas, ter uma nova família e...

E eu. Ben poderia *me ter*.

Eu queria ter lembranças com Ben. Queria vê-lo na varanda, me sentar com ele ali e inventar histórias bobas sobre as pessoas que passavam na calçada. Queria tomar uma cerveja com ele no Bar Nenhum e dançar com ele — *realmente* dançar com Ben, as nossas mãos entrelaçadas, meu coração acelerado, batendo tão alto que me denunciaria.

Queria beijar Ben, obviamente, mas era *tão mais* do que aquilo!

Quando estava com Lee, conseguia ver a minha vida inteira se desenrolando ao redor dele. Eu sabia onde me encaixava, sabia qual era o meu papel e como deveria desempenhá-lo. Tinha um lugar na vida de Lee e procurava me adequar a ele da melhor maneira possível — tentava ser a namorada perfeita para alguém que estava procurando uma santa.

Mas quando pensava em Ben, no cabelo despenteado, no sorriso tímido e na voz suave dele, meu coração se apertava no peito de um jeito que quase doía. Porque eu achava que poderia...

Achava que poderia *amá-lo*.

Cauteloso, organizado e resignado como ele era. *Exatamente* como ele era. Ben não precisava se encaixar em um lugar perfeito na minha vida. Ele só precisava... *ser*.

Ben existia. E o resto do meu mundo abriu espaço para ele.

No final, Ben estava certo. O amor realmente não tinha morrido.

35

Corações indisciplinados

QUANDO SE CHEGA a Nova York pelo aeroporto LaGuardia, é melhor esperar o pior e torcer pelo melhor. Eu detestava aterrissar ali — o ar turbulento, o jeito como passamos *bem perto da água*, como *achamos que vamos aterrissar na água* até que no último instante a pista de pouso surge, o avião pousa e...

Eu não gostava de andar de avião.

Nem um pouco. Mas enfrentei corajosamente o meu medo. Na verdade, não me importei nem um pouco. Porque eu ia ver *Ben*.

Depois do funeral, eu tinha pensado em passar mais alguns dias em casa, mas assim que a minha família soube do que aconteceu — por Alice, porque ela guardava segredos tão bem quanto o meu pai —, todos me disseram para voltar para Nova York. Voltar com Rose, ir para o apartamento e, de manhã, correr para o hospital... *e encontrar Ben.*

— Coisas boas não esperam — disse a minha mãe. — E você também não devia esperar.

Talvez aquele não fosse o meu grande romance, mas era a minha história, e já não me importava mais se eu era a regra ou a exceção. Eu só queria encontrar Ben. Queria ter certeza de que estava tudo bem com ele.

O celular de Rose vibrava com as notificações das mensagens chegando. Provavelmente todas de Alice. Elas tinham saído juntas na noite anterior, foram ao Bar Nenhum, e desde então Rose não tinha parado de falar da minha irmã. Eu amei aquilo... e odiei. A minha melhor amiga caótica e a minha irmã mais nova metida a esperta? Era uma receita para confusão.

O que Ben e eu éramos? Éramos alguma coisa?, me perguntei. Eu não sabia. Me lembrei da minha última conversa com ele e voltei a me sentir profundamente constrangida. Ann era avó dele — e Ben tinha lido todas as minhas cenas de sexo! Ele tinha me visto *nua*!

Eu nem sabia dizer o que era pior.

Era tudo horrível demais.

Mas será que ele se lembrava de alguma daquelas coisas? Ou, quando Ben acordou foi como se tivesse despertado de um sonho? Erin tinha dito a Rose que os ferimentos dele não eram graves, e que os médicos não sabiam por que ele não estava acordando. Era porque Ben não estava ali. A alma dele, o espírito, o que quer que fosse. Eu não sabia o que nos ligava um ao outro. As memórias nos nossos elétrons? O ar nos nossos pulmões? O eco das nossas palavras? Mas não importava. Ben agora estava acordado e, embora parecesse uma eternidade desde aquele dia em que eu tinha me sentado no escritório dele e lhe dado um cacto de presente, para o resto das pessoas havia se passado apenas uma semana.

— Ah, ei. — Rose me cutucou com o cotovelo. Os passageiros estavam começando a sair do avião e atravessando a ponte de desembarque. — Erin me mandou uma mensagem enquanto estávamos no ar. Ele já está recebendo visitas!

— Ah.

Senti que ia passar mal.

Sair do aeroporto era sempre mais fácil do que chegar nele, mas o LaGuardia também dificultava o desembarque. Era como se a pessoa que projetou o lugar quisesse se certificar de que todos que passassem por ali sofressem o máximo possível. Todos os portões de desembarque ficavam de um lado do aeroporto, mas a fila para os táxis era do outro lado do estacionamento — era preciso descer uma ladeira, atravessar um canteiro de obras e chegar ao extremo do que provavelmente já havia sido um ponto de ônibus. O percurso demorava trinta minutos — e chamar um carro por aplicativo demoraria o mesmo tempo, porque o ponto deles ficava bem *ao lado* dos táxis.

Mas finalmente conseguimos pegar um e Rose pediu ao motorista para nos levar ao hospital NewYork-Presbyterian, em Lower Manhattan — pelo caminho mais rápido possível. Por causa da escala em Charlotte, não conseguimos chegar antes da hora do rush, por isso, um trajeto que normalmente levaria trinta minutos acabou levando mais de uma hora. Aquilo era algo de que eu não sentia a menor falta em Nova York. Pelo menos em Mairmont não havia pessoas o suficiente para *gerar* uma hora e meia de engarrafamento.

Quando finalmente paramos diante do hospital — e do prédio certo —, eu só queria ir para casa, mas Rose ficou indignada.

— Você não *quer* ver o Ben?

Obviamente eu queria. A questão não era aquela. Não era se eu queria ou não vê-lo — mas a última semana tinha sido estranha e sobrenatural, e quem poderia garantir que Ben iria querer *me* ver?

Rose pagou o táxi e jogou a bolsa de viagem na calçada, ao lado de um hidrante, fora do caminho da maioria das pessoas.

— Vou esperar aqui — declarou, indicando que eu entrasse. — Não gosto de hospitais.

— Eu também não... você sabe, toda essa coisa dos *fantasmas* — sussurrei.

— E um deles está te esperando lá em cima. Quarto 538. Não esquece!

Como se aquilo fosse possível. Eu tinha passado o tempo todo no táxi repetindo aquele número na minha cabeça, mas uma vozinha interna, que eu vinha tentando ignorar, tentando deixar de lado, não parava de perguntar: *E se ele não se lembrar de você?*

O que eu faria, então?

Eu não sabia, mas também não pensei nisso enquanto entrava no elevador e apertava o botão para o quinto andar. Um instante depois, uma mulher mais velha entrou também. Ela usava o suéter mais chamativo que eu já tinha visto — como se todas as cores do arco-íris tivessem sido vomitadas ali e tricotadas juntas. Eu só vira um suéter como aquele uma vez.

— Qual andar? — perguntei.

— Ah, acho que finalmente está na hora de me encaminhar para o topo.

— Claro. — Apertei o botão do andar mais alto.

A mulher mais velha se inclinou na minha direção. Ela cheirava a lilases e bolinhos.

— Obrigada, Florence.

— De nad...

Mas, quando ergui o olhar, a mulher tinha ido embora. Senti um arrepio gelado descer pela minha espinha. Eu poderia jurar que a mulher estava ali, um segundo antes.

E aquele suéter... ela parecia...

Parecia Ann.

As portas do elevador se abriram no quinto andar com um estalo. Saí e olhei para trás mais uma vez para me certificar de que a mulher não estava mais ali, mas lógico que não estava. Ann estava morta. Fazia cinco anos.

Não tive mais tempo para pensar em Ann porque, enquanto as portas do elevador se fechavam, ouvi uma voz conhecida chamar o meu nome. E não era a voz que eu queria escutar.

— *Florence?*

Eu me virei e o vi, parado ali no saguão, com seu cabelo loiro e a barba aparada: Lee Marlow. Ele estava segurando um buquê de flores amarelas com um cartão enfiado nelas onde se lia BOA RECUPERAÇÃO!

Senti que começava a suar frio.

— Lee... o-oi.

— Que surpresa! — Ele parecia confuso. — O que você está fazendo aqui?

— Hum... vim ver o Ben.

Ele franziu a testa, como se estivesse tentando decifrar exatamente como eu conhecia Ben. E eu não sabia por onde começar. Embora não devesse nem ter me dado ao trabalho, porque, no fim das contas, sabia que Lee simplesmente não se importava.

— É claro que ele é popular com as mulheres.

Ben? Ah, tá. Com certeza Lee estava dizendo aquilo porque ninguém tinha aparecido para visitá-lo quando ele retirou o apêndice, no nosso aniversário de dois anos de namoro.

— É bom ver que você fez alguns contatos em todas aquelas festas do mercado editorial a que eu te levei — acrescentou ele.

Lee realmente não conseguia aceitar que existia um mundo além do nariz dele, não é mesmo? Era um homem charmoso e agradável, é claro, e o mundo que conhecia dançava a sua volta como planetas ao redor do sol.

Forcei meus lábios a se curvarem em um sorriso e fechei as mãos. Só um soco. Só um.

Não, Florence.

Você é melhor do que isso.

— Acabei de perguntar às enfermeiras — continuou ele, indicando o fim do corredor. — Ben está para lá. Podemos ir juntos.

Eu não queria fazer aquilo, mas também não queria ir sozinha. O meu peito estava começando a ficar apertado. Não era daquele jeito que eu imaginara rever Ben, com Lee Marlow de testemunha, mas comecei a me importar cada vez menos com *como* nós nos reencontraríamos, e só pensava que *iríamos* nos ver de novo. Porque Ben estava ali e, a cada passo, o pânico nas minhas veias começava a se transformar em empolgação.

Ele estava ali. Naquele prédio. *Vivo.*

Ben estava vivo. Ben estava vivo.

Ben estava vivo.

Hospitais não pareciam muito diferentes de editoras — pelo menos não da Falcon House. Paredes de vidro separavam os pacientes das outras pessoas, o vidro às vezes fosco, mas sem nunca garantir de verdade a privacidade. A cacofonia de bipes se unia em um ritmo irregular, e o meu coração parecia bater mais alto do que todo aquele som, tomando meus ouvidos como uma marcha fúnebre.

Lee nunca soube lidar muito bem com o silêncio. Ele não gostava de quietude. Estava sempre falando, ou ouvindo, ou *fazendo* alguma coisa. Por isso, enquanto caminhávamos juntos pelo corredor, ele disse:

— É bom te ver... está indo a algum lugar? — acrescentou, assim que percebeu a mala que eu levava.

— Acabei de chegar de Mairmont.

— Ah. Que merda. Você sempre detestou estar por lá.

— O meu pai morreu — retruquei, e ele ergueu as sobrancelhas.

— Ah. Florence, eu sint...

— É esse o quarto? — interrompi, olhando direto para a frente.

Para o fim do corredor, para o quarto 538. Eu conseguia ver o número na placa. E, através do vidro fosco, vi uma sombra — uma forma — sentada na cama.

Eu conhecia aquela forma. Conhecia aquele *homem*.

— Ah, que surpresa. A Laura ainda está aqui — comentou Lee.

Eu não tinha reparado na mulher sentada na cadeira ao lado da cama de Ben até ele mencionar. Uma mulher de cabelo vermelho suave e rosto em formato de coração, enrolada em uma manta. O mesmo cabelo ruivo da foto na rede social. O mesmo rosto delicado.

— Laura? — repeti.

— Ela não saiu do lado dele desde o acidente — continuou Lee, e não achei que estava sendo maldoso... ele não tinha como saber o motivo de eu estar ali. Ou o que eu estava sentindo. — Já falei várias vezes pra ela ir pra casa, mas você sabe como é.

Parei de andar.

A menos de cinco metros de distância, no quarto 538, Ben riu de alguma coisa que Laura disse. Foi uma risada alta, animada e... e *feliz*. Ele estava feliz. Eu não precisava vê-lo para saber.

— Acho que Laura ainda sente saudade dele — voltou a falar Lee. — Talvez Ben dê uma segunda chance a ela agora.

Uma segunda chance. O que Laura havia implorado a Ben, depois de traí-lo, e o que Ben quisera dar a ela. Uma segunda chance... mas ele não achava que merecia aquilo, porque que tipo de cara leva a namorada a traí-lo? Mas tinha sido culpa da Laura. Ela fizera aquela escolha.

E Ben fizera a dele.

Mas... Laura estivera com ele no hospital o tempo todo. Esperando que ele acordasse. Ela o amava. *Realmente* amava — e os dois compartilhavam uma história que Ben e eu não poderíamos ter construído nos sete dias em que estivemos juntos.

Eu... sabia muito pouco sobre Ben. Qual era a comida favorita dele? E a música favorita? Do que ele tinha medo? O que ele fazia nos fins de semana? Ele tinha um daqueles apoios de pé para usar no banheiro? Aquelas eram perguntas que eu não pensara em fazer ao longo da última semana.

Era verdade que eu estivera de luto pelo meu pai naquela semana. Eu *ainda* estava de luto pelo meu pai. Era difícil abrir espaço para outras coisas quando a tristeza que eu sentia era tão intensa.

— Por que você não foi atrás de mim? — perguntei abruptamente a Lee. — Quando eu fui embora.

Ele me olhou de um jeito estranho, e... nossa, eu desejei que Lee dissesse que tinha sentido a minha falta. Desejei que ele se desculpasse. Para que eu pudesse contar a ele que as minhas histórias eram verdadeiras, e que eram preciosas, e que eu mesma queria contá-las algum dia. Porque histórias de fantasmas são histórias de amor sobre o aqui e o além, sobre o agora e o quando, sobre lampejos de felicidade e momentos que continuam a ressoar muito depois do tempo das pessoas na Terra. São histórias que nos ensinam que o amor nunca é uma questão de tempo, mas de momento.

E aquele não era o meu momento.

De todas as coisas que Lee poderia ter dito, o que ele falou foi:

— Acho que não teríamos dado certo juntos, coelhinha. Não gosto de namorar concorrentes, embora você ainda tenha um longo caminho pela frente. Não queria ver você com inveja...

O meu punho já estava cerrado.

Teria sido uma pena desperdiçar aquilo.

Por isso, eu me virei e acertei um soco bem no meio do nariz daquele filho da puta.

Ele gritou de dor e recuou, surpreso. Seu nariz não estava quebrado. Eu não sabia bater forte o bastante para isso. Mas meus dedos *doíam*. Lee se virou de volta para mim com uma expressão chocada e furiosa nos olhos.

— Mas que *porra* foi essa, Florence?!

— Não sou sua concorrente, Lee Marlow — disse a ele, sacudindo a mão, de dor. — Você nem está na mesma categoria que eu. Mas é melhor prestar bastante atenção em mim — falei, e peguei de novo a alça da minha mala —, porque vou ser a escritora que você jamais conseguiria.

Então, dei meia-volta no corredor e segui novamente em direção aos elevadores.

E não olhei para trás.

Nem quando Lee gritou para eu parar, dizendo que ia chamar a polícia, que prestaria queixa... não me importei.

Eu me sentia bem, e aquele soco fora merecido.

Eu nunca mais voltaria a pensar em Lee Marlow.

Rose ainda estava me esperando do lado de fora, e a expressão no meu rosto deve ter dito tudo. Ela franziu a testa e balançou a cabeça.

— Ah, querida — sussurrou, e me puxou para um abraço apertado.

Eu contei a ela que não tinha conseguido ir até Ben. Não contei o motivo, mas a verdade era que não fazia mais diferença. Não era o meu papel naquele momento, assim como não era uma história de que eu fazia parte. Eu tinha ajudado Ben a conseguir a vida dele de volta, e ele tinha me ajudado a seguir com a minha — e se tivesse sido apenas isso... que assim fosse. Ben estava feliz, portanto era hora de eu ser também.

Fui para casa com a minha melhor amiga no mundo inteiro, para o nosso pequeno apartamento em Nova Jersey, e terminei de escrever uma história de amor.

36

Uma reunião fascinante

Amelia Brown estava parada na chuva, e sabia que não queria ficar sozinha.

— Desculpe — disse Jackson, e seu olhar encontrou o dela. Os olhos dele eram do azul profundo de um céu de verão na terra em que Amelia crescera, e por mais irritada ou triste que estivesse com ele, Amelia ainda se pegava ansiando por aqueles céus sempre que olhava nos olhos de Jackson. — Eu fui um babaca e não deveria ter mentido sobre a Miranda... mas estava sofrendo muito. E achei que se conseguisse não pensar nela, a dor iria embora. Mas estava errado. E acabei magoando você no processo. Eu estava com medo.

— Do quê? — perguntou Amelia, forçando-se a se manter firme. Sob a luz fraca da casa atrás dela, Jackson parecia um espectro saído de um sonho. Que estava ali para assombrá-la. Havia desejado que ele voltasse, mas imaginou que aquilo não aconteceria. — Você achou que eu usaria o seu passado para conseguir meus quinze minutos de fama e ganhar dinheiro?

— E você não tentou?

Ela se abalou, sentindo o golpe.

— Não cheguei a mandar aquela matéria. Não consegui.

Porque, durante os jantares tranquilos na cozinha, ou quando estavam salvando cães, ou fugindo dos paparazzi... Amelia tinha se dado conta de que não queria publicar aquilo. Não queria uma vida agitada.

Queria uma vida boa.

— Eu sei. Obrigado — disse Jackson.

Ela se abraçou com força.

— Estamos quites, então.

— Soube que você alugou a casa por mais uma semana.

— Eu gosto muito do clima — retrucou Amelia, tremendo de frio.

— É ótimo mesmo. Você... aceitaria a companhia de um músico exausto e todo ferrado?

Ela inclinou a cabeça.

— Depende. O violão vem junto? — Amelia apontou para o violão pendurado nas costas dele.

— Eu ia fazer uma serenata pra você, se não tivesse aceitado conversar comigo — admitiu Jackson, um pouco envergonhado, e secou os olhos.

Ele estava chorando, mas se Amelia tivesse perguntado, ele teria dito que era a chuva.

Ela deu um passo na direção dele, e os dois ficaram tão próximos que tudo o que Amelia precisaria fazer seria pegá-lo pela mão, e puxá-lo na direção da casa aquecida na ilha de Ingary.

— O que você tocaria? — perguntou ela.

Jackson esticou as mãos lentamente e pegou as dela com carinho.

— Não se preocupe — respondeu —, seria uma música só com as notas boas.

Eu escrevi. E escrevi. Por três meses — enquanto abril dava lugar a maio, então a junho e depois julho —, arrumei o texto, editei, limpei, sempre sentada na frente de um ventilador, bebendo chá gelado. E me apaixonei mais e mais por Amelia e Jackson e pela mágica ilha de Ingary dos dois. Checava sempre as minhas mensagens, embora na maioria das vezes fosse apenas Rose querendo saber como eu estava, ou Carver perguntando a minha opinião sobre os planos dele para pedir Nicki em casamento, e até Alice algumas vezes! Embora as mensagens dela quase sempre fossem sobre Rose.

Já podia sentir aquela encrenca chegando a quilômetros de distância. A minha melhor amiga e a minha irmã caçula? Que Deus me ajudasse.

Eu pedia comida tailandesa no restaurante da esquina, ia dormir tarde demais e acordava ao meio-dia — para preparar um bule de café do qual tomava um gole, antes de deixá-lo de lado enquanto mergulhava novamente na história.

Não escrevia daquele jeito havia anos, pelo menos não desde que começara a escrever para Ann.

Tinha a sensação de que tudo o que acontecera no último ano, todas as frustrações reprimidas, todos os meus fracassos, meus desejos, esperanças e sonhos, tudo aquilo estava jorrando de mim. Na tela do computador, eu conseguia dar sentido àquelas coisas, moldá-las em um começo, um meio e um fim — porque todas as boas histórias de amor tinham um fim.

Então, de repente, eu não estava mais numa noite sombria. Estava saindo para a luz do dia, para o "e viveram felizes para sempre", e aquilo parecia bom, animador, pleno.

Algo de que eu poderia me orgulhar.

Uma noite, Carver me ligou para contar.

— Ele aceitou — falou, em uma chamada de vídeo com Nicki, os dois mostrando as alianças de ouro de noivado. — E vamos fazer a cerimônia daqui a algumas semanas na funerária. Achei que, como Alice é *basicamente* a dona do lugar agora, ela poderia remanejar um velório ou dois, e ainda nos dar um desconto de família. Bruno vai celebrar.

— O Elvistoo? — perguntei, surpresa. — Não sabia que ele também celebrava casamentos.

Três semanas mais tarde, no dia mais quente já registrado em julho, terminei o último livro que escreveria para Ann Nichols.

E ficou bom.

Mandei o manuscrito anexado em um e-mail para Molly, que o encaminhou para Tamara, que era a nova assistente editorial de Ben, a mesma que tinha segurado uma barra pesada enquanto ele estava de licença médica. Tamara também sabia que eu era a ghost-writer de Ann. Eu não esperava ter nenhum retorno. Já haviam se passado três meses, e se Ben se lembrasse de mim, se sentisse a minha *falta*, teria me encontrado. Ele sabia como.

Alguns minutos mais tarde, Molly me ligou. E se ofereceu para ser minha agente.

— Sei que o seu trabalho é bom, e agora que o contrato em relação aos livros da Ann acabou, achei melhor abordar você antes que outra pessoa fizesse isso — declarou ela. — E então, o que acha?

Respondi que pensaria a respeito, como uma pequena vingança por ela não ter me contado sobre a morte de Ann (embora fosse segredo). Molly era uma das melhores agentes do mercado, e eu gostava de trabalhar com ela. Por isso, não havia nem o que considerar, mas, sabe como é, eu queria tempo para sentar e pensar um pouco sobre o assunto, já que não sabia muito bem *o que* eu queria fazer naquele momento.

Afinal, tinha acabado de terminar um livro.

Será que Ben ia gostar dele? Não, eu já sabia que ele gostaria. Ben iria amar aquela história, porque por alguns poucos dias, durante uma primavera fria em Mairmont, ele tinha *me* amado, e assim como Jackson cantara uma canção só com as notas boas para Amelia, o livro carregava apenas as boas partes de nós dois.

Naquela noite, em vez de pedir comida, decidi preparar um macarrão com queijo para comemorar, enquanto Rose parava na loja de bebidas para comprar o nosso vinho de abacaxi favorito no caminho de volta pra casa. O meu telefone vibrou quando eu estava escorrendo o macarrão. Um e-mail.

Chequei para ver quem era...

E o meu coração deu um salto no peito. Quase deixei o celular cair dentro do macarrão.

Era de Ben.

Srta. Day,

Foi um prazer trabalharmos juntos. Desejo sucesso em seus futuros trabalhos.

Abraços,
Benji Andor

Era tudo o que o e-mail dizia.

Durante as quatro horas seguintes, fiquei andando de um lado para o outro no apartamento, tentando decodificar qualquer mensagem secreta dentro daquelas dezesseis palavras, junto com Rose e uma garrafa de Pineapple Riesling.

— A gente nem trabalhou junto! — falei, indignada, quase abrindo um buraco no piso de madeira de tanto andar de um lado para o outro, cada vez mais rápido. — O que ele quis *dizer*?

Ele lembra? Não... não era possível. Se Ben lembrasse, teria entrado em contato comigo muito antes. Não era possível.

Rose ficou me olhando perambular pela casa, do seu lugar no meio do sofá, a taça de vinho na mão.

— Talvez seja só um e-mail educado?

— Eu não recebi um e-mail assim nem da minha antiga editora.

— Você devia responder.

Parei de andar.

— *O quê?*

Ela deu um gole grande no vinho.

— Diga que gostaria de encontrar com ele e encerrar os assuntos inacabados entre vocês.

— Eu não *tenho* nenhum...

— Florence.

— Rose.

— Eu te amo, mas você precisa fazer isso.

— Eu também te amo, mas você espera que eu simplesmente entre no escritório do Ben e... diga o quê? Que sou uma criatura confusa e caótica? Uma farsa?

Em resposta, Rose pousou a taça com força na mesa de centro e estendeu a mão para nossa estante de livros, atrás do sofá. Ela pegou um deles e entregou para mim.

— Assina, embrulha pra presente e entrega a ele.

Fiquei olhando para o meu próprio livro, *Fervorosamente sua*. O livro que Ben tinha dito que era o seu favorito da vida. E soltei um longo suspiro.

— Você se lembra daquela sua última ideia envolvendo Ben?
Rose deu de ombros.
— Você conseguiu dar um soco no Lee, não conseguiu?
Ela bem que tinha razão.
Assim, na manhã seguinte, enquanto eu lidava com uma ressaca e comia mingau de aveia congelado, escrevi uma resposta.

Sr. Andor,

Foi um prazer. Mas tenho outra coisa para lhe entregar. Acha que poderíamos marcar uma reunião?

Atenciosamente,
Florence Day

Srta. Day,

Nesta sexta-feira, ao meio-dia, seria bom?

Abraços,
Benji

Sr. Andor,

Ao meio-dia está perfeito.

Abraços,
Florence

E foi isso.

Passei a semana repensando o que escrevera no meu e-mail. *Perfeito* era uma palavra forte demais? Deveria ter assinado srta. Day? Deveria ter me referido a ele como Benji, em vez de sr. Andor? Na quarta-feira, Rose me disse que se eu continuasse surtando daquele jeito, acabaria precisando de uma camisa de força.

Por isso, tentei ao menos manter o surto mais *silencioso*.

Talvez tivesse tido um ataque de pânico dos grandes se não precisasse finalizar os planos para o casamento de Carver e Nicki naquele fim de semana. Logo depois do encontro com Ben, na sexta-feira, eu pegaria um táxi para o aeroporto de Newark e entraria em um avião para casa, para ir ao casamento dos dois no sábado. Sexta-feira seria o jantar de ensaio e as despedidas de solteiro e, como a irmã mais velha que não tinha feito absolutamente *nada* enquanto estava enfiada nas trincheiras do prazo final de um livro, o mínimo que eu deveria fazer era participar daqueles eventos. Tinha reservado o meu quarto na pousada (para a alegria de John e Dana); aguentado as exclamações de mamãe de "Estou tão feliz" e "O meu bebê cresceu e está deixando o mortuário!"; *e* tinha conseguido convencer Rose a ir comigo — só porque eu era a melhor irmã mais velha do mundo, e tinha certeza absoluta de que Alice *jamais* pediria que ela fosse. Alice era ousada em relação a absolutamente tudo, menos quando se referia à sua própria felicidade.

Acho que era um traço de família.

Por isso, me permiti certa tolerância comigo mesma quando percebi — já no elevador, subindo para a Falcon House Publishers — que não tinha levado nenhum cartão dizendo SEJA BEM-VINDO DE VOLTA!, ou QUE BOM QUE VOCÊ SOBREVIVEU! para entregar a Ben, junto com o livro de presente. Fiquei me balançando nos calcanhares, totalmente incapaz de ficar parada.

— Belo dia — comentei com um homem suando em seu terno Armani.

Ele grunhiu e secou a testa.

Era verão em Nova York, e os homens no elevador pareciam prestes a suar até a morte em seus ternos bem passados, enquanto as mulheres usavam saias leves e saltos baixos.

E eu estava usando o tipo de roupa em que me sentia mais confortável — uma blusa larga, jeans com um rasgo no joelho esquerdo e tênis All Star vermelhos. Eu não me encaixava ali, mas as aparências enganavam e, sabe o que era melhor? Eu realmente não me importava mais. Aquilo não tinha importância. O que importava era para onde eu estava indo.

Não estava com medo do número aceso que indicava o andar para o qual eu estava indo. O editor-executivo Benji Andor voltara para o escritório havia menos de um mês, embora eu começasse a desconfiar que ele tinha trabalhado bastante de casa naquele meio-tempo. Mas, pelo que Erin dissera a Rose, ele ainda tinha muito trabalho para colocar em dia. Mas também, desde quando editores não têm um caminhão de trabalho atrasado? Durante o tempo em que eu convivera com Lee, pudera ver em primeira mão que ele estava sempre *muito* atrasado em todos os seus prazos. Mas tinha a sensação de que, ao contrário de Lee, Ben realmente queria colocar o trabalho em dia... então, por que ele tinha concordado em marcar uma reunião comigo?

Estava nervosa. E se ele achasse que eu não passava de uma esquisitona, que queria dar o livro favorito dele de presente? Mas eu achava que aquilo não poderia ser pior do que uma esquisitona lhe dando um cacto de presente.

Porque haviam se passado *três meses*, e eu não ia mentir: tinha passado uma boa parte daquelas noites abraçada a uma garrafa de vinho, me perguntando o que teria acontecido com Laura. Será que ela havia ficado com Ben? Será que ele quis reatar com ela? Eles teriam decidido tentar de novo?

Estava sozinha no elevador quando ele parou no andar da Falcon House Publishers, e saí para o hall branco e elegante. As estantes de vidro pareciam as mesmas de sempre. Com os best-sellers de Ann Nichols em uma estante só para eles, o vidro me refletindo — o rosto sardento, os lábios secos e o cabelo loiro bagunçado preso em dois coques.

Erin estava lendo um livro quando me aproximei do balcão da recepção, mas marcou rapidamente a página com um post-it e o fechou. *Quando os mortos cantam*, de Lee Marlow.

Tinha sido lançado naquela semana.

— Florence! Bom dia! — cumprimentou Erin. — Como está Rose? Ela ainda está viva?

— Vocês duas *realmente* precisam parar de ir naquele bar de vinho — retruquei, e me lembrei de Rose entrando cambaleando no apartamento na noite anterior e desmaiando na mesma hora no tapete macio da sala.

Erin fez um biquinho.

— Mas eles têm uma tábua de queijos *tão* boa!

Rose não tinha ido trabalhar naquele dia — já pegara o voo para Charlotte, e Alice a encontraria lá para levá-la a Mairmont. Depois da reunião com Ben, eu faria o mesmo. Perguntei a Erin se poderia guardar a minha mala atrás do balcão e ela prontamente concordou.

— Vou avisar ao Benji que você chegou.

— Ótimo, obrigada.

Enquanto Erin ligava para a sala de Ben, eu me apoiei no balcão para dar uma olhada melhor no livro de Lee. Achei a capa razoável. Parecia um pouco demais com *A mulher na janela* para o meu gosto. É óbvio que eu não consegui *esquecer* que o livro dele seria lançado naquela semana. Havia lembretes por toda a cidade — um artigo inteiro na edição de domingo do *The New York Times*, anúncios no metrô e nas revistas, e até mesmo na minha livraria independente favorita. Não era algo de que eu pudesse realmente escapar, mas também já não me sentia mais à sombra daquele livro.

Lee acabou *não* prestando queixa na polícia depois que soquei a cara dele no hospital. Provavelmente tinha sido melhor assim, porque eu sabia de segredos que poderiam tornar a vida dele muito desconfortável por algum tempo, e Lee não precisava daquele tipo de publicidade ruim antes do lançamento do seu best-seller instantâneo.

Depois de um instante, Erin desligou o telefone e disse:

— Que estranho... Benji não atendeu, mas ele deve estar no escritório. Você pode ir direto lá, se quiser. A porta dele deve estar aberta.

Então, respirei fundo, e fui.

37

O amor não morreu

EU ME LEMBRAVA de fazer aquele mesmo trajeto três meses antes. Me lembrei de como estava apavorada, de como torci para que aquele novo editor pegasse leve comigo. Acabei conseguindo o tempo extra de que precisava, mas não exatamente da maneira como eu tinha planejado. Passei pelas salas de reunião separadas por painéis de vidro fosco, pelos editores-assistentes, pelo pessoal do marketing e da assessoria, trabalhando com afinco para fazer funcionar a máquina que era uma editora.

Era realmente um milagre que tudo saísse no prazo. Bem, um milagre e uma quantidade excessiva de cafeína.

No fim do corredor, a porta para a sala de Ben estava aberta, como Erin disse, e ele estava sentado lá, como sempre. Como se não tivesse sido um espectador durante a pior semana da minha vida. Seu cabelo estava um pouco mais comprido e ondulado, com algumas mechas caindo por cima das orelhas, e não mais penteado para trás, com gel, como da última vez que nos encontramos ali.

Ele estava com as mangas da camisa enroladas até os cotovelos, e era possível ver de relance sob o colarinho a aliança do pai, que ele trazia pendurada no pescoço. Uma cicatriz superficial atravessava o lado esquerdo do seu rosto, ainda um pouco vermelha e sensível, mas já curando. Ele usava os óculos grandes, de armação grossa, embora eles não o ajudassem a enxergar melhor, já que Ben ainda precisava estreitar os olhos para conseguir ler alguma coisa na tela do computador, enquanto equilibrava uma caneta na boca.

Era um instantâneo da vida dele. Eu queria tirar uma foto daquele momento, memorizar como a porta o emoldurava em um cenário perfeito, com a janela atrás e o sol do meio-dia cobrindo a sala com uma luz dourada.

Eu me preparei... e preparei o meu coração.

Mesmo se ele não se lembrasse de mim, estaria tudo bem. Ficaria tudo bem... *Eu ficaria bem.*

Bati na porta.

Ele se assustou com o barulho. A caneta caiu da boca, mas ele pegou e guardou em uma gaveta na escrivaninha.

— Srta. Day! — cumprimentou Ben, surpreso, e se levantou rapidamente para me receber. Na pressa, ele bateu com as pernas longas na parte de baixo da mesa e se encolheu de dor. — É um prazer revê-la.

Ele estendeu a mão por cima da mesa, para pegar a minha. A mão de Ben era quente e cheia de calos. Achei que tinha me preparado para aquele encontro, mas naquele momento me dei conta de como não estava nem um pouco pronta. Porque ele estava *vivo*. Depois de tanto tempo sendo um espectro que surgia e desaparecia da minha vida, primeiro como um fantasma, então como uma lembrança, e agora...

Agora Ben estava parado na minha frente, e já não fazia diferença se ele se lembrava de mim ou não. Ele estava ali. A sensação da mão dele na minha me deixou feliz de um jeito estranho e reconfortante.

E aquela felicidade, mesmo que agridoce, fez meu coração parecer prestes a explodir.

Apertei a mão de Ben com firmeza.

— Obrigada por me encaixar na sua agenda — respondi, sorrindo. — Estou de partida para o aeroporto de Newark, por isso não vou demorar muito.

— Vai viajar?

— Vou para casa! — respondi, animada. — O meu irmão vai se casar neste fim de semana.

— Parabéns! Bem, então vamos começar logo essa reunião. Por favor, sente-se — disse ele, indicando a cadeira que ficava de frente para a mesa dele.

Afundei nela. A última vez em que eu tinha estado ali, havia praticamente implorado a ele por outra extensão de prazo do último livro de Ann. Tinha chegado a argumentar com ele que *o amor tinha morrido*, para que eu pudesse escrever um gênero diferente. Mas nada tinha funcionado.

O livro — *As ondas da música infinita* — teria dado uma ótima história de vingança.

Mas era uma história de amor ainda melhor.

Para minha surpresa, Ben havia mantido na sala o meu cacto trazido como uma bandeira branca — a planta estava em cima da mesa dele, ao lado do monitor, ainda viva. Ele havia aberto espaço para o cacto naquele espaço organizado, onde tudo tinha o seu devido lugar.

Eu havia mudado tanto naqueles últimos meses, e me perguntei o quanto Ben também teria mudado sem se dar conta. Se, em algum lugar bem no fundo, abaixo da carne e dos ossos, haveria uma memória de caminhadas sob a lua no cemitério, de gritar na chuva, de campos cheios de dentes-de-leão e de funerais.

Ou aqueles segredos seriam só meus agora? De qualquer forma, eu os guardaria com todo o cuidado, pensei, enquanto segurava a bolsa com força junto ao peito.

— Então, srta. Day...

— Florence, por favor — corrigi, desviando os olhos do cacto.

— Florence, então. Desculpe — acrescentou ele. — Eu estava acabando de reler o original da Ann quando você entrou, e estava fazendo algumas anotações para mandar para ela. Provavelmente vamos editar muito pouco o texto e mandá-lo para o copidesque... já é um livro bem completo.

— Está vendo como foi bom para a Ann ter mais alguns meses? — brinquei, não resistindo à piada.

Ben deu um sorriso gentil.

— Você estava certa. E o título? *As ondas da música infinita*, é tão lírico e tão suave. Fantástico. Acho que vamos com ele... mas onde está a minha educação? Aceita alguma coisa para beber? Tenho certeza de que temos chá ou café queimado, qual você prefere?

— Café ao meio-dia? Vou ter que recusar.

Ele sorriu.

— Talvez seja melhor mesmo. Uma nojeira para conseguir pegar no tranco pode não cair muito bem quando estiver no avião.

Eu me sobressaltei.

— Uma o quê?

— Ah... hum, o café — se corrigiu ele, as orelhas vermelhas de vergonha.

Ficamos sentados por um instante em um silêncio constrangedor.

Então, Ben pigarreou. O rubor nas orelhas dele estava se espalhando para o rosto, e ele olhou o relógio.

— Enfim, você queria vir falar comigo por algum motivo específico?

Sim, mas eu não queria ir embora depois e seguir com a minha vida. Queria continuar sentada ali, naquela cadeira desconfortável, pelo máximo de tempo humanamente possível, porque sabia que, quando saísse, nunca mais voltaria.

O meu pai uma vez me disse que todas as coisas boas chegavam ao fim em algum momento.

Até aquilo.

Abri a bolsa e peguei o livro embrulhado para presente em papel pardo.

— Queria que você aceitasse isso. Como um agradecimento. Ou... não sei... um presente pela sua recuperação? Pensei em também comprar um cartão, mas achei esquisito escrever "Que bom que você não está morto!" nele, sabe?

Ben riu — riu *de verdade*. Uma risada rouca e profunda.

— Parece que cheguei mesmo muito perto da morte por alguns dias. Sonhei que tinha chegado.

Comecei a sentir um nó na garganta.

— Ah, que bom que foi só um sonho.

— Pareceu muito real — retrucou Ben, e aceitou o presente.

Ele abriu o pacote com muito cuidado, um lado de cada vez, mal rasgando o papel. E franziu a testa quando enfim viu o livro e leu o título. Livros nem sempre têm uma trajetória de sucesso, mas sempre têm a trajetória que precisam, como dizia o meu pai. Ben abriu o livro na folha de rosto e correu os dedos pela dedicatória que eu deixara ali, em caneta preta. Eu só havia autografado alguns poucos exemplares antes, por isso não tinha uma assinatura característica, ou um modo específico de autografar. Era simplesmente o meu nome, perto do dele.

Ben ficou em silêncio por algum tempo. Tempo demais.

Ah, Deus, eu tinha me tornado a esquisitona que tinha dado um cacto a ele *e* agora um livro? Aquela tinha sido uma péssima ideia... eu desconfiara disso desde o início. Ia colar olhinhos arregalados em *todos* os vibradores de Rose, por ter sequer *sugerido* aquilo.

— Nossa, olha a hora! — Recolhi as minhas coisas e me levantei. — Realmente preciso ir. Espero que goste do livro... quer dizer, presumindo que você vá ler, afinal, por que eu presumiria que você já leu, certo? Ninguém leu esse livro e, hum, sem dúvida foi uma Florence Day diferente que escreveu, e...

— Florence — sussurrou Ben, a voz falhando, mas eu já estava na porta. — Espera... *Florence*... por favor. Espera.

Parei na porta, respirei fundo e me virei para encará-lo. Ben estava me fitando de um jeito estranho. Então, ele ficou de pé, os olhos castanhos arregalados, e pelo modo que estava me olhando poderia muito bem ser eu o fantasma.

Talvez eu fosse.

— Como seria essa cena? — comecei a dizer, a esperança fazendo o meu peito doer de tão apertado. Eu podia até ser apenas a esquisitona que dava um cacto e um livro a ele, mas talvez... só talvez... fosse *mais* do que aquilo. — Um editor elegante, que trabalha numa editora famosa e...

— Uma ghostwriter caótica que passeia em cemitérios à meia-noite, grita na chuva, pede muitos drinques e morde o polegar quando acha que ninguém está olhando.

— Eu não faço isso — menti, e foi a vez de a minha voz falhar.

Ben se aproximou ainda mais e, de repente, estava ali na minha frente. Ele segurou o meu rosto entre as mãos, o reconhecimento se espalhando por seus olhos como dentes-de-leão, e a dor no meu peito se tornou algo morno, brilhante e dourado.

— Eu já conheci você — disse ele, o tom tão ardente que fez o meu coração quase saltar do peito.

— Acho que você ainda conhece — sussurrei.

Ben se inclinou, então, e colou os lábios aos meus. Sua boca era quente e macia, com um leve sabor de protetor labial, e eu quis me demorar ali. Porque ele se lembrava de mim. Ben *se lembrava* de mim. E eu só queria beijá-lo para sempre, porque ele cheirava a roupa recém-lavada e a chiclete de hortelã, e suas mãos eram quentes no meu rosto, e ele estava *me beijando*. Benji Andor estava me beijando. Eu estava tão feliz que poderia morrer.

Metaforicamente.

— Não foi um sonho — sussurrou ele junto aos meus lábios.

Balancei a cabeça, meu coração tão cheio de alegria que eu mal conseguia suportar.

— Sou cem por cento real. Eu acho. Mas... me beija de novo, pra ver se eu estou mesmo aqui?

Ele riu de novo, mais uma risada gostosa e profunda, e me beijou outra vez no canto silencioso da sala dele na Falcon House Publishers.

— Desculpa por ter feito você esperar. Por não ter percebido.

— Espera, espera. — Eu me afastei um pouco dele, enquanto pensava. — Isso quer dizer que eu sou *literalmente* a garota dos seus sonhos?

Ele franziu o nariz.

— Isso não é meio clichê?

— Tem razão, você provavelmente cortaria isso do texto por ser muito pouco realista.

— Ainda mais levando em consideração que um de nós acha que o amor morreu — concordou ele.

— Ok, mas, justiça seja feita, você *estava* praticamente morto. — Passei os dedos pelo rosto dele, pelo queixo e pela cicatriz vermelha, e deixei que se perdessem em seu cabelo escuro e macio. — Mas não está mais, e eu estava errada.

— Fico feliz por isso — concordou ele, inclinando a cabeça e me beijando de novo.

A barba cerrada roçou no meu rosto, áspera e real, e tive vontade de beber todo aquele mais de um metro e noventa dele, em uma daquelas canecas estupidamente grandes em forma de bota de cowboy que serviam nos bares de beira de estrada. Então, Ben inclinou a minha cabeça e me deu um beijo ainda mais intenso. Por um momento, eu até sabia que ainda estava na Falcon House Publishers, mas a minha sensação era a de estar disparando por entre as estrelas, em direção ao infinito, com meu coração radiante.

Até todo aquele deslumbramento voltar rapidamente à terra com a violência do Armagedom.

— Ah... ah, meu Deus — arquejei, e me afastei. — E a Laura?

Ben abriu rapidamente os olhos e me olhou sem entender.

— A *Laura*? Posso te garantir que ela só queria os meus livros da Nora Roberts, se eu tivesse batido as botas.

Fui tomada pelo alívio.

— Deve ser uma coleção e tanto.

Ele riu.

— Tenho bastante orgulho dela. Quer sair para jantar hoje?

— Eu adoraria... — Fiquei paralisada, lembrando. — Ah... ah, *merda*, que horas são?

Ben checou o relógio analógico na mesa dele.

— Quase meio-dia e meia... espera, você não disse que tinha que pegar um voo?

— Exatamente. Às três da tarde. E, se eu perder esse voo, a Alice vai me matar, por isso não posso jantar com você hoje, porque vou estar em Mairmont, mas eu...

Eu não queria dizer não. Não queria ir embora. Então, me peguei pensando no que viria depois. Encontros, sessões de cinema, férias, anos se passando em um piscar de olhos. Ele manteria o cabelo meio despenteado e eu cortaria o meu curto, e estaríamos em outro lugar na história, ou talvez fôssemos personagens coadjuvantes da história de outra pessoa. E pensei em anos adiante, quando ele tivesse se acostumado com o meu caos, e eu com a cautela dele, e o mundo ficou um pouco mais enevoado. Não sabia onde estaríamos, ou se Ben se cansaria de mim, ou se eu partiria o coração dele...

Mas achava... achava que queria descobrir.

— Vem comigo — convidei.

Ben nem pensou duas vezes. Nem avaliou as opções. Não parou para escolher as palavras. Elas estavam ali, tão seguras e certas quanto o sorriso dele.

— Podemos passar antes na minha casa, a caminho do aeroporto? — perguntou.

— Só se eu puder conhecer a Dolly Purrton.

— Ela vai adorar isso — garantiu ele, e me beijou de novo.

38

Conjunto da obra

— FLORENCE! QUE BOM te ver de novo — cumprimentou Dana, com um sorriso, pousando o livro que estava lendo.

A tarde na Carolina do Sul estava quente e abafada, por isso todas as janelas estavam abertas para deixar a luz dourada do sol entrar. A única pousada de Mairmont parecia muito diferente no verão, com o vento balançando as cortinas simples, e o som de insetos zumbindo pela casa antiga. Todas as flores e arbustos no jardim tinham desabrochado em tons de vermelho, roxo e azul, e a hera e o jasmim subiam pelas varandas de cada lado da casa. Era bastante pitoresco.

Abracei Dana, que tinha dado a volta no balcão para me cumprimentar.

— Que bom te ver! Como está o John?

— Insuportável, como sempre — respondeu Dana com carinho. — Ele está tentando me convencer de que precisamos de uma cabra... uma *cabra*!... no quintal. Mas eu quero galinhas.

— Dinossauros minúsculos ou um cortador de grama, é mesmo uma escolha difícil — comentou Ben.

A mão dele encontrou a minha de novo, de uma maneira tão natural que deixou meu coração leve. Nunca pensei em mim como o tipo de pessoa que teria palpitações românticas, mas até que não era tão ruim.

No aeroporto, Ben tinha usado as milhas acumuladas ao longo de anos viajando para conferências de escritores e feiras de livros para comprar a passagem. Então, para poder se sentar ao meu lado, trocou de lugar com uma senhora gentil, que nunca tinha viajado de primeira classe antes, e ficou encantada com a possibilidade. Ben se espremeu no assento do corredor, entrelaçou os dedos aos meus, e foi assim, como se ele sempre tivesse feito parte da minha vida, e eu da dele.

Ben fez aquela coisa de ficar roçando o polegar em movimentos circulares ao redor da junta do meu polegar, o que fez a minha pele vibrar. Conversamos sobre os lugares favoritos onde já havíamos estado, e ele era muito mais viajado do que eu graças às turnês por conta dos livros da Ann. Ben detestava andar de avião quase tanto quanto eu, mas ambos queríamos fazer uma viagem de carro atravessando o país. Ele detestava esquiar, mas nós dois gostávamos de tobogãs na neve e de assar marshmallows. A comida que mais o reconfortava em momentos difíceis era Hot Pocket com molho ranch, e a minha era macarrão com queijo de caixinha, e nenhum de nós ligava para comidas hipsters desconstruídas. Éramos indiferentes em relação à praia, mas *amávamos* romances de verão, e as duas horas de voo pareceram passar em dois minutos.

Então, alugamos um carro em Charlotte, Ben dobrou as mangas até os cotovelos e disse que não tinha dúvidas de que conseguiria dirigir uma SUV — mas depois de passar a marcha do carro errado acidentalmente e quase bater no ônibus do aeroporto, trocamos de lugar e eu dirigi até Mairmont. De qualquer modo, ele foi muito melhor escolhendo a música que ouvimos no caminho.

Também apertei a mão dele com força. Me tranquilizava ver Ben realmente parado ao meu lado, na pequena pousada. De verdade. A garota que via fantasmas parada ao lado de um homem que já tinha sido mais ou menos um fantasma. Os fofoqueiros de plantão de Mairmont podiam se rasgar de inveja.

Dana se virou para Ben.

— E quem é esse?

— Sou o Ben — disse ele, e estendeu a outra mão. — É um prazer rever você, Dana.

Elu aceitou o aperto de mão.

— Já nos vimos antes?

— Hum... não — Ben apressou-se em corrigir. — Você só... eu estava...

— O que ele está tentando dizer é que falei muito sobre você — me adiantei para ajudá-lo. — Você faz uma cuba-libre dos deuses, por isso tive que contar a respeito.

Dana riu.

— Faço mesmo, não é? — Elu arrumou um quarto para nós, pegou uma chave do gancho que estava atrás do balcão e a segurou na ponta do dedo. — Aproveitem.

— Obrigada — respondi, pegando a chave.

Então, dei a mão a Ben novamente, e subimos a escada com nossas malas. Eu gostava da sensação de tê-lo ao meu lado. Gostava de como nos entendíamos. E, sempre que Ben roçava o polegar nos nós dos meus dedos, um arrepio me percorria da cabeça aos pés, e era mais do que eu conseguia aguentar. E não de um jeito ruim.

Mas de um jeito que me deixava louca.

No fim do corredor ficava o quarto com o acônito na porta. Eu tinha reservado aquele de novo por causa das memórias que trazia, antes de convidar Ben para me acompanhar. Achei que ficaria sozinha ali. Era engraçado como poucas horas podiam mudar tudo.

Destranquei a porta e Ben entrou, puxando as nossas duas malas. A luz do sol atravessava as cortinas, iluminando as partículas de poeira que flutuavam no ar. Eu tinha pensado muito naquele quarto. Lembrava de tudo, desde o acônito artificial no vaso em cima da cômoda até o nó no piso de madeira em que eu ficava esfregando o dedão do pé à noite enquanto escrevia o obituário do papai — porque não conseguia parar de andar de um lado para o outro perto da cama onde Ben tinha dormido na noite em que as coisas tinham começado a se complicar, a noite da véspera do funeral do meu pai.

O quarto da pousada não tinha mudado nada. Ainda podia ter mais roxo, mas a verdade era que eu não me importava nem um pouco com a cor. Só conseguia ver a silhueta de Ben contra a janela, o sol cintilando dourado em seu cabelo escuro.

Eu já lera sobre desejo antes. Já *sentira* desejo antes. Mas aquilo era... eu estava...

Eu me lembrei da manhã em que acordamos juntos, e das coisas que Ben tinha me dito, e tudo voltou em detalhes tão vívidos que precisei dizer ao meu cérebro para desacelerar. Para respirar. Eu não era mais uma adolescente atrapalhada com os hormônios nas alturas — era uma mulher muito refinada, com um gosto requintado para drinks, *sim*, e...

Ah, quem eu estava querendo enganar.

— Hum, é bom estarmos finalmente a sós — disse Ben.

Ele se virou para mim e enfiou e tirou as mãos dos bolsos, como se não soubesse exatamente o que fazer com elas.

— Sinto que precisamos de um acompanhante — tentei brincar, e me aproximei dele. Sentia a pele em chamas.

Não escale o homem-montanha, disse a mim mesma. *Não escale o homem-montanha. Não escale...*

— Florence, acho...

— Não.

Então, segurei-o pela frente do paletó e puxei-o mais para perto. E, para minha surpresa, ele também já estava avançando. Nossos lábios se juntaram, mas Ben se afastou e murmurou:

— Desculpe, desculpe, é que você é tão linda, e finalmente posso te tocar, e...

— Eu me sinto da mesma maneira — respondi.

Nossos lábios permaneceram unidos por mais algum tempo, até Ben decidir intensificar o beijo, dando mordidinhas. Ele estava tão quente — parecia mesmo uma fornalha —, e quando seu polegar roçou o meu rosto, também estava morno. *Ele* era quente, e senti um nó na garganta quando lembrei de como havia desejado aquilo meses antes, quando estivéramos juntos naquele mesmo quarto. Como quis que Ben me beijasse... no pescoço, atrás da orelha, que traçasse o contorno da minha clavícula com os dentes, murmurando elogios junto ao meu cabelo.

Sim, eu tinha desejado muito aquilo.

Fomos recuando juntos, aos tropeços, em direção à cama, descalçando os sapatos no caminho, a minha bolsa caída no tapete, a gravata dele abandonada em algum lugar em cima do banco que ficava aos pés da cama. Ben me levantou no colo, me sentou na cama e me beijou como se quisesse me devorar, mordiscando os meus lábios, e eu também parecia não conseguir ter o suficiente dele.

Queria explorar o seu pescoço, deixar os meus dedos descerem mais e perguntar sobre a cicatriz acima da clavícula, onde a aliança do pai sempre parecia se acomodar. Ele beijou a marca de nascença abaixo da minha orelha esquerda, que eu sempre mantinha escondida porque a marca tinha a forma de um fantasma, e aquilo era um pouco na cara *demais* pra mim. O contato da nossa pele era elétrico, como se pequenas fagulhas se acendessem entre as nossas células toda vez que nos tocávamos. Se o nosso passado cantava no vento, o nosso presente estava no contato das mãos de Ben na minha cintura, no modo como os dedos dele passeavam pelo meu corpo, nos beijos de tirar o fôlego que ele dava na minha boca, como se quisesse me devorar... me gravar a fogo em sua memória.

Os meus dedos tatearam até encontrar o paletó grafite dele. Comecei a afastá-lo dos ombros, e Ben o tirou, deixando-o largado no chão. Ele se inclinou na minha direção, aprofundando os beijos, e senti vontade de mergulhar nele, de me aconchegar em seu corpo e ficar ali para sempre.

Pressionei as mãos contra o peito firme de Ben — e parei. Voltei a mim por um *brevíssimo* momento.

— *Espera*. Espera, espera, *espera* — murmurei para mim mesma, e comecei a desabotoar sua camisa social branca e imaculada. Ben não estava de camiseta por baixo, e eu quase com certeza tinha sentido... — Ai, meu Deus. — Passei os dedos pelo corpo dele, do peito firme até o abdômen, chegando ao V *muito* bem definido e musculoso que entrava pela calça. — Você é o quê... um *modelo de cueca*? Esses gomos no seu abdômen são pintados?

As orelhas de Ben ficaram vermelhas de vergonha.

— Sou uma pessoa ansiosa. Gosto de nadar quando fico ansioso. O que significa que eu nado muito.

— Sorte a minha.

— Você é muito engraçada — disse ele, nem um pouco chateado, e deu um beijo no meu queixo. — Mas gosto disso em você.

— Ah, vou ser ainda *mais* engraçada quando exigir que você me deixe colar adesivos de olhinhos arregalados nesses *seis* gominhos...

Ele voltou a unir os lábios aos meus, ainda faminto, e me fez parar de falar. E, quer saber? Aquilo foi sexy e não me incomodou nem um pouco porque, seja lá o que eu estivesse prestes a dizer, sucumbiu à parte do meu cérebro que parecia sempre se desligar quando ele me beijava com aquela intensidade. E, para ser bem sincera, meu cérebro tinha funcionado demais, por tempo demais. Ele precisava de uma boa reinicialização.

— Você...? — perguntou ele, ofegante. — Quer?

— *Por favor* — sussurrei, e nos derramamos um no outro, explorando os cantos escondidos do nosso corpo.

Em algum momento, ele abriu o meu sutiã, e em outro momento, tirei o cinto dele. Em outro, Ben estava me beijando — em todos os lugares. Ele deu um beijo entre os meus seios, então um pouco mais abaixo, e logo chegou ao meu abdômen. E sua boca foi descendo, a língua percorrendo meu corpo entre sussurros amorosos.

Eu era formada em letras, tinha estudado como narrativas se desenvolvem, sabia quando havia um clímax. Fazer amor e criar histórias era quase a mesma coisa. Em ambos os casos, é uma ação íntima, vulnerável e errante, viajar pela paisagem um do outro, conhecendo-a. Uma história é contada com cada gesto, cada som — cada beijo é um ponto, cada arquejo, uma vírgula.

E o modo como Ben me tocou, o modo como ele passou a língua ao longo da minha pele, como enfiou os dedos em mim, construiu uma história com o meu corpo — o modo como eu mordi o lábio para abafar um gemido, e agarrei com força o edredom —, e quis que ele lesse cada palavra em voz alta, até a última página, quando nossos lábios estavam inchados, e nossos corpos misturados, um ocupando o espaço do outro. Ben entrelaçou a mão à minha, levou-a aos lábios e beijou os nós dos meus dedos.

Depois de um tempo, ele falou em uma voz suave e com um ar pensativo:

— Tenho uma pergunta.

Virei um tantinho o corpo para vê-lo melhor e abaixei um pouco o travesseiro fofo de penas.

— Eu talvez tenha uma resposta.

— O que nós somos?

Arregalei os olhos.

— Você pergunta isso *agora*?

— Bom... sim — respondeu ele, um pouco envergonhado. As orelhas começaram a ficar vermelhas de novo, e seu rosto foi corando. — Quer dizer... como você vai me apresentar para a sua família? Quero passar uma boa primeira impressão. Eles são muito importantes pra você, e isso significa muito pra mim. Então... o que você quer que eu seja pra você?

Pensei a respeito por um momento.

— Bem, isso... nós... somos um pouco estranhos. Tecnicamente, só interagimos por uma semana e pouco, mas...

— Parece mais tempo do que isso — admitiu ele, voltando a acariciar os nós dos meus dedos em movimentos circulares. — Desde o acidente, pensei em você, embora tivesse certeza de que era um sonho. Entrei em fóruns de conversas, falei com outros pacientes que passaram por comas, mas nada ajudou. Eu não conseguia tirar você da cabeça. Achei que estava ficando louco.

— Não mais do que uma garota que consegue ver fantasmas.

— Não acho que você seja louca, Florence. — Ele falou com tanta seriedade que tive que cerrar os lábios para que eles não tremessem, e apoiei o rosto em seu ombro.

— Hum... então, o que você quer ser? — perguntei.

Ben fechou os olhos, e houve um momento de pausa enquanto ele procurava as palavras certas.

— Gosto muito de você, já beirando aquela palavra mais importante, mas...

Inclinei a cabeça.

— Mas?

— É meio clichê dizer isso tão cedo — admitiu ele. — E se contarmos essa história aos nossos filhos daqui a dez anos...

Eu ri, porque *é claro* que ele destacaria aquilo na história.

— Então eu digo primeiro — falei. Eu me sentei e me aproximei mais de Ben, deixando o cabelo cair ao nosso redor, enquanto eu encostava a testa na dele. — Eu amo você, Benji Andor.

Ele abriu um sorriso tão grande que iluminou seus olhos castanhos, deixando-os naquele tom ocre. Parecia que aquela era a melhor coisa que ele já tinha ouvido.

— Também amo você, Florence Day.

— Então, acho que com certeza deveríamos ser amigos platônicos que trocam senhas de serviços de streaming e só se veem uma vez por ano, nas festas de fim de ano.

Ben deu um longo suspiro e afundou mais no travesseiro.

— Tá certo, podemos ser isso...

— É brincadeira! — exclamei, e voltei a me recostar. — Eu não estava falando sério!

— Tarde demais, já perdi a vontade de viver.

Dei um soquinho brincalhão no ombro dele.

— *Ótimo*. Podemos dividir um quarto, camas separadas.

— Só isso?

— Colegas de academia?

Ele começou a ficar mais sério.

— Contatos de emergência.

— Você é ridícula.

— E, talvez, companheiros. No sentido romântico da palavra — acrescentei, e apertei com força a mão dele, que ainda estava entrelaçada à minha. — Você poderia ser um pretendente. Um amante. O homem que me corteja. Meu segundo melhor amigo.

Ben ergueu uma sobrancelha.

— *Segundo?*

— Rose sempre vai ser a número um.

— *É isso mesmo, cacete!* — disse uma voz da porta, um segundo depois de eu me dar conta de que minha irmã e Rose tinham invadido o quarto. Eu tinha esquecido de trancar a porta.

Alice gritou e cobriu os olhos, enquanto Rose tomava um longo gole de uma garrafa de champanhe. Era evidente que as duas tinham começado a festa mais cedo.

— Gente — disse Rose, levantando um polegar. — Chegamos na hora certa. Belo encontrinho, amiga.

— *Estamos indo!* — acrescentou Alice. Ela pegou Rose pelo braço e a puxou de volta pela porta. — *Coloque uma meia na porta da próxima vez.*

Achei que Ben ia morrer — de novo. Quando a porta foi fechada, ele puxou as cobertas por cima da cabeça e desapareceu ali embaixo.

— Me mata, por favor — gemeu ele, a voz abafada. — Acaba com esse sofrimento.

Puxei as cobertas para baixo de novo, sorrindo, e Ben parecia arrasado e humilhado em seu leito de morte de travesseiros.

— De jeito nenhum. Se *eu* tenho que viver com elas, você também vai ter que fazer isso.

— Vai ser uma morte rápida. Basta me sufocar com esses seus seios perfeitos.

— Eles não são tão grandes assim.

— Mas *são* perfeitos.

— É o que você diz. — Passei os dedos pelo cabelo dele mais algumas vezes, porque o pobre homem realmente não sabia lidar com aquele tipo de humilhação, e lhe dei um beijo. — Vamos nos vestir para ajudar a minha mãe a manter aqueles bárbaros sob controle.

Comecei a me arrastar para fora da cama, mas Ben me pegou pelo braço e me puxou para debaixo das cobertas com ele.

— Só mais um pouquinho — falou, o hálito quente contra o meu pescoço, enquanto ele me abraçava com força.

— Só um pouquinho — concordei, embora meu coração soubesse que eu seria mais feliz se ficasse ali para sempre. Mas só aqueles instantes dariam para o gasto por enquanto.

39
Histórias de fantasmas

ACABAMOS NÃO INDO a *nenhuma* das despedidas de solteiro naquela noite, mas eu tinha certeza de que nem Carver, nem Nicki, tinham muitas lembranças da noite. Pelo que soube, tinha havido um show improvisado, onde Bruno quase teve uma hérnia enquanto uivava os lamentos de Dolly Parton, Carver acidentalmente colocou fogo no balcão do bar e Alice tinha mostrado a bunda para o oficial Saget bem no meio da rua principal da cidade. Fiquei triste por ter perdido *essa* parte, mas estava feliz por não termos ido. *Alguém* precisava estar sóbrio no dia do casamento.

 Cuidei dos preparativos finais, e estava rearrumando as flores nos salões da funerária, enquanto roubava provas de sobremesas da cozinha. Não tinha ideia de como Carver convencera Alice a lhe ceder *de graça* o lugar, por isso tentei me lembrar de perguntar a ele que tipo de chantagem fizera com ela, para conseguir que nossa irmã fosse tão gentil em relação a tudo aquilo.

A Funerária Dias Passados parecia ter virado uma grinalda de flores, com enormes girassóis na varanda e fitas brancas passadas por entre as vigas do teto, e o cheiro antes sufocante de flores e formol tinha sido substituído pelo aroma de lindos e vibrantes raios de sol. As janelas e as portas estavam abertas, e um vento animado e feliz disparava de vez em quando pela antiga casa vitoriana, fazendo a estrutura ranger e gemer para cumprimentá-lo.

Ben parecia muito à vontade na sala vermelha, me ajudando a arrumar os girassóis nos vasos que meu pai guardava para os funerais, como se tivesse estado ali o tempo todo.

Alice me cutucou com o cotovelo.

— Se deu bem, maninha — disse com toda a sinceridade. — Não é o meu tipo, mas é um tipo e tanto.

— Sim, também acho.

— Este é o último — anunciou Ben, quando terminou o vaso em que estava trabalhando. Ele secou as mãos na calça e disse para Alice: — É um prazer conhecer você formalmente.

Alice mirou-o de cima a baixo.

— Cuida bem da minha irmã, tá ouvindo?

— Sim, lógico.

— E nada de roubar nas cartas.

Ben ergueu as mãos, em um gesto de rendição.

— Eu não *ousaria*.

— Aham. — O celular de Alice vibrou, ela o pegou no bolso de trás da calça e xingou baixinho. — O pessoal do bufê chegou... saco. Vocês dois podem terminar de arrumar a decoração?

Bati continência para ela.

— Sim, sim, chefe.

— Esquisita — murmurou ela, e saiu pela porta da frente, gritando para que a equipe do bufê colocasse a van nos fundos. — Não, pela *grama*, não, seus bárbaros.

Depois que Alice se foi, Ben pegou um girassol em um dos vasos e me cutucou no nariz com a flor.

— A sua irmã está fazendo um ótimo trabalho com esse negócio.

— Está mesmo, né? — Olhei para os salões ao redor, cheios de flores coloridas e fitas de um branco perolado, e desejei que papai pudesse ver aquilo. Um casamento na casa da morte. Dei um beijo no rosto de Ben. — Obrigada por estar aqui.

— Obrigado por me convidar. Não há nenhum outro lugar em que eu queira estar além de ao seu lado.

Revirei os olhos e o empurrei de brincadeira.

— Para de ser tão meloso — reclamei, e torci para que Ben não reparasse nas minhas orelhas vermelhas. Se ele continuasse a falar daquele jeito, eu viveria em permanente estado de rubor.

Ele gostava de mim... ainda era difícil acreditar naquilo.

Benji Andor me *adorava*.

E, pela primeira vez desde a morte do meu pai, tudo pareceu quase perfeito. O céu estava de um carmim quase perfeito — da cor do terno com que enterramos papai —, e o calor abafado de julho tinha se transformado em um calor úmido mais suave, que ainda parecia pegajoso, mas era o mais próximo do clima perfeito que o verão poderia proporcionar, e a cidade inteira estava ali para ver o meu irmão e o marido dizerem seus votos perfeitos.

Eles colocaram a aliança no dedo um do outro e declararam seu amor sob as vigas antigas que haviam ecoado mais choro do que riso, e a luz arroxeada da noite entrava suave pelas janelas, pintando tudo em tons indistintos de rosa, e aquele era um casamento muito adequado para uma funerária.

Papai teria amado.

Depois da cerimônia, abrimos champanhe e tocamos o CD com as músicas favoritas do meu pai, que ele mesmo tinha gravado, e dançamos pelos salões em homenagem a todas as boas despedidas, porque finais eram apenas novos começos. E, naquele momento, estávamos felizes — Carver e Nicki dançavam juntos, e Rose e Alice estavam flertando daquele jeito que com certeza levaria a algo mais.

(Que tipo de autora de romances eu seria se não enxergasse como elas se sentiam em relação uma à outra?)

Porque o meu rosto também tinha aquela mesma expressão sempre que eu olhava para Ben. Quando ele se afastou para pegar mais champanhe para nós, minha mãe se sentou ao meu lado e soltou um suspiro profundo.

— Seria estranho se, durante as danças mais lentas para casais, eu também dançasse?

Estendi o braço para ela.

— Não sou o papai, mas posso dançar com você.

— Eu adoraria, querida, mas estava me referindo ao seu par.

E, assim que minha mãe disse isso, Ben se aproximou e estendeu a mão para... *ela*. Soltei um arquejo, fingindo estar escandalizada.

— A paciência ajuda a fortalecer o coração — disse ele.

— Que charmoso! — respondeu mamãe, rindo, e ergueu as sobrancelhas para mim, enquanto deixava Ben guiá-la para a pista de dança.

Ele deu uma piscadela.

(Caramba, aquilo era por eu ter dito que colaria adesivos de olhos arregalados no abdômen de tanquinho dele, não era?)

Fui andando lentamente até a beira do salão, sozinha, tomando o ponche vermelho, que *com certeza* estava batizado. Todos tinham com quem dançar — até o *prefeito*. E ali estava eu, largada e recostada em uma das mesas altas, com o dono do Bar Nenhum e Bruno. Eles estavam fumando charutos que me fizeram lembrar dos que o meu pai gostava — o aroma forte e doce.

Bruno indicou com um movimento do queixo Ben e minha mãe dançando.

— Não vejo a sua mãe tão feliz há séculos.

— Ele é um partidão — concordou o proprietário.

Mordi a parte interna da boca para disfarçar um sorriso, enquanto observava Ben tropeçar nos próprios pés. Ele e minha mãe riram, e aquilo mexeu com alguma coisa no fundo do meu peito. Era uma espécie de dor, mas não do mesmo tipo que eu sentira com a morte de papai. Era um tipo bom. Do tipo que me lembrou que eu ainda estava viva, que ainda tinha vida para viver, lembranças para criar e pessoas para conhecer.

— Como vocês se conheceram? — perguntou Bruno.

Inclinei a cabeça. A música terminou, e me perguntei como explicar. *Ben foi um fantasma que me assombrou depois de eu não ter conseguido entregar o último manuscrito da avó dele...*

— Nos conhecemos no trabalho — disse por fim. — E achei ele um babaca no início.

— E ela era uma demônia caótica — retrucou Ben, me pegando de surpresa. Ele pousou a mão nas minhas costas. — Achei que não teria chance nem morto.

— Mas você era *mortalmente* sério.

— E *você* era um espírito livre demais. Mas acho que isso é o que eu mais amo.

Eu me virei para encará-lo.

— *Isso* é o que você mais ama?

Ben franziu os lábios.

— Isso é o que eu posso falar em público.

Então, ele me ofereceu a mão e eu aceitei. Ben me levou girando para longe da mesa, até a pista de dança.

— Não sabia que você dançava — brinquei, porque já tínhamos dançado juntos antes.

Em outra vida.

Ben riu e me puxou mais para perto.

— Que protagonista de romance não dança?

Dançamos pelo antigo piso de carvalho, passando perto da minha mãe e de Alice, de Seaburn com a esposa, e de Karen com o sr. Taylor, embora eu só fosse saber daquilo mais tarde, porque só me lembrava de Ben. A música era suave e a luz da noite entrava pela janela aberta em tons claros de laranja e rosa, e ele parecia perfeito demais contra aquele fundo.

Dançamos devagar, as mãos de Ben na minha cintura, nos balançando ao som de uma música lenta que eu não conhecia, mas que achei bonita. Era um som doce, com violinos, e a letra falava de desejos, anseios, tudo o que uma boa música romântica deve ter.

Um cintilar no canto chamou a minha atenção. Me virei para ver.

Uma senhora, com lindos olhos castanhos, muito grandes, estava parada na porta do salão, a mão estendida para um senhor que usava um suéter laranja e calça marrom. Ele pegou a mão dela e beijou seus dedos. Os dois cintilavam com o brilho típico dos espíritos. Ben olhou de relance para onde eu estava olhando.

— Você... também consegue vê-la? — sussurrei, fascinada, olhando de Ben para a senhora, e de novo para ele. A mulher tinha terra de jardim sob as unhas e um sorriso satisfeito no rosto.

— Agora ele mesmo pode dar os lírios a ela.

— Você *consegue* ver.

Segurei a lapela do paletó dele com força. Ben conseguia vê-los. Ele fora um deles, e agora também conseguia vê-los, e aquilo significava...

Significava que eu não estava sozinha.

Quando olhei de volta para o casal, eles já tinham se dissolvido em uma centelha como a luz do sol, e Heather entrou pela porta, discutindo com o marido por causa da babá deles, como se mais nada tivesse passado por ali.

— Que tal dar uma caminhada? Pelo cemitério? — perguntou Ben, me arrancando dos meus pensamentos.

Olhei para ele, surpresa.

— Você está me *convidando*?

— Ainda não está escuro, então tecnicamente não é ilegal — retrucou ele, em um tom contido. — Está um pouco abafado aqui e, além disso, eu gostaria de ver o seu pai.

— Eu também gostaria disso.

Entrelacei os dedos aos dele, saímos de fininho da festa e descemos os degraus da antiga e segura casa da morte. E da vida.

A vida também acontecia em antigas funerárias.

O cemitério estava quente e silencioso. O portão de ferro já estava fechado, mas sabíamos onde ficava o pedacinho de parede quebrado perfeito para ser escalado, e seguramos a taça de champanhe um do outro para subirmos. Parecia que a minha família tinha andado ocupada desde o funeral de papai. Quase todas as lápides estavam lavadas, cintilando como pedaços de ossos se projetando das colinas de relva muito verde.

Meu pai nos esperava em sua colina favorita no cemitério, em um canto igual aos outros à sombra, perto do carvalho favorito dele, sem se destacar em meio ao mar de lápides. A dele estava imaculada, sem nenhuma erva daninha. Minha mãe tinha colocado orquídeas recém-colhidas no vaso, e arranquei algumas folhas secas com cuidado. A placa na lápide tinha uma única palavra: *Amado*. Mamãe dizia que era porque a palavra representava o que o meu pai era para muitas pessoas — filho amado, pai amado, marido amado, chato amado... —, mas eu sabia que, secretamente, ela tinha escolhido aquilo porque era a palavra dela para ele. O seu *eu te amo* discreto.

O amado dela.

Afastei uma joaninha da placa.

Certos dias, ainda parecia que ele estava ali, como se o mundo ainda girasse com ele. E partes dele realmente ainda estavam presentes.

Ben se agachou ao lado do túmulo e, para dar alguma privacidade a ele, fui até o banco embaixo do carvalho e me sentei. A noite tinha esfriado, o vento sussurrava por entre as árvores, e um bando de corvos grasnava à distância. Fechei os olhos e consegui imaginar o meu pai sentado ao meu lado, como ele costumava fazer, conversando sobre preços de arranjos de flores e de caixões, sobre a cadeira nova que ele fizera para Carver e sobre as últimas encrencas de Alice. Inspirei o aroma doce de grama recém-cortada.

E as coisas ficaram bem.

Depois de algum tempo, Ben foi se sentar ao meu lado.

— Então, sobre o que vocês conversaram? — perguntei.

— Umas coisinhas — respondeu ele, esfregando a aliança do pai, que continuava pendurada em seu pescoço. — Pedi a ele pra dar um oi pra Ann por mim. E pra agradecer. Se ela não tivesse te convidado pra ser ghostwriter...

— Um fantasma convidando uma autora pra ser a escritora fantasma dela, não é *possível* que isso já tenha acontecido antes. — Suspirei e encostei a cabeça no ombro dele.

— O que você vai fazer agora? — perguntou Ben, entrelaçando os dedos aos meus. E voltou a roçar o dedo ao redor do meu polegar, em círculos, com uma expressão pensativa. — Você entregou o último livro da Ann. O contrato dela está cumprido.

— Hum... — Pensei sobre o que responder. Ainda precisava ajustar as alterações de edição e copidesque no livro da Ann e checar a prova final, mas daquilo Ben já sabia. Também precisava ainda aceitar a oferta de Molly, mas faria aquilo na segunda-feira.

— Acho... que vou escrever outro livro.

— E vai ser sobre o quê?

— Ah, o de sempre... amor à primeira vista, confusões e mal-entendidos sérios, e beijos de reconciliação.

— E vai ter um final feliz?

— Talvez — brinquei —, se você se comportar bem.

— Vou fazer o possível para não trapacear.

— A não ser que seja para me ajudar a ganhar, é claro.

— Sempre. Eu sou seu, Florence Day — disse ele, e beijou os nós dos meus dedos.

Aquelas palavras fizeram o meu coração inchar de alegria.

— Fervorosamente?

— Ardentemente. Entusiasmadamente. Intensamente. Apaixonadamente seu.

— E eu sou sua — sussurrei.

Beijei-o em um cemitério de lápides imaculadas e carvalhos antigos, e aquilo era um bom começo. Éramos uma escritora de histórias de amor e um editor de romances, tecendo um enredo sobre um rapaz que já fora um pouco fantasmagórico e uma moça que vivia com fantasmas.

E talvez, se tivéssemos sorte, também teríamos o nosso "e foram felizes para sempre".

Ciclos excêntricos

NO CANTO DO fundo do maior aposento da Funerária Dias Passados, havia uma tábua solta no piso, onde um dia eu guardara os meus sonhos. Eu os mantive bem trancados em uma caixa, protegidos como um tesouro, até o dia em que pude tirá-los de lá, limpar a poeira e cumprimentá-los, como fazemos com velhos amigos.

Já não guardava mais os meus sonhos em uma caixa pequena embaixo do piso. Não era mais preciso.

Mas havia uma garota um pouco alta e magra demais para a idade dela, com cabelo escuro e olhos grandes, que escrevia seus sonhos em pedaços soltos de papel e os guardava em um jarro, como se fossem vaga-lumes. E, quando ela encontrou a antiga caixa de metal da mãe, com as fanfics com muita, muita sacanagem de *Arquivo X*, decidiu guardar seus sonhos ali também.

E o vento que assoviava pelo salão da antiga funerária cantou sua doce, suave e segura canção.

Como o amor deve ser.

Agradecimentos

Assim como educar uma criança é um trabalho coletivo, o mesmo valeu para ressuscitar Benji Andor. *O amor não morreu* não teria sido possível sem a ajuda de muitas pessoas — provavelmente vou esquecer de mencionar a maioria delas nestes agradecimentos, mas vocês sabem quem são. Obrigada por dar a Florence e Ben um espectro de esperança.

Este livro não seria possível sem o carinho e a necromancia da minha agente, Holly Root; sem minha editora fenomenal, Amanda Bergeron, e a editora-assistente Sareer Khader; ou sem a minha preparadora de texto, Angelina Krahn; além da minha maravilhosa relações-públicas e de toda a equipe, desde a administração até a produção e o marketing, Christine Legon, Alaina Christensen, Jessica Mangicaro e todos os outros. E agradeço ainda às minhas parceiras críticas — Nicole Brinkley, Rachel Strolle, Ashley Schumacher, Katherine Locke e Kaitlyn Sage Patterson —, por serem as Roses da minha Florence e por me incentivarem quando eu estava para baixo.

Falando de estar para baixo, eu também gostaria de mandar um *foda-se* bem entusiasmado para a minha ansiedade. Obrigada por, como sempre, ser a pior.

E, finalmente, para qualquer um que tenha declarado, bêbado em um bar, que o amor morreu — eu já me senti assim e, pode acreditar, o amor *não* morreu. Ele está apenas dormindo, vítima de uma terrível ressaca. Dê dois analgésicos a ele e diga para ligar para você de manhã.

Obrigada por ler este livro. Espero que você encontre um pouco de felicidade aonde quer que vá.

intrinseca.com.br

@intrinseca

editoraintrinseca

@intrinseca

@editoraintrinseca

editoraintrinseca

1ª edição	OUTUBRO DE 2022
impressão	LIS GRÁFICA
papel de miolo	PÓLEN NATURAL 70G/M²
papel de capa	CARTÃO SUPREMO ALTA ALVURA 250G/M²
tipografia	CASLON